Barbara Günther-Haug

Der Weg verbrennt die Füße und das Herz

Barbara Günther-Haug

Der Weg verbrennt die Füße und das Herz

Eine Pilgerfahrt nach Santiago de Compostela

Stieglitz Verlag
D-75415 Mühlacker
A-8952 Irdning/Steiermark

Schutzumschlag: Volker Riedel, Knittlingen
Titelfoto: Die Kathedrale von Santiago de Compostela

Die Deutsche Bibliothek – CIP-Einheitsaufnahme

Günther-Haug, Barbara:
Der Weg verbrennt die Füße und das Herz : eine Pilgerfahrt nach Santiago de Compostela / Barbara Günther-Haug. – Mühlacker ; Irdning/Steiermark : Stieglitz Verl., 2000
ISBN 3-7987-0351-5

ISBN 3-7987-0351-5

D-75415 Mühlacker
A-8952 Irdning/Steiermark
2000

Druck: Karl Elser Druck GmbH, Mühlacker

Inhalt

Im Jahr 1487 fiel das Osterfest auf den 15. April. Der Habsburger Friedrich III. war deutscher Kaiser. Frankreichs König Karl VIII. wurde siebzehn Jahre alt. In Spanien herrschte Ferdinand von Aragon gemeinsam mit seiner Frau Isabella von Kastilien.

Santiago de Compostela im äußersten Nordwesten des Landes war ein großes Wallfahrtsziel. Hier verehrte man das Grab Jakobs des Älteren. Jahrhundertelang riefen Spaniens Christen den Apostel um Beistand an und kämpften in seinem Namen gegen die maurischen Eroberer. So wurde Sankt Jakob zu einem berühmten Heiligen, und die Kirche lehrte, daß seine Fürsprache mächtig sei. Jedem Pilger, der nach Compostela kam, sollten alle Strafen erlassen sein, die er für seine Sünden im nächsten Leben zu erwarten hatte.

Frankfurt am Main, 1487, an einem Abend im März

Der Vater hatte die Pilgerschaft beschlossen, ohne ein Wort darüber zu verlieren. Ursel starrte ihn fassungslos an, als er ihr seine Absicht kundtat. Es war schon dämmrig. Dennoch entging Ursel nicht, daß der Vater sie scharf beobachtete. Lenhard Grosser war gegen alle ihre Einwände gewappnet.

„Die Mutter würde es nicht wollen“, erklärte Ursel mit bebender Stimme.

„Sie hat mir nichts dagegen gesagt“, erwiderte Lenhard.

Wie auch. Die Mutter war seit einem halben Jahr tot. Ursel kamen die Tränen:

„Du kannst mich nicht allein lassen. Warte wenigstens die Hochzeit ab und die Geburt des Kindes. Wenn der Michel sich in der Werkstatt zurechtgefunden hat – wenn ich wieder auf den Beinen bin –, dann kannst du gehen. Vorher nicht."

„Die Hochzeit warte ich ab, alles andere ist eure Sache. Hast du dir ein Kind machen lassen von einem, der sein eigenes Handwerk nicht versteht?" Da sprach ein immer noch ergrimmter Vater, der die Tochter keinem andern überlassen mochte. Er wußte nur zu gut, daß Ursel dies Kind nicht herbeigewünscht hatte wie eigentlich ebensowenig den Ehemann. Sie hatte genug Arbeit gehabt im Schmiedshaus und ihr reichliches Auskommen. Der Vater fertigte die besten Schwerter weit und breit; von allen umliegenden Herrensitzen kamen die Junker nach Frankfurt, um beim Grosser einzukaufen. Nach dem Tod der Mutter hatte Ursel den Empfang übernommen, die Bewirtung und Abrechnung. Stolz hatte sie ihre Pflichten erfüllt und nicht im Traum geahnt, daß der Vater daran dachte, alles aufzugeben.

„Wenn dir ein Sohn geblieben wäre statt einer Tochter, den würdest du nicht so sitzen lassen. Dem Gregor hättest du die Werkstatt nicht aufgehalst wie einen Mühlstein."

„Dein Mann wird froh sein über diesen Mühlstein und darüber, daß er die Meisterstochter kriegt ohne den Meister dazu."

„Du willst überhaupt nicht mehr wiederkommen, was?"

Lenhard hob die Achseln:

„Ich will schon. Aber zwei Jahre kann's dauern. Bis dahin braucht ihr mich nicht für tot halten."

Ursel schloß die Augen. Zwei Jahre. Nach Spanien wollte er, nach Sankt Jakob. Das lag am Finstern Stern, aber in Wahrheit war dort kein finsterer Stern, sondern finis terrae, das Ende der Erde. Sie konnte es nicht glauben. Wenn der Vater von Frankfurt wegging, war Ursel allein in dieser

Stadt. Sie dachte an Mann und Kind, die sie haben würde, aber es tröstete sie nicht. Die Mutter fehlte ihr schmerzlich. Sie waren sich so ähnlich gewesen, das hatte jeder gesagt – sogar bis in ihr Denken und Fühlen. Doch jetzt war die Mutter gestorben, ihrem Sohn nachgefolgt. Viele Kinder hatte sie beerdigt. Diesen letzten Sohn aber wollte sie behalten und konnte es nicht. Er zählte kaum fünfzehn Jahre, als er sich mit einer Krankheit niederlegte. Ein Eingeweidfieber, sagte der Arzt und wußte keine Hilfe. Gregor tat sich in all seiner Qual so schwer mit dem Scheiden. Erst als man ihm seine zwei Paten ans Bett holte, ließ er vom Leben ab.

Ursel, das älteste Kind, war als einzige übriggeblieben. Die Mutter war von ihr gegangen, aber dem Vater sollte es nicht gelingen.

Und noch einer ging – ohne Vorwarnung. Ihr Verlobter Michael, selber Sohn eines angesehenen Waffenschmieds, verunglückte am hellichten Tag. Das Dach eines Speicherhauses brach unversehens ein, und der junge Mann wurde von den herabstürzenden Balken erschlagen. Es geschah in den ersten Apriltagen. Man brachte Ursel die Nachricht, und ihr wurde schwarz vor Augen. Sie hatte den Michel zwar nicht über Gebühr geschätzt. Trotzdem weinte sie bitterlich aus schierer Verzweiflung, weil sie von jedermann im Stich gelassen wurde, jetzt, da sie schwanger war. Der Vater kam aus der Werkstatt herüber, noch in Lederwams und Lendenschürze, wie er an seinem Amboß gestanden hatte, und legte der Tochter die Hand auf den Rücken. Sie fuhr hoch:

„Jetzt kannst du nicht mehr weg!"

Er schwieg und sagte auch kein Wort, als er feierabends im frischen Hemd bei Tisch saß und Ursel ihm Vorhaltungen machte.

Wo immer die Mutter auch sein mochte, sie hörte noch die Fragen und Bitten der Tochter. So klagte Ursel ihr in dieser Nacht:

„Warum will er fort? Das würde er nie tun, wenn du noch am Leben wärst!"

„Nein, sicher nicht", gab die Mutter ihre lautlose Erwiderung.

„Wo er die Pfaffen haßt! Nie hat er einen Pfennig gespendet für unser Seelenheil; erst jetzt, da du tot bist, hat er zur Fasten einen halben Gulden gegeben – und ich sollte es nicht einmal wissen, aber der Kanonikus hat es mir erzählt."

„Er mag die Schwarzröcke eben nicht; sie zahlen keine Steuern und treiben von ihm den Zehnten ein. Aber auf seine Art ist er fromm, und wenn er gehen muß, kannst du ihn nicht aufhalten."

„Er darf mich doch nicht so allein lassen! Wohin soll ich mich wenden, ich habe nicht Vetter noch Base!"

„Du hast den Kanonikus, vergiß das nicht."

Das stimmte. Der Kanonikus Bertold vom Bartholomäusstift war ihr seit ihrer Kindheit freundlich begegnet.

„Und? Soll er mich im Kloster unterbringen? Da nehmen sie mich auch nicht mehr."

„In der Not stünde er dir bei."

„Ich habe genug Not gehabt! Ich will keine mehr!"

„Warum hast du dich mit dem Michel hingelegt? Hast du so schnell vergessen, was ich dir gesagt habe?"

Nein, das nicht. Bloß war Ursel mit ihren fünfundzwanzig Jahren immer noch ledig. Erst hatte Gregors Tod ihr das Heiraten verleidet, dann die Krankheit der Mutter. An Hochzeit war nicht zu denken gewesen. Dennoch verspürte Ursel täglich mehr diese heimliche Unruhe. Michel hatte leichtes Spiel gehabt, hätte sie ja auch zur Frau genommen und das Kind freudig begrüßt.

„Ohne deine Umstände wärst du vielleicht mitgegangen auf Pilgerfahrt“, fügte die Mutter hinzu.

Wegen meiner paar Sünden muß ich nicht nach Sankt Jakob, dachte Ursel, doch plötzlich merkte sie, wie ihr Herz leichter wurde. Ja, sie würde ihren Vater begleiten. Hatte sie in der Pilgerherberge unten am Main, im Kompostell, nicht schon viele schwangere Weiber gesehen? Da saßen sie mit dickem Bauch und dünnen Kindern; folgten ihren Männern, die gegen Entgelt die Bußfahrten reicher Leute unternahmen. Warum also sollte Ursel ihr Kind nicht nach Sankt Jakob tragen? So arm wie diese waren Grossers noch lange nicht.

Am nächsten Mittag sagte sie zu ihrem Vater:

„Glaubst du wirklich, daß du zwei Jahre fort sein wirst?“

Er schüttelte rasch den Kopf:

„Nein. Ich hoffe, in drei Monaten dort zu sein und in drei Monaten auch zurück. Deshalb will ich bald los, dann kann ich vor dem Winter wieder hier sein.“ Er versuchte zu lächeln: „Wenn das Kind im Herbst kommt, bestellen wir ab dem Weinmond die Hebamme, sie soll jeden Tag nach dir schauen, dann bist du versorgt. Und die Mutter vom Michel kümmert sich auch. Und das Weib vom Altgesellen.“

Die, eines minderen Leinwebers Tochter, die der Altgeselle geschwängert hatte, als er für den Meisterbrief sparte. Gutmütig nahm er das arme Ding zur Frau, bald kam ein Kind nach dem andern, und so wurde es nichts mehr mit der Meisterschaft. Lenhard Grosser duldete den Gesellen als guten Schmied in seiner Werkstatt, deshalb war der Mann mit seinem Los leidlich zufrieden. Doch von ihm und seiner Suppenköchin Rat und Hilfe erbitten, nein, das wollte Ursel niemals tun. Sie funkelte den Vater an:

„Tritt mein Kind dem Teufel ab, dann bist du es los!“

„Ich muß auf die Fahrt, bin dir nicht Rechenschaft schuldig! Ich kann nichts dafür, daß du so dastehst. Jetzt sieh zu, wie du es gut machst.“ Er war in Zorn geraten, aber die Heftigkeit des großen Mannes, mit der er gewöhnlich viel Eindruck machte, ließ Ursel ungerührt.

„Das will ich ja. – Wenn ich mit dir komme, kann ich für der Mutter Seelenheil bitten und für Michels und das von dem Kind. Wenn die Fahrt nur ein halbes Jahr dauert, sind wir zur Niederkunft schon zurück!“

Lenhard riß die Augen auf:

„Bist du verrückt? Weißt du nicht, wie weit es nach Spanien ist? Das ist der längste Weg der Christenheit; viele kamen nicht zurück und sind nicht schwanger gewesen!“

„Ehe ich hier alleine bleibe, will ich lieber nicht zurückkommen.“

„Red nicht so leichtsinnig! Willst du als Pilgerin ein Kind gebären, im fremden Land, im Elend? Wir haben die unsern nicht einmal daheim in der Wiege durchgebracht!“

„Schlimmer wird es unterwegs auch nicht.“ Und leise, nachdrücklich: „Ich mag nicht Stadtgespött sein. Die Mutter würde wollen, daß du mich mitnimmst.“

Lenhard legte die Hand an die Stirn und wandte den Blick von Ursel ab.

„Wohl, Tochter, so komm mit.“

Sie brauchten einen Pilgerbrief vom Bürgermeister und den Segen vom Pfarrherrn, sonst konnten sie nirgends hin wandern, ohne als ehrlos zu gelten. Beides war gegen Geld zu bekommen, obwohl Frankfurt den berühmten Schwertfeger nicht gerne ziehen ließ. Aber der Altgeselle würde das Geschäft während des Meisters Abwesenheit weiterführen, und Lenhard, der sich nach dem Tod seines Weibes in die Arbeit gestürzt hatte, konnte auf ein ganzes Lager feiner Klingen verweisen. Da gab der Rat seine Einwilligung.

Für sich und Ursel ließ Lenhard den rundgeschnittenen Wettermantel anfertigen, an dem man die Pilger erkannte; dazu einen eisenbeschlagenen Stock von erschreckendem

Gewicht. Auch der Pilgerhut war groß und häßlich, mit breiter Krempe, die das Gesicht beschattete, aber so mußte es sein, wollte er gegen Sonne und Regen schützen. Den Reisesack mit Eßschüsseln, Leibwäsche und wenig anderem mehr würde der Vater tragen. Jeder, der von den Zurüstungen hörte, wunderte sich; besonders daß die Tochter solche Mühsal nicht scheute. Freilich wußten sie nicht, wie es um Ursel stand, wenn sie sagten, der feinen Jungfrau werde ihr Entschluß noch leid tun.

Ursel sprach sich Mut zu. Ging es ihr nicht gut, war nicht alles wie immer – bis auf eine kleine Übelkeit morgens und das andere, untrügliche Anzeichen? Sonst hätte sie es selbst nicht geglaubt. Aber früh genug würde es selbst ein Blinder merken. Es half nichts, sie mußte los. Hatte nicht auch die Muttergottes ihr Kind in einem Stall geboren?

Dann stand sie auf dem Hof, der ein Leben lang ihr Zuhause gewesen war. Sie hörte die Pferde scharren, das Meckern der Ziegen, Gackern der Hühner; sah die Werkstatt und das Wohnhaus mit dem Erzelager im Erdgeschoß und den Wohnstuben darüber. Lehrlinge und Lohnarbeiter liefen emsig umher, obwohl es schon dunkel wurde. Lenhard hatte mit seinem Handwerk viel Geld verdient, er hatte vor den Stadttoren Gärten gekauft und immer noch genug zurückbehalten, um bei einem Frankfurter Kaufmann Einlagen zu machen, die sich gut verzinsten. Ursel trat hinaus auf die Gasse und ging langsam zum nahen Kirchplatz. Der rote Turm von Sankt Bartholomäus ragte im Abendlicht empor. Wie die Hand Gottes hatte sein Schatten über ihrem bisherigen Dasein gelegen, und jetzt schien es, als wollte der Hüter der Stadt seine Macht an ihr erproben, so daß sie schwankend wurde und angstvoll ihr Gesicht hob: Woher nahm sie das Recht, weiter zu gehen, als die Spitze dieses Turms am Himmel sichtbar war? Da fühlte sie eine

Berührung an ihrem Arm. Sie zuckte zusammen, drehte sich um und erkannte den Kanonikus Bertold.

„Der Turm will mich nicht fort lassen."

Er lächelte müde:

„Der Turm ist Teufelswerk."

Das war eine alte Geschichte: Keiner konnte den Turm zu Ende bringen, seit sein Erbauer sich von der höchsten Brüstung herab zu Tode gestürzt hatte. Der Kanonikus schob Ursel hinüber in eine Mauernische. Sein Gesicht wirkte müde und besorgt. Ursel wußte um die Anteilnahme, die er ihr schenkte, seit sie als kleines Kind vor den Kirchentüren gespielt hatte. Sie hatte sich immer in seiner Fürsorge gesonnt, und auch die Mutter hatte den Stiftsherrn gern gesehen und ihm Wurst und Käse zugesteckt. Lenhard hatte wohl gewußt, wie Mutter und Tochter hinter seinem Rücken dem Geistlichen schmeichelten, und die Stirn darüber gerunzelt. Doch er ließ den Dingen ihren Lauf, und wenn Ursel den Kanonikus traf, lachten beide.

Nur jetzt nicht.

„Du willst auf Fahrt nach Sankt Jakob?"

„Ihr wißt es schon?"

„Dein Vater hat es mir erzählt."

„Der?"

„Du wärst noch gekommen, um mir Bescheid zu sagen, nicht wahr?"

„Aber Herr – ja."

„Jungfer – brauchst du wirklich so viel Ablaß, daß du bis nach Sankt Jakob mußt? Wenn du bei mir gebeichtet hast, das klang nie arg."

Ursel blickte beschämt zu Boden. Der Kanonikus wußte nicht viel von ihrem Gewissen, obwohl er ihr Beichtvater war. Er ahnte nichts von der Schwangerschaft; nichts von ihren Gefühlen an Michels Grab. „Ich gehe, weil mein Vater geht. Meine Mutter und meine Geschwister sind tot, ebenso mein Verlobter. Als er starb, war mir das ein Zeichen."

„Dem Herrn ist Zeichendeuterei verhaßt! Wenn du gehst, dann nur weil du selber Gottes Weg suchen willst; nicht, weil du meinst, er heiße dich. Oder gar, weil dein Vater dich heißt. Oh", er riß die Handschuhe von den Fingern, „dieser Mann – dein Vater, welche Unrast hat ihn bloß gepackt? Sein Haar wird doch schon grau!"

„Ich gehe, weil ich es möchte. Er wollte mich erst gar nicht mitnehmen. Hab' ihn sehr bitten müssen."

„War das so." Dann hielt er plötzlich die Hand über ihren Kopf und betete: „Ut de actu atque incolumitate eorum – laß sie in deinem Erbarmen behütet sein, daß wir uns ihres Wohlbefindens freuen mögen." Er hängte bittend an: „Bewahre dich auch selber wohl."

„Wer auf dem Jakobsweg stirbt, den trifft das Fegefeuer nicht, er ist seiner Sündenstrafe ledig und kommt gleich in den Himmel."

Der Kanonikus nickte:

„Ja, der vollkommene Ablaß der Jakobsfahrt, den der Heilige Vater verkündet. Trotzdem", seine Stimme wurde zu einem Flüstern, „nimm dies von mir und sag es niemandem, auch deinem Vater nicht. Eines Tages brauchst du vielleicht etwas."

Er drückte Ursel eine Münze in die Hand, es war ein funkelnder Gulden.

„Herr!"

„Sei still. Tu ihn nicht in den Geldbeutel, sondern näh ihn in dein Kleid."

„Danke", sagte sie staunend, doch er lief mit steifen Schritten davon.

Das Osterfest, das sie hatten abwarten wollen, ging vorüber. Alles war bereitet. Am Abend zum heiligen Vitalis, das war der 27. April und der Vorabend der Reise, standen Lenhard und Ursel auf dem Friedhof. Ursel hoffte, das

Weib des Altgesellen würde ihr Versprechen halten und nach der Grosserin Grab sehen.

Mutter, dachte sie, glaubst du, wir gelangen heil an?

Aber die Mutter hörte dem Vater zu, der ihr schweigend den Anlaß seiner Wallfahrt erklärte. Ursel wünschte, er hätte laut gesprochen.

Mainz

Der Vater verließ Frankfurt, als hätte er die letzten fünfundzwanzig Jahre nicht hier verbracht. In der Frühe des Vitalistages machten sie sich auf den Weg: von zu Hause fort, den Samstagsberg hinunter am Rathaus vorbei, über den Kornmarkt in die Neustadt und durch die Stadtpforte auf die Mainzer Landstraße. Jetzt ging es am Fluß entlang westwärts, und das letzte, was sie von Frankfurt sahen, war die Galgenstätte mit den Gehenkten.

Lenhard blickte nicht zurück, und Ursel tat es ihm gleich. Der Vater wußte im Reisen Bescheid; war als Geselle durch die Lande gezogen, bis er in Frankfurt eine Meisterstochter ehelichte. Leichten Herzens gab er die Wanderschaft auf wie vordem die Heimat im Münsterland und wurde seßhaft und angesehen. Ursel hatte ihn nie anders gekannt. Sie hatte geglaubt, sie würden mit dem Marktschiff nach Mainz fahren, aber der Vater wählte die Straße:

„Da kannst du noch umkehren, wenn es dir zuviel wird."

Ursel kehrte nicht um. Ihre Füße schmerzten, ehe der Mittag anbrach, und ihr Arm wurde lahm vom Gewicht des Wanderstabs, doch sie schwieg und setzte einen Fuß vor den andern.

„Schau hoch", verlangte der Vater, „willst du nicht die Boote auf dem Main sehen?"

„Nein", sagte Ursel.

Als sie endlich im Gras abseits des Weges rasteten, nahm sie den dicken Filzhut ab und lockerte das Tuch um den Kopf. Der Schweiß rann ihr übers Gesicht. Lenhard gab ihr die Wasserflasche:

„Trink, sonst kommst du ganz von Kräften. Oder nimm den nächsten Karren zurück."

„Laß mich."

Lenhard runzelte die Stirn:

„Du bist bleich wie ein Leintuch.“ Er stand auf. „Ich gehe mal hinters Gebüsch. Das will auch erst wieder gelernt sein.“

Ursel wollte eben erschöpft die Augen schließen, als jemand geräuschvoll neben ihr niederfiel:

„Grüß Gott, Jungfer, hast du was für einen Pilgerbruder übrig?“

Sie zuckte zusammen. Zweifellos, ein Pilger. Hut und Mantel trug er wie sie, nur bedeutend zerlumpter. Die Jakobsmuschel steckte neben den gekreuzten Schlüsseln Roms und andern Abzeichen, die lange Wallfahrten bezeugten, an seinem Hut. Er lachte über ihr erschrockenes Gesicht:

„Ich rede von Brot und Käse, nicht von der Liebe. Wohin will das Fräulein?“ Er bediente sich aus Ursels Mundvorrat.

Unsicher, ob man auf Pilgerschaft dem Nächsten solche Freiheiten gestatten mußte, entgegnete sie:

„Nach Sankt Jakob.“

„Was, nach Spanien gar!“ prustete er mit vollem Mund. „Daß mich der – da will ich auch hin. Aber du, du bist erst seit ein paar Tagen unterwegs, soviel ist sicher.“

„Erst seit heute morgen“, erwiderte sie abweisend. War es schon soweit, daß jeder dahergelaufene Landstreicher mit ihr seine Scherze trieb? Da kam Lenhard zurück. „Wir haben Gesellschaft bekommen“, verkündete sie ihm. „Weil du, Vater, nicht ins Gasthaus wolltest!“

Der Fremde kaute behaglich.

„Du hast eine hübsche Tochter“, bemerkte er. „Noch, jedenfalls. Wenn ihr wollt, nehme ich euch mit. Ich kenne den Weg, war schon zweimal in Santiago, wie es richtig heißt. Ich will nichts dafür haben, nur daß ihr mir die Mahlzeiten bezahlt und hin und wieder ein anständiges Bett. Was meint ihr?“

„Pack dich“, knurrte Lenhard. „Wir haben kein Geld.“

„Kein Geld! Deine Stiefel allein haben etliche Schilling gekostet. Hast du sie vom Schuhmacher geschenkt bekommen oder gestohlen?"

„Pack dich!" brüllte der Schmied.

Der Mann stand auf, gänzlich unerschrocken. Spöttisch legte er die Hand an den Hut:

„Dann gehabt euch wohl. Euch wird der Weg noch lehren." Hüpfend vor Leichtigkeit lief er hinab zur Straße.

Ursel schimpfte aufgebracht, als der Vater sich auch am Abend weigerte, in einem Gasthaus zu übernachten. Sie fanden Unterschlupf in der Scheune eines Bauern, doch erst, nachdem sie sich beim Viehfüttern nützlich gemacht hatten. Zu Hause war das Magdsarbeit gewesen. Und dann das Essen! Eine graue Gerstengrütze.

„Sowas hast du bei mir auf den Boden gespuckt!"

„Ruhe, Tochter. Greif zu, du kannst es gebrauchen."

„Warum hast du nicht genügend Geld mitgenommen? Wenn wir schon am ersten Abend in diesem stinkenden Dorf betteln?"

„Ich bin nicht zu meinem Vergnügen auf Fahrt!" blitzte er sie an. „Ich hab' mir den Ablaß nicht daheim beim Pfaffen gekauft. Wenn ich Ablaß brauche, dann den rechten, mit aller Mühsal erworben und einem schwangeren Weib an den Fersen. Du kannst umdrehen, Tochter, und mein ganzes Geld in Frankfurt durchbringen, aber wenn du weiter mitkommen willst, halt deinen Mund."

Beide von hitzigem Gemüt, waren sie immer leicht in Streit geraten. In dieser Nacht aber, im stechenden alten Stroh, war Ursel besonders gekränkt.

„Mutter, siehst du mich? Ich bin so arm."

„Daß Gott erbarm", flüsterte die Mutter.

Am nächsten Morgen konnte Ursel vor Übelkeit nicht aufstehen. Der Vater mußte beim Bauern um ein Stück Brot für sie bitten. Sie versuchte sich zu entschuldigen:

„Der Boden war so hart. Und die kalte Nacht."

Er konnte ihr nicht ins Gesicht sehen:

„Es wird nur schlimmer." Sie gab keine Antwort.

Es war Sonntag, also gingen sie zur Kirche. Man fragte sie nach dem Ziel ihrer Wallfahrt und staunte über solchen Wagemut. Geschmeichelt versprachen sie jedem, der sie darum bat, eine Fürbitte beim Apostel. Zurück auf der Landstraße merkte Ursel, daß sie schon gleichmütiger geworden war. Sie ärgerte sich nicht mehr über die Bäuerinnen, die trotz schwerer Lasten im Korb schneller vorankamen, sondern nahm sich ein Beispiel an den Predigerbrüdern, die beim Laufen lauthals ihre Litanei sangen: „Misericordia Domini – die Erde ist voll vom Erbarmen des Herrn, halleluja". Nur nicht nach jener Frau schauen, die im vornehmen Kleid auf einem Schimmel saß mit Gepäck und Gefolge, nur nicht neidisch werden. Ursel hatte selbst schöne Kleider – daheim...

Nachmittags gelangten sie an die Stelle, wo der Main in den Rhein mündet. Mainz lag jenseits des großen Stroms. Wie sich zeigte, führte kein Steg hinüber. Vater und Tochter lachten verächtlich. In Frankfurt hatte man schon vor langer Zeit eine Brücke über den Fluß geschlagen. Die Mainzer waren arm, seit sie ihre Reichsfreiheit verloren hatten. Der hiesige Wohlstand hing vom Frankfurter Handel und Wandel ab. Leider bewog die Dankespflicht den Fährmann nicht, Lenhard und Ursel unentgeltlich mitzunehmen. Die Mainzer Torwächter machten ebenfalls keine freundlichen Gesichter. Sie verweigerten den Einlaß und schickten die Pilger statt dessen ins Hospiz des Deutschen Ordens an der Stadtmauer.

Das Hospiz war karg, aber sauber. Die Brüder dort sahen sich Lenhards Papiere an und fragten bissig:

„Frankfurter Pilger? Geiz und Wucher zu arg getrieben?“

Die Grossers enthielten sich der Antwort. Sie bekamen eine Kelle Brei und einen Platz im Schlafsaal. Obwohl es noch heller Tag war, lagen dort ein paar Gestalten zusammengerollt; neben Pilgern auch erwerbslose Handwerker und Hausierer. Man sah, die waren es gewohnt, ihre Besitztümer mit eigenem Leib zu schützen. Ursel und Lenhard fielen nieder und zogen Stiefel und Strümpfe aus.

„Ich habe Blasen“, seufzte Ursel.

„Wir können uns die Füße am Brunnen waschen.“

Ursel folgte dem Vater, und das kalte Wasser tat beiden wohl. Müde tappten sie zum Schlafsaal zurück.

„Gute Gastgeber, die Herren Brüder“, befand Lenhard, und Ursel stimmte ihm zu. Sie lagen auf knolligen Säcken, aber sie schliefen ein wie im Federbett.

Als sie erwachten, dämmerte es. Lenhard war wieder munter.

„Auf in die Stadt. Wenn ich schon hier bin, will ich auch was sehen.“

„Zur Komplet müßt ihr zurück sein“, hieß es mürrisch, doch dann durften sie zur stadtseitigen Pforte aus dem Haus. Lenhard rieb sich die Hände.

„Wo ist der nächste Ausschank?“

„Ausschank! Fällt dir sonst nichts ein? Wir können zum Dom laufen.“

„Ach, Tochter, für heute waren wir genug in der Kirche. Und ein Glas Wein kann dir nicht schaden, du hast Stärkung nötig.“

„Es ist dir nur um mich zu tun, was?“

„Sicher.“

„Wein kostet Geld. Wasser ist fromm.“

„Schluß jetzt. Ich bin nicht der Kanonikus. Mach, was du willst, ich geh' einen trinken."

Sie lachte; zum einen, weil der Kanonikus wirklich kein Vorbild an Enthaltsamkeit bot, zum andern, weil es ihr gelungen war, den Vater zu ärgern. Vergnügt steckte sie die Hand unter seinen Arm.

„Aber nicht in das schmutzigste Loch, nur weil es billig ist."

Um fremdes Gesindel von den Bürgerhäusern fernzuhalten, waren Gasthöfe wie Pilgerherberge am Stadtrand gelegen. Ursel und Lenhard liefen den Wall entlang und fanden hellerleuchtete Wirtsstuben ebenso wie ärmliche Schenken, die, halb unterirdisch verborgen, vor johlendem Volk fast barsten. Lenhard schritt an den ersten zwei mannhaft vorüber, aber als es überall gleich laut und voll war, wurde es ihm zu dumm:

„Ich bin ja bei dir", gab er zu verstehen und zog Ursel über die Schwelle.

In Frankfurt hätte er ihr solch einen Aufenthalt niemals gestattet. Aber Frankfurt mit dem Kessel, in dem die Grossers ihren Wein zu wärmen pflegten, lag zwei Tagesreisen hinter ihnen. Ursel hielt den Atem an, als sie in den dunklen, dampfenden Keller eintrat. Der Empfang war fröhlich:

„Ah, Pilgerleute? Herein, herein!" Eine Runde von Kerlen rückte bereitwillig zusammen, als Ursel näherkam: „Setz dich her, Fräulein. Nimm nur einen Schluck aus meinem Becher."

„Das tut sie nicht", Lenhard stand zu ganzer Größe aufgebaut hinter ihr. „Und weg mit deinen dreckigen Händen."

Die Runde lachte schallend:

„Nimm dir kein junges Weib, wenn dich die Eifersucht plagt, Alter! War es nichts zu Hause in der Kammer, und sie muß deshalb mit auf Wanderschaft?"

„Halt's Maul", sagte Lenhard, und Ursel mit erzwungenem Ernst: „Wie redet Ihr mit meinem Vater?"

„Euer Vater!" Mit einer Fastnachtsrede hätte sie nicht mehr Heiterkeit geerntet. „Ach ja, Ihr gleicht ihm wie ein Ei dem andern. Aber dann könnt Ihr auch Euer Kopftuch abbinden, es ist heiß, und wir sehen hier nicht viele Jungfern, müßt Ihr wissen."

Sie überhörte die Aufforderung. Der Vater hatte sich neben sie in die Bank gezwängt und goß ihr Wein und Wasser in den Becher. Sie hatte Durst. Alles, was sie tat, schien die Männer ungeheuer zu belustigen. Sie versuchten einer nach dem andern, Ursel ins Gespräch zu ziehen. Waren sie nicht allesamt Fahrende; saßen da nicht auch zwei andere Pilger, die nach Aachen wollten? Freilich, über Sankt Jakob als Ziel der Wallfahrt konnten sie sich wieder nur die Schenkel klopfen. Wer nahm sich so etwas heute noch vor, wo überall Krieg herrschte und an den Straßen Räuber und Wegelagerer in Scharen lauerten?

Ursel sagte kaum ein Wort. Man wollte sie herausfordern, ihr Angst einjagen, sie verlegen machen; Ursel durfte sich auf nichts einlassen. Erst als einer ihr plötzlich von hinten um den Leib griff, schrie sie:

„Hilfe! Vater!"

Der Schmied sprang auf, der Fremde zurück, doch ehe noch mehr geschah, rief eine helle Stimme von der Tür:

„Und wer ist die da?"

Der Wirt antwortete:

„Sei ruhig, Else. Sie ist zu Gast."

Else war eine Hübschnerin, wie man die käuflichen Weiber augenzwinkernd nannte; eine, die den Namen leidlich verdiente. Aber Ursel stellte fest, daß sie selber trotz Kopftuch und staubiger Pilgerkleidung ansehnlicher war. Die Person kam zu ihr hinstolziert:

„Gast, so. Eine Pilgerin gar." Ursel wußte nichts zu entgegnen und senkte den Blick.

Die Männer, Lenhard inbegriffen, taten das Gegenteil. „Ha, Else, die ist nicht so verstockt. Hier rüber, Fräulein!"

Else ließ sich nicht drängen. Sie sah, daß Lenhard den teuersten Mantel trug und noch Wein im Krug hatte.

„Und du, Pilger, wohin ziehst du?"

„Wenn Gott will nach Spanien zum heiligen Jakob."

„Gleich so himmelweit! Gehört die da zu dir?"

„Meine Tochter."

„Tochter!" Sie lachte wie die andern, aber mit einem lockenden Ton. „Ja, da muß ich euch das Pilgerlied singen, was? Gibt's einen Becher dafür?"

„Warum nicht", sagte Lenhard.

Und die Hübschnerin hob an mit einer Stimme, die reiner war als ihr Gewand:

„Wer das Elend bauen will,
der heb sich auf und sei mein G'sell
wohl auf Sankt Jakobs Straßen",
sie legte Lenhard die Hände auf die Schultern,
„zwei Paar Schuh, der darf er wohl,
ein Schüssel bei der Flaschen!"

Lenhard bestellte neuen Wein beim Wirt und rückte beiseite, um dem Weib einen Platz an seiner andern Seite einzuräumen. Else trank und sah den Schmied dabei unverwandt an. Er drehte der Tochter den Rücken zu, machte eine ungelenke und verlogene Schmeichelei, die mit klingendem Gelächter belohnt wurde. Die andern Männer hatten den Wettbewerb noch nicht aufgegeben und reckten ihre Hälse. Else, die unter der gierigen Aufmerksamkeit aller zu leuchten begann, flüsterte Lenhard etwas ins Ohr. Er machte eine zustimmende Bewegung und wandte sich um:

„Ursel ..."

Da sprang sie hoch:

„Vater, mir ist schlecht! Ich will gehen, bring mich hier fort!"

„Ursel ..."

„Vater!"

Sie zitterte, die Hände auf den Bauch gepreßt, Tränen in den Augen. Er fragte unwillig:

„Was ist auf einmal?"

„Vater, komm!"

Widerstrebend erhob er sich. Die Saufgesellen lachten grob und laut. Die Hübschnerin rief ihm böse nach:

„Mach's deiner Tochter!" Ursel und Lenhard flohen zur Gasse hinaus.

Auf dem Weg zurück beschimpften sie sich gegenseitig.

„Wer es in der Schenke nicht aushält, der hält es auf der Straße erst recht nicht aus. Tochter, sieh zu, daß du nach Hause kommst mit deinem Bankert, ich gebe dir mein letztes Geld für die Rückfahrt!"

„Dein letztes Geld! Das vorletzte der Hure verehrt, aber ich mußte gestern die Schweine füttern! Was sind das für Wallfahrten, wo man zu Huren geht!"

„Ich war bei keiner Hure!" brüllte er.

„Aber drauf und dran, schon an die Brüste hast du ihr gefaßt!"

Lenhard blieb stehen.

„Noch ein Wort", er hatte die Fäuste geballt. „Noch ein Wort von dir, die selber und in meinem eigenen Haus sich zu keiner Unzucht zu schade war!"

„Und du? Warst du besser, damals im Haus meines Großvaters? Hast du dir nicht genau dieses Haus erheiratet, als du meine Mutter geschwängert hast? Jetzt ist sie tot, aber zu ihren Lebzeiten, da hast du das wohl nicht Unzucht zu nennen gewagt!"

Er starrte sie an. Die Fäuste öffneten sich.

„So kommen die Töchter auf die Mütter." Und mit raschen Schritten lief er zum Hospiz.

Sie frohlockte. Sie war mit ihm auf Fahrt und auf ihn angewiesen, aber sie würde sich nichts gefallen lassen, das sollte er nur wissen.

Worms

Ursel und Lenhard versöhnten sich meist schneller, als ihnen selbst recht war. Auch an diesem Montagmorgen hatten sie kaum die Landstraße erreicht, da zogen sie schon gemeinsam über die Hospizbrüder her, die ihnen den Zehrpfennig zur Weiterreise verweigert hatten. Es könnte ja jeder von Frankfurt angelaufen kommen und sich zu Mainz das Säckel füllen. Der Weg führte linksrheinisch stromauf durch die blühende Pfalz. Es gab zahllose Reisende zu Fuß und zu Pferd, Ochsen- und Eselskarren und immer Andrang vor den Zollhäusern, wo die Herren der umliegenden Rittersitze den Kaufleuten Geld für die Güterdurchfuhr abzwangen.

Am Abend des zweiten Mai gelangten sie nach Worms. Beide hatten böse Füße und stöhnten nur noch, als sich in der Ferne endlich die vier Türme des Doms zeigten. Das Pilgerhospiz lag wieder nah am Wall, denn die Stadt wollte zwar jedem Unterkunft, doch deshalb nicht gleich Einlaß gewähren. Die Grossers mußten am Galgenplatz vorbei und fühlten sich gewarnt: Die Hiesigen knüpften, nicht anders als die Frankfurter, mit Vorliebe Stadtfremde auf, sobald sich der geringste Anlaß bot. Die Schwestern in der Herberge dagegen bewiesen Barmherzigkeit:

„Oh, ihr habt euch wundgelaufen. Ihr bekommt Salbe und Leinwand zum Verbinden."

Man kannte sich offenbar aus. Lenhard und Ursel nahmen dankbar Medizin und gute Worte an:

„Bald wird eure Haut fest wie Rindsleder, ihr müßt nur durchhalten."

Das wollten sie ja. Sie bekamen statt der mörderischen Stiefel Sandalen geliehen, außerdem Essen und eine Schlafstätte. Und wenn es ihr erster Tag gewesen wäre, hätten sie sich hingelegt bis zum nächsten Morgen. Aber die Unrast der Fahrenden hatte sie schon ergriffen. Als in der milden Abendluft die Vögel zu singen begannen, schauten sie sich sehnsüchtig an:

„Wir haben fast kein Geld mehr“, seufzte Ursel.

„Denk an den Pfälzer Wein“, erwiderte Lenhard. Das genügte. Es zog beide unwiderstehlich hinaus.

Worms wirkte friedlich. Die Bürger saßen vor den Häusern; die Weiber hatten das Spinnrad dabei, die Männer redeten mit den Nachbarn. Selbst die Geschäftsleute, die nie ein Ende fanden, waren mit dem Tisch ans Fenster gerückt und blickten übers Rechenbrett hinweg nach draußen. Es gab viele Wirtshäuser, aber Ursel hielt Ausschau, ob sich irgendwo nicht bereits Pilger niedergelassen hätten. Von frommen Wanderern, dachte sie, würden die schamlosen Weiber Abstand halten. So schlug sie zu Lenhards Überraschung plötzlich vor:

„Wollen wir nicht da rüber? Die haben die richtigen Gäste.“

Lenhard war einverstanden, und bald saßen sie in einer großen Runde. Als niemand zudringlich wurde, wagte Ursel, ihren Mantel zu öffnen und Hut und Kopftuch zurückzuschieben. Das blieb nicht unbemerkt. Sie hatte rotes Haar, zwar geflochten und aufgesteckt, aber immer noch augenfällig genug. Lenhard verbarg ein Lächeln, als alle ringsum im Gespräch stockten und aufsahen. Dann hielt er selbst den Atem an:

„Das sind ja die Frankfurter!“ rief jemand. Es war der Pilger, der ihnen am ersten Tag am Main begegnet war. Sofort bereute Ursel, daß sie einen Fuß in dieses Haus gesetzt hatten. Er legte los: „Stellt euch vor, das ist ein Frankfurter Zunftbruder, den sie ausgestoßen haben; hat heimlich in die Kasse gegriffen, und seine Tochter sollte verheiratet werden mit dem Geld, aber dann haben sie ihn erwischt...“; geschickt wich er aus, als Lenhard auf ihn zusprang: „Hab’ ich recht geraten, Meister?“

„Für so ein Schandmaul gehörst du in den Stock!“
„Warum sonst tummelst du dich auf der Landstraße?“ Er hatte die Lacher auf seiner Seite und wußte es. „Ein feister Bürgersack wie du geht nicht freiwillig auf Fahrt! Was der an Ablaß braucht, verkauft ihm einer von unsern Beutelschneidern im Mönchsgewand.“
Er erhielt Zustimmung. Der Ablaßhandel war allgemein geworden und die redliche Pilgerschaft auf eigenen Sohlen eine Seltenheit. Lenhard knurrte:
„Du verkaufst ja selber Ablaß. Du läufst doch nicht in deinem Namen nach Spanien, du läßt dich dafür von andern bezahlen.“
„Ich habe überhaupt keinen Namen. Und wenn ich mich schon bezahlen lasse, dann ist das Papier, das ich heimbringe, immer noch mehr wert als ein Schrieb von Pfaffenhand.“
Lenhard schnaubte nur. Man drang nun in Ursel wegen der Ursache ihrer Wallfahrt, und sie erzählte bereitwillig, daß der Vater Schwertfeger sei, ein sehr geachteter, aber außer ihnen beiden alle zu Hause gestorben wären. Damit gab man sich zufrieden. Dem spitznasigen Quälgeist allerdings mißfiel, daß Ruhe einkehrte.
„He, warum spielen wir nicht ein Blättchen? Ein kleiner Einsatz tut es.“ Er holte ein speckiges Kartenspiel vor.
Lenhard spuckte aus:
„Mit dir spielen, der nicht mal einen Namen hat? Ich werde verrückt sein.“
„Für dich heiß' ich Hans.“
„Hans Nickel“, spottete Ursel und erwischte ihn an einer empfindlichen Stelle.
„Ist das Nickel?“ Erbost warf er ein paar weiße Pfennige auf den Tisch. „Bitte, wenn ihr da mithalten könnt!“ Das Silber weckte die Neugier der andern, und auf einmal hockten sie zu viert zusammen und karteten, was das Zeug hielt.
Lenhard starrte finster in seinen Becher. Ursel wollte ihn gerade aufmuntern, als eine leise Stimme neben ihr sagte:

„Das Spielen ist Sünde. Davon wird der Ablaß nicht besser, den er seinem Lohnherrn bringt." Es war ein Weib, das aus einer dunklen Ecke hervorgekommen sich jetzt bei Ursel niedersetzte. Ursel pflichtete bei, im stillen erstaunt. Die andere trug Pilgertracht wie sie, aber noch unter Mantel und Hut schien sie schmächtig und ältlich. Lenhard hob die Augen und ermannte sich schließlich.

„Bist du allein?"

„Ja. Wohin wollt ihr?"

„Nach Sankt Jakob."

„Ach. Ich auch."

Ursel stutzte. Sie sah den scharfen Blick ihres Vaters, aber dann sagte er nichts weiter, sondern trat hinüber zu den Spielern. Es ging nur um abgeschabte Heller, doch die waren Hans Nickel bereits reichlich zugeflossen.

„Schön, wie du den Leuten ihr Geld aus der Katze ziehst", sagte der Schmied anzüglich.

„Das ist Glück", behauptete der andere.

Aber es war kein Glück, es war Übung und Geschick. Die drei, die andauernd verloren, begriffen nicht, was vor sich ging. Hatte Fortuna nicht einem jeden gleichermaßen beizustehen? Und so rückten sie immer noch etwas heraus in der Hoffnung, daß das Blatt sich wenden werde. Zwei Scholaren sprangen anfeuernd von einem zum andern:

„Seht, wie er rechnet!" riefen sie. Es stimmte: Hans Nickels Lippen bewegten sich vor stummem Zählen.

„Ruhe!" befahl er. „Kein Wort von euch."

Die Scholaren hätten es nicht gewagt. Immer mehr Zuschauer kamen zusammen. Die Spieler nahmen abwechselnd vom Stapel. Unvermutet legte Hans Nickel wieder die vollständige Reihe hin, bestechend wohlsortiert, und strich das gesetzte Geld ein. Seine Gegner wußten nicht, wo ihnen der Kopf stand. Aber bevor sie sich in Flüchen ergehen konnten, rief Lenhard:

„Fein, fein, ich kann auch gewinnen, wenn ich einen König im Ärmel hab'!"

Die drei sprangen auf:

„Im Ärmel – du hast uns beschissen?"

Sie packten Hans Nickel am Kragen, stellten ihn auf die Beine. Er schrie wild:

„Ist nicht wahr, gar nichts hab' ich!"

„Und was ist das?" fragte Lenhard; hielt einen König hoch, der eben noch harmlos auf dem Tisch gelegen hatte. Hans Nickel blieb keine Zeit zu einer Erklärung, denn jetzt ging es über ihn hinweg:

„Du Hundsfott, mistiger, her mit unserem Geld!" Alles hieb auf Hans Nickel ein, der Wirt warf sich aus Angst um seine Habe ins Gewimmel, und die Scholaren hüpften kreischend herum:

„Räumt heraus die Schemel und die Stühle,
auch die Schragen
fortgetragen:
Heute solln wir Tanzens werden müde!"

Sie kamen auf ihre Kosten. Ursel drückte sich an die Wand. Sie gönnte Hans Nickel die Abreibung, aber fürchtete um Lenhard.

„Vater", rief sie, „bitte, bitte!" Erst als eine Faust irrtümlich sein Auge traf und er zurücktaumelte, hörte er sie. Ursel packte seinen Arm und zerrte ihn ins Freie.

Sie rannten bis in die nächste Gasse. Als Ursel dort erschöpft auf einen Mauervorsprung sank, zeigte sich, daß die fremde Pilgerin ihnen gefolgt war. Doch sie hielt sich abseits und untersuchte ihre Tasche. Ursel wandte sich dem Vater zu:

„Hatte er wirklich eine Karte im Ärmel?"

Lenhard grinste:

„Wie soll ich das wissen?"

„Aber Vater!"

„Rache muß sein. Und“, er öffnete die Hand, „als das Geld vom Tisch gefegt worden ist, habe ich wenigstens einen Teil gerettet.“

Ursel lachte:

„Du bist ein durchtriebener Luchs.“

„Ruhe, Tochter.“

Da gab die Pilgerin drüben sich einen Ruck.

„Verzeiht bitte – wißt ihr von hier aus den Weg zum Hospiz zurück?“

Sie ernüchterten unter ihrem prüfenden Blick.

„Sicher“, entgegnete Lenhard, „willst du mit uns kommen?“

„Gern. Wie heißt ihr denn?“

„Grosser, Lenhard und Ursel“, antwortete Ursel. „Und du?“

„Hede“, sagte sie.

„Mit Taufnamen?“

„Ja.“ Sie setzte hinzu: „Aus Andernach bin ich.“

„Hede“, wiederholte Lenhard. „Na, dann rasch, damit sie uns nicht wieder einholen.“ Er faßte nach seinem versehrten Auge, streckte die andere Hand nach Ursel aus und zog davon. Hede aus Andernach kam hinterher.

Am nächsten Tag war Lenhard wenig wohl zumute. Sein Auge glänzte tiefblau geschwollen, und der Kopf schmerzte schlimmer als nach einer durchzechten Nacht. Hede, die sich längst auf ihren Weg hätte machen können, blieb im Schlafsaal der Herberge und sah zu, wie Ursel dem Vater zu helfen versuchte. Er fluchte:

„Nicht nur die Füße, jetzt noch der Kopf. Diese Pilgerschaft ist das reinste Martyrium. Verwünschter Kerl, Hans Nickel!“

„Der sieht bestimmt viel schlimmer aus“, tröstete Ursel.

„Ein schräger Vogel“, stimmte Hede zu. Dann ging sie in den Hof und kehrte mit einem kalt ausgewrungenen Tuch zurück: „Das mußt du um dein Auge binden, so heilt es schneller.“

Lenhard gehorchte notgedrungen. Ursel kicherte:

„Jetzt bist du wirklich ein Lazarus.“

„Ruhe, zum Kuckuck.“ Er sank zurück auf sein Lager. „Seht ihr Weiber euch die Stadt an, ich kann heute nicht weiter.“

Ursel horchte auf; Hede desgleichen:

„Meinst du, ich darf mich euch morgen anschließen? Ich will mich natürlich nicht aufdrängen, aber habe schon fragen wollen –“

Er warf ihr einen einäugigen Blick zu:

„Dachte ich mir.“

Ursel lief mit Hede in die Stadt, konnte sich aber am Markttreiben nicht erfreuen. Sie hatte geahnt, daß Hede ihnen erhalten bleiben würde, doch weshalb der Vater sie einlud, ehe sie ihn noch gebeten hatte, das begriff Ursel nicht. Er hätte wenigstens die Tochter um ihr Einverständnis fragen können. Sie hatte ja nichts gegen die komische Alte, solange sie nicht mehr als einen Abend in ihrer Gesellschaft zubringen mußten. Aber den ganzen Weg bis Spanien! Ursel war allein bei diesem Gedanken verstimmt.

Hede tat unbedarft und überlegte laut, wo wohl Hans Nickel in der Nacht geschlafen hatte:

„Ich hab' schon gefürchtet, er kommt plötzlich bei uns rein und geht deinem Vater ans Leder!“

„Zur Komplet war Toresschluß im Hospiz, und wir sind selbst nur noch um Haaresbreite eingelassen worden“, erinnerte Ursel mißmutig. Hedes Sorge um Lenhard schien geradezu aufdringlich. Sie trug ihr Kopftuch nach Art der Verheirateten streng um die Stirn gefaltet, aber wenn sie einen Mann gehabt hätte, wäre sie doch nicht allein auf Pilgerfahrt gegangen. Offenbar war sie verwitwet. Nun, man würde es hören, und eigentlich wollte es gar niemand wissen. Aber zugleich sah Ursel verstohlen in Hedes schmales Gesicht, das von Schweigen und Einsamkeit kündete. Was hatte solch ein Weib auf der Straße zu suchen? Hede, nachdem ihre harmlose Ansprache keinen Widerhall fand, schien sich etwas Ähnliches zu fragen, denn auf einmal meinte sie:

„Warum gehst du auf diese lange Wallfahrt? Du bist jung – vielleicht nicht einmal so alt wie mein Sohn?"

„Ich bin fünfundzwanzig."

„Ach ja, genauso alt wie er. Bist du etwa auch im Herbst geboren?"

„Im Weinmonat."

„Ach", sagte sie wieder. „Sogar noch einen Monat früher als er." Sie nickte und staunte, als habe sie eine bedeutsame Feststellung gemacht.

Worms hatte die verschiedensten Läden zu bieten, aber das Geld der Pilgerinnen reichte nicht für Schinkenspeck und Kuchenbrot. Ursel dachte gequält, daß sie noch vor einer Woche all dies so achtlos und selbstverständlich erstanden hatte wie die Fliegen an der Wand totgeschlagen. Sie richtete ihren Blick auf einen Esel, der mit leeren Sattelkörben hinter seinem Bauern wartete. Der hatte die rechte Ergebenheit und dazu seidige Langohren. Am Pranger jedoch stand ein Weibsbild festgeschmiedet, das mit seinem Geschrei den Marktlärm und eine höhnende Menge übertönte.

„Was hat die wohl angerichtet?" bemerkte Ursel.

„Gott helfe ihr", erwiderte Hede, „selbst wenn sie den Pranger verdient hat."

Damit herrschte wieder Schweigen. Hede ging voran, durch ein enges Gäßchen zum Domplatz. Dort ragte das Gotteshaus mächtig auf; am nordwestlichen Turm klebten in schwindelnder Höhe drei Arbeiter. Hede hielt nicht inne, bis sie in der Kirche kniend im Gebet versunken war. Auch Ursel murmelte ein Paternoster, lauschte aber unwillkürlich nach dem Pfaffen, der hinter ihr ein paar Schüler lehrte. Drei Bürgerinnen unterhielten sich vergnügt, während sie auf ihren Beichtvater warteten, und an einem der Seitenaltäre steckte man Kerzen zur Messe auf. Ursel suchte einen stillen Winkel und zupfte an ihren Fußbinden. Sorgenvoll starrte sie auf die entzündete Haut. Sollte sie morgen schon wieder viele Stunden wandern? Da war Hede plötzlich neben ihr:

„Wundgelaufen? – Aber es ist ja schon getrocknet und am Heilen."

„Weißt du das genau?"

„Ja, ja." Sie lachte beinahe. „Meine eigenen Füße sahen schlimmer aus."

Sie konnte also lachen. Aber seltsam war sie trotzdem mit ihrem unvermittelten Schwanken zwischen Ernst und Heiterkeit. Kein Wunder, daß sie bisher nirgends Anschluß gefunden hatte. Sie würde sich mit Vater und Tochter gut stellen müssen, sonst war sie bald wieder allein. Ursel beschloß, über Hede aus Andernach nicht mehr nachzudenken. Und als sie nachher den Vater ausgeruht und lächelnd antraf, glaubte sie wieder, daß alles gut ausgehen könnte.

An diesem Abend zog es sie nicht in die Schenken hinaus. Sie blieben im Hospiz und liefen zur Vesperfeier hinüber in die Kapelle. Dort standen und sangen die Schwestern, die tagsüber ihren pilgernden Gästen dienten: „Halleluja. Dicite in gentibus – sagt es unter den Völkern: Wie der Herr ward König am Holze."

Den Kehrvers kannten sie und stimmten ein. Mit jedem Halleluja hob sich ihre Seele ein Stück zum Himmel. In diesen Augenblicken fühlten sie, daß sie allerwegs, im Elend nicht mehr als in der Heimat, nur Pilger waren auf der mühsamen Fahrt nach Hause. Ihr Halleluja war die Botschaft, die sie von fern ans Ziel der Reise richteten.

Am nächsten Morgen war Ursel etwas getröstet. Die Mutter hatte ihr in der Nacht nahegelegt, Hede freundlich zu begegnen:

„Wenn selbst der Vater sich ihrer erbarmt!"

„Wer weiß, was die ausheckt!"

Die Mutter, entrückt und unbesorgt, gluckste:

„Er gefällt ihr, das sieht man wohl. Er ist in seiner Art ja auch nicht übel. Aber die wird ihm nicht gefährlich."

„Du hast erlebt, was er für Anwandlungen hat!"

„Nicht bei so einer. – Überhaupt, denk lieber an dein Kindlein."

Das tat Ursel ohnehin unentwegt und unwillkürlich. Aber weil jeder wußte, daß Fröhlichkeit einer Schwangeren besser anstand als Trübsinn, trat Ursel jetzt mit mildem Gesicht vor die neue Gefährtin. Auch Lenhard zeigte sich aufgeräumt. Er konnte seine Füße wieder gebrauchen, und das Auge schmerzte nicht mehr so arg. Bald liefen sie zu dritt auf der Rheinstraße und suchten zwischen Fuhrwerken und Schlaglöchern ihren Weg.

„Wißt ihr, vielleicht war Hans Nickel in Wirklichkeit der Lindenschmidt", vermutete Hede.

Lenhard lachte:

„Was, der?" Schmidt von der Linden verbreitete mit einem Räuberhaufen seit geraumer Zeit Schrecken entlang der Rheinufer. „Glaubst du, so einer läßt sich von uns in der Wirtschaft verdreschen?"

„Ich meine nur, weil der Mensch seinen Namen nicht nennen wollte."

„Aberglauben. Der denkt noch, du behext ihn, wenn du seinen Namen weißt."

„Ich kann nicht hexen. Deine Tochter hat die roten Haare dazu."

Ursel wollte aufbegehren, aber der Vater kam ihr zuvor:

„Die roten Haare allein machen es nicht. Hans Nickel jedenfalls ist ein armer Schlucker. Nimm drei von seinem Zuschnitt, dann hast du einen Lindenschmidt."

„Ich bin froh, daß wir jetzt zu dritt sind. Da können die Schurken einem nicht so schnell an die Kehle."

„Der Lindenschmidt macht mir den kleinsten Kummer. An armen Pilgern vergreift der sich nicht. Außerdem ist er im Badischen zu Hause."

„Weißt du das gewiß?"

„Nun, ich habe mich lang genug umgehört." Dann verzog er seine Miene zu einem Grinsen. „Und was, wenn ich der Lindenschmidt bin? Fühlst du dich so wohl mit einem fremden Mann und einer Rothaarigen?"

Hede hielt inne. Sie betrachtete den Schmied, sein zerschlagenes Gesicht und die argwöhnische Tochter neben ihm.

„Für heute will ich dir trauen", sagte sie.

Speyer

Ihr nächstes Ziel hieß Speyer. Auf halber Strecke übernachteten sie in einer verlassenen Fischerhütte, und Ursel konnte am anderen Morgen ihren Magen nur mühsam mit einem Kanten alten Brots beruhigen. Gekrümmt saß sie auf einem Stein an der frischen Luft. Hede beobachtete, wie sich diesmal der Vater um die Tochter bemühte, die kalkig und unansprechbar ihre Hände auf die Leibesmitte preßte.

Als es schließlich weiterging, litt Ursel nicht mehr unter Übelkeit, doch der Gedanke, daß sie, die sich jetzt schmutzig wie ein Hökerweib daherschleppte, in Frankfurt die Tochter eines vermögenden Handwerkers gewesen war, drückte sie nieder. Sie hatte kein Auge für Hundsrose und Kreuzdorn, die am Wegrand in Blüte standen. Erinnerungen an die Tiegel voll Schmalz und Mus auf den Küchenborden, an eingelegte Kirschen, Birnen, Zwetschen machten sich in ihrem Kopf wie Wahnbilder breit. Selbst wenn Mißernten die armen Leute bedrückt hatten, war das Haus des Schmieds mit allem wohlversehen gewesen. Eine seltsame Strafe hatte sie sich mit dieser Wallfahrt aufgebürdet. Blindlings war sie dem Vater gefolgt, der selbst nicht wußte, wohin es ihn trieb. Wegen eines Kindes hatte sie alles aufgegeben, nein, trotz des Kindes. Sie fühlte sich törichter als die törichten Jungfrauen, die immerhin noch Jungfrauen waren. Lieber eine leere Lampe tragen als einen vollen Bauch. Sie schüttelte sich. Noch ein solch lästerlicher Gedanke und die ganze Pilgerschaft blieb vergeblich.

An diesem Samstag war viel Volk unterwegs, sogar zwei Benediktinermönche wanderten rheinaufwärts. In ihrem schwarzen Habit erregten sie Aufmerksamkeit, denn ihresgleichen traf man nur selten auf den Straßen. Predigerbrüder und Franziskaner, allesamt Bettelmönche, durchstreiften rastlos das Land. Doch Benediktiner gehörten einem reichen, seßhaften Orden an, dessen Regel den Verbleib im heimischen Kloster vorschrieb. Die Brüder sollten abgeschieden von der Welt fromm und arbeitsam leben. Und wurde es einmal nötig zu reisen, so nahmen sie ein Reittier – ein Pferd oder die Bescheidenen einen Esel. Ein alter Abt ließ sich in der Sänfte tragen. Diese beiden aber gingen zu Fuß. Sie hatten kein Gefolge bei sich, nicht einmal ein Packtier, nur Taschen um die Schultern, nicht anders als Lenhard und Hede. Trotz des hellen Sonnenscheins trugen sie die Kapuzen übergestülpt, und man sah nicht, ob sie miteinander sprachen. Lenhards Unmut war schnell geweckt:

„Was sind das für Schleicher?" Mit großen Schritten zog er an den Mönchen vorüber.

Hede und Ursel, die nicht so lange Beine hatten, mußten rennen, wollten sie nicht zurückbleiben. Ursel war es unangenehm, im halben Galopp an den ehrwürdigen Herren vorbeizupreschen, und sie wandte sich mit entschuldigender Gebärde um. Dabei stellte sie überrascht fest, daß der eine viel jünger war, als sie erwartet hatte. Ursels Hut baumelte auf ihrem Rücken, in der Hast verrutschte das Kopftuch. In den zwei finsteren Gesichtern zeigte sich Erstaunen.

Speyer lag mit vielen Türmen erhaben in der flachen Landschaft des Stroms. Die toten Arme des Altrheins umrundend, erreichten die Pilger das Hospital. Zu essen gab es auch hier nur Rübengemüse und Gerste. Ursel würgte es beinah:

„Es ist Mai, aber wir fasten tagein, tagaus."

„Heute ist Samstag, da fastet jeder gute Christ", erklärte Hede.

„Nicht so!" Ursel verlor die Fassung. „Du bist vielleicht nichts Besseres gewohnt, ich schon, und ich will auch einmal Fleisch essen, ich brauche es ernstlich!"

„Ursel", Lenhard sprach mitfühlend, „du sollst ja welches bekommen, aber es wird die Ausnahme bleiben. Das hast du gewußt, als wir aufgebrochen sind."

„Verstehst du nicht, weshalb ich so rede?“
„Doch. Trotzdem haben wir nicht viel Geld.“
„Und was ist mit Hans Nickels Pfennigen?“
„Die reichen auch nicht weit.“
Ursel fuhr sich über die Augen.
„Ich habe einen Gulden dabei. Ehe es mir am nötigsten fehlt, will ich den anbrechen.“
Diese Mitteilung verschlug den beiden Älteren die Sprache. Endlich brachte Lenhard hervor:
„Einen Gulden? Wo zum Teufel hast du einen Gulden her?“
„Hat mir der Kanonikus für unterwegs geschenkt.“
„Der Kanonikus? Ist er von Sinnen? Weiß er nicht, daß sie dich für so viel Geld totschlagen? Ein Wunder, daß du das nicht im Wirtshaus erzählt hast, unter lauter Mordbuben, die dir gleich vor der Tür die Gurgel abschneiden!“
Ursel weinte.
„Gib zu, daß du mir jede Wohltat mißgönnst. Erst recht vom Kanonikus!“
„Ruhe“, knurrte Lenhard. Zorniges Mißfallen stand auf seinem Gesicht, aber auch Scham darüber, daß ihn die Großzügigkeit eines andern in den Schatten stellte. „Wo hast du den verdammten Gulden?“
Widerwillig berührte Ursel ihren Saum.
„Da bleibt er auch, verstanden? Und daß du ja nicht wieder davon anfängst!“
Der Abend endete in frostiger Stimmung. Als sie sich zum Schlafen legten, achtete Ursel peinlich auf Abstand zum Vater.
„Der neidische Kerl“, redete sie die Mutter an, „wenn er ein paar Gulden für diese Reise locker gemacht hätte, müßte ich ihm dauernd mein Danklied singen. Aber dazu war er zu geizig; läßt seine Tochter lieber hungern!“
„Bisher hast du noch nicht gehungert“, wandte die Mutter begütigend ein.

„Holzige Rüben! Halbgare Gerste!“

„Kind, so schlimm war es nicht. Ihr zieht nun einmal nicht ins Schlaraffenland. Der wahre Pilger bricht ohne jeden Pfennig auf; so wollte es auch der Vater machen und ist jetzt gekränkt, daß ihm das Gold seine Wallfahrt beschmutzt.“

Da mußte Ursel wirklich lachen:

„Für wie fromm hältst du ihn? Dichte ihm bloß keinen Heiligenschein an! Er war nur beleidigt, weil ich mehr Geld besitze als er. Und ich wollte noch mit ihm teilen – aber jetzt nicht mehr.“

„Pst – du bist selber beleidigt. Du würdest alles mit ihm teilen.“ Die Mutter verschwand so sachte, wie sie gekommen war. Ursel trocknete ihre Tränen, die jetzt reichlich flossen.

Sonntag Jubilate: Sie feierten Gottesdienst in der Spitalskapelle. Anschließend erhielt jeder einen Weck und ein Ei. Es versprach wieder ein heißer Tag zu werden. Die Pilger gingen zum Hofbrunnen, um sich zu waschen und den Staub aus den Kleidern zu klopfen. Zum ersten Mal sah Ursel, wie Hede ihr Kopftuch ablegte. Als sie die Zöpfe aufband, fiel ihr das Haar dicht und glänzend blond über den Rücken – ein seltsamer Gegensatz zu den verlebten Zügen.

„Du hast schönes Haar“, entschlüpfte es Ursel unwillkürlich.

Hede schöpfte sich aus einem kleinen Bottich Seifenwasser auf den Scheitel.

„Es paßt nicht mehr zu mir“, erwiderte sie. „Sollte längst ergraut sein. Aber all meine grauen Haare trage ich als Falten im Gesicht.“

Ursel wollte etwas Freundliches sagen, doch sie brachte nichts über die Lippen. Wahrhaftig: Hede war nicht mehr schön, doch man konnte sich vorstellen, daß sie es einmal gewesen sein mußte. Der Vater sah die Gefährtin nachdenklich an. Ob sie ihm jetzt besser gefiel? Aber er starrte ohne ein Lächeln auf das, was ihr an Reiz geblieben war. Ursel beugte sich über den Eimer mit Brunnenwasser und erhaschte darin einen Schimmer ihres Spiegelbilds. Ihr Gesicht war jung und frisch, es schien ihr unverändert. Sie atmete auf.

In der Stadt läuteten fast ununterbrochen die Glocken; übers ganze Reich war das Geläut von Speyer berühmt. Durch die bunten Scheiben des Doms flutete Sonnenlicht und schmeichelte auch Hedes Antlitz. Alle drei waren sauberer und zufriedener als am Tag zuvor. Lenhard hatte im Spital sagen hören, abends werde es Fleisch geben, und da war ihnen der Entschluß zu verweilen leicht gefallen. Also machten sie jetzt im Dom den Heiligen ihre Aufwartung.

„Ein gewaltiger Bau“, Lenhard nickte, „ich habe nicht viel gesehen, was dem gleichkommt.“

„Wo warst denn überall?“ erkundigte sich Hede.

„Wo mich die Gesellenfahrt hingebracht hat.“

„Stammst du nicht aus Frankfurt?“

„Das hört man doch!“ warf Ursel ein.

„Woher kommst du?“

„Aus dem Münsterland.“ Lenhard hatte eine abweisende Miene aufgesetzt. Ursel wußte, daß er nicht gern von seiner Herkunft sprach, deshalb lenkte sie ab:

„Laßt uns wieder nach draußen gehen, hier im Weihrauchdunst wird einem ja schlecht.“

Lenhard sah sie erschrocken an:

„Dann schnell.“

Auch Hede kam mit.

„Hast du öfter solche Schwächen?“ fragte sie.

„Ach“, gerade war es nur eine Ausrede gewesen, „halb so schlimm.“

„Dein Vater soll dir einen Schluck Branntwein spendieren.“

„Das fehlte noch“, brummte Lenhard.
„Anisbrand hilft dem Magen und dem Kopf.“
„Hört, hört; du klingst wie eine alte Wasserbrennerin, was, Hede?“
„Frag mich nicht aus, ich frage dich auch nicht, Schmied. Also wie ist es?“
Lenhard winkte ab:
„Das Kind mit Branntwein vergiften, sicher nicht. Aber wenn du was Starkes brauchst, gebe ich dir einen aus.“
Hede ertrug die Bosheit schweigend. Sie sah das große Kind von fünfundzwanzig Jahren, geschützt vom Vater und einer weiten Pilgertracht.

Einen Tag lang schlenderten sie durch Speyer, das nicht fromm genug war, Würfel- und Weinstuben sonntags zu schließen. Aber der heilige Jakob, der aus mancher Nische herabspähte, mahnte einen besseren Lebenswandel an. Beim Angelusläuten beschlossen sie deshalb einmütig, ins Hospiz zurückzukehren, denn sie wollten die ersehnte Mahlzeit nicht versäumen. Kaum hatten sie sich auf den Weg gemacht, rief Ursel:
„Mein Hut! Ich habe meinen Hut verloren!“
Lenhard schluckte ein Scheltwort hinunter:
„Im Dom hast du ihn in der Hand gehalten.“
„Und dann auf den Boden gelegt, als wir bei der Muttergottes gebetet haben, besinnst du dich?“
Ja, sie hatte an ihre eigene Mutter denken müssen und darüber den Hut vergessen.
„Geht voraus, ich renne schnell zurück.“
Im Dom wurde bereits zur Vesperfeier gerichtet. Ursel stieß einen Hund beiseite, der über die Platten hechelte. Zum Glück, da lag ihr gutes Stück in der Ecke. Sie griff zu und suchte durch ein Seitenportal den Weg ins Freie. Wie sie hastig das Treppchen herabsprang, wäre sie beinah über jemanden gestolpert. Auf der untersten Stufe hockte ein

Mönch, der auch nicht aufblickte, als Ursel laut „Hoppla!" rief. Sie blieb vor ihm stehen. Er senkte den Kopf noch tiefer. Es war der junge Benediktiner, den sie am Samstag auf der Straße gesehen hatte.

„Herr?" begann sie fragend.

„Was willst du?"

„Braucht Ihr Hilfe? Seid Ihr allein?"

„Mein Gefährte ist drinnen." Jetzt schaute er auf. Sie hielt ihren Hut in der Hand, und so erkannte auch er sie:

„Du bist die Pilgerin. Gehst du nicht zur Vesper in den Dom?"

„Nein, aber Ihr gewiß."

„Wenn ich das könnte, wäre ich nicht hier."

Das klang sonderbar. Was hatte er verbrochen, daß er, ein Ordensmann, nicht in die Kirche durfte? Er erriet Ursels Gedanken.

„Ich habe nichts getan. Du siehst doch, daß ich hier nicht im Büßerhemd stehe. Ich kann nicht hinein, weil ich die Angst drinnen nicht ertrage."

„Was für Angst?"

„Ich habe in jeder Kirche Angst – sie überfällt mich. Ich kann nicht hinein, das ist mein Fluch. Ich kann dem Herrn nicht mehr dienen, und dem Weltdienst habe ich entsagt. So ist kein Platz für mich, in keinem Stand, und ich sitze auf dieser Treppe wie zwischen Himmel und Hölle."

„Aber wovor habt Ihr denn Angst?"

„Das verstehst du nicht – ich verstehe es ja selber kaum. Ich sage nur, daß es mich würgt und schüttelt, fast umbringt. Denk nicht, ich könnte nicht beten; ich bete immerzu, damit der Herr meine Seele bewahre. Aber er hört mich nicht und ich nicht ihn."

Wem war es schon vergönnt, den Herrn zu hören? Die Mutter hatte ihn nie gehört, als ihr ein Kind nach dem andern gestorben war. Ursel sprach wie weiland der Kanonikus:

„Es ist eine Prüfung."
„Die Prüfung liegt lange zurück, und ich hielt ihr nicht stand."
Offenbar konnte sie ihm nichts Neues sagen, deshalb wandte sie sich zum Gehen. Aber da flehte er plötzlich:
„Bleib doch noch, bitte, nur bis die Vesper zu Ende ist! Wie heißt du?"
„Ursula."
„Ursula – also Ursel?"
„Ja. – Und Ihr?"
„Gilbrecht." Er verschwieg den Ordo Sancti Benedicti.

Sie saßen nebeneinander auf der Treppe, er malte mit dem Fingernagel Zeichen ins Leder seines Buchbeutels, sie schabte eine Schmutzkruste vom Rock. Ihr war unbehaglich zumute. Bald ging die Sonne unter, Ursel mußte zurück zu ihren Leuten. Eben wollte sie ihm das begreiflich machen, als die Pforte hinter ihnen aufschwang. Das Vespergebet war zu Ende, und ein Dutzend Bürger trat den Heimweg an, darunter auch der andere Mönch:
„Nun, Gilbrecht, Dominus tecum."
„Et cum spiritu tuo."
„Weißt du, was ich eben gehört habe?" Er ruderte mit den Armen: „Der heilige Bernhard – als er damals wegen des Kreuzzugs nach Speyer gekommen ist, hat ihn das Bildnis unserer Jungfrau selbst angesprochen: ‚Sancte Bernarde, unde quam tarde?' "
„Wunderbar", entgegnete Gilbrecht abfällig, „eine Gottesmutter, die reimt."
Aber Ursel fragte neugierig:
„Was heißt das auf deutsch?"
Der ältere Mönch runzelte die Brauen:
„Sieh an. Wer bist du?"
Es kam zu keiner Antwort, denn schon übersetzte Gilbrecht:

„Sankt Bernhard, woher so spät; was immer das bedeuten mag.“

„Er hat eben auf sich warten lassen“, erklärte der Konfrater. „Und stell dir vor, was er der heiligen Maria erwidert hat! ‚Das Weib schweige in der Kirche‘! Ist das nicht stark?“ Er wollte sich ausschütten vor Lachen, da packte ihn plötzlich eine unsanfte Hand an der Schulter:

„Habt ihr nichts Besseres zu tun, als mit den Beterinnen zu scharmutzieren?“ Das war Lenhard. Er herrschte Ursel an: „Wo bleibst du?“

Der Mönch machte sich mit einem Ruck los:

„Finger weg, Mann. Diese da kannst du Anstand lehren, wenn sie am Domportal geistlichen Herren schöntut!“ Gilbrecht fiel ihm ins Wort:

„Ach, du läßt mich hier doch allein, da könnte mich der Teufel von der Kirchentreppe holen, und du würdest es nicht einmal merken. Sie aber ist geblieben, als ich es nicht ausgehalten hab’! Du weißt genau, daß ich zugrunde gehe allein hier draußen und du beim Gebet!“

Lenhard trat zu Ursel:

„Du hast dir ja einen lustigen Freund angelacht. Was ist mit ihm?“

Ursel zuckte die Achseln. Gemeinsam lauschten sie den streitenden Brüdern:

„Du möchtest wohl, daß ich auch so werde wie du und mich nicht mehr vor das Angesicht unseres Herrn wage? Hör zu, wenn du weiter so übellaunig tust, dann gehe ich nicht mehr mit!“

„Habe ich dich darum gebeten?“

Lenhard fuhr dazwischen:

„Seid ihr nicht gescheit? Was macht ihr da?“

Der Ältere riß sich zusammen.

„Ja, was. Ich armer, von Gott gestrafter Sünder soll mit diesem Zanklappen eine Wallfahrt machen!“

„Du?“ Sie musterten ungläubig sein Gewand.

„So ist es. Ich bin vom Orden des heiligen Benedikt, bin Severin von Maria Laach in der Eifel, und jener heißt Gilbrecht. Nein, es ist nicht üblich, daß Brüder unserer Kongregation zur Wallfahrt aufbrechen. Doch kann der Abt so verfügen, wenn er es zur Sühne einer Schuld für angemessen hält. Ja, wir sind allzumal Sünder, aber ich muß wohl besonders schlimm sein, da unser Herr mir auferlegte, mein bißchen Witz an diesem undankbaren, unbelehrbaren Sohn der Christenheit aufzureiben!" Erschöpft hielt er inne. Ursel berührte den Ärmel des Mönchs neben ihr:

„Was tut Ihr ihm an, daß er so von Euch spricht?"

„Nichts. Ich habe dir erzählt, was mich quält. Er hat es oft erlebt und nicht helfen können. Ich weiß ja, es ist schwer mit mir, aber ich kann nichts dafür. Ist das dein Mann?"

„Bewahre", Ursel grinste, „so jung ist er nicht mehr. Das ist mein Vater, Lenhard Grosser, Schwertfeger aus Frankfurt."

„Er weiß nichts von der Welt", nahm Severin den Ordensbruder in Schutz. Dann sagte er zu Lenhard: „Und was seid ihr für Pilger?"

„Sankt Jakob", erwiderte Lenhard, als gäbe es nichts Naheliegenderes.

Severin staunte:

„Du wirst es nicht glauben, da müssen wir auch hin!"

Diesmal rief Ursel:

„Wenn das so ist, warum gehen wir nicht zusammen?"

Die beiden Mönche schauten ermuntert unter den Kapuzen hervor:

„Ein bißchen Abwechslung täte meiner Seele gut", gestand Severin. „Aber es liegt bei deinem Vater."

Lenhard maß die kräftige Gestalt des andern.

„In Gottes Namen. Morgen früh am Rheintor, nach der Laudes?"

„Ja!“ Severin lachte geradezu, „Freund, du bist meine Rettung. Bis morgen!“ Er riß Gilbrecht empor, zog mit weiten Schritten davon: „Bis morgen!“

Lenhard schlug sich an die Stirn:

„Und nun? Auf einen Streich zwei schwarze Krähen eingefangen. Das ist deine Schuld! Oh, mach voran, sonst setzt es Hiebe!“ Sie rannten mit wehenden Mänteln zurück ins Hospiz.

Germersheim

Am nächsten Morgen standen die Benediktiner pünktlich am Stadttor. Bruder Severin sah erleichtert, daß nicht er allein die gestrige Verabredung für ernst genommen hatte.

„Gott zum Gruß, liebe Leute", tönte er. „Seid ihr gerüstet für die Weiterreise?"

Seine Munterkeit war jedoch nicht ganz echt, und der jüngere Mönch sprach nach einer kurzen Begrüßung überhaupt nicht mehr. Lenhard ließ sich das nicht lang bieten:

„Hör zu, wenn du auf unsere Gesellschaft Wert legst, tu dein Maul auf. Wir sind nicht zu deiner Unterhaltung hier."

Severin brach eine Lanze für den Bruder im Herrn:

„Laß ihn in Frieden und mach dir nichts draus. Ihn hat die Melancholie gepackt."

„Melancholie. Paß auf, wenn nicht wenigstens einer von euch redet wie ein vernünftiger Mensch, wird es nichts mit uns fünfen."

„Sei lieber froh, daß geistliche Herren sich uns angeschlossen haben. Das ist eine Ehre", tadelte ihn Hede.

„Ehre! Herren!" höhnte Lenhard. „Für mich sind das vielleicht Brüder, aber keine Herren. Ich sage Du zu euch, ein für allemal."

Die beiden Weiber hielten sich halb vor Schreck, halb vor Vergnügen die Hand vor den Mund. Aber die Mönche hatten ihre Lektion verstanden. Mit schiefem Blick setzten sie den Weg fort.

Bisher hatten sie während ihrer Reise schönes Wetter gehabt. Auch der heutige Tag ließ sich freundlich an. Zuerst streifte Severin die Kapuze ab, dann Gilbrecht. Der Ältere brauchte vor keinem Konfrater mehr das Haupt zur Schur zu beugen; er trug das Merkmal seines Standes dank der

Würde seiner Jahre. Gilbrechts Tonsur dagegen war nicht ganz, wie sie sein sollte. Auch mit dem Stundengebet haperte es bei den Brüdern. Statt dessen prahlte Severin, daß sie von dem Speyrer Kloster, in dem sie übernachtet hatten, mit gutem Mundvorrat versehen worden seien.

Doch noch vor der Mittagsrast trübte sich das Wetter ein, und ein ergiebiger Maienregen, wie ihn der Landmann schätzte, brach los. Lenhard blieb stehen:

„Aha. Kaum sieht der Himmel eure Glatzen, fängt er zu weinen an."

„Wenn du nur schimpfen kannst!" Ursel schimpfte selber und zog ihren Mantel zusammen. „Ist nirgends ein Unterstand?"

Aber es gab nicht einmal einen Baum; nur die Rebenhänge nach Westen und davor hingebreitet Dinkelfelder. Oben auf dem Hügelkamm reckte sich eine Burg empor, die auch schon bessere Tage gesehen hatte. Wehmütig dachte Ursel an des Schwertfegers Haus zu Frankfurt mit den schönen Glasfenstern in den oberen Stuben. Erst jetzt wußte sie dies alles recht zu schätzen.

Die benediktinische Tracht war für ein Unwetter schlechter geeignet als die grauen Kutten der Wandermönche. Vom schwarzen, sonst so feierlichen Habit hob sich jeder Dreckspritzer deutlich ab. Mit schweren Säumen stapften die Mönche seufzend durch den Schlamm. Lenhard lachte:

„Nun verzagt nicht. Wir finden schon einen Stall. Bis dahin erzählt etwas Kurzweiliges."

Gilbrecht blieb abweisend:

„Da braucht ihr mich nicht zu fragen."

Ursel blickte auf:

„Verrate uns, was dich aus dem Kloster getrieben hat?"

„Der Abt", antwortete Severin.

„Soll es nun über mich gehen?" fuhr Gilbrecht auf. „Das wäre eine schöne Kurzweil!"

„Wenn du nicht wärst, würden wir hier nicht gemeinsam wandern. Sie müssen deine Geschichte erfahren, sonst halten sie dich auf Dauer nicht aus."

„Erzähl deine eigene Geschichte, wenn du das Reden nicht lassen kannst!"

„Gut, das will ich tun. Ich, Severin von Maria Laach, gehöre seit gut vierzig Jahren zum Orden des heiligen Benedikt. Von jung auf dem Zellerar zugeteilt, bin ich doch selber nie in dieses Amt gelangt. Die Verwaltung des gesamten Klosterhaushalts hat man mir nicht zugetraut, wohl aber die Aufsicht über das Küchenwesen. Vor fünfzehn Jahren kam Gilbrecht nach Laach. Er war ein fleißiger, beharrlicher Novize und stammte aus Köln wie ich, aus einem guten Kaufmannshaus. Er konnte rechnen, und ich brauchte jemanden für die Buchführung, da habe ich mir ihn zum Gehilfen ausgebeten."

„Wie ist dein Name?" fragte Hede den Jüngeren.

„Mein Name ist Gilbrecht von Maria Laach, aber wenn du meine Sippschaft meinst, die heißt Aducht."

„Von Aducht. Zehn Jahre hat er mir beigestanden, und der Zellerar fand nichts auszusetzen an unserer Arbeit. Ihr hättet Gilbrecht sehen müssen vor seiner Missewende." Der Regen ließ nach, Severin streifte die durchnäßte Kapuze vom Kopf.

„Welche Missewende?" fragten sie ihn.

„Vor zwei Jahren begann es. Er hörte nicht zu, wenn wir den Zehnten einnahmen, schrieb nicht mit, vergaß alles. Müde war er wie die Jüngsten unter den Brüdern. Wißt ihr, wenn man das Ordensleben antritt, gewöhnt man sich nur schwer ans nächtliche Gebet. Ihr Bürger steht mit dem Hahnenschrei auf, wir aber erheben uns bald nach Mitternacht zur Vigil. Die Novizen kommt das sauer an. Mir selbst sind in dem Alter oft die Augen zugefallen. Bei Gilbrecht war die Müdigkeit plötzlich wieder da. Er schlief mitten im Schreiben ein, einmal gar vor den Augen des Zellerars."

„Ich konnte nachts nicht mehr schlafen! Ich habe mich niedergelegt nach der Komplet und so wenig geschlafen wie ein Standbild."

„Ja, nur wie konnten wir das ahnen? Wir haben ihn wachgerüttelt, und er ist erschrocken bis ins Mark, aber stumm geblieben. Also wurde er ermahnt. Irgendwann überschlug er als Lektor bei Tisch versehentlich die Seiten der Schrift, ohne es zu merken. Er las einfach weiter. Da brach der Abt das Schweigen und fragte ihn, ob er noch wisse, was er vortrage. Gilbrecht war völlig von Sinnen und hat sich nicht gedemütigt, wie es die Regel verlangt. Bald mußte er vom gemeinsamen Essen fernbleiben. Doch das war alles nicht das Schlimmste. Eines Tages fing er mitten im Stundengebet an zu weinen. Er stand damals schon nicht mehr im Chor, sondern abseits."

„Kein einziger sonst hat den Psalm weitergesungen."

„Nein. Wir dachten, jetzt zeigt er Reue, und Gottes Barmherzigkeit führt ihn zurück in unsere Mitte. Statt dessen verzerrt er das Gesicht und schreit wie ein Verrückter – Gilbrecht, von dessen Feder all meine Bücher geschrieben waren – ihr habt keine Vorstellung."

„Das war die Angst. Ich hab's dir erzählt. Damals hat es angefangen, am Sebastianstag vor einem Jahr."

„Ihr habt keine Vorstellung. Er rannte fort, und der Abt gab mir einen Wink, ich solle ihm folgen. Gilbrecht lag draußen in der Kälte am Boden. Da hat er zum ersten Mal von der Angst geredet, aber erklären konnte er sie nicht."

„Es gibt nichts zu erklären. Es ist nichts anderes als Angst, furchtbare, tödliche Angst. In jeder Kirche, vor jedem Altar überfällt sie mich. Wenn ich dann nur sterben könnte, wäre es endlich vorbei – so dachte ich, ja. Nein, ihr könnt euch nicht vorstellen, wie es ist, wenn dich auf einmal alles verläßt, die Luft zum Atmen sogar und das Licht zum Sehen."

„Wenn er mir das wenigstens gesagt hätte – aber nichts, nichts als dieser Wurm am Boden. Und das nicht einmal, nein, es kam immer wieder. Nur die Meßfeier hielt er anfangs noch durch. Ich sah ihn bei der Wandlung, schweißüberströmt. Bis er eines Tages auch hier zusammenbrach." Gilbrechts Gesicht war grau geworden. Severin fuhrt fort. „Der Abt schickte ihn in die Krankenstube. Ich dachte, das sei weise, und dankte Gott. Keiner außer einem beauftragten Bruder durfte zu ihm, und es hieß bald, die Abgeschiedenheit tue ihm wohl. Drei Wochen später nahm ihn der Abt wieder in die Gemeinschaft auf. Gilbrecht hatte wirklich fast Farbe auf den Wangen. Wir schritten zum Gottesdienst. Beim Benedictus stürzte er nieder, stöhnend, wie im Fieber."

„Und dann?"

„Dann wurde der Abt blaß und ging selbst hin, um Gilbrecht aufzuheben. Er sollte endlich bekennen, was ihn umtrieb. Gilbrecht aber schwieg. Da strafte ihn der Abt."

Sie blickten furchtsam zu dem jungen Mönch.

„Wie?"

„Niemand durfte ihn ansprechen oder nur grüßen. Seine Speisen wurden nicht gesegnet. Während der Messen lag er mit dem Gesicht zur Erde vor der Kirchenschwelle. Arbeit durfte er nicht mehr verrichten. Der Abt befahl Gilbrecht in die Obhut von zwei älteren Brüdern. Sie nahmen ihn hinauf in eine Zelle und versuchten, durch Zuspruch sein Herz zu bewegen. Sie haben wohl auch jenes Wort gebraucht, daß er besessen sei."

„Ihr wißt nicht, was das heißt, wenn sie kommen und sagen: Du bist von einem unreinen Geist besessen. Ihr müßt mir glauben: Ich bin nicht besessen und war es nicht!" Severin schüttelte ihn am Arm:

„Wenn du nur selber ein Wort gesagt hättest! Ja, er schrie, er sei nicht besessen. Es war ohnedies unter uns Brüdern keiner, der einen Exorzismus an ihm gewagt hätte. Die Regel sagt darüber nichts. Und der hochwürdige Vater wollte unsere Not nicht nach außen tragen."

„Dem Abt war nur um sein Kloster zu tun. Unter seiner Führung hatten wir uns den Bursfeldischen angeschlossen. Solch ein helles Licht darf nicht vom Ruß des Satans blaken."

„Gilbrecht war nicht besessen", sagte Severin rasch. „Nichts an ihm kann einem Dämon Heimstatt bieten. Aber trotzdem habe ich nicht begriffen, was ihn eigentlich plagt. Ich habe seine Fensteröffnung hoch oben in der Mauer gesehen und gehofft, er würde den Gottesdienst wieder schätzen, wenn er die Klausur erst hinter sich hat."

„Und? Kam es so?"

„Sie wußten nicht, was sie ihm antaten. Drei Wochen gingen vorbei, bis schließlich..."

„Aus!" Gilbrecht unterbrach ihn mit erstickter Stimme. „Schweig! Wenn es gesagt werden muß, dann von mir. Ja, nach drei Wochen bin ich aus dem Fenster gesprungen. Ich wollte mich umbringen. Ihr habt keinen Begriff davon, was sie mit mir angestellt haben. Nicht nur die Bußpsalter, Fasten und Gebet. Nein, sprich das einmal aus: Weiche von mir, böser Geist! Tauber und stummer Geist, verlasse mich! Er muß wahrlich stumm gewesen sein, denn ich habe nichts von ihm je vernommen. Da war kein böser Geist, da war überhaupt kein Geist mehr in mir. Nur Angst, die mit jedem Tag größer wurde, schlimmer. Als sie mich doch einmal für einen Augenblick allein gelassen haben, bin ich gesprungen."

Fassungslos starrten sie auf Gilbrecht.

„Und?" wisperten sie.

Severin antwortete:

„Der Herr wollte, daß ein Erker aus der Wand hervorragte: Er ist auf dem Privet liegengeblieben."

Hede hauchte Lenhard zu:

„Auf was?" Und er gab gedämpft zurück:

„Auf dem Scheißhaus."

„Ein Bruder hat seinen Schrei gehört. Im Nu war die ganze Abtei beisammen. Mich traf der Schlag, als ich ihn dort oben hängen sah. Der Knecht, der die Aborte reinigt, hat seine Leiter geholt und Gilbrecht geborgen. Ich dachte, sie stürzen sich noch beide zu Tode. Aber alles ging gut. Nun, und dann war sogar der hochwürdige Vater am Schluß seiner Weisheit. Gilbrechts Tat war schlimm, ein Spott auf all die Mühen um sein Seelenheil. Doch hatte unser Herr nicht sichtbar die Hand ausgestreckt und ihn abgefangen auf dem Weg ins ewige Feuer? Gilbrechts Schuld war groß, aber für's erste lag er auf dem Krankenbett. Beide Beine waren gebrochen, und es hieß, er werde wohl für den Rest seiner Tage lahm sein."

„Hast du nun zu ihm gedurft?"

„Der hochwürdige Vater hat es mir gestattet. Nach dem Mißerfolg der beiden theologischen Brüder dachte er wohl, es könnte genauso gut ein schlichter Refectarius sein Glück versuchen."

„Hast du dich gefreut, als Severin kam?"

„Ich hatte nicht gedacht, es könnte einer kommen und etwas anderes als die Beichte von mir hören wollen."

„Ja, er hat sich gefreut, sonst hätte ich die Hoffnung aufgegeben. Die Krankenstube gefiel ihm und leider auch, daß keiner ihm den Leib des Herrn, sondern nur ich frische Wecken brachte."

„Es war einfach Ruhe, Sommer, und nach einiger Zeit ließ mich der Bruder Medicus hinaustragen in den Garten. Etwas Besseres hätte ich mir nicht wünschen können."

„Sie verfuhren milde mit ihm. Er wurde gesund, und im Herbst stakste er schon auf wackligen Beinen herum. Der Abt vermerkte es staunend. Er konnte ihn nicht in die Gemeinschaft zurückholen, doch mußte er letztlich über ihn befinden. Er soll überlegt haben, ob Gilbrecht nicht aus dem Orden ausgeschieden werden müsse. Erst als er ihn von Tag zu Tag leichtfüßiger sah, kam ihm der Gedanke an die Pilgerfahrt. Schließlich hat unser hochwürdiger Abt Johannes allen im Kapitelsaal eröffnet, Gilbrecht werde um seiner Sünden und Seelenqualen willen auf Wallfahrt gehen, nach Sankt Jakob von Compostela. Sobald er geläutert zurückkehren würde, wollten die Brüder ihn erneut freudig aufnehmen."

„Und so ging Gilbrecht auf Fahrt – warum aber bist du dabei?"

„Seht doch selbst: kann man den allein bis nach Sankt Jakob schicken? Der Abt hatte sicher auch seine Zweifel. Vielleicht hat er gleich erwartet, daß ich um Erlaubnis bitten würde, Gilbrecht zu begleiten. So sind wir in diesem Frühjahr gemeinsam auf Pilgerfahrt gegangen. Jetzt begreift ihr, weshalb es schwer sein kann mit diesem Unglücksraben."

Sie äugten hinüber zu dem „Raben", dessen schwarzes Gefieder langsam in der Sonne trocknete. Lenhard räusperte sich:

„Na, wir werden euch schon hinschaffen nach Sankt Jakob. Im übrigen ist es mir lieber, ihr habt der Abtei die Küche besorgt, als ihr wärt gelehrte Stubenhocker, und der Schriftenstaub hing euch noch an der Nase."

„So bist du bei mir richtig, aber Gilbrecht, der hat nebenbei immer seine Studien betrieben."

Da stieß Lenhard den Ellenbogen in Severins Seite:

„Nun hör mal das Großtun auf mit deinem Gilbrecht, ja?"

Der Schwarzgefiederte mußte beinah lächeln.

Nach dem langen Bericht klagte Severin über eine ausgedörrte Kehle, und alle fanden, sie hätten eine Rast verdient. Längst war es wieder warm und trocken. Am nächsten Brunnen füllten sie sich die Flaschen mit Wasser und verzehrten ihr mitgeführtes Mahl. Die Benediktiner gaben ihnen großzügig vom Speyrer Käse ab, auch vom Rauchfleisch, das sich die Mönche mit den Worten schmecken ließen:

„Wir haben Dispens für die Fahrt."

Sie lagen auf einer Schlüsselblumenwiese ausgestreckt und stopften sich nebenbei Löwenzahn, Wegerich und Sauerampfer in den Mund. Die Brüder schlugen ihre Breviere auf und holten ein paar Gebete nach. Lenhard unterbrach Severin:

„Verstehst du etwa Latein?"

„Mehr als du bestimmt."

„Ha, das ist keine Kunst!"

Ursel schüttelte den Kopf über ihren Vater und lächelte dann Gilbrecht zu, der angestrengt in sein Buch blickte. Severin warnte den Schmied:

„Sie soll achtgeben. Was starrt sie ihn so an?"

„Bildet euch nur nichts ein", grunzte Lenhard.

Jetzt kam Hede mit einer Frage:

„Du hast dich wirklich umbringen wollen?"

„Ja, ist das so schwer zu verstehen?"

„Es muß ein Überfluß schwarzer Galle gewesen sein."

„Hoho", mischte Lenhard sich ein, „sie redet wie der Stadtarzt zu Frankfurt!"

„Nichts dergleichen", widersprach Hede. „Aber trotzdem sage ich euch, daß der Absud solcher Schlüsselchen, wie sie hier wachsen, der Finsternis des Gemütes abhilft."

„Woher willst du das wissen?" fragte Gilbrecht mißtrauisch.

Ursel lachte:

„Glaub ihr nur. Sie kennt sich aus mit Tränklein. Mir hat sie schon einen Anisbrand verordnen wollen, warum auch immer."

Hede erwiderte scharf:

„Warum? Wegen deiner Übelkeit, habe ich das nicht gesagt? Dir wird noch öfter übel werden, fürchte ich, denn du bist gewiß schwanger."

Lenhard sah die Tochter erbleichen.

„Du hörst das Gras wachsen, was? Hat sie dich gebeten, daß du es an die große Glocke hängst?"

Hede zuckte die Schultern.

„Gebt dem Kaiser, was des Kaisers ist." Sie wandte sich dem Wiesenboden zu und zupfte Gräslein aus, die sie in ihrer Handfläche miteinander verglich.

„Stimmt das? Bist du schwanger?" fragte Gilbrecht.

„Ja."

„Aber man sieht gar nichts!"

„Mein Gott, soweit ist es eben noch nicht." Gereizt sprang sie auf. Gilbrecht kam hinter ihr her.

„Und wo ist dein Mann?" rief er.

„Ich habe keinen." Ursel mußte plötzlich weinen. Sie lief davon, weg von der schrecklichen Alten; von der väterlichen Besorgnis; von Gilbrecht, der nach allem, was man hörte, selbst kaum dreißig Jahre zählte und kein studierter Herr war, nur ein Buchhalter, Pfennigfuchser. Ursel rettete sich hinter die Haselsträucher an den Wiesengrenzen. Gilbrecht folgte ihr:

„Was ist? Schämst du dich etwa?"

Sie rupfte vor Wut die herzförmigen Haselblätter von den Zweigen:

„Wie anders angesichts von euch Mönchen?"

„Vor mir braucht sich wahrlich niemand zu schämen! Glaub mir, ich habe selber längst aufgehört damit. Es nützt und ändert nichts; bringt dir nur Schwermut. Die Scham verheert den Rest von dem, was heil an dir geblieben ist. Ich schäme mich nicht mehr, sonst wäre ich nicht über die Schwelle unseres Klosters hinweggekommen. Ich hätte mich zu Tode gegeißelt und dem Teufel eine arme, zerschundene Seele vermacht." Sie mußte lächeln, als sie ihn so heftig sprechen hörte.

„Ich habe mich erst gar nicht geschämt. Du mußt wissen, er hat mich heiraten wollen. Aber dann ist er tödlich verunglückt, und ich stand allein da. Darum sagte mein Vater schließlich, ich solle besser mitkommen auf Pilgerfahrt und nicht in Frankfurt verwaist zurückbleiben."

„Hast du Hede erzählt, daß du ein Kind erwartest?"

„Wie komme ich dazu? Ich mag nicht davon reden, daß ich ein Kind habe ohne den Mann dazu. Aber so eine tut sich eben gern wichtig."

„Ja, wie mit ihrem Schlüsselblumenaufguß; als ob ich das nicht längst gewußt hätte. Unser Medicus hat mir das Zeug kannenweise eingeflößt und sich viel davon versprochen."

„Hat es gewirkt?"

„Ja, jetzt allmählich, glaube ich."

Sie verbarg ihr rotfleckiges Gesicht in den Händen und kicherte.

Am Abend erreichten sie Germersheim und fanden im Predigerkloster dürftige Herberge. Die einheimischen Brüder, obgleich auf Benediktiner nicht gut zu sprechen, boten ihren Standesgenossen ein besseres Lager an, als es den gewöhnlichen Pilgern zugedacht war, aber Severin und Gilbrecht verzichteten darauf. Ursel horchte Gilbrechts Atemzügen nach, bis plötzlich die Mutter in ihr laut wurde:

„Nimm dich bloß nicht zu sehr seiner an! Die geistlichen Herren sind allemal nicht so harmlos, wie sie glauben machen wollen."

„O Mutter! In dieser Hinsicht kann mir nichts mehr zustoßen. Er ist schon eigenartig mit seinem Todesmut."

„Ja, eigenartig, ein Mann, der flennt wie ein Kind." Die Mutter drohte dem schlafenden Lenhard: „Paß gefälligst auf meine Tochter auf!" Weil sie schon dabei war, gab sie Hede einen Tritt: „Und du, halt deinen Mund."

Die zwei zuckten im Schlaf. Die Mönche dagegen lagen reglos ausgestreckt. Wie Lenhard und Ursel teilten sie eine Strohschütte. Sie waren aber ängstlich darauf bedacht, einander nicht einmal am Rücken zu berühren, so als fürchteten sie einen bestimmten Verdacht. Dabei, fand Ursel, mußte jeder merken, daß Severin Gilbrecht liebte wie ein Vater seinen Sohn.

Straßburg

Am nächsten Morgen wären alle gern früh aufgebrochen, aber Severin bestand darauf, zunächst die Laudes mitzufeiern:

„Der selige Calixtus sagt, wer auf einer Pilgerfahrt das Morgenlob versäumt, läßt das bessere von zwei Gütern."

Also folgten sie ihm, nur Gilbrecht nicht, der zurückblieb und damit dem Argwohn der Predigermönche gegen die Herren Benediktiner Vorschub leistete. Später auf der Straße trottete er im alten Schweigen vor sich hin, obwohl Severin auf ihn einredete. Die anderen ärgerte das.

„Er meint, er ist der Einzige, der hier zu klagen hat", sagte Hede. „Wir übrigen machen die Spanienfahrt wohl zu unserm Vergnügen."

„So siehst du auch wieder nicht aus", Lenhard musterte Hede lauernd, „aber ich habe noch nicht heraus, weshalb sonst."

Sie faßte in ihre fleckigen Rockfalten.

„Um meinen Sohn. Ich gelobte eine Wallfahrt, wenn er von schwerer Krankheit genesen würde."

„Und er genas."

„Er starb noch dieselbe Nacht. Nur als er beerdigt war, wagte ich nicht, dem Herrn meine Fahrt zu verweigern. Gebührt ihm unser Opfer nicht, gleichgültig, ob es ihm gefällt? Als ich zur Grube trat, da grauste mir. War mein Gelübde nicht vermessen? Mein Sohn wird Staub, und ich muß auch Staub werden. Was soll dem Herrn ein Gelübde, daß er dafür ins Rad des Lebens greift? Was nützt die Pilgerfahrt zu anderm als zum Gotteslob? Ich muß ihn loben, da nur er es ist, der meinem Sohn das Paradies erschließen kann." Gilbrecht tat den Mund auf:

„Dein Sohn war am Ende gar nicht mehr wichtig, was? Es ging dir bloß noch um dein Gelübde und das, was du als deine Schuldigkeit angesehen hast."

„Um sein Seelenheil ging es, um nichts anderes! Ich mache diesen Weg nur für sein Seelenheil. Es wäre Hohn auf unsern Herrn, sonst würde ich laut bekennen, daß es mir um mich längst nicht mehr schade ist. Und wenn der Teufel meine Seele am Wegrand findet, läßt er sie liegen, so zerschlagen ist sie. Und wenn nur ich allein am jüngsten Tag nicht aufstehe zum Gericht: Mein Klagen werdet ihr nicht hören. Ich will nur endlich meine Last ablegen, selbst wenn daran mein ewiges Leben hängt."

„Was für eine Last?"

„Ich sage es dir, Mönch, der dich nichts als das gute, satte Leben in den Abgrund getrieben hat. Du hast unter deinesgleichen gelebt, unter vielen Brüdern, du warst ein Herr, von Gott bevorzugt, von Menschen bedient! Du mußtest dich um gar nichts sorgen als deine Seligkeit. Dennoch, dein Geist hat sich verwirrt. Mein Geist durfte sich nicht verwirren, ich mußte meine Sinne beieinander halten. Ich hatte nur einen Menschen auf Erden, und der war meiner Obhut anvertraut – meinen Sohn. Ihr denkt, ich bin Witwe, und das solltet ihr auch denken. Aber ich bin nicht verwitwet, ich war nie verehelicht. Ich habe mein Kind gekriegt wie die da, ohne einen Mann. Nur daß der meine mich hinterrücks verlassen hat. Den Torwächter hat er bestochen, um nächtens heimlich aus der Stadt zu kommen. Am Abend hat er mir noch die Hochzeit versprochen; am andern Morgen höre ich, daß er fort ist." Sie merkten, wie der Haß in ihr aufbrandete. Einzig Lenhard wagte zu sprechen:

„Und dein Sohn war sein Kind – und dein Sohn ist tot?"

„Mein Sohn ist tot." Die Tränen liefen über ihr Gesicht.

Lenhard und Severin ließen das schluchzende Weib am Straßenrand sich niedersetzen. Währenddessen sprach Ursel zu Gilbrecht:

„Wenn man's genau nimmt, bin ich nur mit Verrückten unterwegs."

„Ich weiß nicht, wie es um deinen Vater steht, aber Severin ist nicht verrückt."

„Hm. Na, mein Vater ist auch nicht ganz richtig. Ich habe bis heute nicht begriffen, warum er seine schöne Werkstatt unserm Gesellen überlassen hat."

„War seine Werkstatt schön?"

Ursel spürte, wie Gilbrechts Blick plötzlich über ihr Äußeres glitt. Sah er die Fäden, die ein Gestrüpp aus ihrem Rocksaum gerissen hatte? Ihre Ärmel schimmerten fettig, denn hier rieb sie nach dem Essen die Finger ab. Sie unterschied sich nicht mehr sehr von einer heruntergekommenen Landfahrerin. Die Bauernweiber, die in seinem Kloster den Mist abgeholt hatten, mochten sich reinlicher getragen haben.

„Er war der beste Schwertfeger Frankfurts. Um bei ihm zu kaufen, ritten die Junker tagelang heran." Sie stutzte und fuhr fort: „Schau mein Gesicht an, das ist sauber. Und auch deine Kutte hat bessere Tage gesehen."

„Ach, so schlecht ist der Tag nicht", entgegnete Gilbrecht.

Die Straße, die über Landau und Hagenau nach Straßburg führte, zweigte vom Fluß ab. Die Pilger zogen diesen Weg vor, weil er die größeren Städte und damit bessere Unterkünfte berührte. Sie besuchten den Mönchen zuliebe die Benediktinerabtei Weißenburg, doch Gilbrecht war froh, als es am nächsten Morgen weiterging, denn es hatte unliebsame Fragen geregnet. Am Tag des ersten Eisheiligen erreichten sie Stefansfeld, von dort endlich Straßburg. Der Samstag neigte sich, als sie am Horizont den Turm des Doms erblickten.

Die Straßburger hatten ihre Stadt mit weitläufiger Landwehr umgeben. Es galt, etliche Wälle und Hecken zu umrunden, bevor man nach der Richtstätte an die ersten Häuser vor der Stadtmauer gelangte.

„Nicht schlecht, die Befestigung", meinte Lenhard. „Schau, Ursel, sie haben sogar den Fluß um die Mauern geleitet, wie in Frankfurt am Mainzer Tor."

„Sie haben's auch nötig."

Allerdings lagerte entlang des Wallgrabens viel zweifelhaftes Pack. Als die Pilger sich näherten, ging es los:

„Bänder, Riemen, nur einen halben Pfennig! Kauft etwas, Jungfer!"

„Ehrwürdige Väter, wir schleifen Euch die Messer!"

„Einen Heller, lieber Herr, seht meine armen Kinder!"

Lenhard und Severin hielten die Wanderstäbe wie Spieße:

„Weg, seht ihr nicht, wir sind auf der Fahrt und arm wie ihr!"

Ein dürres Weib sprang auf Hede zu:

„Erbarmen, mein Mann ist aussätzig, einen Pfennig", ihre Finger griffen nach Hedes Rock, „einen Heller!"

„Wirst du gleich verschwinden?" Lenhard schlug zu, aber sie ließ nicht locker:

„Erbarmen!"

„Weg, sage ich, weg!" Zornentbrannt riß er sie fort. Da ratschte es laut, ein breites Dreieck klaffte in Hedes Rocksaum, und das Bettelweib rannte johlend mit einem Tuchfetzen davon.

„Ich hätte ihr besser den Heller gegeben", meinte Hede erschrocken.

Lenhard war verdutzt: „Tut mir leid. Ich wollte dir helfen."

„Ich weiß." Sie brachte tatsächlich ein Lächeln zustande.

Unbehelligt durchschritten sie das Cronenburger Tor und eilten ins Hospiz.

„Morgen ist Sonntag. Da schauen wir uns um. Wir können ruhig einen Tag bleiben", befand Lenhard. Keiner widersprach.

Sonntag Cantate: Fröhlich summend zogen sie zur Kirche, jedenfalls Hede, Ursel und Severin. Lenhard brummte vor sich hin, sein Groll auf die Pfaffen gestattete nicht mehr, und Gilbrecht ließ der bevorstehende Gottesdienst verstummen.

Dem Dom fehlte einer seiner Türme; hier wie überall hatte man sich mit dem Bauen schwergetan. Zum Ausgleich gaben sich die Bürger in ihren Pelzen um so würdiger. Die Bettler dagegen prangten mit Wunden an allen Gliedmaßen, mit Warzen und tiefen Geschwüren, aus denen der Eiter tropfte. Ursel drückte sich an den Vater, als sie dieses Volk sah. Doch ihre Furcht war unnötig: vorm Dom fiel kein Bettler einen Pilger an. Hier heischten sie nach den Almosen der Begüterten. Das war nicht schwierig, denn jeder Pfennig, den der Reiche dem Armen gab, pflasterte des Reichen Weg ins Paradies. Und die ehrbaren Frauen, die unter dem Beifall des Gemahls ihre Beutel öffneten, gaben mehr als einen Pfennig. Lenhard erboste sich beim Anblick des elenden Gesindels.

„Betrüger und Diebe! Holt den Henker, der heilt sie alle im Nu; da springen die Lahmen."

„Wie bei uns daheim", stimmte Severin ihm zu. „Bevor sie am Kloster anklopfen, schmieren sie erst ihre Waden voll Schweinsblut und malen sich Krusten mit Kohle an." In diesem Augenblick kam ein Krüppel an Krücken vorübergehinkt, dem anstelle des linken Beins nur ein fauliger Stumpf aus den Lumpen ragte.

„Und der?" fragte Ursel.

Neben der Dompforte saßen die Hübschnerinnen wie Schwämme an alten Baumstämmen. Die Gesellen der Stadt sollten nicht vergessen, was einen gelungenen Sonntag ausmachte, und wenn sich ein Meister ins Haus der gemeinen Töchter verirrte, wies man auch ihm nicht die Tür. Die Fräulein auf ihren zugigen Standplätzen lachten in einem fort, boten halb entblößte Brüste dar, über denen die gelben Schleier flatterten. Eine streichelte ihr Hündchen; es bellte und sträubte sich unter ihren langen Fingernägeln, das Schellenband um seinen Bauch klingelte.

„Schnell in den Dom“, sagte Ursel.

„Ich bleibe“, entgegnete Gilbrecht.

„Bei denen hier? Komm lieber mit, der Dom ist groß, du kannst dich in eine Nische drücken und Augen und Ohren zuhalten.“

Ursel hatte ihn am Ärmel gepackt und zerrte ihn Richtung Eingang. Er sträubte sich, wenn auch nicht mit aller Kraft:

„Du weißt, es geht nicht, ich ertrage es nicht!“

„Gut, dann nicht“, erklang Lenhard in bündigem Ton, „Auf, Tochter, hinein mit dir, sie fangen an.“ Ursel gehorchte ohne weitere Worte und ließ den überraschten Mönch zurück.

Die besseren Bürger saßen in der Kirche auf ihren teuer bezahlten Stühlen, einfache Leute jedoch mußten stehen. Nur für die Alten gab es ein paar offene Bänke. So wandelte während der Messe jedermann umher und fing zum Unmut der Geistlichkeit Gespräche und Tändeleien an. Ursel betrachtete die Standbilder ringsum.

„Was ist das eigentlich für ein Ding da vorn?“ fragte sie den Vater.

„Mal schauen“, Lenhard bahnte sich einen Weg.

Severin und Hede kamen hinterher.

„Ihr könntet wenigstens den Schlußsegen abwarten“, bemängelte der Mönch. Trotzdem wurde er neugierig, als er den hohen, buntbemalten Aufbau sah: „Das sind ja Zifferblätter!“ Sie erkannten Sonne, Mond und Sterne auf ihrem Lauf um die Erde, darüber schwebte die Jungfrau Maria, und ganz oben hockte ein goldener Hahn.

„Es ist eine Uhr“, bestätigte Lenhard. „Weißt du, Ursel, wie in Frankfurt am Römer.“

„Die geht ja gar nicht!“ stellte Ursel enttäuscht fest.

Ein Straßburger Bürger, der ihre Unterhaltung mitangehört hatte, mischte sich ein:

„Schon seit hundert Jahren nicht mehr, Jungfer."

„Warum richtet es niemand? Bei so einem riesigen Kasten von Uhr lohnt sich das doch."

„Wenn einer da wäre, der es könnte, Jungfer. Die Uhr dort hat vor hundert Jahren ein weitgereister Mann erdacht. Ein wahres Wunderwerk ist sie gewesen."

„Ist sie damals gelaufen?"

„Gewiß. Bis zu dem Tag, als unser Rat den Uhrmacher zu Unrecht verklagt hat. Eine böse Geldgeschichte, er wurde zur Blendung verurteilt. Vorher hat er sich aber nochmals hierher führen lassen und es heimlich so eingerichtet, daß sich die Uhr beim nächsten Schlagen selbst zerstören mußte. Seitdem ist es aus mit ihr; wir haben nichts als das tote Gehäuse und können uns nur vorstellen, wie wunderbar alles einst gewesen ist." Er nickte Ursel und ihren Gefährten zu. „Ihr seid Pilger? Woher kommt ihr?"

„Aus Frankfurt", antwortete Lenhard.

„Aus Frankfurt – und wohin soll es gehen?"

„Nach Sankt Jakob."

„Donnerwetter, da liegt ja was vor euch. Wie gefällt euch Straßburg?"

„Hm, an Pöbel fehlt es nicht. Man kommt kaum zur Stadt hinein, ohne daß sie sich auf einen stürzen. Und vor dem Dom dasselbe, Metzen und Bettler der übelsten Sorte. Euer Bischof soll sein Gebiet besser besorgen."

„Unser Bischof hat hier nichts mehr zu besorgen – der ist freundlichst längst zur Stadt hinausgezogen. Bei uns gibt es keine kirchliche Freistatt. Den Dirnen ist der Dom verboten, aber..."

„... eure Büttel taugen nicht."

„Tja, vielleicht. Unser Rat ist nachsichtig geworden mit dem Bettelunwesen, seit so viele um ihr Gut gebracht worden sind. Wir sind ein heimgesuchtes Land. Jeder kann froh sein, dem der Franzose noch nicht das Dach angezündet hat."

Der Franzose – wollten sie nicht bald ins welsche Land hinein?

„Was habt ihr für Händel, ist Krieg hier?"

„Ich wüßte es nicht. Frankreich hatte hundert Jahre Krieg mit England, und als es dann vorbei war, lagen die Äcker verwüstet, das Heer aber war hungrig. Da brachten die welschen Herren ihre Reisläufer zu uns. Bei uns gab's noch was zu holen, und es war ihnen lieber, daß der wütige Knecht unsere Kinder auffraß als ihnen die Kälber. So fing es an mit den Plünderungen, besonders im oberen Elsaß. Die Armen Jecken haben es am schlimmsten getrieben."

„Arme Jecken?" Severin staunte.

„So heißt ihr Land, Armagnac, aber fragt mich nicht, wo das ist. Links der Hölle, nehme ich an. Gottverfluchte Söldner, die allesamt der Teufel holen soll!" Er riß sich zusammen. „Sie haben unsere Felder und Dörfer niedergemacht; die Bauern, die am Leben blieben, waren heimatlos. Den Städten ging der Vorrat aus, und als der Hunger spürbar wurde, hat man die Bettler vor den Wall gejagt. Einige solche sind euch begegnet. Andere sind jetzt verbündet mit dem Bauernvolk. ‚Bundschuh' nennen sie sich und plündern und brandschatzen selbst. Seitdem herrscht Angst, daß schließlich Aufruhr kommt, daß alle Ordnung sich verkehrt und unsere Stadt in Trümmer geht. Darum duldet der Rat die Bettler vor der Kirchentür. Lieber sollen sie unter unsern Augen Schabernack treiben, als mit den Aufständischen morden."

„Schabernack", Lenhard murrte. „An die Arbeit bringen müßt ihr sie, in Tagelohn nehmen, dann hat der Schabernack ein Ende."

Die Messe war vorüber, sie schritten zur Pforte.

„Wie kann man denn die Bettler schelten", polterte der Straßburger, als sie ins Freie traten, „wo der Sittenverfall nicht einmal vor Ordensleuten haltmacht. Seht euch den an, halb verwahrlost und inmitten der Huren." Sie folgten seinem anklagenden Zeigefinger: Gilbrecht saß unter den leichtgeschürzten Fräulein, und das Hündchen zu seinen Füßen jappte, während er mit lehrhafter Miene predigte. Den Grossers und Hede verschlug es die Sprache, doch Severin schoß nach vorne:

„Gilbrecht!" donnerte er. „Mach, daß du hervorkommst!"

Der junge Mönch sprang auf, rings um ihn brach Gelächter aus. Sein Blick flog verwirrt hin und her.

„Vadete in pace!" rief er, seine Zuhörerinnen winkten ihm eifrig nach, das Hündchen verbellte den eiligen Abzug. Der Straßburger aber verdrückte sich, denn nun bekam Gilbrecht schwere Vorwürfe zu hören:

„Bist du von allen guten Geistern verlassen, daß du dich am hochheiligen Sonntag unter die schlimmen Weiber mischst?"

„Wir passen dir nicht, aber die schon, was?" schnaubte Ursel.

„Wer hat denn etwas gegen euch gesagt?"

„Wer redet von uns?" Severin riß sich fast den Rosenkranz vom Gürtel. „Des Herren Gegenwart verachtest du, doch die verderbten Dirnen, die vor Sünde stinken, die sind dir recht!"

Gilbrecht war beleidigt.

„Ich habe nur als Seelsorger gesprochen und sie beschworen, von ihren Taten abzulassen. Hat nicht unser Herr Jesus Christus selbst ihnen gepredigt?"

„Nur daß du nicht der Herr Jesus Christus bist", zischte Ursel.

„Ich bin in seiner Nachfolge", erwiderte Gilbrecht gemessen.

Lenhard und Severin schlugen sich mit der Hand an die Stirn; lachend der eine, fassungslos der andere.

In der ganzen Stadt lauerte Gelichter, so daß der Gang durch die Gassen ihnen keine rechte Freude machte. Sie kehrten früh in ihr Spital zurück und baten um die Abendmahlzeit.

„Ein Wassersüppchen", bemerkte Severin, als sie in einer Ecke des Hofs beisammen saßen. „Stimmt schon, was der Mann erzählt hat. Hier herrscht keine Fettlebe."

Gilbrecht, der aufgegessen hatte, hörte nicht zu. Er schob gerade den Löffel in die Halsöffnung seiner Kutte.

„Was machst du?" fragte Ursel.

„Mich juckt es am Rücken. Schrecklich, sag' ich dir, mich juckt es heute den ganzen Tag und nun am Rücken, wo man nicht hinreicht. Oder das", er streifte seinen Ärmel hoch, und Ursel sah den blondbehaarten Männerarm voller Kratzspuren und erbsdicker Quaddeln.

„Bist du blind? Das sind lauter Flohstiche!"

„Was?" Entsetzt sprang er auf: „Wo?"

„Da und da und da, das mußt du doch gemerkt haben!" Blitzschnell schlug sie mit der flachen Hand zu und erwischte ein kleines Tierchen.

Lenhard grinste:

„Ein Hundsfloh, konnte nicht springen. Nun Gilbrecht, so kommt es, wenn man mit fremder Jungfern Hündchen kost."

„Was? So ein Mistvieh! Ich dachte, solche Weiber müßten sauber sein! Ich habe immer sagen hören, die lädt man sogar zum Fest, wenn der Kaiser kommt!"

Sie lachten schallend:

„Du bist ein Narr! Glaubst du wirklich, für den holen sie die liederlichen Huren von den Kirchentüren?" Severin wiederholte bekümmert: „Er weiß nichts von der Welt." Gilbrecht ekelte sich sehr.

„Und jetzt?"

Hede erbarmte sich seiner:

„Zieh alles aus", verlangte sie, „Severin kann dir bis morgen den Mantel borgen. Sie müssen deine Kleider ausräuchern, das wird ihnen nichts Neues sein. Bring dein Zeug gleich zur Schaffnerin."

Notgedrungen folgte er ihrem Rat und kam in Severins weiter Kukulle zurück.

„Hoffentlich bin ich sie los!“

„Sie könnten dir noch auf dem Schädel sitzen“, sagte Lenhard boshaft.

Hede versicherte, daß Hundsflöhe sich kaum einmal im Haupthaar einnisteten.

„Du hättest dir eben in Weißenburg die Tonsur erneuern lassen müssen“, erklärte Severin vorwurfsvoll.

Da lächelte Ursel plötzlich, obwohl sie Gilbrecht seit dem Morgen schräg angesehen hatte.

„Vater, gib mir mal dein Schermesser. Ich richte ihm die Tonsur.“

Die beiden älteren Männer runzelten die Brauen, doch der junge ließ sich dankbar vor ihr nieder:

„Und wie sieht es aus?“

„Alles zum besten.“

Er kauerte zwischen ihren Knien. Sie hielt mit einer Hand seinen Kopf und führte das Messer leicht in der andern. Severin sah mißfällig zu und rügte Lenhard:

„Deine Tochter macht aber gern die Beine breit für ihn.“

„Bist du traurig, daß sie es nicht für dich tut?“

„Was weißt du schon von mir“, sagte der Mönch und wandte sich ab.

Kolmar

Der Weg führte in südwestlicher Richtung nach Ehenheim. Gilbrecht beschwerte sich, daß seine Sachen nach dem Rauchfang röchen, und Lenhard riß schlechte Scherze über Flöhe und Mönche. Auf der Straße verkehrten viele Reiter und immer wieder Kriegsknechte in auffällig bunten Trachten. Sie trugen Hellebarden geschultert und Schwerter an der Seite. Hede sagte zu Lenhard:

„Schau dich um, Schwertfeger. Hier kannst du bleiben, hier herrscht Bedarf an Klingen."

„Das sind die Kerle, von denen der Mann im Dom berichtet hat – Söldner auf der Suche nach neuem Dienst."

„Gerätst du denen in die Fänge, ist es aus mit dir", sagte Severin. „Wenn sie keinen Feind finden, üben sie ihr Handwerk an anderer Leute Hälsen."

„Pah, in der Pfalz sind wir dem Lindenschmidt entgangen; da kann es uns auch diesmal glücken."

„Habt ihr vom Lindenschmidt gehört, ja?"

„Sicher", Lenhard wölbte die Brust, „Hede hat erst beinahe geglaubt, ich wäre es und hätte mir nur einen falschen Namen zugelegt." Er grinste Hede zu.

„Und stimmt das etwa nicht?" spottete Severin. „Weißt du, Freund, das hat von uns noch niemand begriffen, weshalb ein unfrommer alter Knochen wie du eine Pilgerfahrt angetreten haben will. Schmied bist du angeblich, warum also nicht der Lindenschmidt? Auf der Suche nach einer neuen Bleibe, wo es sich mit der schwangeren Gespielin und vom geraubten Geld unerkannt leben läßt."

Für einen Augenblick schien Lenhard mundtot. Dann nahm er Ursel, die ganz verstört aussah, am Arm und sagte:

„Tochter, in solchen Gemütern ist alles verkehrt. Sie waren nicht umsonst im Kloster."

Sie wanderten über Ehenheim nach Schlettstadt. Sankt Sophie bescherte noch einen kalten Tag, doch auf dem Weg nach Kolmar schien die Sonne warm. Leuchtend lag die Rheinebene mit ihren Rebenfeldern ausgebreitet, und westlich im Gesichtskreis erhob sich das Gebirge. Höher als in der Eifel, breiter als im Taunus lagen die Bergrücken wie schlafende Hunde nebeneinander.

Die Pilger betraten Kolmar durchs Theinheimer Tor. Zu ihrer Verwunderung platzte die Herberge vor Gästen fast aus den Nähten. Der Bruder Pförtner war nicht erbaut über ihre Ankunft.

„Ihr werdet im Hof schlafen müssen", hieß es knapp. „Drinnen ist kein Fleckchen mehr frei."

„Ach, dann versuchen wir es lieber woanders. Gibt es noch ein Kloster in der Stadt, das Pilger aufnimmt?"

„Schon, aber alles ist voll belegt und meistenteils mit besseren Gästen. Wir haben eine Festzeit hier, deshalb. Nun, ihr Pilger opfert die Enthaltsamkeit eurer Fahrt bestimmt nicht für einen Krug Bier. Ihr zieht morgen weiter in Nomine Domini und die eine Nacht im Freien übersteht ihr ja."

Die eine Nacht überstanden sie, aber ob sie weiterziehen mochten? Sie drängten sich in den Spitalshof hinein und aßen erst einmal mit, als es dicke Suppe gab. Hoch und niedrig sprach über das Stechen, das für den nächsten Morgen angesetzt war, und freute sich auf Freibier und Braten. Lenhard entschied:

„Wir bleiben, versteht sich. Severin, hilf mir, einen Schlafplatz zu finden."

Sie sammelten jeder einen Arm voll Stroh, das von häufiger Benutzung schmutzig im Hof herumlag. Severin besetzte eine Ecke, aber kaum, daß sie sich dort einrichten wollten, kamen drei Männer, die ältere Rechte geltend machten. Die Sache regelte sich gütlich: Lenhard nahm inmitten der beiden Mönche Aufstellung, was eine geistliche wie weltliche Gewalt schuf, gegen die die andern nicht anzugehen wagten.

Am folgenden Tag besuchten sie die Frühmesse in der Pfarrkirche Sankt Martin, wo der Priester daran erinnerte, daß bereits vor dreihundert Jahren Waffenspiele durch Konzilsbeschluß verboten worden waren. Wer auf dem Turnierfeld fiel, selbst durch noch so unglücklichen Zufall, dem stand kein christliches Begräbnis zu, denn er hatte sein Leben leichtfertig verschleudert. Oder, wie Lenhard hämisch anmerkte, das Leichenbegängnis kostete mindestens den doppelten Preis.

Vor der Kirche lärmte es unausgesetzt. Als endlich die letzten Worte gebetet waren, stürzten die Pilger zur Pforte hinaus und fanden Gilbrecht nur mit Mühe wieder. Scharenweise drängten die Menschen heran; Junker in glänzendem Harnisch zu Pferd, begleitet von ihren Knechten in geschlitzten und gezackten Röcken, aber auch Bürger, die stolz unterm großen Barett mit buntgefärbter Straußenfeder einherschritten. Die Städterinnen trugen feines Leinen, und die Wohlhabendsten gingen in Seide. Selbst den Kindern hatte man Feststaat angelegt, sie rannten jauchzend umher und schwenkten ihre Windräder.

Die Pilger ließen sich im Strom der Menge vor das Stadttor treiben. Von weitem sah man schon die Kampfbahn mit Zäunen und Laubgirlanden abgesteckt; auch Tribünen für die vornehmen Gäste. Das gemeine Volk war zum Stehen geladen und wartete hinter Schranken auf den ritterlichen Troß. Wer sich zu weit vorwagte, den stießen Ordner mit fester Hand zurück.

Lenhard und Severin zwängten sich zu einem guten Platz durch. Kaum standen die fünf erwartungsvoll nebeneinander, zogen hinter der Tribüne Männer mit Trommeln und Trompeten hervor. In Rot-Weiß-Rot gekleidet, gingen sie in Aufstellung. Die Trommler hielten die Schlegel in den Händen bereit, starrten aber reglos und unverwandt in die johlende Menge, bis endlich die Herolde rechts und links ihre Banner erhoben. Da begann ein Schlagen, dumpf und durchdringend, langsam erst und dann immer schneller, bis schließlich alle zugleich wirbelten und die Trompeter mit einem Ruck ansetzten, schallend ihre Fanfare zum Himmel bliesen: Der Zug der Ritter und Patriziersöhne kam von der Stadt.

Die jungen Herren auf geputzten Rössern kannten auch den ernsten Kampf nur zu gut, denn Kolmar litt nicht weniger unter den unruhigen Zeitläufen als Straßburg. Der Ansturm von Mann zu Mann mit eingelegter Lanze, wie sie ihn heute üben wollten, war jedoch im Krieg längst nicht mehr gebräuchlich. Seit die Artillerie mit Feldschlangen und Hakenbüchsen aufgekommen war, richtete die Kraft des Einzelnen wenig aus. Sie wußten, ihr Tjost war bloß ein Spiel von vergangenen Zeiten, und wollten es wohl so haben. Trotzdem waren die Regeln streng: Wer beim Stechen unterlag, verfiel dem Gegner mit Haut und Haar. Das kostete zwar keinen das Leben, aber mancher büßte das Pferd ein und damit vielleicht sein kostbarstes Gut. Die drei Jagdfalken, die der Kolmarer Rat dem Sieger in Aussicht stellte, hätten kaum einen auf den Plan gerufen, aber für den Gewinn an Pferden und Waffen konnte die Mühe lohnen.

Unterm anfeuernden Geschrei der Leute bauten sich die Ritter vor der Tribüne auf und reckten Lanzen und Schilde empor. Da sprangen die Frauen von ihren Sitzen, jubelten und warfen Tücher und Blumen über die Brüstung. Anschließend ging es derber zu. Ein kräftiger, teuer ausgestatteter Herr eröffnete den Wettkampf. Er ritt in die Mitte der Bahn, und sein Knappe rief:

„Wer begehrt Tjostierens Ehr, der soll kommen hera, her!“

Die wartenden Streiter gerieten in Bewegung, bis einer unter Ehrbezeugung die Herausforderung annahm. Die

Zuschauer feuerten an, die Ritter gingen in Aufstellung. Hörbar klinkten die Lanzen am Brustharnisch ein, die Pferde wurden mit Strohsäcken geschützt und bekamen gleich darauf die Hacken in die Flanken. „Hoo-ah" brüllten die Leute, als Stechzeug und Rüstung zusammenrasselten. Stürzte einer? Aber nein. Beim ersten Anrennen richtete sich der Stoß auf die gepanzerte Kehle, beim zweiten auf den Schildbuckel. Diesmal verloren beide die Waffen.

„Speer her, Speer, Speer", riefen sie nach Atem ringend. Im dritten Gang hob der Herausforderer seinen Gegner aus dem Sattel. Tosender Beifall klang auf, während der betäubte Verlierer weggetragen wurde.

So ging es fort. Der Sieger stellte sich erneut und behielt noch mehrmals die Oberhand, bis er vor Erschöpfung fast von selbst vom Pferd kippte. Seine Widersacher hatten Glück: Er war reich genug und forderte als Beute zum Zeichen seiner Überlegenheit nur ihre Wappenschilde.

Ursel gefiel ein junger Herr besonders gut, der vor dem Kampf der hohen Tribüne den Rücken kehrte und hinüber in die stehenden Zuschauer grüßte, wo eine Bürgerstochter ihm glücklich winkte. Lenhard machte es mehr Spaß, daß viele Lanzen splitterten, und er schrie sich heiser vor Begeisterung. Als die Sonne zum Zenit stieg, boten Händler verdünnten Wein und Schmalznudeln an. Den Pilgern fehlte es an Geld, aber sie hofften auf freien Ausschank am Abend. Bis dahin war auf der Festwiese noch ein Buhurt angesetzt, ein großes Getümmel, bei dem die Ritter leicht bewaffnet in zwei großen Haufen gegeneinander rannten. Da ging es immer hoch her, Kunstfertigkeit im Kampf war weniger gefragt als dröhnendes Zuschlagen, aber genau das liebten die Zuschauer am meisten.

Gegen Mittag nahm die Hitze zu, doch die Pilger standen immer noch am selben Platz und eiferten mit. Selbst Hede war heiter; sie hatte Lenhard neben sich, der ihr den Rücken klopfte und sie mit seiner Ausgelassenheit ansteckte. Die

Mönche verfolgten das Schauspiel gönnerhaft. Zuweilen riß es Severin hin, so daß er wie alle andern Männer „drauf, drauf, drauf" brüllte. Nur Ursel merkte, daß sie langsam ermüdete. Ans meilenweite Laufen war sie inzwischen gewöhnt, aber nicht an langes Stehen in praller Sonne. Ihre Beine wurden schwer, vor ihren Augen tanzte der Staub. Sie sah nichts mehr von den Kämpfern, nur der Lärm schien immer lauter zu werden, bedrängend und schneidend. Da schwankte sie unter plötzlicher Übelkeit, und hätte nicht Gilbrecht hinter ihr gestanden, wäre sie zu Boden gesunken. Er fing sie erschrocken auf:

„He, Ursel, was ist?"

Lenhard fuhr herum:

„Eine Ohnmacht? Schnell, ich bringe sie weg!"

Aber Gilbrecht hatte Ursel schon auf die Arme gehoben und trug sie, ohne den Blick von ihrem blassen Gesicht zu wenden. Die andern liefen hinter ihm her, und gemeinsam betteten sie Ursel ein Stück abseits ins Gras. Hede nahm ihr das Kopftuch ab, öffnete den Kleiderausschnitt und sprengte Wasser auf die nackte Brust. Ursel kam zu sich:

„Oh – mir ist schlecht geworden", flüsterte sie.

Lenhard drückte erleichtert ihre Hand:

„Allerdings, Fräulein. Hättest auch selbst daran denken können, daß man in deinem Zustand nicht so lange herumsteht."

„Es war nur so heiß mit dem schweren Mantel."

„Dir reicht es für heute. Der Tjost ist sowieso bald zu Ende, und danach das bißchen Buhurt..."

„Aber das willst du doch unbedingt sehen!"

„Ach – du mußt jetzt zurück, und damit hat sich's."

Gilbrecht, der Ursel unverwandt anstarrte, mischte sich ein:

„Ich bringe sie zurück. Ihr könnt hierbleiben. Ich gehe mit ihr."

Lenhard sah zweifelnd drein, aber Ursel lächelte.

„Ja, das ist gut. Gehen wir beide." Sie erhob sich schwankend und streckte die Hand nach ihm aus. Ohne ein weiteres Wort wanderten sie davon. Severin machte seinem Unmut Luft:

„Es ist nicht recht, daß ein Mönch ein Weib am Arm führt!"

„Sie finden etwas aneinander, merkst du das nicht?"

„Und wenn dem so ist, dann gebiete Einhalt! Ledig ist sie, schwanger ist sie, was willst du noch aus deiner Tochter machen? Ein Mönchsliebchen?"

„Ich mache gar nichts aus ihr! Wahrhaftig, ich möchte sie gern hindern, aber ich kann es nicht. Ich bin ihr Vater! Hast du geglaubt, daß Gilbrecht bis ans Ende seiner Tage nur dich liebt?"

„Was sagst du da", murmelte Severin verwirrt.

Ursel und Gilbrecht liefen nach Kolmar hinein. Er hielt ihren Arm fest, auch als sie schon wieder sicher neben ihm schritt.

„Hat es dir heute gefallen?"

„Doch, ja. Aber ich kenne das alles schon aus Frankfurt. Letztes Jahr im Hornung erst, als sie bei uns den König gewählt haben, da wurde im Anschluß gefeiert und turniert, du machst dir keinen Begriff."

„Und, wie fandest du unsern Herrn Max?"

„Sehr glänzend, sehr liebenswürdig und sehr eingebildet."

Gilbrecht lachte:

„Das dachte ich auch, als ich ihn einmal in Köln sah. Es ist lang her; kurz darauf mußte ich nach Laach. Dreizehn war ich, genau wie er, wir sind gleich alt. Ich weiß, er ging zum Tanz ins Festhaus, in den Gürzenich. Darum habe ich ihn nicht beneidet."

„Dann hast du im Kloster wenigstens das nicht vermißt."

„Nein." Er ahmte Severin nach: „Und die Weiber, die auf ihren Schleppen den Teufel spazieren fahren... Aber es stimmt, aufs Tanzengehen konnte ich verzichten, ebenso auf blaue Flecken bei eitlen Schaukämpfen."

„Haha, da spricht der rechte Sohn eines Pfeffersacks."

„Nun, ich begreife nicht, daß die Junker nur zum Scherz ihr Hab und Gut auf der Bahn wagen. – Und du findest also, ich sei der rechte Sohn eines Pfeffersacks?"

„Hast du Geld?" lenkte sie ab.

„Ein bißchen mehr als du wohl."

„Ich habe solchen Hunger. Kannst du uns nicht etwas zu essen besorgen?"

„Ich hätte selbst daran denken sollen. Ich bin gleich zurück." Als Gilbrecht wiederkam, suchten sie eine geschützte Ecke und verspeisten gierig Hühnerbeine und geminzte Pastetchen, die er mitgebracht hatte. Es hatte Ursel noch selten so gut geschmeckt.

„Wenn das die andern wüßten!"

„Wir müssen unser schönes Maidlein doch schön erhalten."

Sie errötete:

„Meinst du mich? Du schmeichelst."

„Ach, davon verstehe ich nichts."

Sie betrachtete ihn, wie er in seiner Kutte mit angezogenen Beinen neben ihr saß. Ihn hätte jedes Gewand gut gekleidet. Sie strich über seine Hand:

„Was bist du für ein Mann", sagte sie und merkte, wie sich die Haare auf seinem Arm aufstellten.

Geraume Zeit später machten sie sich in gebührendem Abstand voneinander auf den Weg zurück zum Hospiz. Gilbrecht redete von seinem Kummer:

„Verrat es nicht Severin, aber ich gehe nicht ins Kloster zurück."

„Warst du dort so unglücklich?"

„Schlimmer – ich bin fast gestorben."

„Warum bist du überhaupt in den Orden eingetreten?"

„Das war nicht meine Entscheidung. Ich war ein Kind, habe gehorcht. Jetzt gehorche ich noch einmal unserem Abt und mache die Fahrt, um Ablaß meiner Sündenstrafe zu erlangen, aber danach will ich frei sein und dieses Amt ablegen."

„Heißt das nicht, ein Gelübde brechen?"

„Ich bin nur zum Diakon geweiht. Der Heilige Vater wird mein Gelübde lösen."

„Warum sollte er das tun?"

„Weil ich ihn dafür bezahle. Schau nicht so entsetzt – in Rom ist gegen Geld alles zu haben bis hin zur Vergebung von Mord und Totschlag. Und was der Papst nicht vermag, vielleicht hilft mir da der heilige Jakob. Ich hoffe darauf."

In den überfüllten Gassen achteten die Leute ihrer kaum. An Tagen wie diesem sah man viel Sonderbares, auch allerhand Mönchs- und Magdsgesindel. Auf dem Kirchplatz briet bereits ein Ochse am Spieß, und Bier und Wein flossen reichlich. Der Buhurt mußte vorüber sein, denn man sah die Herren mit ihrem Gefolge heimkehren. Plötzlich erspähte Ursel Hede und Severin im Gedränge.

„Hier sind wir! Wo habt ihr den Vater gelassen?"

„Plötzlich war er verschwunden", Hede zuckte die Schultern, „hat gesagt, er kommt nach."

„Habt ihr schon etwas zu trinken geholt?" fragte Severin. „Wir müssen die Gelegenheit nützen."

Sie stellten sich beim Ausschank an, bekamen zum Bier auch Brot und standen dann schmausend beisammen. Die Stadtpfeifer waren von der Wiese zurück und spielten zum Tanz auf; einige Kinder drehten sich schon vergnügt.

„Wo bleibt der Mann", sagte Hede und hielt nach Lenhard Ausschau.

„Wo hat er denn hingewollt?"

„Ach, wir sind kurz in einer Wirtschaft eingekehrt, weil es so heiß war. Da ist er plötzlich aufgestanden. Ich habe gedacht, er muß austreten."

Severin blickte zum Himmel:

„Hede, hast du nicht die Weibsperson gesehen? Hast du nicht gesehen, wie er sein Geld gezählt hat?“

Hede und Ursel rissen die Augen auf. Der Mönch verteidigte sich:

„Ich kann nichts dafür. Er wird schon wiederkommen. Er ist ja nicht der einzige, der so etwas macht.“

„Was?“ fragte Gilbrecht erstaunt.

Severin faßte Gilbrecht um die Schultern:

„Still, Bruder.“

Thann

Natürlich wußte Gilbrecht, was es mit Huren auf sich hatte; bloß hatte er dem Pilger Lenhard Grosser so etwas nicht zugetraut. Während er sich nur wunderte, waren Ursel und Hede merklich verletzt. Severin schämte sich.

„So bald wird er es nicht wieder tun, er hat ja kein Geld mehr."

„Was für ein Trost!" Ursel hielt die Tränen mühsam zurück. „Ich breche fast zusammen, weil ich nicht um einen Schluck schlechten Wein bitten mag, aber er bringt unsere paar Heller mit Dirnen durch!"

„Ruhig, Tochter." Das war Lenhard, der auf einmal hinter ihr auftauchte. „Was erzählst du hier, Mönch?"

„Die Wahrheit, Mann."

„So. Das sind die richtigen Geschichten für Weiberohren, was?" Betont forsch fuhr er fort: „Aber ihr wißt nicht, wen ich eben von weitem gesehen habe – Hans Nickel."

„Wer soll das sein?"

„Ein Taugenichts, der gegen Bezahlung Wallfahrten übernimmt. Seit Frankfurt läuft er uns immer wieder über den Weg. Seinetwegen haben wir eigentlich erst mit Hede Bekanntschaft gemacht."

„Ich kann gehen, wenn du das willst", sagte Hede.

Einsilbig begaben sie sich zum Hospiz zurück. Die Nacht verlief unruhig, weil Verspätete immer wieder heftig Einlaß begehrten, den der Pförtner je nach Laune verweigerte oder gnädig gewährte. Dann schwankten die Betrunkenen in den Hof und stolperten über andere Schläfer. Ursel tat kein Auge zu. Sie horchte auf den Lärm von der Gasse, bis endlich Stille eintrat und nur noch Nachtvögel am Himmel schwärmten wie in ihrem Kopf die Gedanken. Am anderen Morgen stand sie nicht auf:

„Mir ist schlecht. Ich kann heute nicht weiter."

Sie hatte mit dem Widerspruch des Vaters gerechnet, aber Lenhard gab nach.

„Meinetwegen. Da kann man sich mal gründlich waschen."

Die Herberge leerte sich. Bis auf einige wenige, denen das Fest ebenfalls schlecht bekommen war, zogen alle fort. Die Zurückbleibenden halfen beim Aufräumen. Ursel bekam einen Platz im Schlafsaal und gutes Essen obendrein, denn Lenhard ließ anklingen, daß seine Tochter schwanger sei und auf Pilgerfahrt zum Seelenheil des früh verstorbenen Gatten. Solche eheliche Hingabe verfehlte ihre Wirkung nicht, und man gewährte Ursel eine Vorzugsbehandlung.

Am Samstag wanderten sie weiter. Die Straße führte nun auf den Wasgenwald zu, durch ihnen kaum bekannte Landschaften. Was hinter ihnen blieb, kümmerte sie nicht; nur das Voraus zählte, die kommende Stunde Wegs.

Hede war wie schon am Vortag zu Lenhard kurz angebunden. Gilbrecht dagegen sprach mit Ursel, als habe er nie durch Schweigen von sich reden gemacht.

„Erzähl mir etwas von dem Verlobten, der dir gestorben ist."

„Was soll ich da sagen? Eine schlichte Seele, an der weder Ruhm noch Schande hing."

„Vermißt du ihn sehr?"

„Ich vermisse ihn für mein Kind, ja. Aber", sie lächelte schuldbewußt, „unser Haus nicht weniger."

„Und machst du wirklich seinetwegen die Fahrt?"

„Nein. Oh, sicherlich will ich für ihn bitten beim Apostel. Gilbrecht, ich gehe nur mit, weil ich das Kind habe und ohne meinen Vater nicht in Frankfurt bleiben mochte. Wenn ich von den vielen, die uns gestorben sind, überhaupt jemanden vermisse, dann meine Mutter. Ja, ich war ihm zur Heirat versprochen, doch es ist nicht soweit gekommen, und die Wahrheit ist, daß ich mir inzwischen sein Gesicht kaum noch vorstellen kann."

Gilbrecht senkte die Augen. „Da wirst du mich ebenso gründlich vergessen."

„Nicht, solange ich meinen Namen weiß." Severin unterbrach ihr Gespräch.

„Zeit für eine Rast und etwas Nahrhaftes. Was ist wohl in den Päckchen, die sie uns mitgegeben haben?"

„Trockenes Brot", entgegnete Hede säuerlich. „Du bist ein Pilger."

„Ja, aber Pilgerschaft ist keine Kerkerhaft. Ein bißchen Käse oder Räucherfisch..."

„Was denn noch", zürnte Hede. „Das ist ja eine feine Wallfahrt, bei der nur ans Essen gedacht wird!" Lenhard pflichtete lachend bei:

„Das ist die allerbeste Art von Wallfahrt. Severin, im nächsten Hospiz lassen wir dich mit dem Koch reden."

„Du bist in der Tat noch schlimmer als diese beiden Mönche, von denen einer ständig frißt und der andere seinen Gott nicht mehr erträgt. Während du vorgibst, dem Herrn als Pilger zu dienen, gehst du zu Huren. Da wundert's mich nicht, daß deine Tochter ein Bastardkind bekommt, wenn sie aus einem Hause stammt wie deinem!"

„Puh", grunzte Lenhard. „Wenn nur dein Bastard noch am Leben wäre, dann hätten wir dich nicht am Hals."

Hede fuhr herum wie vom Dengel getroffen, stürzte sich auf den Schmied und sprang ihm an die Kehle. Severin riß sie zurück:

„He, du!" Schreiend versuchte sie, sich zu befreien, er aber hielt sie eisern fest und trat ihr zweimal mit dem Knie in den Rücken, bis sie endlich nachgab und zu Boden ging. Ihr Schluchzen verstummte. Lenhard sah seine Tochter an, und Ursel bückte sich:

„Bist du verrückt geworden? Steh auf, setz dich dort hin."

Hede schleppte sich zum Straßenrand und fuhr mit einem Ende des Kopftuchs über ihre Wangen.

„Dein Vater ist schändlich“, flüsterte sie.

„Na, na, er hat dein Kind nicht schlimmer gekränkt als du meines. Du darfst nicht so austeilen, wenn du selbst schlecht im Nehmen bist.“

„Dir haben sie dein Kind nicht erschlagen. Gib acht drauf, wenn du es erst hast.“ Ursel schrak zurück.

„Was redest du da?“

„Die Namenlosen, die Bastarde sind gut für jeden Spott und Hohn, weißt du das nicht? Mein Sohn hat es erfahren, nur daß er sich zur Wehr gesetzt hat. Er war groß, größer als dein Vater und stärker. Er konnte es mit jedem aufnehmen, und keiner fing ungestraft Streit mit ihm an. Bis sie zuletzt auf Epiphanias alle gemeinsam über ihn hergefallen sind, eine Horde von versoffenen, wilden Schweinen. Wollten ihn niedermachen, wollten ihn einmal am Boden sehen. Zuletzt hat ihm einer aus dem Hinterhalt einen Stein aufs Haupt geschlagen. Mit gespaltenem Schädel haben sie ihn mir nächtens gebracht. Der sterbende Sohn einer Hexe ist nicht geheuer, den wollten sie nicht in ihren Mauern. Hatte keiner gewagt, mich Hexe zu nennen, während er lebte, aber als er tot war, da kam das Gerücht auf: Ihr Sohn hat für sie bezahlt beim Bösen. Mit Mühe konnte ich ihm ein christliches Begräbnis verschaffen.“

„Du hast vor dem Stadttor gelebt? Warum?“

„Ich war ledig und schwanger wie du und meine Eltern arm. Sie haben aus Kräutern billige Arznei gemacht und den giftigen Hüttenrauch; immer in der Angst, daß der Rat noch eines Tages ihr Treiben verbietet. Als ihnen meine Umstände offensichtlich wurden und der Buhle längst über alle Berge war, haben sie mich ohne Umschweife aus dem Haus gesetzt. Sie hatten genug andere Kinder.“

„Was ist aus dir geworden?“

„In unserer Stadt gab es einen Bürgermeister, dessen Weib war nach der dritten Niederkunft wahnsinnig geworden. Sie wollte ihre Kinder umbringen und mußte von zu Hause fort. Der Bürgermeister besaß einen Hof rheinab vor Andernach; dort lebte sie unter der Aufsicht ihrer Mutter, bis die alte Frau starb. Gerade zu der Zeit, als ich verlassen auf der Straße stand, suchte der Bürgermeister eine neue Wärterin. So bin ich hinaus vor die Stadt gegangen, um eine Verrückte zu hüten. Vierzig Jahre war sie damals, ich fünfundzwanzig – so alt wie du."

„Und dort, vor der Stadt, hast du deinen Sohn geboren?"

„Ja. Lange Zeit hat niemand von ihm erfahren; solange, wie ich den Kleinen im Haus halten konnte. Später, als er draußen gespielt hat, sahen ihn die Bauern, wenn sie ihre Güter anlieferten. Sie machten sich ihren Reim darauf, aber mir war das gleich."

„Hast du keine Angst gehabt vor der wahnsinnigen Frau?"

„Ich hatte mehr Angst vor dem Knecht, der die grobe Wirtschaft besorgte. Die Bürgermeisterin – bald wurde sie mir vertraut. Manchmal war sie völlig beieinander; zu andern Zeiten trieb sie Schabernack mit mir, warf ihr Essen an die Wand oder redete wirr und tat sehr geheimnisvoll. Ich habe gelernt, mit ihr umzugehen. Ihr Getue kümmerte mich nicht. Wenn sie wirklich krank war, hockte sie tagelang auf allen Vieren in einer Ecke und aß und trank nicht."

„Sie hat deinem Kleinen nicht ans Leben wollen?"

„Nein, keinem von uns. Zu meiner Zeit waren ihre eigenen Kinder schon herangewachsen und besuchten sie manchmal. Auch der Bürgermeister kam. Ich habe nie gesehen, daß sie einem gefährlich geworden ist. Aber oft war sie anschließend böse und traurig, dann konnte sie um sich schlagen. Mir war es lieber, wenn die Sippschaft fernblieb."

„Ich könnte solche Arbeit nicht tun."

„Wenn du sonst mitsamt deinem Sohn vor die Hunde gehst, kannst du es plötzlich. Dafür, daß ich sein Weib pflegte, gab der Bürgermeister uns Kost, Kleidung und Wohnung. Ich sage dir, daß mir die närrische Bürgermeisterin bald lieber war als meine Anverwandten. An ihren guten Tagen hielt sie mein Kind auf dem Schoß und flocht ihm Figuren aus Stroh."

„Und deine Eltern, deine Geschwister?"

„Meine Brüder gingen aus der Stadt, meine Schwester starb jung. Und meinen Eltern war trotz allem das Geschäft verdorben. Die Jungfern Kundinnen trauten dem heimlichen Tränklein nicht mehr, das bei der eigenen Tochter so kläglich versagt hatte. Als die Eltern starben, hat man sie in ihr Bettzeug gewickelt begraben, so arm waren sie."

„Wie war das Leben vor der Stadt?"

„Viele Jahre lang friedlich. Die Bürgermeisterin lehrte uns lesen und schreiben, und als mein Sohn größer wurde, ging er dem Knecht zur Hand. Das kam dem Hof zugute. Der alte Bürgermeister schätzte meinen Sohn und wies seine Kinder im Testament an, uns weiterhin zu behalten."

„Starb er denn?"

„Ja, als mein Sohn zwanzig war. Ein Jahr darauf ging auch unsere Frau dahin. Zuletzt war sie blöd geworden und konnte nicht mehr das Garn auf die Haspel wickeln. Es war schwer mit ihr. Trotzdem hab' ich geweint, als sie starb."

„Ich denke, es war festgelegt, daß ihr bleiben durftet?"

„Ach, als die Frau tot war, wurde uns gleich der Lohn gekürzt: Wir müßten nun ja nur noch das Gut verwalten. Dabei sparte ich für meinen Sohn. Ich wollte ihn in eine Lehre einkaufen. Er war so tüchtig, ich konnte ihn doch nicht im Dreck vor der Stadt stecken lassen! Er wollte selber gern etwas lernen, war so stolz, daß er die Buchstaben kannte! Und voller Neugierde. Immer lief er zum Markt und zur Messe nach Andernach hinein. Ich hab' ihn gewarnt: Sie sind mißtrauisch gegen jeden, der nicht in ihren Mauern wohnt. Aber er hat nicht gehört. Er war jung. Die Mägde hatten es ihm angetan."

„Warum haben sie Hexe zu dir gesagt?“

„Aus Bosheit. – Wohl, ich kannte die Kräutlein. Als es meine Eltern nicht mehr gab, besannen sich die Leute auf mich und kamen wie zufällig vorbei. Da habe ich manche Arznei gemischt.“

„Und manches Gift“, warf Gilbrecht anzüglich ein.

„Gift hab' ich nur gegen Ratten und Ungeziefer gegeben!“

„Als könnte man damit nicht auch einen Menschen umbringen!“

„Als könnte man nicht mit allem einen Menschen umbringen – ist das meine Schuld? Aber du hörst, wie sie einen zur Hexe machen. Zu Lebzeiten des Bürgermeisters wagten sie kein Wort gegen mich; ebensowenig vor den Ohren meines Sohnes. Aber daß einer wie er zurückkehren wollte in ihre städtische Gesellschaft, das litten sie nicht.“

„Ist er in die Stadt zurückgegangen?“

„In die Stadt nicht, dort nahm ihn keiner auf. Er hat schließlich einen Müller am Rhein als Lehrherrn gewonnen.“

„Einen Müller.“

„Ja, ich weiß, das ist kein ehrliches Handwerk. Aber immerhin, es werden ständig neue Mühlen gebaut. Wer sich auf dieses Räderwerk versteht, der kann schon etwas. Wir mußten dem Müller ein schönes Stück Geld entrichten, und damit schien alles geordnet. Aber mein Sohn hatte Widersacher in der Stadt. Junge Taugenichtse, die ihm Kraft und Brot mißgönnten. Sie haben ihn oft verspottet; mich schlecht gemacht und die wahnsinnige Alte, bei der er hauste. Er hat es ihnen immer heimgezahlt. Bis er dann an Epiphanias zum ersten Mal als Lehrling erschienen ist und damit gewiß geprahlt hat. Sie waren von all dem Mummenschanz und Aufruhr der Nacht in Hitze, und sie haben ihren Mut an ihm gekühlt.“ Die Stimme blieb ihr aus.

„Sind sie denn bestraft worden?" fragte Ursel leise.

„Es kam nicht einmal heraus, wer alles dabei gewesen war. Einer schützte den andern. Der Müller, ein redlicher Mann, gab mir mein Geld wieder. In der Stadt erfuhr man, wieviel ich ihm gezahlt hatte. Da wurden die Leute erst recht hellhörig: Wo hat sie das hergenommen? In fünfundzwanzig einsamen Jahren spart man sich etwas zusammen, doch so dachte niemand. Da ging es lieber an die finsteren Mächte."

„Wollten sie dich verklagen?"

„Davon konnten sie sich nichts erwarten. Keinem im Andernacher Rat war an Hexen gelegen. Nein, sie hofften auf eine Gelegenheit, mir draußen auf dem Hof den Garaus zu machen. Der Teufel hat sie geholt, hätte es dann geheißen, und kein Wunder, wenn zugleich das Geldsäckel verschwunden wäre."

„Bist du deshalb auf Pilgerfahrt gegangen?"

„Eines Tages hab' ich gehört, wie sie sagten, es werde dieses Jahr einen Maienfrost geben wegen der Hexe vorm Tor. Wahrhaftig, ich wollte ihnen den Gefallen getan haben, aber ich weiß keinen Wetterspruch und keinen, um meine Haut zu retten. So habe ich von dem Geld Seelenmessen für meinen Sohn gestiftet, der Sippschaft des Bürgermeisters gekündigt und bin aufgebrochen." Sie schwieg. Schließlich fragte Ursel:

„Und alles, weil man dich böswillig verlassen hat? Was für ein Mann war das?"

Es glomm hinter Hedes roten Augenlidern:

„Ein Geselle, ein Schwertfeger wie dein Vater."

Nach tagelangen Märschen durch die Ebene ging es jetzt erstmals spürbar bergan. Am Abend erreichten sie Gebweiler, eine stark ummauerte Ortschaft im Tal. Die Pilger fragten in der Herberge, was all dies Bollwerk zu bedeuten habe.

„Aufsässige Bürger und schlechte Zeiten", war die Antwort.

„Gegen wen sind die Bürger aufsässig?"

„Sie waren es, gegen die Abtei Murbach, die hier Herrschaft hat. Aber seit die ‚Armen Jecken' uns belagert haben und wir nur durch ein Wunder verschont geblieben sind, seitdem hat auch hier die Lust zum Stänkern nachgelassen."

In Gebweiler ging es also nicht fröhlich zu; man merkte es gleich an der Speisung, bräunlichem Erbsbrei und Brot, das sich wie Mörtel biß. Obendrein war der Andrang an Pilgern ungewohnt groß, weil Thann, ein berühmtes Wallfahrtsziel, in der Nähe lag. „Da müßt ihr unbedingt hin: Sie haben den Ringfinger des heiligen Theobald."

Sankt Theobald klang ihnen nicht allzu vertraut, aber wenn Thann schon auf ihrem Weg lag, wollten sie es nicht auslassen. Der nächste Tag war außerdem der Sonntag Vocem. Laut Severin versprach es doppelten Ablaß, eine heilige Stätte am Tag des Herrn aufzusuchen. Severin war es auch, der am andern Morgen Gilbrecht zum Kirchgang zu bewegen suchte; wie immer umsonst. Er versäumte nicht, sich für den Bruder große Stücke der Lesung zu merken:

„Si quis autem putat se religiosum esse – wenn aber einer glaubt, er sei fromm, doch sein Herz irrt ab, dessen Glaube ist eitel. Bewahre dich unbefleckt von dieser Welt!" Gilbrecht dankte ihm die Belehrung nicht. Ursel waren die mönchischen Reden unbehaglich, und Lenhard zeigte nichts als Ungeduld.

„Höchste Zeit für uns. Hede, wenn du dich freundlichst vom Boden erhebst, brechen wir auf."

Hede war mit ihrer Tasche beschäftigt. Sie sah nicht hoch.

„Geht nur. Ich komme nicht länger mit euch."

„Was?" Er stemmte die Fäuste in die Seiten. „Weshalb? Darf man erfahren?"

„Du bist ein grober Flegel, Lenhard Grosser, und ich will mich nicht mehr in deiner Begleitung quälen. Die Mönche dort sind nicht besser, der eine mißhandelt, der andere verunglimpft mich. Pilgert nur immer fort und gebt auf euer schwangeres Jüngferlein acht, das wird euch reichlich beschäftigen."

Zu viert starrten sie auf Hedes Hutkrempe herab. Die Mönche rückten zusammen, und Ursel blickte zum Vater. Ihre Lippen bewegten sich, als wolle sie das Zeichen zum Aufbruch geben, doch ertönte kein Laut. Lenhard setzte sich neben Hede nieder.

„Sei nicht so töricht, Weib. Du wirst allein nicht nach Sankt Jakob gelangen. Wenn ich grob bin, sieh es mir nach. Und nun steh auf, ohne dich gehen wir nicht." Hedes Schultern zuckten. „Nein", wehrte Lenhard ab, „nicht weinen. Gib mir die Hand." Er half ihr hoch und rief dem Pförtner zu: „Wie weit ist es bis Thann?"

„Kaum fünfzehn Meilen."

„Ein Kinderspiel also. Auf jetzt." Und sie verließen Gebweiler, Hede an Lenhards Hand.

Unterwegs erklärte Severin, es täte ihm leid, daß er Hede wehgetan habe, und um es wieder gut zu machen, erzählte er vom heiligen Theobald.

„Er war auch als Pilger in Rom und Sankt Jakob. In Italien ist er begraben."

„Wie kommt sein Finger dann nach Thann?"

„Einfach genug, unsere wackeren Italiener haben ihn gleich nach seinem Tod in Einzelteile zerlegt und meistbietend versteigert", erwiderte Lenhard. „Der Rest, den niemand haben wollte, wurde eingesargt und kann gegen geringe Gebühr angebetet werden."

„Schweig, Spötter. Was weißt du schon von heiligen Dingen. Anbetung gebührt allein dem Herren Gott. Bei den Heiligen halten wir um Fürsprache an."

„Ach so. Das hatte ich wohl falsch verstanden. Ich sehe nur, wie die Pfaffen ihr Geld anbeten und du deinen Gilbrecht..."

„Schweig! Du bringst einen zur Weißglut!"

„Das ist meines Amtes."

„Ich werde dich Mores lehren!"

„Versuch's mal." Da stürzte der eine große Mann über den anderen her, und im nächsten Augenblick wälzten sie sich ineinander verknäult am Boden. Die andern drei trauten ihren Augen nicht.

„Was soll das?" fragte Gilbrecht fassungslos.

„Das ist so meines Vaters Weise, für gute Stimmung zu sorgen", antwortete Ursel entschuldigend. „Kannst du sie nicht trennen?"

Lenhard und Severin keilten sich unter Prusten, Schnaufen und halbem Lachen. Als Gilbrecht entschlossen auf sie zutrat, versuchten sie, ihm auszuweichen und kamen dabei erneut zu Fall. Das brachte sie zur Vernunft. Lenhard stand auf und stöhnte:

„Heiliger Sankt Theobald, verschone uns, mach andre kalt!"

„Laß endlich den Sankt Theobald in Frieden!" Severin schimpfte, bis Gilbrecht kam und ihm aufhalf. Gemeinsam suchten sie die Sachen zusammen, die die beiden Streithähne im Gerangel verloren hatten. Hede reichte Lenhard seinen Hut:

„Du bist wirklich ein grober Flegel!" Doch als er grinste, wurde sie rot.

Sie glaubten, Thann am frühen Nachmittag zu erreichen, hatten aber nicht mit einer Straße gerechnet, die sich dauernd hangauf und hangab wand.

„Fünfzehn Meilen", nörgelte Severin, „wir müßten längst dort sein."

„Die hat der Fuchs gemessen", gab Lenhard zu. „Wir haben Glück, wenn wir es zur Vesper schaffen."

Sie waren nicht die einzigen auf der waldigen Strecke. Wanderer zogen in beiden Wegesrichtungen einher, und obwohl nur wenige die Tracht mit Hut und Schultermantel trugen, sah man ihnen die Pilgerschaft an. Verbundene Gliedmaßen, Hinken und Seufzer kündeten von Schmerz und Leid.

„Schaut, die dort", meinte Ursel, „die haben es schwerer als wir."

Vor ihnen mühte sich ein Ehepaar gemeinsam an der Deichsel eines kleinen Karrens ab. Ein Mägdlein hing schief darin mit offenem Mund und geschlossenen Augen. Das Köpfchen schwang willenlos hin und her. Die Eltern, die stumm ihr Kind vorwärtsschafften, warfen zuweilen bange Blicke hinter sich. Plötzlich wurden sie der Mönche gewahr. Jammernd blieben sie stehen:

„Hochwürdige Herren! Haltet an und seht unser Kind! Es stirbt uns, noch ehe wir das Heiltum erreicht haben!" Severin und Gilbrecht traten aufgestört heran. Der fremde Mann flehte:

„Wir sind von Reichenweiher, seit zwei Wochen ist unser Kind krank, es wurde immer schlimmer, und zuletzt haben wir gedacht, nur der heilige Theobald kann noch helfen. Aber jetzt geht uns das Wurm so kurz vor der Ankunft auf offener Straße zugrunde. Steht ihm doch bei!"

Das Kind röchelte, die Mutter weinte. Der Vater kniete nieder und hinter ihm die Grossers, Hede und alle Reisenden, die an die Stelle kamen. Alle sahen, wie der Tod das Kind einholte. Die Mönche sprachen ihre Gebete mit Inbrunst. Das Mägdlein, besinnungslos keuchend, vernahm nichts mehr. Severin zeichnete ihm ein Kreuz auf Stirn, Brust und Hände:

„Ut in hora mortis – daß in der Stunde deines Todes der Feind nichts gegen dich vermöge, sondern daß du, von Engeln geleitest, zum Leben eingehest."

Die Stunde hatte sich schon vollendet. Unter den Tränen der Mutter war das Kind verschieden, sein letzter Atem verstrichen wie ein Windhauch. Die Leute erhoben sich, äußerten Mitleid und zogen davon. Die Mönche räusperten sich:

„Braucht ihr uns noch? Wohin wollt ihr jetzt?"

Der Vater faßte sich:

„Nach Thann, trotz allem. Sie soll dort wenigstens bestattet werden. Vergelt Gott Eure Hilfe. Bitte nehmt das von mir an." Und der einfache Mann nestelte ein Silberstück hervor. Sie wichen zurück.

„Das behalt bloß. Du brauchst es in Thann, wenn du willst, daß sie dir deine Tochter begraben. Fahrt wohl, Dominus vobiscum." Der Fremde verbeugte sich tief, und die Mönche neigten das Haupt.

Der Wald nahm ein Ende. Vor ihnen, in einer Mulde, erschien Thann. Hede hatte geweint, seit sie neben dem Karren gekniet hatte, Ursel bebte im Innern.

„Wie schwer ist es, Mutter, wenn ein Kind stirbt?"

„Ich wollte lieber selber sterben, als mein letztes Kind sterben sehen."

„Und ist es nun gut, gestorben zu sein?"

„Sterben ist schlimmer als gebären und geboren werden. Es ist der Abgrund aller Not. Könnte ich dir das Sterben nehmen, ich nähme dir menschlichen Fluch. Doch kann ich nicht einmal das frühe Sterben hindern; kann nichts, außer für dein Kindlein hoffen. Wahrlich: Wüßten die Lebenden, wie schwer Sterben ist, es stürbe keiner mehr!"

„Auch nicht für sein Kind?"

„Keiner mehr."

Lenhard schob Ursel den Arm um den Leib, als er sah, wie sie strauchelte.

„Heiliger Sankt Theobald", flüsterte er und verstummte.

Mömpelgard

Das Hospiz in Thann beherbergte Scharen von Wallfahrern. Die Kirche war noch zur Vesper überfüllt. Viele hundert Opferkerzen brannten, und um den Altar des heiligen Theobald stapelten sich wächserne Gliedmaßen, die Nachbildungen wunderbar geheilter Körperteile. Trotz der späten Stunde war auf dem Kirchplatz ein munterer Handel im Gang: Es gab Pilgerabzeichen zu kaufen, Heiligenbildchen und kleine Statuen für den Hausgebrauch. Reliquien bot man auch an, Marienmilch oder Tränen Christi, aber Severin bemerkte:

„Die sind sicher nicht echt." Sie hatten ohnehin zu wenig Geld.

In der Kirche verrichteten sie die nötigsten Gebete und entflohen dann, um einen Platz im Hospiz zu erobern. Thann, das an seinen Gästen gutes Geld verdiente, machte mit denen, die nicht zahlen konnten, keine großen Umstände. Das Stroh im Pilgerschlafsaal roch schimmelig, und zum Abendessen wurde klumpiger Gerstenbrei ausgeteilt.

„Was ist das für ein Papp?" fragte Lenhard mißmutig. Zum Trost erfuhren sie, daß die Unterkunft in einem Wirtshaus nicht entscheidend besser war, dafür aber unverschämt teuer.

So zogen die Jakobspilger am nächsten Morgen eilig weiter. Die Straße führte aus dem Elsaß ins Sundgau hinein. Die nächste Stadt war Belfort, Mömpelgard folgte und anschließend die deutsche Freigrafschaft Burgund. Zehn Jahre lag es zurück, daß der mächtige Burgunderherzog Karl in einer Schlacht mit den Schweizer Eidgenossen gefallen war. Burgund, das sich unter seiner Herrschaft auf ganzer Länge zwischen den Grenzen von Römischem Reich und Frankreich erstreckt hatte, war in Stücke zerbrochen, um die die benachbarten Könige Kriege führten. Die deutschen Pilger wußten von der gärenden Unruhe. Sie erinnerten sich an den Herzog, den man den Kühnen genannt hatte, bis sein verstümmelter Leichnam aus einem Schlammloch gezogen wurde.

„Unter dem hatten wir viel zu leiden", sagte Hede, „als er sich am Rhein einnisten wollte. Hat Neuß belagert, aber vergeblich."

„Ich habe davon gehört", nickte Lenhard. „Da hat der Kaiser einmal gewonnen."

„Mit Hilfe unserer Stadt. Und wie ist es ausgegangen? Als die Andernacher Männer aus dem Kampf nach Hause durften, sind sie auf dem Heimweg noch überfallen und niedergemetzelt worden; von unsern eigenen Nachbarn, den Linzern, den Totenbeinchen, die mit dem Herzog gehalten hatten. Verräter! Damals war ich froh, daß mein Sohn kein ehrlicher Bürger war, so mußte er nicht ins Aufgebot. Ein Knabe noch, aber unsern Heuwagen hat er schon allein von der Stelle gebracht." Gilbrecht raunte Ursel zu:

„Wie nett sie von den Andernachern redet. Dabei hat sie Glück gehabt, daß sie nicht selbst nächtens niedergemetzelt worden ist."

„Vielleicht will sie doch einmal nach Hause zurück", spöttelte Ursel.

„Vielleicht würde es ihr aber auch in Frankfurt gefallen."

„Sei bloß still!"

„Und vielleicht würde es dir in Köln gefallen."

„Gilbrecht! Was sprichst du da!"

„Gut deutsch, denke ich. Aber ich wiederhole mich gern auf Latein, wenn dir das angemessener erscheint."

„Gib nicht so an. Ich kann auch ein bißchen Latein."

„Ach ja", er zog sie auf, „was hattest du für einen Lehrmeister?"

„Einen Kanonikus. Er hat mir manche Sätze beigebracht und die Tafeln mit den Deklinationen gezeigt. Er war immer freundlich zu mir."

„Wer ist nicht freundlich zu den hübschen Töchtern?"

„Er hat mich ja von kleinauf gekannt! Früher, wenn ich ihm auf dem Markt begegnet bin, hat er gefragt, was ich gern möchte. Manchmal war es ein Kuchen, manchmal ein Haarband, aber das mußte ich dann schon selber kaufen, und er hat mir nur das Geld zugesteckt."

„So weit kommt es noch, daß ein Kanonikus Haarbänder aussucht."

„Und ein Mönch Anträge macht. Oder hab' ich mich eben verhört?"

„Ich bin gar kein Mönch mehr. Ich sehe nur noch so aus."

„Das stimmt nicht. Du stehst unter den Gelübden, trägst deine Weihen und gehörst dem Kloster an. Soll ich Severin fragen?"

„Severin ist der Letzte, der mich loslassen wird. Er wäre sonst nicht mit auf diese Fahrt gekommen."

„Warum seid ihr euch so nahe?"

Gilbrecht starrte auf den Rücken des Konfraters, der in einigem Abstand vor ihnen her lief.

„Er war mein einziger Beistand. Aber er hat so leben können und ich nicht. Als ich auf dem Aborterker hing, wahnsinnig vor Angst, es könnte sich eine Schindel lösen und mich mit hinabreißen, da wollte ich nur noch eines: leben. Meine Beine habe ich gespürt und daß ich lebte, daß ich bei den Schmerzen unseres Herrn am Kreuze weiterleben wollte. Ich habe nicht Gott oder Teufel gefürchtet, nur den Tod. Der Knecht, der mich geborgen hat, der hat mich neu geboren."

„Aber warum hast du dann noch Angst, warum wagst du dich in keinen Gottesdienst hinein?"

„Es ist schon anders geworden. Vielleicht ginge es wieder. Aber ...", er verstummte. Ursel brachte seinen Satz zu Ende:

„Aber wie soll Severin begreifen, daß du nicht mehr Mönch sein willst, wenn er sieht, daß du es wieder sein kannst."

„Ja", sagte Gilbrecht.

An diesem Abend mußten sie im Dorf übernachten und fanden Unterschlupf in einer Scheune. Der Bauer gab ihnen von seinem einfachen Mahl und erbat dafür nur ihr Gebet beim Apostel. Das Dorf hatte ein Kirchlein, in dem ein tapferer Priester zur Komplet läutetete, und Severin forderte sie auf:

„Nun, liebe Leute, nur nicht säumen."

Wie immer sah er sich nach Gilbrecht um. Gilbrecht schaute Ursel an, die ihm zuflüsterte:

„In Köln sind auch Kirchen."

„Also mit Gottes Hilfe", sprach er und machte sich auf den Weg.

Severin fragte nicht. Der alte Mönch stand neben dem jungen, als Gilbrecht zum ersten Mal wieder das Stundengebet sang, den Psalm, klar und fest wie viele Jahre in der Gemeinschaft der Brüder. Severins Stimme zitterte ebenso wie die große Hand, die dem Jüngeren über den Rücken strich, bis Gilbrecht sie in die seine nahm und festhielt. Aber als die Andacht vorbei war und sie hinaus ins Freie traten, sagte er:

„Ich gehe nicht mehr zurück, Severin."

„Bruder", erwiderte der Ältere, kaum Herr seiner Bewegung, „red nicht so in der Stunde der Gnade."

„Die Gnade ist, daß ich so reden darf. Du mußt mich lassen, Severin."

Es dämmerte bereits. Severins Blick schweifte ab zu den Feldern. Weit draußen im reifenden Roggen, zwischen Klatschmohn und gelbem Nachtschatten erkannte er den alten Verführer.

Es war die Woche von Christi Himmelfahrt. Als sie am nächsten Morgen aufbrechen wollten, rüstete das Dorf zur Prozession durch die Felder. Der Pfarrer erwartete, daß die fremden Pilger dabei sein würden, und sie wagten nicht, ihn zu enttäuschen. So liefen sie mit im Bitt- und Bußgang der Bauern und hörten erstaunt, daß Gilbrecht Litaneien und Lieder wirklich auswendig kannte, daß ihm vor den Kirchportalen kein Wort verlorengegangen war. Ursel schritt an der Seite des Vaters, doch sie sah den jüngeren Mönch, sah sein erhobenes Haupt und verstand, weshalb Severin ihn so liebte. Als sie wieder den südlichen Wasgenwald entlang wanderten, erklärte Lenhard:

„Ich weiß nicht, was du hast, Gilbrecht, aber heute bist du mir zum ersten Mal wie ein richtiger Mönch erschienen. Wenn einer so singen kann!"

Trotz ihres späten Aufbruchs erreichten sie am selben Tag Belfort und am nächsten Abend Mömpelgard. Morgen war der ersehnte Feiertag, und sie freuten sich, daß sie ihn in einer Stadt verbringen konnten. Sie wollten eine große Messe hören, Altargerät aus Gold und Silber sehen, weißseidene Talare und Meßdiener in Spitzengewändern. Sie wollten Gilbrecht erleben, ob er den Leib des Herrn wieder zu sich nehmen würde und wirklich geheilt war.

Gilbrecht stand in der Kirche. Was immer seine Krankheit gewesen sein mochte, sie war nicht mehr sichtbar.

„Dominus in Sina sancto – der Herr auf dem heiligen Sinai, er steigt empor zur Höhe und führt die Gefangenen aus ihrer Haft" – in Gilbrecht schien die Verheißung des Tages verkörpert. Severin wandte immer wieder den Kopf nach ihm um, als könnte er es nicht fassen.

Die Himmelfahrt Christi war ein Fest höchsten Ranges, und so erhofften sich die Pilger auch ein angemessenes Mahl im Hospiz. Doch die zuständigen Schwestern warteten mit dem gewohnten Gerstenbrei auf, den sie diesmal nur in Milch statt in Wasser gekocht hatten.

„Ist das alles, was dies hochgelobte Burgund zu bieten hat?" maulte Lenhard etwas zu laut und wurde gleich zurechtgewiesen:

„Wir sind nicht burgundisch. Wir gehören zu Württemberg, und bei uns hatten die Welschen nie solche Macht wie drüben im Elsaß!"

Das mußte Lenhard einstecken, dennoch erwiderte er:

„Meine Tochter ist Witwe und schwanger, habt Ihr nichts Besseres zu essen für sie?"

Daraufhin schöpfte man Ursel mit wichtiger Miene einen Löffel Sahne in den Napf. Sie schaute schuldbewußt die andern an, die nichts bekamen. Aber Hede sagte:

„Iß nur, es ist gut für dich, damit du später nicht sagen mußt, jedes Kind kostet einen Zahn."

Ursel wollte ihre Zähne natürlich behalten. Es war ohnedies eine seltsame Schwangerschaft, bei der sie eher dünner wurde als dicker. Andere Weiber in Hoffnung ließen sich mit Eiern und Speck traktieren, sogar während der Fastenzeiten. Die besorgten Ehemänner kauften den nötigen Dispens. Eine Schwangere sollte aussehen wie ein Sönnchen, rund und strahlend. Das konnte Ursel von sich nicht behaupten. Nur um die Leibesmitte nahm sie langsam zu.

In Mömpelgard gab es eine Menge Schenken. Lenhard verkündete am Abend, er gehe jetzt Fleisch essen und wenn er sein letztes Hemd dafür rausrücken müsse. Gilbrecht lachte.

„Fleisch wird teuer sein hierzulande wie alles andere auch. Ob sie nun schwäbisch sind oder burgundisch, der Handel liegt darnieder. Seit der starke Herzog tot ist, blüht die Wegelagerei, und wer seine Güter sicher führen will, muß jeden Wagen von vier Knechten begleiten lassen. Das schlägt sich auf die Preise. Wir haben in Laach zuletzt keinen Burgunder mehr getrunken und selbst den Gästen unsern Rheinwein vorgesetzt."

„So gehört sich's auch für demütiges Mönchstum!"

„Schweig!" Severins Laune war wegen des ständigen Gerstenbreis ohnehin nicht die beste. „Stell dich bloß gut mit mir. Für dein stinkendes Hemd gibt dir niemand etwas, und der einzige hier, der Geld hat, bin ich."

„Welch ein Segen."

„Allerdings. Ich habe gespart, wo ihr alle gepraßt habt. Ich habe Mäßigung geübt. Jetzt kommt es euch zugute."

„Mäßigung?“ fragte Hede. „Hab' ich nicht gesehen, wie du beim Umtrunk nach der Dorfprozession sechs Brezeln vertilgt hast, dazu einen halben Käse und vier eingelegte Zwiebeln, die größten, die da waren?“ Severin wehrte sich empört:

„Du weißt genau, das war umsonst.“

„Wer so auf Vorrat fressen kann wie du, der tut sich freilich leichter im Sparen als wir mit unsern Arme-Leute-Mägen!“ gab Hede zurück. Die Grossers lachten schallend, nur Gilbrecht beherrschte sich mühsam.

„Brechen wir auf, ehe es zu spät wird“, schlug er vor. „Im übrigen, wenn wir uns einer Sünde ledig fühlen dürfen, so ist es wohl die Völlerei.“

Es war ein Maienabend wie vom Sommer geschickt. Die Wirte nutzten das gute Wetter für ihre Zwecke und hatten im Hof Tafeln aufgeschlagen. Die Pilger fanden bald einen geeigneten Ort, wo bereits andere Gäste mit großen Krügen bedient wurden. Außerdem trugen die Schankmägde alle Augenblicke Platten herbei, auf denen sich das Fleisch zu Bergen türmte.

„Hier sind wir richtig.“ Lenhard schob seine Tochter in eine Bank, und die andern rückten nach. Man fragte sie:

„Was wollt ihr?“

„Was habt ihr?“

„Ein Schwein auf dem Spieß; ihr könnt aber auch Hühnchen kriegen oder Wurst oder Sülze.“

Sie wollten alle Schweinebraten.

„Auch Wein dazu und nicht euren sauren Hund!“

Bald ließen sich Neuankömmlinge bei ihnen nieder. Es dauerte nicht lang, da waren sie von beiden Seiten eingekeilt und auch die Bank gegenüber gesteckt voll. Hede und Ursel saßen in einer Runde von Männern. Zwei in Wappenfarben gekleidete Reisige, Kaufleute in dunkler Tracht und Scholaren in abgeschabten Wollröcken redeten durcheinander.

„Wollt ihr nach Sankt Jakob – wirklich? Der Herr steh euch bei!" Die Scholaren blökten dazwischen „Bonne chance!" und fragten in gebrochenem Deutsch, ob die Mönche etwa mit den andern Pilgern gemeinsam auf Fahrt seien. „Fratres ordinis Sancti Benedicti non vagentur in mundo!" lästerten sie.

Gilbrecht und Severin sagten nichts dazu. Die Scholaren lachten gutmütig und frech, wähnten sie sich doch als einzige berechtigt zum Vagantentum. Selbst eines Tages zu Magistern der Theologie bestimmt, waren sie jetzt noch beim Studium und zogen von einer Universität zur andern, wenn sie nicht längst jedes Ziel aus den Augen verloren hatten.

Die Schankmagd brachte auf einem großen Teller das duftende, dampfende Fleisch herbei, von dem die Pilger Tag und Nacht geträumt hatten. Severin zahlte schnell, und sie griffen zu. Mit den Messern spießten sie riesige Brocken auf, stopften sich die Mäuler voll, wischten mit Brot ab und stürzten roten Wein hinterher. Es war gut, sich endlich wieder an einem heißen Braten richtig satt zu essen. Früher hatte Ursel nicht einmal gewußt, wie Hunger sich anfühlte; hatte jede solche Anwandlung gleich stillen können. Nun aber lief sie von früh bis spät über Straßen und Stege und fand oft nicht mehr zu beißen, als was ihr Anger oder Feldsaum schenkten. Die Männer im Kreis bemerkten, wie die Wangen der jungen Tischgenossin erglühten, wie ihr warm wurde und sie den Mantel abwarf. Ein Summen, von den fahrenden Schülern überm Trinken angestimmt, schwoll an. Bis plötzlich einer ausrief:

„Et comment disez-vous?
Spielmann, pfeif, der erst Reihn ist mein,
ich spring darin mit einer Jungfrau fein!"

Und stand schon neben Ursel, faßte ihre Hand:

„Veni, veni, Jungfraue!"

Sein Geselle hatte eine Flöte aus dem Sack geholt, setzte sie an die Lippen:

„Salta, salta!"

Halb entsetzt und halb entzückt sah sie sich nach Lenhard um. Aber der hob nur die Hände wie die Scholaren und Kaufleute und begann zu klatschen, lachend, anfeuernd:

„Spring, spring!“

Sie kannte das Saltorello, das aufgespielt wurde; alle kannten es, fielen singend ein, klatschten und schlugen sich auf die Knie. Ursel konnte nicht mehr an sich halten, die Füße sprangen von selber los, der rechte Arm schwebte über ihrem Kopf, die linke Hand fing die des Tänzers, er schwang sie herum und Sprung: „Hopp uu-bah“, schrien die Umsitzenden. Dann schnappte ein anderer sich die Schankmagd, ein abgerissener Kerl erschien mit zwei Jungfern zugleich im Reigen. Der ganze Hof wandte sich den Tanzenden zu, klatschte, trommelte, sang; kaum daß die Flöte noch zu hören war: „Hopp uu-bah“, und für einen Wimpernschlag berührte kein Tänzer den Erdboden.

Es dunkelte längst, aber der tanzenden Männer wurden immer mehr; ein jeder bekam Ursel zu fassen, wenn auch nur kurz, und schwenkte sie einmal herum. Gilbrecht war aufgestanden. Seine Augen hafteten an Ursel, und er bewegte sich von seinem Platz fort. Severin packte ihn warnend am Arm:

„Du wirst nicht tanzen!“ Aber er befreite sich und schritt hinüber in den Mauerschatten; sah, wie das Tuch um ihr Haupt sich löste, zu Boden glitt und sie darauf trat, ohne es zu merken. Ihr Scheitel glänzte im Schein der Fackeln, die der Wirt entzündet hatte. Da setzte der Scholar seine Flöte ab, und in den Lärm der andern sang er:

„Stetit puella
rufa tunica;
si quis eam tetigit
tunica crepuit.
Eia!“

Sie horchten auf, hielten inne. Wieder sang er den Vers, und die Männer brüllten:

„Eia!“ Immer mehr stimmten ein, immer lauter; sie kamen auf Ursel zu, und Lenhard erhob sich, doch im selben Augenblick trat Gilbrecht dazwischen.

„Eia“, sagte er, als Ursel ihm das Gesicht zuwandte: „Eia, puella mira pulchritudine!“

„Sag mir, was sie singen!“

„Steht dort ein Maidlein
im roten Röcklein,
wenn man daranfaßt,
knistert der Rock.“

„Eia!“ brüllten sie, die einen Ring um das Paar bildeten.

„Steht dort ein Maidlein
mit roten Haaren,
wenn man daranfaßt,
knistert ihr Haar!“

Er streckte die Arme nach ihr aus, der Kreis schloß sich um sie, tobend und jubelnd, und so wurden sie unsichtbar.

Weder Lenhard noch Severin hätten zu ihnen vordringen können. Die beiden standen ohnmächtig erstarrt. Als der Reigen sich auflöste, fanden sie ihn leer. Severin brachte kein Wort hervor. Von Hede kamen Vorwürfe. Lenhard hob Ursels beschmutztes Kopftuch auf. Wie willenlos fuhr er damit über die Augen.

Gilbrecht und Ursel liefen von den lärmenden Gasthöfen weg, dorthin, wo Gras den Hang hoch zur Stadtmauer wuchs und sich weich unter ihre Füße schob. Niemand war hier; kein Wächter auf dem Turm, kein Haus in der Nähe. Sie fielen auf den Boden.

„Wenn du mich nehmen willst, wenn ich erst frei bin, versprich es mir jetzt!“

„Ich verspreche es, wenn du auch mein Kind nimmst.“

Sie vergaßen, was alles sie hätte hindern müssen. Die Nacht war eine gute Gastgeberin.

Dole

Ursel und Gilbrecht erwachten, als die Maßliebchen im Gras sich dem Sonnenlicht öffneten. Sie schüttelten die Mäntel aus und liefen zum Hospiz zurück. Die Schwester Pförtnerin kam gerade von der Laudes. Mißtrauisch öffnete sie das Tor, wagte aber vor ihrem geistlichen Bruder keine Fragen. Drinnen im Hof hockten Lenhard und Hede und kratzten den gewohnten Gerstenbrei zusammen.

„Ach", grüßte Lenhard, „sieh an. Woher die Herrschaften?"

„Das werden sie dir kaum kundtun", zischte Hede.

Ursel klopfte an den Küchenladen und streckte ihren Napf aus. Am kühlen Morgen mochte sie sogar Gerstenbrei.

„Wann brechen wir auf?"

„Wo ist Severin?" fragte Gilbrecht.

„Wir können nicht aufbrechen. Severin liegt bei den Kranken, hat die ganze Nacht gespuckt. Versteht man zwar nicht, wo wir alle vom selben Teller gegessen haben, aber sein Fleisch war wohl schlecht. Schade ums Geld." Er hielt Ursel ihr beschmutztes, zerrissenes Kopftuch hin: „Brauchst du das noch?"

„Hab' ich wohl gestern verloren?" Sie runzelte die Stirn. So ein Fetzen wäre daheim gleich in den Kehricht gewandert. Sie mußte sehen, wie sie den gröbsten Dreck herauswaschen konnte.

Gilbrecht aß hastig und suchte dann die Krankenstube auf. Nie hatte er den Bruder krank erlebt außer einmal im Herbst, als die ganze Abtei vom Halsfieber angesteckt worden war. Und damals hatte Severin noch heißen Honigwein für Gilbrecht gebracht, wie er sonst nur den Älteren zustand. Severin lag zu Bett neben einem kleinen Flügelaltar, den die Schwestern zur Erbauung ihrer Siechen aufgeschlagen hatten.

Der Mönch trug auch hier die Kutte, wie er es vom Kloster gewohnt war. Zwei Greise schliefen in einer andern Ecke des Raumes.

„Severin", rief Gilbrecht leise.

Der Mönch öffnete die Augen und griff nach der hölzernen Schüssel, die man ihm auf die Decke gelegt hatte.

„Wolltest mal wieder in ein ordentliches Bett, was?"

Den schweren Mann so in sich verkrümmt zu sehen, mutete seltsam an.

„Sei still", flüsterte er heiser. „Du bringst Finsternis herein."

„Nein." Gilbrecht reichte Severin den Wasserkrug zum Trinken. „Es ist heller Morgen."

„Hast du bei ihr gelegen?"

„Hab' ich wohl."

„Wie konntest du das tun? Hast du vor dieser Fahrt nicht Buße und Sühne gelobt; wolltest du nicht demütig Ablaß erbitten für ein neues, unbeflecktes Leben in unserer Gemeinschaft?"

„Ach, Severin. Ich hätte alles gelobt. Ich wollte fort. Nie habe ich als Mönch ein Wort gegeben, das mir nicht abgenötigt worden wäre. Du weißt es."

„Ich weiß – nur von damals. Und letzten Endes hast du gelobt. So gilt es. Bei Gott, es hat dich niemand mit Gewalt gezwungen."

„Nein. Ich hätte auch fliehen können, betteln gehen."

„Du tust, als ob Laach dich eingekerkert hätte! In Wahrheit hast du dort gelernt, was Weltgeistliche nicht lernen. Hättest du mit Pelzquasten am Mäntelchen herumstolzieren mögen wie die Stiftsherren? Zehn Kebsen halten wie ein Fürstbischof – ja, das hättest du vielleicht gewollt."

„Ich möchte ein Haus haben wie mein Bruder mit einer Schlafkammer für mich allein! Und einen Geldbeutel am Gürtel und nicht jede Nacht zur Vigil rausmüssen."

„Nun, jetzt mußt du es ja nicht mehr." Severin hatte sich im Bett aufgerichtet, fahl wie die Wand. „Dafür zumindest war die Fahrt gut. So hast du mit Wunsch und Willen den Herrn verspottet, als du deine Wallfahrt geschworen hast. Bruder, besser, du wärst nicht wieder zum Altar gegangen. Der Herr verhüllt sein Antlitz vor dir."

„Sieh mich an, Severin. Sehe ich aus, als ob der Herr vor mir sein Antlitz verhüllte?"

Severin kamen die Tränen.

„Bruder, warum fliehst du deine Bestimmung? Der Herr hat dich berufen; hat sein Kloster dich nicht genährt und aufgezogen wie eine Mutter?"

„Du hast das getan, Severin. Du hast mich leben lassen." Er nahm des anderen Hand. „Das werde ich nie vergessen."

„Ich bin nicht mit dir auf Pilgerfahrt gegangen, daß du auf Weiber steigst! Gilbrecht, sie ist nicht einmal gut. Sie trägt schon einen Bastard, und jetzt schläft sie mit dir, dabei heißt es den Weibern zum Schutz, einer Schwangeren solle man nicht beiwohnen. Du machst dich unrein an ihr!"

„Hast du nicht selbst gesagt, die Liebe deckt alle Übertretungen zu? Und gleicht sie nicht dem Bildnis der hübschen Maria von Kolmar?"

Drei Pilger standen in der Tür zur Krankenstube. Die Sonne, die ins östliche Fenster schien, schmückte Ursel mit ihren Strahlen nicht anders als die elsässische Gottesmutter. Ursel schaute den älteren Mönch mitfühlend an. Natürlich war sie schön. Unrein an ihr war nur ihr Kleid, das sie seit einem Monat trug. Severins eigene Kutte stank. Er bedeckte die Augen mit den Händen. Lenhard jedoch kicherte.

„Auf, Bruder Severin, fasse dich. Es hat sich letzten Endes nicht so viel geändert. Einst war er keusch, jetzt keucht er."

Sie verließen Mömpelgard am 26. Mai. Die Gegend wurde immer einsamer; grün und in weiche Wellen gelegt, aber kaum besiedelt. Hier wuchs kein Korn, kein Wein, und die Straße war schlecht. Sie hielten Richtung auf die Stadt

Bisanz. Es war ihnen unheimlich, daß die wenigen Menschen, die ihnen begegneten, allesamt Französisch sprachen. Um sich Mut zu machen, sangen sie das deutsche Jakobslied:

„So ziehen wir durch die welschen Land,
die sind uns Brüdern unbekannt,
das Elend müssen wir bauen.
Wir rufen Gott und Sankt Jakob an,
und unser liebe Frauen."

Das Elend war die Fremde und in der deutschen Zunge gleichlautend mit Kummer und Weh.

„Wir müssen beichten gehen", verlangte Severin, von dem die Niedergeschlagenheit nicht wich.

„Ja, in Bisanz", stimmte Hede zu.

„Wozu denn das?" polterte Lenhard. „Es hat doch sowieso jeder Ablaß, der die Pilgerschaft macht oder dabei ums Leben kommt."

„Du bist ein Ochse! Glaubst du, nur weil deine Hufe die Flur zerstampfen, wächst dort das lebendige Brot? Wir sind nicht bloß schuldig, wir haben dafür auch Strafe verdient. Die Strafe erläßt dir der Ablaß, aber die Schuld wird dir erst durch das heilige Bußsakrament verziehen. Vielleicht verkürzt uns der Herr nach dieser Fahrt das Fegefeuer um ein paar Jahre, obwohl ich es kaum noch annehme."

Gilbrecht widersprach:

„Schon vor vierhundert Jahren hat Papst Urban den Jakobspilgern einen vollkommenen Ablaß gewährt, und so gilt es bis heute."

„Nicht, wenn man unterwegs willentlich sündigt! Oder glaubst du, Gilbrecht, wer wallfahrtet, hat den Freibrief zur Unzucht? Nur wer würdig und reinen Herzens ist, darf Ablaß erwarten! Nur den Reuigen hilft der Apostel beim Herrn!"

Gilbrecht stutzte einen Augenblick, schließlich entgegnete er:

„Ich bin reinen Herzens. Ich will sie ja zur Frau nehmen, sobald ich kann."

„Das darf nicht dein Ernst sein! Weißt du nicht mehr, was dein Stand ist, heute und für ewig? Hast du keine Furcht mehr?"

„Ach, Severin, warum sollte man mich exkommunizieren? Sie wollen mich bestimmt nicht wiederhaben in Laach. Womöglich lassen sie mich freiwillig gehen. Und wenn nicht, die kölnischen Kaufleute haben ihr Haus in Rom. Mein Bruder hat einen Faktor dort. Man kann sich freikaufen."

„Freikaufen! Warum hat dir dein Bruder nicht Ablaß gekauft, als du ihn brauchtest? Warum hast du nicht damals gesagt: Bruder, kauf mich frei? Ich weiß nicht, warum wir eigentlich unterwegs sind auf dieser mühsamen Fahrt!"

„Weil ich fort wollte."

„Du – wolltest – fort!" Jetzt brüllte Severin so, daß die Vorüberkommenden zusammenzuckten: „Du, du, einzig du! Warum nicht auch fort von mir? Warum bin ich dabei? Ich besudel' mich ja auf solcher Sündenfahrt!"

Gilbrecht war blaß geworden.

„Es gibt auch noch andere Sünden. Und wenn du mich nicht länger ertragen kannst, mußt du umkehren. Aber ich dachte, wir wären tiefer verbunden."

Sie standen sich auf offener Straße gegenüber; einer weiß im Gesicht, einer rot. Lenhard trat dazwischen.

„Genug jetzt, Mönche. Du", er drückte Gilbrecht den Zeigefinger auf die Brust, „was macht dich glauben, daß ich dir meine Tochter gebe? Einem entsprungenen Mönch, dem nichts gewiß ist außer der ewigen Verdammnis, wenn man Severins Reden trauen darf? Wer bist du eigentlich, daß du dir solche Hoffnungen machst?"

„Er ist ein Aducht, Mann", brachte Severin hervor, „und die Seinen haben mehr Geld und Ansehen, als du in zehn Leben erringen könntest. Er kommt aus einem Geschlechterhaus, und hätte man ihn nicht in die Kutte gesteckt, wäre ihm deine Tochter nie aufgefallen."

„Wer sagt, daß der Bruder, den er anscheinend hat, ihm auch nur einen Pfennig gibt? Sein Anteil ist doch längst beim Kloster!"

Jetzt mußte der Kölner Kaufmannssohn trotz seiner Erregung lächeln.

„O nein, Meister, es wurde anders geregelt. Mein Anteil ist im Geschäft. Und selbst vom Zins, der jährlich davon ausgeschüttet wird, geht nur ein Teil nach Laach."

„Und der Rest?"

„Schlägt sich auf meinen Anteil. Ja, mein Bruder wirtschaftet für mich, und zu seinem Schaden ist es nicht, denn bisher kam der Gewinn seinen Geschäften zugute, ich habe nichts für mich gebraucht. Würde ich als Mönch im Kloster sterben, dann wäre mein Erbe bei seinen Kindern; das ist testamentarisch festgelegt. Aber warum sollte ich es nicht selber nützen, mit deiner Tochter und für die eigenen Kinder?"

„Wenn das so ist, holt dein Bruder dich bestimmt nicht aus dem Kloster. Warum sollte er seine Kinder um ein schönes Erbe bringen?"

„Weil er ehrlich ist. Weil er schon versichert hat, daß er mir hilft, wenn ich ihn frage." Nicht nur Severin hörte erstaunt zu. Lenhard holte Luft.

„Und, willst du ihn etwa?" knurrte er Ursel an.

„Ich habe ihm mein Wort gegeben." Sie nahm Gilbrechts Hand, und die beiden traten herausfordernd nebeneinander. Lenhard versetzte Severin einen Stoß.

„Sieh hin", sagte er. „Sieh hin und begreif endlich."

Sie gelangten wieder an einen Fluß, den Doubs, und durchquerten ein paar Fischerdörfer, doch als es Abend wurde, fanden sie niemanden, der sie um Gotteslohn oder das Versprechen einer Fürbitte aufgenommen hätte. Ursel sah mißvergnügt, wie Knappen und Fuhrleute der Kaufmannszüge in Gasthäuser einkehrten. Selbst dieses Volk konnte sich ein Federbett zur Nacht leisten. Die Pilger zahlten schließlich für Unterkunft in einem leeren Stall.

„D'r Schafstall", erklärte der Bauer zahnlos. „Sch'letschte Schaf scho drei Jahr dod." Schnupfend ging er mit seinen Hellern davon.

Ursel schloß die Augen. Neben ihr, in gebührendem Abstand, lag Gilbrecht. Geschlechterhaus, hatte Severin gesagt. War es möglich, daß in diesem verfallenen Stall ein Patriziersohn die Nacht verbrachte? Plötzlich vernahm sie die Mutter, die seit Tagen nicht geredet hatte:

„Wie kannst du sicher sein, daß er es ernst meint? Severin hat recht: Du bist einfach die einzige, die er in seinem Kleid kriegen kann."

„Severin regt sich nur deshalb so auf, weil er fühlt, wie ernst es ist."

„Dir auch? Gib nicht wieder Versprechen, die dir später leid tun!"

„Mutter, er steht mir näher als der Michel jemals!"

„Weil er dir ferner steht! Ein Mönch, ein Patrizier, das alles mag dich reizen, dazu seine gute Gestalt, aber willst du wirklich fortgehen mit ihm, nach Köln, und auf ihn angewiesen sein? Der Vater, das weiß ich, kann das alles noch gar nicht fassen, sonst würde er anders einschreiten."

„Der Vater wird manches einfach hinnehmen müssen, weil es über den Verstand eines kleinen Handwerkers geht."

„Was redest du da! Der Vater ist in seiner Zunft ein Meister unter den Meistern und kein kleiner Handwerker. Was hätte ein entsprungener Mönch ihm entgegenzusetzen? Früher warst du stolz auf unser Geschäft, meine ich."

„Ich bin es ja noch. Aber Mutter: Frau in solch einem Haus! Ist das nicht ein anderes Leben?"

„Freilich, du müßtest nicht mehr in der Küche stehen. Von Aducht! Bestimmt sind sie im Rat und was weiß ich, in was für Kammern. Meinst du, vor denen wird er sich blicken lassen mit einer Schmiedstochter?“

„Sieht man mir das an der Nase an?“

„Deine Nase ist so gut wie seine. Trotzdem – Kind, ich würde es dir so gönnen –, aber ob er dich heiraten wird, wenn er erst wieder unterm eigenen Türsturz steht? Dein Vater – er, der Handwerker, hat mich geheiratet.“

„Und du warst nicht schwanger von einem andern so wie ich. Mutter, ich weiß es nicht, aber es ist mir auch gleich. Jetzt sind wir auf Fahrt.“

Die Mutter verstummte, und Ursel dachte über ihr Versprechen nach. Gilbrecht von Aducht wollte er also wieder heißen. Sie berührte ihn sanft.

„Es wird alles gut, nicht wahr?“

Er drückte im Dunkeln ihre Hand, dann rückte er zu ihr.

„Es ist schon viel besser, wenn du bei mir bist.“

Sie schmiegte sich in seine Arme und wurde schläfrig:

„Habt ihr eigentlich Silbergeschirr bei euch zu Hause?“

„Ja.“ Sie spürte sein Lächeln und seine Wärme. Aber er drängte nicht, wie Michel gedrängt hatte, und der Schlaf durfte kommen.

Nach weiteren zwei Tagen erreichten sie Bisanz. Die Stadt lag in einer Flußschlinge des Doubs und war daher gegen Angreifer gut geschützt. Ihre geraden Gassen führten lotrecht aufeinander zu. Die Pilger, auf der Suche nach dem Hospiz, gelangten an einen massigen Bogen, der sich zwischen den Bürgerhäusern emporwölbte. Schwarz vom Alter und klafterbreit gemauert, war er mit zwei angefügten Säulen geschmückt. Gilbrecht blieb stehen:

„Ach, eine römische Porta. Dann ist dies eine Römerstadt wie Köln. Da denkt man an daheim, was, Severin?“

„Lang her, seit ich in Köln war. Aber es stimmt, das ist der Überrest einer Triumphstraße.“

Später saßen sie im Spital, wo man ihnen mit einer Fischsuppe gar nicht schlecht auftischte. Hede erinnerte daran, daß sie sich vorgenommen hatten zu beichten. So machten sie sich abends nochmals zur Kirche auf. Als erster ging Severin in den Beichtstuhl, kam auch bald mit gefalteten Händen und gesenktem Blick zurück. Gilbrecht sah zu ihm hinüber, bevor er sich selbst vor das Sprechgitter kniete.

Ursel beobachtete den jungen Mönch. Bekannte er, was es für ihn zu bekennen gab? Ursel hatte in Frankfurt nie ein Wort von ihrem in Unzucht empfangenen Kind lautwerden lassen. Und jetzt? Nicht nur die Schwangerschaft, obendrein unkeusches Beilager mit einem Mönch gehalten. Wie sollte sie das alles beichten? Da stand Gilbrecht schon wieder auf. Er kam an ihr vorüber, lächelte kurz. Was immer er dem Pater gesagt haben mochte, es konnte nicht die ganze Wahrheit gewesen sein. Er wandelte gelassen durch die Kirche und scheinbar auch über all ihre Gesetze hinweg. Vielleicht aber handelte er ja aus höherer Einsicht? Kam er nicht aus dem Kloster und war mit den Feinheiten der Theologie vertraut? Ursel beschloß, seinem Beispiel zu folgen. So beichtete sie nur in den üblichen Formeln, und der betagte Geistliche ihr gegenüber sprach sie murmelnd los von ihren Sünden; von allen, wie sie hoffte. Mit roten Wangen erhob sie sich. Hede und zuletzt der Vater kamen nach ihr an die Reihe. Beide kehrten schnell zurück. Keinem von ihnen war schwere Buße auferlegt worden, nur einige Paternoster und Avemaria, die sie pflichtgetreu herunterbeteten. Ursel hatte sich nicht gedemütigt, wie es der Glaube verlangte. Sie vergaß aber nicht, daß sie einer anderen Gewalt ausgeliefert war, die härter richtete. Die Natur selbst, die ihren Leib auftrieb, würde entscheiden über Leben und Sterben und bald genug Enthaltsamkeit fordern; unduldsamer als jeder Priester. Ursels Kind war die Sühne, die sie mit Sorge trug. Als sie zurück zur Herberge schritten, ging sie neben dem jungen Mönch.

„Gilbrecht, sind wir jetzt rein?"
„Gemeinsam sind wir weißer als Schnee", flüsterte er.

Man sagte ihnen, Dole läge drei Tagesreisen entfernt. Doch als sie drei Tage über die holprige Straße gelaufen waren, zeigte sich immer noch nichts als leeres Land ringsum. Die Gegend schien verlassen. Marksteine standen, wo einst Felder abgegrenzt worden waren, aber nur Miere und Mastkraut wuchsen weit und breit. Unten am Fluß kamen sie an einer Mühle vorüber. Sogar die lag still, das Mühlrad aus dem Wasser gehoben, die Fensterläden verrammelt. Lenhard war ratlos.

„Das ist ganz gewiß die Flußstraße, auf der aller Handel zieht, wir sind schon richtig. Aber nun geht die Sonne unter, und wir haben nicht einmal einen Stall entdeckt, von allem andern ganz zu schweigen."

Dabei war Dole die Hauptstadt der Freigrafschaft Burgund. Solch eine Stadt war von Dörfern umgeben, bis zum Umkreis von Meilen sogar mit einer Landwehr. Die Mühlen nah einer Stadt mahlten, walkten, stampften noch nach Einbruch der Dunkelheit und ruhten nicht an einem freundlichen Freitagabend. Wieso lag das große Werk so verwaist und verschlossen da, wohin war der Müller mit seinem Gesinde verschwunden? Es konnte fast nicht mit rechten Dingen zugehen. Mühlen gaben verbotenem Treiben oft Freistatt. Wenn der Müller nicht gar ein Zauberer war, mit dem Teufel im Pakt und Lehrmeister seiner Gesellen in der schwarzen Kunst, dann beherbergte er sicher fahrende Dirnen, und es war darum nur gerecht, daß er für unehrlich galt. Er verdiente auch über Gebühr viel Geld und neigte zu Betrügereien.

„Ich sehe schon, heute abend kriegen wir nichts mehr zu essen", stellte Severin fest. „An der Strecke nach Dole hat wieder der Fuchs gemessen. Hier stehen wir mitten im Gelände."

Es ging aber gnädig ab. Noch war die Sonne nicht hinter der nächsten Straßenkuppe versunken, als Gilbrecht eine Hütte entdeckte, in der man früher wohl Feldgerät aufbewahrt hatte. Jetzt fanden die Pilger nichts mehr darin als Dreck und Vogelkot. Ursel verzog das Gesicht.

„Wollen wir uns nicht in die Wiese legen?"

Die Männer waren dagegen.

„Von Westen zieht Regen auf; lieber schmutzig als naß. Außerdem mußt du an die Tiere denken."

„Welche Tiere?"

„Den Fuchs", warf Hede spottend ein.

„Oder den Luchs. Oder den Wolf." Lenhard wies auf den Waldsaum, der sich in der dunkelnden Ferne gerade noch sichtbar abzeichnete.

Die Weiber sagten nichts mehr. Wortlos rollten sie sich zwischen ihren Beschützern ein. Sie waren weit gegangen mit nichts im Bauch als einer Kelle Hafergrütze, die ihnen mittags eine Bäuerin ausgeschenkt hatte. Es wurde Nacht, und Lenhard sprach:

„Endlich mal keine Vesper."

„Das kann man so und so sehen", antwortete Severin. Dann zog der eine die Gugel, der andere die Kapuze übers Gesicht, und schnaufend wandten sie sich zur Seite. Hede als einzige schlief bereits fest. Gilbrecht und Ursel rückten zueinander.

„Schau durch das Loch im Dach da vorn", flüsterte Gilbrecht. „Siehst du die Milchstraße, die Sternenstraße, die einst den Kaiser Karl zum Grab des Apostels geführt hat?"

„Ist das eine Geschichte?"

„Ja." Doch da fühlte er Severins Ellbogen zwischen den Rippen.

„Nicht mehr heute nacht", hieß es brummig.

Gilbrecht legte die Arme um Ursel.

„Ich wüßte auch etwas Besseres heute nacht."

Hungrig schlief er ein, träumte von einem Haus in Köln mit einem sauberen Bett und zwei Menschen darin.

Am nächsten Morgen tropfte es vom Dach herab. Der Himmel war noch bewölkt, ein kühler Westwind fuhr durch die handbreiten Ritzen der Hüttenwände. Sie stolperten schleunigst ins Freie und schüttelten Mäntel und Glieder aus. Lenhard schimpfte:

„Wir dürfen nie wieder mit leeren Taschen weiterziehen. Es muß wenigstens jeder ein Stück Brot haben." Er sah Ursel an: „Wie geht es dir?"

Nicht schlechter als den anderen. Die morgendliche Übelkeit machte ihr nicht mehr zu schaffen. Manchmal wurde ihr beim Wandern plötzlich flau, dann schob ihr aber Lenhard immer rechtzeitig den Arm unter die Achsel. Jetzt nickte er:

„Du hältst dich brav, Tochter. Es kann ja nicht mehr weit sein."

Sie gingen zur Straße zurück, gelangten an eine Biegung des Flusses. Und kaum eine Meile weiter entdeckten sie Dole.

„Ist es denn möglich?" Lenhard hielt ungläubig inne, aber er sah richtig: Vor ihnen lag ein schwarzes Trümmerfeld.

Beklommen näherten sie sich. Die Stadtmauern waren geschleift worden, wie es vorkam, wenn eine Stadt nach langer Belagerung besiegt wurde und die Besatzer ihren Zorn austobten. Soweit sie blicken konnten, war der Wall auf einige Fuß Höhe herabgebrochen, die Steinbrocken lagen verstreut, kein Wachturm war aufrecht geblieben. Dort, wo einst das Tor gewesen sein mochte, führte ein tief durchfurchter Weg zur Stadt hinein. Dies bewies immerhin, daß hier Menschen verkehrten. Die Pilger waren so hungrig, daß sie für einen Löffel Gerstenbrei selbst an der Hölle haltgemacht hätten. Sie schritten an abgebrannten Häusern vorbei. Manchen fehlte nur das Dach, von andern stand noch das steinerne Erdgeschoß, oft waren kaum die Grundfesten geblieben. Dann plötzlich Schnattern. Mit gewichtig wiegenden Schritten kam ihnen eine Gänseherde entgegen, die angesichts der Fremden gleich zum Angriff überging. Mehrere wütende Vögel stürzten sich auf Pilgerwaden und Rocksäume. Die Männer schlugen mit den Stöcken um sich:

„Haut ab oder wir drehen euch die Hälse um!"

Endlich zeigte sich der Hütebub. Er winkte fröhlich. Schrill pfeifend brachte er die Tiere zu Benimm.

„Geht es hier in die Stadt?" riefen sie ihm zu. Er nickte, wies mit dem Daumen über die Schulter, antwortete in unverständlichen Worten. „Er spricht welsch", bemerkte Ursel staunend. Sie sahen ihm nach, wie er mit seiner Herde im Grünen verschwand. Er trug einen Rucksack, der sich prall ausbeulte, gewiß von Mundvorrat.

Dole hatte einen Marktplatz, und hier standen auch bewohnte Häuser, aus den Ruinen wieder hergestellt oder neu erbaut. Ein Bäckerladen wartete auf Käufer, zwei Bauern boten Lebensmittel an. Im Hintergrund lauerte die Ödnis.

„Hier finden wir kein Hospiz oder Kloster oder irgendwas." Lenhards Laune war schlecht. „Aber da drüben gibt es zumindest Brot. Los, und wenn es unser letztes Geld kostet." Sie verlangten Spitzwecken. Die Bäckerin hatte nicht viel zu tun und war zum Reden aufgelegt:

„Pilger aus Deutschland?"

„Ja."

„Woher, wohin?"

„Von Rhein und Main nach Sankt Jakob. Aber sagt bloß, was ist denn eurer Stadt geschehen?"

„Da staunt ihr, was? Ja, unser Herr Friedrich hat uns gut verteidigt gegen den König von Frankreich. Für uns hat sie sich wirklich ausgezahlt, die Rückkehr der Freigrafschaft zum Reich."

„Was, ist das noch von damals, vom Niedergang Burgunds?"

„Jawohl, von damals, als der verfluchte Ludwig nach dem Tod des Herzogs das Land mit Krieg verheert hat. Vier Jahre hat unsere Stadt getrotzt, aber dann ist sie doch gefallen, und Ludwig hat sie schatzen und brennen lassen, so gut er konnte. Der Kaiser und sein Sohn haben uns keinen einzigen Mann zur Hilfe geschickt. Damals galten nur die Niederlande, dabei sind wir das alte Reichslehen, wir!" Mit heftigen Bewegungen schob sie ihre Semmeln zurecht. „Die Kirche drüben auf dem Hügel haben sie verschont. Die Bürger mußten fort; erst jetzt, nach sechs Jahren, kehren ein paar zurück. Und Welsche kommen, natürlich, mehr als früher. Die Deutschen werden eingehen. Dann fällt das Land ganz von selbst an den Franzosenkönig."

Der Bäcker trat aus dem Haus an den Laden:

„Mit wem sprichst du?" Als er hörte, daß Jakobspilger da waren, gar aus Deutschland, hellte sich sein Gesicht auf: „Denen kannst du das Brot um Gotteslohn geben. Wißt ihr schon, wo ihr wohnt?"

„Nein."

„Dann bleibt bei uns. Meine Frau hat genug Vorrat geholt für Pfingsten. Euch kriegen wir schon satt." Freilich, es war ja beinahe Pfingsten; mehr Glück konnten sie nicht haben, als zum Feiertag beim Bäcker unterzukommen. „Morgen stecken wir ein Ferkel auf", versprach der Bäcker. „Und Eier wird's geben und zweierlei Zugemüs."

Diesen Verheißungen waren sie kaum gewachsen. Sie durften sich heißes Wasser holen und baden, während die Magd der Bäckersleute ihre Kleider ausklopfte. Besonders die Mönche wurden mit Hochachtung behandelt. Als Gegenleistung wünschte man nur zu hören, wie es ihnen auf der Reise ergangen war und wie es sonst im Reich aussah. Bei solchen Gastgebern ließ sich gut feiern. Dole war eine große Stadt gewesen, stolz, mit eigener Universität. Von all dem zeugte nurmehr das Gotteshaus, das unversehrt auf einem Hügel überm Fluß thronte.

Die Mutter Kirche hielt Pfingsten, und der Priester sang:

„Emitte Spiritum tuum – sende aus deinen Geist, und Geschöpfe werden erstehen, und du erneuerst das Antlitz der Erde.“ Wahrlich, dies Gebet war hier am Platze. Als sie von der Messe nach Hause gingen, sangen sie gemeinsam das Pfingstlied:

„Nun bitten wir den heiligen Geist
um den rechten Glauben allermeist.
Daß er uns behüte an unserm Ende,
wenn wir heimfahrn aus diesem Elende.
Kyrieleis.“

Abermals wahr, hier war Elend. Erbärmlicher hatten sie keine Stadt erlebt, und wenn die Bäckersleute sich noch so deutsch gaben, das Elend hatte sie eingeholt. Daß sie es an dieser wüsten Stätte überhaupt aushielten! Die Pilger würden Fürbitte halten beim Apostel, sie versprachen es aus ihrer Seele.

Cluny

Am Pfingstmontag setzten sie ihre Reise fort. Der Bäcker hätte sie gern noch eine Nacht behalten, aber die Stadt war ihnen zu unheimlich.

„Erzählt mal, was es mit dieser Sternenstraße auf sich hat", bat Ursel die Mönche unterwegs.

„Nun, sie hat dem alten Kaiser Karl den Weg nach Spanien gewiesen, als er sich vor fast siebenhundert Jahren aufmachte, die Mauren zu vertreiben", sagte Gilbrecht. „Compostela heißt ja auch nichts anderes als Sternenfeld."

„Aber es gibt doch noch immer Mauren da unten!"

„Nur in Granada, und wie man hört, sind sie den katholischen Königen schon zinspflichtig geworden", fiel Lenhard ein.

„Das bringt die Kosten für so viel Krieg auch nicht bei", knurrte Severin.

„Laufen wir denn in einen Krieg hinein?"

Lenhard antwortete wieder:

„Ich hab' es mir von einem befreundeten Kaufmann in Frankfurt auf der Karte zeigen lassen: Der Jakobsweg führt durchs nördliche Spanien, Granada liegt aber auf der anderen Seite des Landes im Süden. Die Pilgerstraße ist frei."

„Jedenfalls sind die Mauren in Bedrängnis", stellte Hede zufrieden fest.

„Endlich, kann man nur sagen", Severin empörte sich. „Wenn man bedenkt, daß der heilige Jakob dem Kaiser im Traum erschienen ist! Daß er zu Hunderten von Schlachten selbst vom Himmel herabgeritten ist, um den Christen mit seinem Schwert beizustehen! Da muß es uns beschämen, wie lange die feindlichen Eroberer trotz ihres Heidentums die Oberhand behalten konnten."

Gilbrecht lächelte ihm versonnen zu.

„Als das Schwert nicht hinreichte, hat Sankt Jakob den Wanderstab ergriffen. Wo es ihm an Kriegern fehlte, hat er die Friedfertigen gerufen, deren Scharen niemand aufzuhalten wagt. Ganze Heere von Pilgern sind gekommen und haben die umkämpfte Erde christlich getreten. Beati mites – selig die Sanftmütigen, denn sie werden das Land besitzen."

Sie sprachen darüber, wie der heilige Jakob die Strecke von Palästina nach Spanien bewältigt habe und gerieten in Hitze, weil die Mönche behaupteten, er sei von Engeln gefahren worden, während Hede und Ursel wissen wollten, daß er auf einem Felsblock übers Meer gereist sei. Severin winkte würdig ab:

„Ihr Weiber glaubt stets den Apokryphen."

„Apokryphen? So hat es mir ein Kanonikus in Frankfurt beigebracht!"

„Die Legende ist ein Gestrüpp, das nur der Kundige zum Blühen bringt. Er findet den tragenden Stamm und stutzt die wuchernden Ranken. Daher gilt es, die Lehren unserer Päpste zu beachten und nicht irgendeinen Kanonikus."

„Oder Klosterbruder." Lenhard stichelte. „Die Päpste haben immer gelehrt, was ihnen in den Kram gepaßt hat. Wenn sie uns arme Christen in Spanien gegen die Mohren brauchten, wurde flugs das Grab eines großen Apostels dort aufgeschlagen. Natürlich am äußersten Ende des Landes, damit sich der Weg lohnt. Aber ob mit Engeln oder ohne, das weiß ich auch nicht."

„Dein Schandmaul wird dich eines Tages noch umbringen – warum ist einer wie du bloß auf Wallfahrt gegangen?"

„Guter Mönch, du bist doch selbst zu deiner Wallfahrt gelangt wie die Jungfrau zum Kinde!"

„O Vater", Ursel blieb stehen und hielt Lenhard fest: „Sei nur einmal ernst. Warum bist du aufgebrochen? Das möchte ich wirklich wissen."

„Um meines Weibes willen. Weil ich nicht verstanden habe, weshalb sie gestorben ist, so plötzlich und aus einem guten Leben. Ja, Ursel“, er ergriff ihre Hand, „du hast deine Mutter auch lieb gehabt. Wenn ich Schuld an ihrem Tod trage, so sag es mir. Die Fahrt gilt dem Ablaß ihrer Schuld oder meiner, wie Gott befiehlt. Aber daß sie in den Himmel kommt, das will ich gerne, und dafür wallfahre ich hier.“ Ursel drückte seinen Arm:

„Du und ich, wir können nichts dafür. Sie ist mit euerm Sohn gegangen.“

„Mit unserm Sohn.“ Lenhard schaute ins Weite. Im Wiesenfeld schwangen die Sensen zur Heumahd.

Abends sparten sie sich das Geld für eine Unterkunft. Die Luft war mild, und sie fanden einen Weißdornhag, der als Windschutz diente; also beschlossen sie, im Freien zu nächtigen. Zufrieden packten sie aus, was ihnen die Bäckersleute mitgegeben hatten: Für jeden Semmeln, Käse und Eier, dazu noch Brot und Schinken. Es war so reichlich, daß sie gar nicht alles bewältigten. Sie zogen Stiefel und Strümpfe aus und streckten die müden Beine von sich.

„Der Bäcker in Dole war ein rechter Christenmensch“, meinte Hede. „Aber wie hält er es bloß in dieser verbrannten Stadt aus? Ein so trostloser Ort schlägt doch jedem aufs Gemüt.“

„Mir nicht“, meldete sich eine Stimme. Und zur Verblüffung aller kam Hans Nickel von der anderen Seite der Hecke hervorspaziert. „Gute Leute, grüß euch Gott an diesem Abend. Wir kennen uns.“

„Wo kommst du denn her, du Galgenvogel?“ Lenhard zügelte seinen Unmut nicht.

„Von hinter der Hecke, bist du blind?“ Er ließ sich nieder. „Ich glaube, ihr habt noch was gutzumachen an mir. Und als ihr da so laut geschmatzt habt, ist mir endlich eingefallen, wie ihr das anstellen könnt.“

Die Grossers starrten ihn fassungslos an:

„Gutzumachen?“ Die Mönche allerdings brachen von Brot und Käse ab und schoben die Stücke dem unverhofften Gast zu. Hans Nickel zierte sich nicht.

„Ganz recht. Das war ein böser Streich in Worms, als du mich beim Kartenspielen verleumdet hast, Alter“, sagte er kauend.

Ursel schnaubte:

„Wer hat wen zuerst verleumdet?“

„Wenn so ein Klotzkopf wie dein Vater keinen Spaß versteht, kann ich nichts dafür.“

Hede hielt zu Lenhard:

„Ich habe auch gehört, was du gesagt hast; ein übler Scherz.“

„Ja, gewiß, du warst dabei in Worms, das hab' ich nicht vergessen. Und wie läuft es sich mit diesem Frankfurter Gespann? Hast du beim Vater Gnade gefunden, oder zieht er doch die Tochter vor?“

„Ein Wort noch und ich schlage dich windelweich!“

„Gemach, gemach, spricht so ein Jakobsbruder mit dem andern? Ich lasse mich friedlich hier nieder, teile mit euch das Mahl, und du drohst mir?“

Den Mönchen, die nicht wußten, was sie von all dem denken sollten, schien es beim Anblick des zornentbrannten Schmieds geboten, von etwas anderem zu reden.

„Du meinst, du würdest es in Dole aushalten?“

„Sicher, die Stadt ist im Aufschwung. Gerade jetzt, wo manches noch am Boden liegt, ist die Gelegenheit günstig. Richte dir eines der Häuser her und mit ein bißchen Geld kannst du jedes Geschäft beginnen, das dir gefällt. Jetzt ist an allem Bedarf. Es kann nicht lang dauern, bis neue Bürger aufkreuzen, und dann wächst der Stadtwall zur alten Größe hinauf. Wohl denen, die sich beizeiten unentbehrlich gemacht haben.“

„Aber solch ein Trümmerhaufen! Da fühlt man sich ja wie im geschlagenen Babylon."

„Ihr vielleicht, Bruder. Ihr kommt sicher aus einem vornehmen Kloster. Zugegeben: Vor sieben Jahren, als ich zuletzt hier war, hat Dole einen besseren Eindruck gemacht. Obwohl schon damals böse Breschen im Mauerwerk geklafft haben."

„Ach, die hast du gesehen? Reist du in Geschäften?"

„So kann man's nennen." Er lachte. „Die Pilgerfahrt ist mein Geschäft. Ich war zweimal in Sankt Jakob und öfter noch in Jerusalem und Rom. Rom kenne ich bis in den letzten Winkel. Ich bin von Halberstadt. Wenn ich nach Sankt Jakob will, gehe ich über Erfurt und Frankfurt an den Rhein."

„Und was kommt heraus bei deinem Geschäft?" fragte Hede ungläubig.

„Das hängt davon ab, wieviel meinen Herrschaften ihr Seelenheil wert ist. Die, die auf dem Sterbebett noch ein Legat für einen Pilger aussetzen, sind am großzügigsten. Denen eilt es. Und wenn eine sorgende Witwe zurückbleibt, hält sie sich vielleicht sogar an die Verfügung."

„Das heißt, du nimmst eine Summe Geldes und wanderst dafür an anderer Leute Stelle nach Sankt Jakob?"

„Die meisten verlangen die Romfahrt, zum Glück. Mir liegt nicht viel an Sankt Jakob. Der schlimmste Weg von allen. Aber dies Jahr hat sich nichts anderes ergeben."

„Ein mühsames Handwerk."

„Es ist ein Beinwerk und überdies eines, in dem sich jeder selbst zum Meister machen kann. Ich suche mir die besten Angebote aus. Die Leute trauen mir, denn bisher bin ich stets zurückgekehrt mit dem Ablaß. Hab' keinen geprellt."

Lenhard brummte:

„Einmal kehrst du doch nicht wieder, weil's dich irgendwo erwischt."

„Da sei Gott vor. Ja, Alter, du hast recht, das ist mein Wagnis. Aber ich verdiene gut, bin keines Mannes Knecht, und hetzen muß ich mich nicht. Ich lache über die Pilger, die schwitzend dreißig Meilen am Tag rennen wollen. Mir reicht es, wenn mich der Herbst zu Hause trifft. Der Winter ist lang genug, und im Frühjahr brech' ich wieder ungeduldig auf. Ich habe mehr von der Welt gesehen, als ihr alle miteinander je sehen werdet."

„Und deine Seligkeit kümmert dich dabei nicht?"

„Eines Tages werde ich schon merken, wenn mein Balg müde wird. Dann mache ich mich ein letztes Mal auf in die Stadt, die mit ihren Ruinen Dole weit übertrifft..." er berührte das Abzeichen der gekreuzten Schlüssel an seiner Hutkrempe, „meiner eigenen Haut zuliebe. Dann soll der droben an der Himmelspforte ausrechnen, wieviel Ablaß für mich herausspringt."

„Aber", hakte Gilbrecht nach, „du bist doch Laie?"

„Ja, ja."

„Hast du denn einen Herd in Halberstadt? Ein Weib? Kinder? Wo wohnst du während des Winters?"

„Ich bin im Spital eingemietet, hab' eine nette Kammer dort, und die Brüder bewahren auch meine Rücklagen für ein Altenteil auf."

„Demnach bist du nicht verheiratet?"

Hans Nickel lachte:

„Bruder, ich werde gescheit sein! Wozu brauche ich ein Weib? Die saubersten Jungfrauen springen mir nach; ich kann mich vergnügen, wie ich will! Und wo mir eine besser gefällt, bleibe ich eben länger. Mit der Zeit treibt es einen von selbst davon, wird einem jede über. Nein, die Weiber genieße ich in genau den richtigen Dosen. Hochzeit ist Gift für mich."

„So?" Gilbrecht blickte verstohlen zu Ursel hin. Sie sah seine glitzernden Augen.

„Das gilt aber nicht für jeden Mann", bemerkte sie ernsthaft.

„Gewiß nicht“, stimmte Gilbrecht zu. Und wie von selbst verhakten sich die nackten Zehen der zwei jungen Leute. Severin floß blutrote Scham übers Gesicht:

„Gilbrecht“, brachte er hervor.

Hans Nickel aber stopfte nur grinsend den letzten Bissen Schinken in sich hinein.

Als sie sich zu schlafen anschickten, trat Severin mit finsterer Miene zwei Schritt beiseite. Ohne Gilbrecht anzuschauen oder gar mit ihm gemeinsam die Komplet zu beten, wickelte er sich in seine Kukulle. Hede war sehr müde und schlief bereits, als die andern noch die genehmste Lage suchten. Lenhard streckte sich dicht neben Hans Nickel aus. Er wollte gewiß sein, daß der Fremde während der Nacht nicht mit den Pilgertaschen der Gefährten verschwand. So gab es niemanden, der Gilbrecht und Ursel gehindert hätte, nahe zusammen zu kriechen. Die Dämmerung tupfte auf Zehenspitzen über den weichen Himmel des Brachmonds und lockte die Sterne hervor. Gilbrecht sah Regulus, den Fürsten, der ihm das Cor leonis wies, und weit im Süden Antares, den rötlichen Stachel des Skorpions, der Orion zu Fall gebracht hatte. Gilbrecht glich nicht dem wilden Jäger Orion und maßte sich nicht das Herz eines Löwen an. Aber wie die Gier eines Fürsten nach Ruhm und Besitz, so brannte ein glühender Stachel in seiner Seele. Und wo kein Entrinnen von Fesseln und Schmerz gewesen war als erst der Tod und dann der Lauf bis ans Ende der Welt, da gab es nun Ursel, die ihn erlösen sollte und sich von ihm in den Armen halten ließ. Die Jäger, die Löwen, das waren die alten Männer, deren Heftigkeit im Schlaf noch aus ihrem Atem sprach, und denen man so schwer entkam. Ursel und er jedoch waren die schlanken Geschöpfe Gottes, deren heimliche Macht ihnen niemand ansah. Was sie im Innersten füreinander einnahm, war nicht, was man als ihre Schönheit lobte. Vielmehr war es der Makel, den beide nicht abstreifen konnten, die Ähnlichkeit in der Abhängigkeit und die stille Zuversicht, gemeinsam Freiheit zu erlangen. Dafür würde er opfern, was Ursel ihm abforderte. Er würde mit ihr gehen, auch wenn er erst noch lernte, ein Weib zu lieben.

Der kalte Morgentau weckte sie auf, und sie rückten fröstelnd zusammen. Lenhard schaute sich um:

„Wo ist der Kerl?“

Hans Nickel war fort. Eine Kuhle im Gras zeigte an, wo er gelegen hatte. Verwundert zuckten sie die Schultern. Ursel hob einen Zweig mit einer Stachelkugel auf:

„Und was ist das? Wo kommt das her?“

Hede mußte lachen:

„Oh, ein Schlafkunz. Da ist unser Freund gar in der Zauberei bewandert. Mit dem Kunz, dem Kobold, hat er uns schlafen machen wollen, damit wir seinen Aufbruch nicht spitzkriegen.“ Sie besah sich die Sache: „Man sagt auch Schlafapfel. Er wächst als Galle der Hundsrose.“

„Es hat jedenfalls gewirkt.“

„Unsinn. Ich weiß nur zu gut, daß mit dem Schlafkunz nichts auszurichten ist. Hab’ ihn selbst einmal einem gewissen Gesellen beigebracht, und dennoch ist er mir in dieser Nacht davongelaufen.“ Lenhard verzog den Mund:

„Du bist doch eine verteufelte alte Hexe, Hede. Das konnte der arme Hans Nickel nicht ahnen, daß eine unter uns sein Kunststück gleich entdeckt.“

„Hm.“ Sie schien den Spott als Schmeichelei zu nehmen.

Sie holten ihr Brot hervor und kauten ein wenig von den harten Kanten ab, dann klopften sie sich gegenseitig Halme und Erdkrümel von den Kleidern. Mit langsamen Schritten, Severin als letzter, gingen sie los.

„Eines ist seltsam“, sagte Hede, während sie zur Straße am Doubs zurückkehrten, „wenn Hans Nickel so gut weiß, was man hierzulande für Geschäfte machen kann, warum bleibt er nicht einfach und wird reich? Der Bäcker von Dole freut sich über jeden Deutschen."

Lenhard winkte ab:

„Wer etwas von Geschäften versteht, wird zu Hause in Halberstadt biederer Kaufmann. Wenn einer sich zu Fuß sein Leben verdienen muß, dann nur, weil er nichts im Kopf und nichts im Sack hat." Gilbrecht unterdrückte ein unpassendes Lachen.

„Wer schon Hans Nickel heißt, kann nur ein armer Schelm sein. Bei uns daheim war Nickel immer der Name für die Blöden und Schwindler. Sankt Nikolaus hat wohl nichts Besseres aus all den Findelkindlein machen können, die nach ihm benannt worden sind."

„Er heißt ja gar nicht so", erklärte Ursel. „Ich habe ihn bloß so genannt, weil er wirklich ein falscher Kupfer ist." Lenhard nickte.

„Wie er mit seinem Geld angegeben hat! Aber dann nichts zu fressen dabei. Wir waren schön dumm, weshalb haben wir uns den Käse nicht bezahlen lassen?"

Severin schimpfte unter der Kapuze:

„Alle Fremden sollen aufgenommen werden wie Christus."

„Unser Herr hat aber nie versucht, den Wirt mit einem Schlafkunz zu verzaubern!"

„Selbst der heilige Benedikt warnt bei der Aufnahme von Gästen vor höllischem Trug", pflichtete Gilbrecht bei.

„Du bist es wahrlich, der mich mit dem heiligen Benedikt im Mund widerlegen kann!"

Die andern lächelten über den Zwist der Mönche. Ursel sagte:

„In Frankfurt ist es mir nie angekommen auf Käse und Brot. Aber wir sind nicht in Frankfurt. Wir verschleißen unsere Sohlen auf der Landstraße wie Hans Nickel und haben es scheinbar genauso nötig wie er."

Hede legte einen Zeigefinger an die Wange:

„Es ist deiner Mutter halber, Maidlein, weißt du nicht? Ist dir ihr Seelenheil nicht ein paar Schuhe wert?"

„Ach, red doch nicht. Und meinem Vater sieht der Einfall immer noch nicht ähnlich."

„Er wird sie geschätzt haben, deine Mutter. Als sie tot war, hat er erst gemerkt, was sie in seinem Haus gewesen ist. Es hat ihm leid getan, wie er sie zu Lebzeiten behandelt hat. Und statt sich schlichterdings ein neues Weib zu nehmen, ist er auf Pilgerschaft gegangen."

„Hör mit dem Gefabel auf", Lenhard unterbrach Hede, „was hast du schon für Ahnung?"

„Ich besinne mich nur darauf, wie es mit einem Schwertfeger zugeht. Die Schwertfeger gehören nicht zum Zartfühligsten auf der Welt. Wer den ganzen Tag wie toll auf einen Amboß einschlägt, dem schlägt sich's endlich auch auf Hirn und Herz."

„So, Weib. Bist du nicht einmal scharf auf solch ein verdorbenes Herz gewesen? Du hast bis heute kaum verwunden, daß dein Buhle dir davongelaufen ist, obwohl du ihn mit Hexenwerk zu halten versucht hast."

„Da wußte ich noch nicht genug vom Wesen eines Schwertfegers. Der meine zeigte mir seine Klingen, glänzend schön gemacht und mit der feinsten Blaumalerei. Da dachte ich, seine Seele sei ebenso fein beschaffen. Aber die Härte und Grausamkeit habe ich nicht erkannt, die nur zum Töten dient!"

„Du lebst noch."

„Das ist ein Wunder. Der Herr hat mich davor bewahrt, in der Gosse zu enden mitsamt meinem Kind. Ich habe nicht geglaubt, daß ein Mann mich so arglistig verlassen kann; einer der wußte, wie es um mich steht und dem ich so sehr vertraut habe. Dabei war ich damals gut anzusehen; deshalb hat er mich ja gewollt. Die Weiber liefen ihm in

Scharen hinterher, aber ich war es, die ihn in einer verfluchten Stunde für sich gewonnen hat."

„Und ihm hat der Fluch nicht geschadet?"

„Ich weiß es nicht. Ich hoffe es. Ich hoffe, er ist in derselben Nacht im Rhein ersoffen. Aber ich habe oft gedacht, womöglich sitzt er anderswo, hat es zum Meister gebracht und läßt sich's wohl sein mit einer Hausfrau und Kindern. Dann habe ich gestöhnt und die Bürgermeisterin ausgehorcht nach einem Mittel, das anderen von ferne Unheil bringt. Sie wußte nichts, war eben nicht verzaubert und mit dem Satan im Bunde, sondern nur einfach krank. Den Schmiedsgesellen aber hasse ich noch heute aus einem Brunnen, der nicht versiegt."

„Warum? Vielleicht nährt er sich redlich und hat seine Untat viele Male bereut."

„So wie ihn mein Haß nicht trifft, erreicht mich seine Reue nicht. Ich verwünsche sein Weib wie seine Nachkommenschaft, und wenn sie noch so schuldlos sind an meinem Unheil. Allerdings habe ich manchmal gedacht, was das für eine Jungfer gewesen sein soll, die ihn zur Heirat gebracht hat. Wie sah dein Weib aus, Lenhard Grosser?"

„Schau die dort an. Sie ist ihrer Mutter Ebenbild, ein wenig größer geraten, bedeutend frecher."

„Darin ist sie dir nachgeschlagen."

„Mag sein."

„Sie ist jetzt deine einzige? Wie viele Kinder hattest du?"

„Sechs hatten wir. Ich meine, sechs sind gestorben. Ein Sohn wurde vierzehn Jahre alt. Die andern fünf haben nicht einmal über den Tischrand gereicht, bevor es wieder zu Ende ging."

„Woran ist der Sohn gestorben?"

„Ein Eingeweidfieber. Der Arzt war machtlos."

„Ein gelehrter Herr, nehme ich an. Weshalb habt ihr nicht bei einem Kräutersammler nachgefragt, da gibt es besseren Rat."

„Mein Weib hat allenthalben nachgefragt, wo im geringsten etwas zu erhoffen war. Aber der Gregor siechte in ein paar Tagen zu Tode. Keiner hat helfen können."

„Und dein Weib? Was war ihre Krankheit?"

„Weiß der Himmel. Der Schmerz um den Sohn hat an ihrer Kraft gezehrt, das haben wir beide gespürt. Unser Gregor starb vor zwei Jahren im Jänner, die Mutter letzten Wintermond. Woran?" Sein Blick irrte über den Himmel. „Wenn ich das wüßte. Letzten Sommer ging es ihr schon nicht gut. Sie war dünn geworden, blaß und freudlos. Im Herbstmond hat sie mir ein Geschwür an der Brust gezeigt, aber auch gesagt, ich muß mir keine Sorgen machen. So etwas gibt es oft und heilt wieder, hat sie behauptet." Er holte Atem: „Das stimmt auch, ich habe mich umgehört seitdem. Natürlich hab' ich sie trotzdem zum Arzt geschickt, doch der tat unbesorgt. Der Apotheker hat ihr etwas gemischt gegen die Schmerzen, sie hat ein paar Mal davon genommen, aber das war alles nicht so schlimm."

„Und dann?"

„Dann kam der Tag, an dem sie gefallen ist, im Wintermond. Morgens waren wir noch gemeinsam auf dem Markt. Und mittags ist sie ausgerutscht, auf einer kleinen vereisten Pfütze in unserem Hof. Es war früher Frost. Sie rutschte aus und blieb so liegen. Ich sah es von der Werkstatt aus, bin hingelaufen, um sie aufzuheben. Und da habe ich gemerkt, daß sie ihr Kreuz gebrochen hatte. Frag mich nicht, wie das bei einem kleinen Sturz geschehen kann", er schüttelte den Kopf. „Ich trug sie hinauf, sie lebte noch. Der Arzt betastete sie und sagte schließlich, sie wird sterben. Keine Rettung. Sie ist nicht mehr zu sich gekommen. Vier Tage später war sie tot."

„Sie fehlt dir sehr?"

„Sie hat nicht einmal einen guten Tod sterben dürfen! Sie hat die Ölung erhalten und nichts davon gemerkt. Die Hostie blieb ihr im Mund, so daß der Priester schon Angst bekam um sein Sakrament. Die Ursel hat es ihr schließlich mit dem

Finger in den Schlund geschoben. Ihre Mutter ist nicht mehr erwacht. Das war ihr Tod, ohne ein weiteres Wort. Es war so jämmerlich."

„Und nun bist du fromm geworden für sie?"

„Sie war fromm. Sie war liebreich und für mich die Schönste, die mir im Leben begegnet ist. Zu jeder Stunde wollte ich sie wieder nehmen. Sie fehlt mir, ja. Die Ursel, wohl, mit der war sie so eins, daß sie sich jetzt noch nah sind, glaube ich. Zumindest waren, bevor das Mönchlein kam. Mir ist indessen nichts geblieben als ein Haus, das leer sein wird, wenn meine Tochter mich verläßt."

Hede betrachtete ihn, sah seinen Kummer.

„Wahrhaftig, Lenhard Grosser: Ich denke fast, du bist kein Schwertfeger, wenn ich dich über dein Weib reden höre. Du sprichst nicht wie der Geselle, den ich gekannt habe, wenn du auch aussiehst wie er."

Immer weiter wanderten sie den Fluß entlang, und nur die Kähne gingen schneller.

Der Sommeranfang fiel in die Mitte der Pfingstwoche. Sie gelangten an den Zusammenfluß von Doubs und Saône und setzten mit der Fähre ans andere Ufer über. Sie hätten den Weg Richtung Westen nach Nevers wählen können oder die südliche Straße mit der Saône hinunter nach Valence und von dort nach Le Puy. Auf diesen Pfaden gingen viele Pilger. Den Mönchen war jedoch befohlen worden, das burgundische Kloster Cluny aufzusuchen. Die kluniazensischen Oberen sollten den Reisenden ihre auftragsgemäße Ankunft bestätigen. Cluny lag nicht an der Pilgerstraße, so mußten die fünf einen Umweg in Kauf nehmen.

Am Donnerstag überschritten sie die Reichsgrenze und trafen in Chalon ein. Sie begegneten französischen Kriegsknechten, die barsch und schwer verständlich nach Ausweispapieren fragten. Nun waren die abgerissenen Kleider einmal nützlich: Man glaubte ihnen die Wallfahrt sofort, und niemand argwöhnte, daß sie von der Sorte verschlagener Kaufleute sein könnten, die sich in in die Pelerine hüllten, um Zölle zu sparen.

Drei Tage brauchten sie bis Cluny, erst am Sonntag früh liefen sie auf das berühmte Kloster zu. Sie erwarteten Großes von den Mönchen, die für ihre Erneuerung des Ordenswesens einstmals „das Licht der Welt“ genannt worden waren. Aber die Brüder aus Maria Laach fanden dämpfende Worte:

„Der hiesige Abt soll reicher sein als der König von Frankreich und die meiste Zeit in Paris wohnen. Vor fünfhundert Jahren hatten sie uns wohl etwas voraus im Glauben. Heute könnten sie eher von uns lernen oder von den Bursfeldischen, die uns ihre Reform gebracht haben.“

Doch auch die Mönche verstummten, als sie am Vormittag am Ziel eintrafen. An Bauernhäusern vorüber ging es auf eine weitläufige Mauer zu. Gebannt blieb ihr Blick an den Türmen hängen, die sich dahinter erhoben – sechs große zählten sie und viele kleine. Als sie mit dem Gruß der Pförtner die Abtei betraten, erhob sich eine Kirche vor ihnen, wie sie sie nicht für möglich gehalten hätten. Sie suchten nicht nach ihrer Unterkunft, fragten nicht nach Speise. Christus thronte im Bogenfeld über dem Portal, und sie schritten in eine riesige Halle, die ihr Licht nur durch Fenster in den Obergaden weit über ihnen erhielt. Dunkelheit waltete, gegen die kein Kerzenlicht ankam; sie sahen vom einen Ende der Kirche nicht bis zum andern und faßten sich an den Händen, um in der unergründlichen Weite nicht verlorenzugehen. Erst als sie draußen in der Morgensonne wieder loszulassen wagten, bekreuzigte sich Severin:

„Was ist das für ein Haus? So ungeheuerlich groß.“

„Es ist ihre Kirche und zeigt, wer sie sind“, erwiderte Gilbrecht „Sie sind reich, sie sind mächtig, vielleicht gar gewaltig genug, um sich hier bis zum jüngsten Tag zu behaupten.“

„Vielleicht.“ Severin zog die Kapuze in die Stirn. „Aber ich sage dir: Nichts unterm Himmelszelt wehret der Zeit. Du und deinesgleichen werden diese Steine wanken lassen.“

Cluny, die begüterte Abtei, bot vielen Gästen Herberge, und den benediktinischen Brüdern noch bessere als anderen Pilgern. Ursel sah hinter Gilbrecht und Severin her, die ein höflicher Mönch ins Gästehaus mitnahm.

Clermont

Das Kloster Cluny war herrlich und groß wie eine Stadt. In den Stallungen standen Dutzende von Maultieren und Pferden. Lenhard grüßte bei der Hufschmiede den Meister, die Männer verstanden sich auch ohne Worte. Der französische Schmied, ein Konversenbruder, zeigte dem Pilger seine Gerätschaften.

Und dann gab es Badestuben, die selbst dem ärmsten Wanderer offenstanden, mit Kübeln voller Seifenlauge und zuberweise warmem Wasser. Hede und Ursel badeten von den Männern getrennt und bearbeiteten ihre Kleider und Stiefel mit Bürsten. Als sie in den Hof zurückkehrten, fanden sie einen glänzend sauberen Lenhard vor, der seinen staubigen Hut ausklopfte. Gut gepflegte Pilger, die sie waren, freuten sie sich aufs Vespergebet und besonders das Essen danach. Weil es Sonntag Trinitatis war, erhielten sie reichlich Speck und Bohnen zum Brot, sogar einen ordentlichen Wein.

Als Ursel in dieser Nacht im Schlafsaal für die weiblichen Gäste lag, hielt sie endlich wieder Zwiesprache mit ihrer Mutter.

„Zuletzt hat man wenig von dir gehört“, hieß es vorwurfsvoll. „Die Alte, die da um den Vater herumschleicht, hast du wohl schon lieber als mich.“

„Wo denkst du hin!“

Sie war noch nicht beruhigt.

„Merkst du nicht, was vor sich geht? Paß auf, sonst hast du bald eine neue Mutter.“

„Was soll er mit der häßlichen Trulle.“

„Oh, sie macht sich heraus, seit sie sich einbildet, daß der Vater sie mag. Er hat natürlich Angst vor der Zeit, wenn du erst heiratest und fortziehst. Hat geglaubt, du würdest einen Gesellen aus der Zunft nehmen, der froh um seinen

Meistertitel ist. Jetzt mit dem Kaufmannsohn steht er ganz anders da. Aber wenn man es recht überlegt: Ist es nicht ratsam, ihr bleibt in Frankfurt und geht nicht nach Köln? Dein Gilbrecht kann bei uns ein Geschäft anfangen, vielleicht mit dem Vater zusammenarbeiten. Der Erzhandel hat Aussichten, denk an die oberdeutschen Kaufleute, die immer zur Messe kommen! Was ich meine, ist außerdem dies: Laßt ihr euch in Köln nieder, wird das Gerede um den entflohenen Mönch nie verstummen. In Frankfurt könnt ihr von vorne beginnen."

„Ich glaube bloß, er möchte unbedingt nach Köln zurück."

„Ach, Dummheiten. Wenn er dich will, muß er Rücksichten nehmen. Frankfurt ist viel besser für dich; da mußt du nicht die Hausfrau eines Ratsherrn spielen. Dafür bist du nicht erzogen."

„In Frankfurt wissen Michels Leute, von wem das Kind ist."

„Na und? Es weiß auch jeder, daß der Michel dich heiraten wollte. Wenn dich dann ein Aducht nimmt, wer kann das dir oder ihm vorwerfen? Vor seiner Sippschaft in Köln wäre es viel unangenehmer." Das stimmte. Ursel nickte zu den abschließenden Worten: „Und wenn der Vater merkt, daß ihr bei ihm bleibt, wird ihn die Andernacherin nicht mehr anfechten. Denn sie ist nichts für ihn. Sie ist ein verbiestertes Stück, den Menschen feind – sie wäre ein Unglück für ihn."

Die Mutter hatte recht. Weder die junge Grosserin noch die alte in ihr hätten der Fremden des Schwertfegers Namen gegönnt.

Am nächsten Morgen gingen sie weiter. Die Mönche hatten sich über den Weg unterrrichtet: Sie sollten in ein anderes Tal hinaufwandern und am folgenden Abend das Dorf Clayette erreichen. So kam es auch, nachdem sie sich zwei

Tage lang über schlechte Straßen gekämpft hatten. In Clayette stießen sie auf eine mächtige Wasserburg; das zugehörige Volk siedelte in kleinen Hütten ringsum. Hier gab es niemanden, der sie um Gotteslohn beherbergte. Man bedeutete ihnen, daß Pilger gewöhnlich die Gaststätte aufsuchten. Im Freien zu lagern, sei übrigens verboten.

Dank der freigebigen Mönche von Cluny waren sie mit neuem Geld versehen. Die weltlichen Pilger hatten kleine Kupfermünzen erhalten, die Benediktiner sogar Silberstücke. Der Wirt von Clayette machte es billig, weil sie sich mit zwei Betten in einer Kammer zufriedengaben. Er war nicht erstaunt, daß die geistlichen Herren in bürgerlicher Begleitung reisten, und sah ruhig zu, wie sie gemeinsam zum Vespergebet in die Dorfkapelle schritten. Erst als er das Nachtmahl auftrug und der junge Mönch neben der Rothaarigen saß, runzelte er die Brauen. Der hüpfende Singsang seiner Rede verstummte, wortlos stellte er die Schüssel hin und zog sich an die Küchentür zurück.

Die Mahlzeiter merkten davon nichts, weil es ihnen gut schmeckte. Severins Löffel war der größte, und es war kaum zu glauben, welche Haufen von Gemüse und Fleisch sich darauf befördern ließen. Allmählich füllte sich die Wirtsstube mit Einheimischen. Die Pilger erregten Aufmerksamkeit:

„Saint-Jacques de Compostelle, eh?“ Man klopfte ihnen auf die Schultern; einer ritzte mit dem Messer den Aufriß der weiteren Wegstrecke in die Tischplatte. „Chantez“, sagten sie, und zwei Weiber summten einen Ton: Das deutsche Jakobslied wollten sie hören. Gilbrecht stieß Ursel an, und sie sang:

„So ziehen wir ins Welschland ein,
man gibt uns weder Brot noch Wein,
die Säck stehn uns gar leere:
Und wo ein Bruder zum anderen kommt,
der sagt ihm böse Märe.“

Die Gefährten fielen nacheinander ein; die Welschen, die zum Glück nichts verstanden, freuten sich. Ein großer Mann hob die Hand, und als man auf ihn achtete, begann er selbst einen Gesang. Man klatschte, lachte, jubelte, auch die Deutschen spendeten nach der letzten Strophe Beifall. Der Große bestellte mehr Wein. Der Wirt brachte eine irdene Kanne, flüsterte zugleich aber seinem Gast etwas ins Ohr, und gemeinsam blickten sie auf.

Ursel und Gilbrecht, die sich gerade ein Stück Brot teilten, fühlten das Mißtrauen der beiden nicht und nahmen Severins warnende Miene nicht ernst. Die Dorfrunde rückte zusammen. Neue Stimmen ertönten, scharf und aufsässig.

„Irgend etwas ist hier faul“, sagte Lenhard zwischen den Zähnen.

Hede konnte ihm nicht helfen. Vier, fünf Männer nahmen um sie herum Aufstellung, allen voran der Große. Mit einer heftigen Frage trat er vor Gilbrecht, der sich langsam erhob:

„Ich verstehe deine Sprache nicht.“

Der Große streckte die Hand nach dem Rosenkranz aus, nach dem Brevier und lachte rauh. Gilbrecht dachte, man wolle ihm sein Betzeug entwenden.

„Was soll das!“ rief er unmutig. Da schlug ihm der Gegner mit der flachen Hand so ins Gesicht, daß der Mönch rückwärts taumelte. Ursel stürzte zu ihm:

„Gilbrecht! Was ist?“

Er nahm sie schützend in die Arme, und im selben Augenblick brach der Tumult los. Der Große fiel über sie her und riß sie auseinander. Ursel prallte mit dem Kopf gegen die Tischplatte. Jetzt kam Leben in Lenhard und Severin. Sie eilten Gilbrecht zu Hilfe, der sich seiner Haut kaum wehren konnte. Auch die übrigen Dörfler warfen sich in die Schlacht. Ursel flüchtete in eine Ecke, sie war halb betäubt vor Schmerz, hörte aber, wie Severin schrie:

„Die Kanne, Lenhard, die Kanne!“

Dann krachte es laut, sie sah Tonscherben und Wein umherspritzen und den Franzosen mit einem Schrei zu Boden gehen. Lenhard hatte die schwere Kanne auf seinem Haupt zerschlagen. Die Dörfler tobten und wollten ihren Anführer rächen, der Wirt stürmte allen voran. Aber Gilbrecht bekam ihn mit beiden Händen an der Gurgel zu fassen.

„Drück zu!“ rief Lenhard und hielt sein Messer gezückt, „drück zu, Mann!“

Das Gesicht des Wirts lief blau an, seine Augen traten vor, über zuckende Lippen strömte der Speichel. Das sah ein Weib, seines vielleicht, und heulte auf. Die Angreifer wichen zurück in tödlichem Entsetzen. Gilbrechts Finger lockerten sich, er schnappte selber nach Luft.

„Abzug, freien Abzug!“ schrie Lenhard. „Gilbrecht, nimm ihn mit bis zur Tür, und dann rennt, rennt!“

Der Wirt war nicht sehr kräftig, außerdem kurz vorm Ersticken, er konnte sich nicht befreien. Gilbrecht schleifte ihn vors Haus, Lenhard und Severin führten Ursel und Hede. Ihre Wanderstäbe standen draußen bereit. Sie machten noch drei Schritt ins Freie, dann ließ Gilbrecht seine Geisel fallen, und sie hetzten wie Tiere durch die Nacht davon.

Lenhard winkte sie vom Weg herab hinter die Böschung in den Wald. Die Dunkelheit half ihnen. Sie hörten noch, wie sie verfolgt wurden, unverständliches Geschrei, aber dann wollten die Bauern nicht länger hinterher, zumal ihr Burgherr solche Händel ungern sah. Man ließ das Gesindel laufen.

Sie rannten durch die Finsternis. Sie fürchteten den Wald, der sich gefräßig an Menschenwesen verging und mit Gewißheit tötete, was sich ihm ergab. Als Hede und Ursel dem Zusammenbruch nah waren, blieb Lenhard endlich stehen. Severin keuchte:

„Die hätten uns auf der Stelle abgeschlachtet!“

„Das war deine beste Tat, Gilbrecht", stöhnte Lenhard, „daß du den Wirt zu packen kriegtest."

Gilbrecht spürte noch die pulsierende Kehle unter den Händen:

„Gott ist mein Zeuge, ich hätte ihn nie erwürgen können! Ich wäre meines Lebens nicht mehr froh geworden!"

„Er hat nur ein paar blaue Flecken davongetragen", entgegnete Severin. „Hier, nimm deinen Wanderstab. Gut, daß wir unsere Sachen gerettet haben."

Sie wagten nicht, länger zu verweilen. Lenhard ging vorweg, bahnte einen Pfad durchs Unterholz, und die andern stolperten hinterdrein. So gingen sie die ganze Nacht. Als der Wald zu unwegsam wurde, kehrten sie auf die Straße zurück; nicht ohne Angst, daß ein Berittener auf ihrer Spur sein könnte.

Aber niemand holte sie ein, keine Seele weit und breit. Selbst die Kreuzwege lagen verwaist, obwohl in Brachmondnächten gut hexen war. Mit dem Morgengrauen verblaßte der Schrecken. Völlig erschöpft sanken sie ins Gras. Erst jetzt bemerkten sie, wie übel sie zugerichtet waren. Am schlimmsten hatte es Lenhard getroffen. Hede weinte, als sie die Männer sah. Sie kroch über die Wiese und suchte Wegerich und Kamille, dann zermörserte sie die Kräuter im Eßnapf, riß Streifen von ihrem Kopftuch ab und legte den Verletzten Packungen auf.

„Haltet still und schlaft", befahl sie.

Schlafen konnten sie nicht auf Anhieb, sie waren zu aufgeregt. Doch sie erstarrten zu Steinen, schwer und unbeweglich. Ursel hielt Gilbrechts Hand, bis auch ihr die Augen zufielen. Nur Hede weinte in den Morgentau:

„Mater misericordiae." Vor sich sah sie den erschlagenen Sohn.

Sie erwachten, als die ersten Reittiere auf der Straße entlangstapften. Unter Flüchen und Stoßgebeten rafften sie sich auf und setzten ihren Weg fort. Severin spendete geistlichen Trost:

„Morgen ist Fronleichnam. Denkt nur an den Leichnam unseres Herrn, der schuldlos viel schlimmer gegeißelt worden ist."

„Wir waren auch schuldlos", murrte Gilbrecht. „Möchte wissen, was in dieses Bauernpack gefahren ist. Zuerst waren sie doch ganz freundlich!"

Da traf ihn der Seitenblick seines Konfraters.

„Allerdings. Bis ihnen aufgefallen ist, wie ihr beiden geliebäugelt habt. So ein Benehmen haben sie einem echten Mönch nicht zugetraut. Und da dachten sie, wir sind Betrüger, die verkleidet in Ordens- und Pilgergewand arme Dörfler bestehlen!"

Ursel und Gilbrecht hielten die Luft an. Aber weil Severins Vermutung nicht von der Hand zu weisen war, schwiegen sie und mußten noch froh sein, als weitere Vorhaltungen ausblieben.

Die Berge lagen hinter ihnen, der Weg führte abwärts. Am Abend gelangten sie zur Loire und erblickten am andern Ufer die Mauern der Stadt Roanne. Ein Fischer setzte sie über. Kurz darauf standen sie beim Torwächter, der breitbeinig überlegte, ob er die kläglichen Pilger zur späten Stunde noch einlassen sollte. Sie schoben Severin vor, dessen Gesicht am wenigsten verschandelt war:

„In nomine Domini." Er senkte würdevoll das Haupt.

Der Türmer schaute von seiner Klause oben zu. Der Wächter folgte einer christlichen Empfindung und räumte die Pforte. Dabei streckte er ihnen die Hand entgegen, deutete hinein und wackelte mit dem Zeigefinger. Sie glaubten, er verlange Maut, obwohl doch Pilgern seit Kaiser Karls Zeiten aller Zoll erlassen war. Sie schüttelten unwillig ihre Köpfe, und Lenhard drängte bereits vor, um die Verhandlungen zu übernehmen. Aber der Torwächter wiederholte grinsend seine Gebärde. Jetzt begriff Severin:

„Wir sollen nicht betteln!“ Sie nickten eifrig.

Der Wächter war zufrieden. Er warnte sie noch, indem er einen unsichtbaren Pilger beim Kragen packte und hinauswarf. Von oben lachte der Türmer, setzte sein Horn an und blies zur elften Hore.

Sie fanden das Hospiz, und hier schmähte man sie ihrer Wunden wegen nicht. Eine barmherzige Schwester glaubte, was Gilbrecht ihr in lateinischen Worten von Räubern und Strauchdieben erzählte. Sie holte helles Leinen und ein Wasserbecken, wusch jedem Füße und Hände. Mit Salbe bestrich sie die Entzündungen, betete murmelnd. Sogar das Essen ließ sie ihnen bringen.

Sie waren so müde, daß ihnen die Löffel mit Gerstenbrei fast vorm Mund hängenblieben. Auf Strohsäcken schliefen sie reglos und tief.

Fronleichnam, Fest des Allerheiligsten Altarsakraments. Vor Sonnenaufgang fegten die Nonnen durchs Spital, um ihre Kranken fürs Hochamt herzurichten und die übrigen Gäste rechtzeitig zur Laudes zu wecken. Die deutschen Pilger warteten besonders auf die große Prozession nach der Messe, denn sie waren neugierig, was man in Frankreich da zustandebrachte.

Sie wurden nicht enttäuscht. Es kamen alle Zünfte mit Ehrenzeichen und Heiligenbildern, außerdem die Stadtknechte in Waffen und Harnisch, dahinter die vornehmen Ratsherren, zahlreiche Ordensleute und schließlich, unter seidenen Himmeln, die Priester. Der erste reckte ein geschmücktes Standbild der Muttergottes hoch; die nächsten Tafeln mit Katharina, Barbara und Margaret, den Heiligen von Lehr-, Wehr- und Nährstand. An vornehmster Stelle aber ging der Pfarrherr unter einem kostbaren purpurnen Baldachin und trug die goldene Monstranz, auf daß jedermann die Hostie sehen könne. Damit die Zuschauer vor lauter Andacht nicht zu dicht herandrängten, begleiteten die Junker der Gegend den Zug zu Pferd.

Weiber, Bauern, Kinder und Bettler sangen, brüllten, gafften an den Gassenrändern. Hunde preschten bellend herum, Pferde gingen durch. Auf den Stadttürmen entluden die Wachhabenden ihre Büchsen, und zahllose Glocken dröhnten; alles zum Ruhme des Sakraments. Lenhard und Ursel lachten zufrieden. In Frankfurt war es zwar noch besser, denn dort hatte man Wagen, auf denen hübsch ausstaffierte Schauspieler fromme Legenden darstellten. Mancher Biedermann behauptete allerdings, es sei ketzerisch, wenn heilige Frauen von Weibsbildern gespielt wurden, die üppiger mit Schmuck und Putz behängt waren als je eine käufliche Buhlerin.

Das Schlimmste am Pilgern war, daß man so viel ans Essen dachte. Trotz aller Pracht waren sie erst richtig glücklich, als es im Spital endlich Sauerkraut und Hammelfleisch gab. Pilger und noch Ärmere schmausten nach Kräften. Plötzlich trat eine feine Bürgerin in den Hof. Ebenso wie das Töchterlein an ihrer Hand war sie in weinroten Samt gekleidet. Sie stellte einen großen Korb Kirschen hin. Zwei Nonnen eilten zur Begrüßung herbei, streichelten die Kleine und dankten vielmals für die freundliche Gabe, die umgehend Abnehmer fand. Ursel dachte noch darüber nach, daß sie daheim ein ähnliches Kleid besessen hatte, als Lenhard ihr eine Handvoll Kirschen hinlegte.

„Laß dir's schmecken, Tochter."

„Erinnerst du dich, wie du immer gescholten hast, wenn ich von der Mutter einen Krug Eingemachtes ins Kompostell gebracht habe? Zwiebeln, nicht Kirschen, aber selbst die waren dir zum Verschenken zu schade."

Lenhard faßte nach seiner Stirnbeule und sagte schließlich:

„Na gut: Sobald wir wieder in Frankfurt sind, kriegt das Kompostell jedes Jahr ein Schwein von uns. Oder", nachdem er die Kosten bedachte, „ich flicke ihnen immer umsonst die Töpfe."

Severin spottete:

„Sehr wacker. Aus geflickten Töpfen schmeckt kein Fleisch viel besser." Aber sie grinsten sich zu.

Die Nonnen gaben am nächsten Morgen zu verstehen, daß sie ihre Behandlung mit den Salbenverbänden gern noch einen Tag fortsetzen wollten. Die Männer hatten nichts dagegen und verschliefen Stunde um Stunde. Als es Nachmittag wurde, brach Hede ins Städtchen auf. Ursel wollte nicht mitkommen, weil sie hoffte, Gilbrecht werde erwachen und sich zu ihr in den Hof setzen. So wartete sie ans Geländer des Wandelgangs gelehnt; zählte müßig die Blüten des Hauslauchs, der über das Dach wucherte und vor Blitzschlag schützen sollte. Schließlich erschien einer der Mönche, allerdings Severin.

„Wo ist Gilbrecht?" fragte sie ihn.

„Schläft den Schlaf der Gerechten, wenn ich auch nicht weiß, woher er ihn nimmt."

„Bist du ihm immer noch gram – und mir?"

„Wegen dir wäre er beinah zum Mörder geworden."

Sie versteifte sich.

„Du willst mir nur ein schlechtes Gewissen machen."

„Das wäre das mindeste, was dir anstünde. Hast du nicht gestern die Sequenz gehört über Gute und Böse? Auch deine Seele liegt auf der sinkenden Waagschale."

Er wollte ihr Angst machen. Wie oft hatte sie an Fronleichnam dies Lied gesungen vom lebendigen Brot, das Heil und Untergang bewirkte? Nie war sie besorgt gewesen, was ihr Teil sein würde. Woher nahm der Mönch die Stirn, am Heil ihrer Seele zu zweifeln?

„Ich habe ihn nicht verführt", sagte sie.

„Nicht mehr vielleicht, als es durch deine weibliche Natur bestimmt ist. Ja, er war leicht zu stellen. Was ihn das Kloster gelehrt hat, das half ihm nicht bei der Flucht durch die Welt. Und er hat es nicht einfach gehabt", er schüttelte den Kopf, „denn die Seinen haben alles so falsch wie möglich angefangen. Brachten ihr Knäblein ins Kloster, das kaum wußte, wie ihm geschah, dabei aber still und folgsam war. Gilbrecht hat den Ordensstand ergriffen, seine Kleider abgegeben und dann wohl geglaubt, daß er von allen Gütern entblößt sei. Doch die Aducht haben ihm, obwohl es die Regel ausdrücklich verbietet, ein Erbteil bewahrt. Er hat es erfahren, als sein Vater starb, und der Ungehorsam rächte sich so wie von Sankt Benedikt vorausgesagt: Wenn ein Mönch auch nur das Geringste sein eigen nennt, wenn ihm in der äußeren Welt der Glanz des Goldes eine Heimstatt vorspiegelt, dann wird ihm das zur Versuchung. Gilbrecht wird es zum Verhängnis."

„Also kannst du nicht behaupten, daß ich schuld an seinem Schicksal habe."

„Ich kann behaupten, daß er noch lange nach dieser Erbschaft gehorsam und beständig war. Bis dann die Krankheit über ihn kam, die keiner begreifen konnte. Aber das war seine Prüfung, und er sollte erprobt werden auf einem Weg, wie er uns Benediktinern sonst erspart bleibt. Du bringst ihn zu Fall."

„Ich habe ihn wieder in die Kirche gebracht, entsinnst du dich nicht? Das hast du nicht gekonnt! Unbegreifliche Krankheit! Du warst doch bei ihm; wenn du ihn so gut kennst, warum hast du so wenig von ihm begriffen? Du warst bei ihm, und er ist krank geworden; ich war bei ihm, und er wurde gesund!"

Severin wich zurück.

„Gott weiß, ich habe meinen Bruder gefragt, ob ich ihm ein Leid getan hätte, und Gott hat auch seine Antwort gehört!"

„Red nicht von Gott, wo dir nur um dich selber zu tun ist! Du kannst dir doch bloß eure Abtei nicht mehr vorstellen ohne ihn!"

„Der Herr verwirft jene, die ihr Versprechen an den Herrn verwerfen! Willst du, daß Gilbrecht sein Seelenheil verwirkt? Mach doch, daß an dir nicht wahr wird, was man sagt: Die Weiber bringen mehr Sünde als Ablaß heim von einer Wallfahrt. Du trägst schon ein Kind von einem andern Mann. Reicht das nicht, mußt du noch einen Dritten in Unehre bringen? Und glaubst du ernstlich, daß ein Herr wie er dich am Ende heiratet?“

„Was ist hier los?“ Das fragte Gilbrecht. Ursel aber fuhr herum, brach in Tränen aus und rannte weg. Gilbrecht trat erzürnt vor den älteren Mönch: „Was hast du zu ihr gesagt?“

„Daß eure Unzucht uns noch alle in den Abgrund reißt und dich zuerst!“

„Ach – was gibt dir das Recht?“

„Du hast dein Leben mit heiligem Gelübde dem Herrn geweiht – unser Abt hat mich dir zur Aufsicht bestellt – ich fürchte um dich.“

„Und deshalb versetzt du das Weib, das ich liebe, in Schrecken?“

„Du hast kein Weib zu lieben!“

Da schrie Gilbrecht:

„Wie kannst du das sagen, ausgerechnet du! Fürchte, fürchte um uns beide, denn wir haben gesündigt! Aber vielleicht wirst du jetzt rein, vielleicht sühnst du für alles, denn von mir droht dir keine Gefahr mehr!“

„Gilbrecht“, er brachte den Namen kaum heraus, „du vergißt dein Versprechen, wenn du sagst, daß du sie liebst.“

„Du läßt mir ja keine Wahl“, sprach der andere bebend.

Am nächsten Tag reisten sie weiter. Ihr Ziel war die Bischofsstadt der Auvergne, Clermont. So schnell waren sie noch nie vorangekommen, denn keine Unterhaltung hemmte ihre Schritte, keine friedlich lange Rast. Wortlos starrten sie in die seltsame Landschaft, auf der die Berghügel wie spitze

Hüte verstreut lagen. Am Mittwochabend erreichten sie Clermont. Im stillen mußten sie zugeben, daß es eine schöne und wohlhabende Stadt war. Große Häuser aus schwärzlichem Stein prangten mit Blumenschmuck und Ziegeldächern; ein Anblick, der auch manchen deutschen Stadtrat erfreut hätte, doch die meisten Bürger daheim konnten sich solchen Aufwand nicht leisten. Man war da und dort auf den Gedanken gekommen, die hölzernen Schindeln rot anzumalen, vielleicht half es in der Feuersbrunst.

Im Spital angelangt, wurden sie großzügig mit Haferbrei und Milch versorgt, aber sie saßen mißmutig herum. Am klügsten war es, mitsamt dem Verdruß schlafen zu gehen. Gilbrecht hielt Abstand von Severin, aber der schützte Gleichgültigkeit vor. Schweigend zog er die Kapuze über, man hörte ihn bald schnarchen. Dann wälzte sich Lenhard auf die Seite, und schließlich ertönte das eigentümliche Wimmern, das Hedes Schlaf begleitete. Nur Ursel und Gilbrecht lagen noch wach.

„Komm hinaus", bat er leise, „an die Luft."

Er half ihr hoch, und sie schlichen in den Spitalshof. Niemand sonst war auf. Gilbrecht sah sich um: Als selbst die Kapelle dunkel und verlassen stand, führte er Ursel hinüber in den Küchengarten, wo neunerlei Kräuter von Buchs umgrenzt wuchsen, aber auch weiches Gras.

„Setz dich her. Warum sprichst du nicht mehr mit mir? Hast du dir Severins Predigten so zu Herzen genommen?"

„Er geht immer nur gegen mich. Er stellt mich hin wie eine Dirne! Warum hält er sich nicht an dich?"

„Er hält sich viel zu fest an mir, glaub mir das."

„Ich sehe es. Du wehrst dich nicht richtig!"

Gilbrecht hielt ihre Hand.

„Ich verdanke ihm so viel. Aber, liebste Frau, vertrau mir. Ich werde dir treu sein mit Körper und Geist. Ich kann nicht mehr sagen!"

„Er behauptet, du würdest mich nie heiraten."

„Weil er sich das wünscht! Wenn du willst, heirate ich dich noch in dieser Stadt.“ Sie mußte lächeln.

„Mit Kutte und der Tonsur im Haar? Du hast erlebt, wie heikel die Welschen sind.“

Er drückte sich an sie.

„Ich werde auch einmal anders aussehen.“

Er sah schon jetzt gut genug aus und wußte darum. Ursel wollte seiner tröstlichen Nähe gar nicht widerstehen. Aber als sie eben einander umfingen, fuhr ein erstickter Schrei zwischen sie:

„Nein!“ Es war Severin, der neben ihnen stand. Mühsam wandte Gilbrecht den Kopf zu der schwarzen Gestalt, Ursels Arme hielten ihn verzweifelt fest. „Du hast alle Scham verloren“, sprach der ältere Mönch. „Tag und Nacht werde ich beten, damit der Herr dein Verderben nicht meiner Sündenschuld anrechnet.“

Gilbrecht glühte.

„Dann bete – nur schaff dich fort, oder wartest du darauf, daß ich aufstehe und sie halbnackt vor dir liegenlasse?“

Als Severin sich zitternd abwandte, flehte Gilbrecht vor Ursel:

„Bitte weine nicht so, bitte! Verzeih es mir und ihm; er weiß ja nicht, was er tut.“

Voller Wut rief sie:

„Er weiß es! Er will dir beweisen, daß ich eine Hure bin! Ich will ihn nie wiedersehen, keinen Mann, keinen Mönch. Ich gehe keinen Schritt mehr, ich gehe nach Hause, heim, heim!“

Gilbrecht preßte die Fäuste zusammen.

„Still“, sagte er. „Hast du Geld?“

„Genug, um mich nach Hause fahren zu lassen!“

„Ach? Na, ein paar Silberstücke habe ich auch noch. Also, wagen wir es?“

Sie erschrak, ihr Schluchzen versiegte:

„Was? Du meinst, du gehst wirklich mit mir davon?“

„Ja. Das Spital ist nicht verschlossen. Wir warten in der Nähe eines Stadttors, und wenn es tagt, sind wir als erste fort. Sie werden uns nicht wiederfinden, zumal sie niemanden fragen können. Severins Latein ist ihnen keine Hilfe."

Ursel starrte ihn an:

„Bei allen Heiligen, ich nehme dich beim Wort."

„Das kannst du." Ihrer beider Unglück verflog. Gilbrecht legte den Arm um sie: „Wenn der da drinnen erst eingeschlafen ist und alle, die erwacht sein mögen, wird uns keiner mehr aufhalten."

Severin im Haus lauschte, ob sie nicht in den Schlafsaal zurückkehrten. Sein Zorn ward kalt und schwer, bedrückte ihn. Er verlor das Gefühl für den Zeitlauf der Nacht und endlich die Besinnung.

Aubusson

Am nächsten Morgen fehlten zwei deutsche Pilger im Hospiz.

„Wo können sie um diese Zeit stecken?“ fragte Hede. „Ob sie überhaupt schon etwas zu essen bekommen haben?“

„Ach, ich nehme an, sie wollen mal für sich sein und noch einen freien Tag herausschinden“, entgegnete Lenhard. „Die Ursel muß ja erschöpfter sein als wir alle.“

„Und warum verschwinden sie ohne ein Wort? Sag deiner Tochter, daß das nicht geht!“

„Bist du nie einfach verschwunden damals mit deinem Schwertfeger?“

„Hm.“ Hede warf den Kopf in den Nacken. „Nicht zu meinem Besten, wahrlich nicht.“

Severin beteiligte sich nicht an den Vermutungen, wo die Jüngeren geblieben sein mochten. Nach der Laudes harrte er kniend in der Kapelle aus.

„Was tun?“ überlegte Hede.

„Wir schauen uns mal den Markt an.“

So gingen sie zu zweit los. Lenhard gelüstete es an den Ständen nach verschiedenen Leckereien, aber Hede betonte, daß die Speisung im Spital gut und kostenlos sei. Schließlich beschloß er, ihr ein neues Kopftuch zu kaufen, weil sie das alte für die Verbände zerrissen hatte. Hede wurde verlegen, bestand darauf, einige Heller beizusteuern, freute sich aber doch sehr. Vergnügt spazierten sie durch den Sonnenschein und kehrten erst am späten Nachmittag zur Herberge zurück. Severin hockte einsam im Schlafsaal.

„Nanu? Haben die zwei sich nicht blicken lassen?“

„Nein.“ Schwerfällig stand der Mönch auf. „Und sie werden's auch nicht, schätze ich.“

Lenhard horchte auf:

„Was?“

„Letzte Nacht hab' ich sie aufgescheucht im Garten; ihr könnt euch denken, wobei. Es wird ihnen übel gefallen haben, und da sind sie nun fortgerannt in ihrem Starrsinn."

„Starrsinn nennst du das? Wenn sie vor einem unverschämten alten Mönch die Flucht ergreifen? Bist du nicht mehr bei Trost?"

„Halt dein Maul, ruchloser Kuppler! Wenn du dein Luder von Tochter besser im Zaum gehalten hättest, wäre das alles nicht passiert."

„Nimm das zurück", Lenhard ballte die Fäuste, „oder ich schwöre, daß ich dich in Stücke haue!"

Gern hätte Severin sich mit all seiner Wut ins Treffen gestürzt, aber Hede fuhr dazwischen:

„Schluß in Gottesnamen, seid ihr toll? Was machen wir jetzt?"

Lenhard bezwang sich mühsam.

„Ja, was? Entweder gehen die zwei weiter nach Sankt Jakob oder Richtung Heimat."

„Nach Sankt Jakob sicher nicht", erwiderte Severin dumpf. „Die wollen uns doch nie wieder begegnen."

„Dir vielleicht nicht! Naja, du hast wohl recht. Ursel hat sich die ganze Zeit nach Hause gesehnt, kein Wunder in ihrem Zustand. Und Gilbrecht, meine ich mich zu erinnern, hat seine Wallfahrt auch nicht selbst gewählt."

„Und nun?"

„Und nun!" Lenhard brüllte den Mönch an. „Dein Gilbrecht ist verschwunden; der Himmel weiß, was nun!"

„Lassen wir sie ziehen", warf Hede schüchtern ein. „Es sind keine Kinder mehr. Sie werden sich schon zu helfen wissen."

Lenhard biß sich auf die Lippen.

„Keine Kinder – sie ist mein Kind! Ich habe sie hierher geschleppt, und wer weiß, was ihr jetzt zustößt! Nein, ich muß sie suchen. Ihr braucht nicht mitzukommen, aber ich suche sie." Severin wandte sich ab.

„Natürlich komme ich mit", sagte er gepreßt.

Noch am selben Abend brachen sie auf. Lenhard malte vorn in Severins Gebetbuch ein unverkennbares Bild des Paares, und so fanden sie leicht den Torwächter, der die beiden morgens aus der Stadt gelassen hatte. Die Straße führte nach Nordwesten, wo sie die beiden nie vermutet hätten.

„Jetzt laufen wir schön in die Irre", schimpfte Hede, „und nur, weil Severin seine Neugier nicht zügeln kann."

„Oder seine Eifersucht", versetzte Lenhard grimmig. „Ich frage mich manchmal, was er an dem jungen Kerl findet."

Severin unter der Kapuze antwortete nicht.

Ursel und Gilbrecht hatten um diese Zeit längst bei einem Bauern um Unterkunft nachgefragt. Um niemanden zu reizen, traten sie sehr bescheiden auf. Das hiesige Landvolk aber war gutartig und lud sie gleich zum gemeinsamen Nachtmahl unter die Linde.

Auf die Straße nach Nordwesten waren sie mehr zufällig gelangt: Sie hatten beim Verlassen der Stadt nicht das Tor genommen, durch das sie hereingekommen waren, denn Clayette und Cluny wollten sie bei der Rückkehr meiden. Allerdings wußten sie nicht genau, wie es nun weiterging. Während sie in großer Runde ihren Brei aßen, versuchte Gilbrecht, ein Gespräch anzuknüpfen. Er hatte nicht wie Lenhard die Landkarte im Kopf und wollte wissen, welcher Weg am schnellsten nach Deutschland zurückführte. Leider verstand ihn niemand. Sie schenkten willig Wein aus, weil sie glaubten, daß Gilbrechts wilde Gesten nur vom Durst herrühren könnten. Ursel lachte beklommen. Sie dachte an ihr Kind, mit dem sie sich so gern zu Hause im Bett ausgeruht hätte. Bittend schaute sie Gilbrecht an. Er schüttelte sich unbehaglich:

„Diese Bauern! Sprechen keine Silbe Latein."

Da hörten sie hinter sich eine Stimme:

„Aber ich spreche Deutsch, Bruder, kann ich dir helfen?" Hans Nickel. Grinsend an die Linde gelehnt, genoß er ihre Überraschung: „Da staunt ihr, was? Tja, ich war mit dem Maidlein hinterm Stall", er wies auf ein fröhliches Gesicht in der Menge, „als ich euch gehört habe. Oh, dachte ich, kenne ich die nicht? Und siehe da, ihr mal wieder."

Gilbrecht machte es kurz.

„Wie kommen wir von hier aus an den Rhein?"

„Seit wann fließt der Rhein durch Compostela?" Dann begriff er: „Ach, sagt bloß, ihr seid euern Alten davongelaufen? Ich dachte, die schnarchen hier schon irgendwo. Gebt zu, ihr seid ausgerückt und wollt jetzt heim!" Sie schwiegen. Hans Nickel lachte schallend. „Ihr zwei Schätzlein habt es nicht mehr ausgehalten, was? Ich kann's euch nachfühlen." Und er beschrieb ihnen ausführlich, wie sie über Nevers und Metz an die Mosel und den Rhein kamen. „Ich selber will nach Limoges und die große Jakobsstraße nehmen, die Via Limosina. In der Gegend, in Noblat, hat übrigens Sankt Leonhard sein Heiltum – hieß nicht dein Vater Lenhard?" Er schloß: „Limoges ist eine große Stadt mit guten Verbindungen. Falls es euch dorthin verschlägt, ist euer nächstes Ziel Vezelay und danach wieder Metz."

Er kannte sich aus. Gilbrecht verzeichnete alles in seinem Brevier, Hans Nickel sah es zufrieden:

„Alsdann gute Fahrt!" Und sprang davon.

Oben in der Lindenkrone küßte sich ein Liebespaar vernehmlich. Ganz verstohlen drückte Gilbrecht Ursels Hand.

In dieser Nacht in einer dunklen Scheune lagen sie zum ersten Mal beieinander, ohne sich vor Spähern zu fürchten.

„Geht es dir gut?" fragte Gilbrecht.

„Ja. Wenn die wüßten, wie leicht wir alleine zurechtkommen!"

„Du denkst an die andern, nicht wahr?"

„Was werden sie gesagt haben, als wir verschwunden sind?“

„Wut und Verzweiflung. Mein Ordensbruder hat sein Abenteuer bestimmt nicht für sich behalten. Und wie ich deinen Vater kenne, gab es Kampf.“

Ursel hätte es dem alten Mönch gegönnt. Der Vater. Sie wollte nicht hören, was die Mutter in ihr flüsterte.

„Gilbrecht, und wenn wir nicht nach Sankt Jakob gehen, glaubst du, es ist eine große Sünde?“

Er antwortete langsam:

„Ursel, wenn du heim willst, bringe ich dich heim. Wenn du nach Sankt Jakob willst, gehen wir nach Sankt Jakob. Aber erwäge sorgsam, was du dir zutraust. Ich traue mir nur zu, das Weib zu schützen, das, wie ich denke, unser Herr mir zugedacht hat. Deinetwegen glaube ich, es wäre keine Sünde, würden wir uns heimwärts wenden.“

„Aber du wolltest in Sankt Jakob dein Mönchstum ablegen! So wie es aussieht, wirst du noch durchs Kölner Stadttor in der Kutte schreiten.“

„Ich könnte sie hier lassen oder wo immer es anständige Kleider zu kaufen gibt, aber es ist ein gottgeweihtes Gewand – ich weiß nicht, ob es zur Feuerung in einer Bauernhütte taugt.“

„Und wenn wir es so anfangen: Wir nehmen die Straße nach Limoges, bis wir den heiligen Leonhard erreichen. Dann ist auch das eine Wallfahrt und für dich ein Ziel und Abschluß.“

„Es ist ein großer Umweg. Aber wenn du es möchtest.“

„Für uns beide, damit nicht alles umsonst gewesen ist und Severin recht behält mit seinen bösen Reden. Wenn wir schon keinen vollkommenen Ablaß gewinnen, so wenigstens einige tausend Jahre.“

„Einige tausend Jahre von wie vielen?“ Er fürchtete die Ewigkeit.

Sie nahmen den Weg nach Limoges. Auf den Feldern stand das Getreide üppig in Frucht. Vögel kamen in Scharen, um zu fressen, und ließen sich von den Dorfkindern mit ihren Steinschleudern nicht vertreiben.

„Warum seid ihr nicht wie die Vögel unter dem Himmel", sprach Gilbrecht, „man bewirft sie mit Steinen, und unser himmlischer Vater ernährt sie doch." Ursel lachte.

„So ernährt er auch dich?"

„Allem zum Trotz, wie es scheint. Ursel, ich weiß nur, damals in Speyer auf der Domtreppe, als du deinen Namen genannt hast, da habe ich gespürt, daß mit dir etwas Gutes kommt. Die heilige Ursula ist doch eine der Kölner Stadtpatrone. Wir sind oft hingelaufen zu ihrer Kirche am Ende der Marcellenstraße, um die Knochen jener elftausend Jungfrauen anzuschauen, Zeuginnen Christi mit ihrem Blut. Und anschließend", er lächelte, „haben wir uns auf den Stufen vorm Portal niedergelassen, zum Verdruß des Mesners, und selber geknöchelt und gewettet, was das Zeug hielt. In Speyer saß ich wieder auf einer Kirchentreppe und wieder in einer Stadt am Rhein, in mir war alles tot, und plötzlich kommt eine Jungfer und heißt Ursula."

„Hast du oft Heimweh gehabt im Kloster?"

„Nach der Stadt – ja."

„Und nach deinen Leuten?"

„Ich dachte, ich hätte niemanden mehr. Ich dachte, sie hätten mich abgehackt von sich, wie der Scharfrichter eine Hand abhackt. Der Leib wird es überstehen, die Hand krampft noch und stirbt. So war es mit mir, als ich ins Kloster kam."

„Warum haben sie das mit dir gemacht?"

„Ein Gelübde." Und als er das sagte, verkrampfte er sich noch immer. „Sie haben das Gelübde eingelöst, ein Kind dem Dienst des Herrn zu opfern – nein, zu weihen."

„Was für ein Gelübde?"

„Vor hundertdreißig Jahren hat in Köln die Pest gehaust, der Schwarze Tod. Eine meiner Vorfahrinnen, sie hieß

Richmodis, starb als ganz junges Weib daran und sollte beerdigt werden. Aber die Totengräber damals waren vom großen Sterben so verdorben, daß sie Leichen geplündert haben. So wollten sie der Richmodis den Hochzeitsring abziehen, und da erwachte sie von dem Ruck – sie war bloß scheintot gewesen. Die Totengräber fuhren vor Schreck zur Hölle; die Ahne aber wankte nach Hause und brachte mit ihrem Anblick das Gesinde um den Verstand. Ein Knecht rannte hoch zum verwitweten Aducht und schrie, daß die Frau zurückgekommen sei. Da hat ihr Mann gesagt, eher gingen die Schimmel den Dachboden hinauf, als daß sein Weib zurückkäme. Na, im nächsten Augenblick sah er selbst, was geschehen war. Sie haben sie wirklich gesundpflegen können, und sie hat noch Kinder geboren. Von einem stamme ich ab."

„Aber das ist doch eine schöne Geschichte!"

„Zwei Dinge kamen dabei heraus, und beide wegen Richmodis' Mann Mengis. Zum einen ließ er wegen seines Ausspruchs zwei Pferdeköpfe schnitzen und oben in der Speicherluke unseres Hauses einsetzen. So blieb es nicht aus, daß die Leute bald sagten, die Pferde seien wirklich beim Aducht die Treppen hochgelaufen und hätten am nächsten Morgen zum Fenster rausgeschaut. Zum andern aber hat er geschworen, falls sein Weib noch gebären würde, so sollte das jüngste Kind ins Kloster gegeben werden; Gott zu Dank und Ehren. So geschah es auch. Darüber hinaus hat Mengis im Testament verfügt, sein Versprechen solle jeweils den ältesten Sohn weiter binden, andernfalls ginge jener des Erbes verlustig."

„Und dein Vater war ein ältester Sohn und du sein jüngstes Kind."

„Ich war nicht das jüngste Kind. Meine Eltern hatten sechs Kinder, und ich war der drittjüngste. Nun, der eine kleine Bruder starb mit einem Jahr, so blieb noch eine Schwester. Sie sollte zu den Dominikanerinnen. Es waren überhaupt fast nur Töchter gewesen, die für das Gelübde herhalten mußten. Ich habe gewußt, sie wird später ins Kloster gehen, und sie hat mir nicht leid getan."

„Wieviel jünger war sie?"

„Vier Jahre."

„Und wie ist sie um das Habit herumgekommen?"

„Sie ist gestorben. Sie war von Geburt an kränklich. Eigentlich sollte sie schon mit sechs aus dem Haus, da war sie aber dünn wie ein Faden. Meine Mutter hat erklärt, bevor sie in Ordenszucht kommt, müsse sie erst kräftiger werden. Und so wurde abgewartet, bis sie mit acht Jahren binnen drei Tagen einem Fieber erlegen ist." Er schüttelte den Kopf. „Hätte man sie doch vorher noch rasch zu den Nonnen gebracht, dann wäre das schaurige Gelübde erfüllt gewesen."

„Statt dessen hat es dich getroffen."

„Ja. Sie haben es mir nicht gleich gesagt, und ich bin nicht auf den Gedanken gekommen, daß jetzt vielleicht ich an der Reihe sein könnte. Sie haben in Ruhe einen Ort für mich gesucht. Als ich dreizehn war, erfuhr ich es dann. Von einem Tag auf den andern fand ich mich in Laach in der Eifel wieder."

„Wieso gleich nach Laach? Warum haben sie dich nicht in Köln gelassen?"

„Es ist nicht im Sinne des Vaters Benedikt, daß die Brüder in der Nähe ihrer Anverwandtschaft weilen. Sie sollen sich dem Orden verbunden fühlen, nicht ihrem Haus. Mein Vater fragte den Abt von Sankt Martin in Köln um Rat, und der war gerade dabei, in verschiedenen Klöstern die Bursfelder Reform einzuführen; auch in Laach. Für diese Klöster brauchte er junge, eifernde Brüder. Darum legte er meinem Vater ans Herz, mich nach Laach zu bringen. So geschah es."

„Und dich hat es getroffen wie der Schlag des Scharfrichters."

„Sie haben gedacht, was für ein früh vergeistigter Knabe ich sei, weil ich meinem Vater kaum noch Lebewohl gesagt habe. Es war aber nicht meine Glut für den Dienst vor Gott, sondern Zorn, unbändige Verzweiflung und Verlassenheit."

„Hast du deshalb das mit der Angst bekommen, diese Krankheit, daß du in keine Kirche mehr konntest?"

„Nein, noch lange nicht. Ich habe mich eingewöhnt zuletzt, ich war Mönch und habe es ertragen. Bis zu diesem Tag vor zwei Jahren, als die Botschaft kam, mein Vater sei gestorben. Die Mutter war schon lange tot. Mein Bruder hat mir geschrieben und dann, ja –" Er blieb stehen: „Du mußt wissen, mein Bruder und ich waren die einzigen lebenden Söhne, und wir kamen nacheinander auf die Welt. Mein Bruder heißt Costin, er ist anderthalb Jahre älter. Wir waren die allerbesten Gefährten. Als ich auf einmal ins Kloster mußte, da hat es ihn fast genauso entsetzt wie mich. Geh bloß nicht, hat er gesagt, und daß wir zusammen fortlaufen sollten, aber natürlich fehlte uns der Mut. Und dann war ich von der Welt abgeschnitten und genauso von ihm. Bis zum Tod meines Vaters, den man auch dem Benediktinermönch anzeigte. Aber mein Bruder schrieb noch mehr. Er schrieb, daß für mich ein Erbteil angelegt sei. Bislang erhalte die Abtei Laach aus den Zinsen regelmäßige Bezüge, aber eigentlich sei es mein Geld; ich könnte darüber verfügen. Und dann meinte er: Ob ich nicht zurückkommen und mit ihm gemeinsam das Geschäft führen wolle, ein Weib nehmen, einen Haushalt gründen. Die Zeiten seien andere, der Ordensstand mir aufgezwungen und ohnehin keiner sonst, der uns das Erbe streitig machen könne. Alles, was er sagte, war die Wahrheit."

„Warum bist du denn nicht gleich gefolgt?"

„Sei du einmal dreizehn Jahre Mönch! Ich kannte das andere Leben kaum noch, und obendrein: Es war ein weltliches, sündiges Leben, und ich gehöre einer heiligen

Gemeinschaft an. Ich habe Severin davon erzählt: Er hat keinen Augenblick geglaubt, ich könnte dieser Verlockung erliegen. Gebetet hat er für Costin, daß dieser nicht länger das Werkzeug des großen Versuchers sein möge."

„O weh."

„Ich konnte Costin keine Antwort geben. Ich wagte nicht, ja zu sagen, und brachte nicht über mich abzulehnen. Ich blieb stumm. Er hat noch ein paar Briefe geschickt, aber der Abt hat sie mir nicht aushändigen lassen. Sie haben schon gemerkt, daß etwas nicht stimmte. So war es, und eines Tages kam die Angst, die mich ausgestoßen hat aus jeder Gesellschaft, aus Mönchs- und Laienschar gleichermaßen." Er holte tief Luft: „Wie es weiterging, weißt du, bis zu dem Sprung. Ich dachte, dies sei der letzte Ausweg für mich. Aber", er mußte selber lächeln, „der Aborterker hat mir's zunichte gemacht."

„Und der Ausweg führte tief ins fremde Land."

„Ich hoffe, er führt nach Hause", entgegnete er.

Später, als sie Rast machten und den Vorrat aus Gilbrechts Tasche verzehrten, fragte Ursel:

„Wenn du nach Köln zurückkehrst, wie geht es dann weiter?"

„Nun, wir ziehen in unser Haus ein."

„Ist es denn groß genug für so viele? Costin hat doch bestimmt Gemahlin und Kinder."

„Ja", er lächelte wie so oft, wenn er an Köln dachte, „aber da haben früher schon drei Brüder Aducht mit ihrem Anhang nebeneinander gewohnt. Für uns und", er berührte ihren Bauch, „für den ist reichlich Platz. ‚Zum Papageien' heißt unser Haus."

„Hattet ihr etwa auch einen Papagei?"

„O ja, einen grünen mit roten Flecken. Sprechen konnte er, seinen Namen ‚Zephir' und sonst allerlei. Wenn ich's bedenke, der lebt sicher noch. Papageien werden alt."

„Ich habe mir von meinen Eltern immer einen Papagei gewünscht, aber die waren ja nie zu erweichen."

„Den Zephir wirst du gern haben! Er war handzahm und hat fast nie gebissen, nur meine große Schwester konnte er nicht leiden, die schnattrige Gans. Ja, dir wird das ganze Haus gefallen. Oben die Holzpferdchen unterm Giebel waren das Entzücken aller Kinder." Gilbrecht geriet bei seinen Erinnerungen ins Schwärmen. Ursel war nicht so kühn, ihm eine Bleibe in Frankfurt vorzuschlagen, zumal sie gerade von ihrem Vater fortgelaufen war. Darum nickte sie nur.

„Kein Wunder, daß du nicht ins Kloster gehen mochtest. Wußte Severin eigentlich, daß sie dich gegen deinen Willen dorthin gebracht haben?"

„Eines Tages hab' ich ihm erzählt, wie es war."

„Wie konnte er dann so zetern und uns mit Sündenstrafen drohen? Warum hat er sich nicht gefreut, daß du endlich befreit warst von einem Schwur, der nicht der deine war?"

Gilbrecht wälzte sich auf den Bauch, blickte über die Grashalme hinweg:

„Es liegt auch daran, daß Severin wirklich ein guter Mönch ist. Er ist wie ich als Knabe von seinen Eltern abgeliefert worden, aber er ist völlig hineingewachsen ins Mönchsleben. Ein Weib, ein eigener Herd, das waren für ihn keine Verlockungen."

„Wie er sich aufgeführt hat, da habe ich mir einen guten Mönch anders vorgestellt!"

„Hör mir zu." Er drehte sich wieder auf den Rücken und starrte ins Blaue hinein. „Als Severin nach Laach kam, gute vierzig Jahre dürfte es her sein, da war die Gemeinschaft noch nicht reformiert. Es muß ein Haufen pflichtvergessener Faulenzer dort Gottes Zeit vergeudet haben. Severin aber wurde ein sittsamer Novize, ein wackerer Mönch, der die Regel auswendig wußte. Ja, ich glaube, er hat auch nicht einsam Chorgebet gehalten, wenn die andern gezecht haben, doch in seinem Herzen war er Mönch. Dann, 1471, faßte die Reform von Bursfelde nach der Laacher Abtei. Und jetzt glaube nicht, daß die Brüder etwa hätten reformiert werden wollen! Den strengen Prior, den man ihnen schickte, warfen sie zur Tür hinaus. Ich kam 1472 ins Kloster, da tobten erbitterte Kämpfe. Aus allen Richtungen hetzten reformierte Mönche herbei, aus Köln, aus Trier, die es den zuchtlosen Laachern beibringen wollten. Die Reformierten blieben Sieger. Im August 1474 hat man Laach mit Gewalt erbrochen. Die schlimmsten Aufrührer wurden aus dem Orden gewiesen. Einigen minder Beteiligten räumte man Bleiberecht ein. Severin war immer auf Seiten der Reformer gewesen; als einer von zweien oder dreien. Unser Abt Johannes wußte das. Und dennoch galt Severin nichts in der neuen Gemeinschaft. Er war zuvor schon Gehilfe des Zellerars gewesen und hätte jetzt die Nachfolge antreten müssen. Doch für dieses wichtige Amt hatten die Reformierten natürlich gleich jemanden mitgebracht. Es dünkte ihnen großzügig genug, daß sie Severin als Gehilfen behielten. Er hat nie Beschwerde geführt. Er war gehorsam. Sein Abt hätte sich keinen treueren Sohn wünschen können."

„Ja, für Gehorsam hat Severin viel übrig. Dann war er freilich ein guter Mönch."

„Er hat auch die Liebe gehabt, und ich weiß, daß ich ihm diese Schuld nie heimzahlen kann. Ohne ihn wäre ich an Leib und Seele verkümmert. Als ich in dies gärende Kloster kam, erkannte er, wie übel es um mich bestellt war. Er glaubte, es sei wegen der Unruhen unter den geistlichen Herren. Daß einer kein Mönch werden wollte, daran dachte er nicht. 'Kommst du auch aus Köln, Junge?' sagte er zu mir; das erste freundliche Wort, das ich gehört habe. Später, als wir glücklich reformiert waren, zählten wir beide nicht, denn wir stammten ja aus dem verruchten Saeculum. Stell dir vor, in all den Jahren haben sie mich nur bis zum Diakon weihen lassen. Jetzt kann es mir recht sein, aber es war doch eine Kränkung. So sind wir nur noch näher zusammengekommen."

Ursel streckte die Hand nach ihm aus.

„Ich merke, es war eine große Tat, daß du mit mir gegangen bist – daß du dich wegen mir mit ihm entzweit hast." Sie wußte nicht, ob sie ihn je die Kutte abtun sehen würde.

Vier Tage wanderten sie in Frieden. Ursel versuchte sich vorzustellen, daß sie sich nahezu wieder auf dem Heimweg befand, aber es gelang ihr nicht. Die Straße, die sie so folgsam gegangen war, hatte ihr das Gedächtnis getrübt. Der rote Sandsteinbau, die Pfarrkirche der Schwertfegerstochter, warf nur noch einen Abendschein auf ihre Erinnerungen. Alles lag hinter ihr und war ohnehin nichts wert ohne die Menschen, die sie dort geliebt hatte.

Gilbrecht fragte, wieviel Geld Ursel wirklich bei sich habe, und sie berichtete ihm von dem Gulden im Gewandsaum. Er staunte.

„Ein Gulden, allerhand. Von deinem Vater?"

„Ach was! Vom Kanonikus Bertold. Für den Notfall."

„Not drückt uns Gott sei Dank bislang keine. Wir wollen vorerst mit dem Kleingeld auskommen. Offen gesagt, es wäre mir lieber, wenn der Gulden bliebe, wo er ist. Gold lockt nur Diebe an."

„Ich glaube, ich höre den Vater reden. Was seid ihr Männer für Hasenfüße."

„Mit Ausnahme des Kanonikus, der die Gulden verschenkt. Und du kennst ihn nicht erst, seit du groß bist und Brüste hast?"

„Ich habe dir lang und breit erzählt, daß ich ihn ewig kenne!"

„Dann hat wohl deine Mutter eine Buhlschaft mit ihm gehabt? Verzeih mir, aber was hat er sonst für einen Narren an dir gefressen?"

„Meine Mutter – neunmalkluger Schwätzer -, und wenn sie sich leiden konnten, und wenn er mich leiden konnte, muß es darum gleich eine Buhlschaft sein? Nicht alle Pfaffen sind so gelüstig wie du!“

„Ich glaube kaum, daß dein Vater den guten Kanonikus mag“, sagte Gilbrecht mit Nachdruck, und Ursel wagte kein Widerwort mehr.

Am Abend des vierten Tags gelangten sie in ein Städtchen namens Aubusson, lieblich gelegen am Zusammenfluß zweier Wasserläufe. Doch obwohl die Bürgerhäuser größtenteils recht neu und stattlich waren, sah es im Pilgerspital schlecht aus. In einem schmutzigen Hof stritten grindige Gestalten um den Brunneneimer. Gilbrecht schaute zum Himmel hoch:

„Wir schlafen lieber irgendwo im Freien. Hier holt man sich ja Pocken und Schweiß!“

Ein Krüppel, dem die Füße schwarzgefault waren, kroch ihnen auf untergeschnallten Knieschemeln entgegen. Sie verstanden sein Gejaule nicht, doch die geöffneten Hände redeten deutlich genug. Auch seine Genossen holperten an Krücken heran. Ihre Krankheit nannte sich Antoniusfeuer und kam vom brandigen Korn, vom billigen Brot aus schlecht verlesenem Getreide. Wenn die Kornseuche heftig an den Feldrändern gebrütet hatte, griff das Antoniusfeuer unter den Armen um sich wie ein Fieber. Den einen starben die Gliedmaßen ab, die andern fielen in Zuckungen. In jeder Stadt kannte man die Bettler, die sich mit den Händen voranzogen, weil sie auf ihren Beinen nicht mehr gehen konnten. In Aubusson mußte mancher Scheffel giftiges Mehl gemahlen worden sein.

Gilbrecht förderte aus seiner kargen Barschaft eine Münze zutage, deren Wert er selbst nicht kannte:

„Ora pro nobis“, und er packte Ursel, entfloh mit ihr jener Schar, die ihn einzuholen nicht mehr vermochte.

Die Bürger von Aubusson schauten befremdet dem Mönch nach, der sein Liebchen so geschwind vors Tor hinauszog. Erst als die große Straße überquert und Gilbrecht in einem freundlichen Buchenhain angekommen war, blieb er stehen.

„Hier können wir die Nacht verbringen." Er breitete die Kukulle aus: „Setz dich, Frau."

Sie ruhten und aßen auf, was sie vom Morgen noch bei sich trugen. Ihre Flaschen spendeten Wasser, der Herrgott einen lieblichen Sonnenuntergang. Rasch schliefen sie ein.

Als sie erwachten, wollten sie sich begrüßen, doch sie kamen nicht dazu; erschraken nur und wichen zurück. Vor ihnen saßen die drei Gefährten, die sie weit entfernt gewähnt hatten.

St.-Léonard-de-Noblat

Es verging eine Weile, bis Gilbrecht sich von seinem Schrecken erholt hatte und fragte:

„Seit wann seid ihr da?"

„Wir sind von Aubusson mit dem Hahnenschrei losgezogen und haben euch bald entdeckt", entgegnete Severin.

„Seit wann seid ihr hinter uns her? Wie habt ihr uns gefunden?"

„Wir suchen euch seit Clermont und sind glücklich in das Dorf geraten, wo ihr übernachtet habt. Wir sind diesem Pilger begegnet, Hans Nickel, und der hat abends in der Scheune gehört, wie ihr beschlossen habt, zum heiligen Leonhard nach Noblat zu wandern."

Ursel erbleichte. Waren denn überall Lauscher und Verräter und sie so dumm, es nicht zu merken? Gilbrecht legte seinen Arm um sie:

„Und nun? Wollt ihr uns in Handfesseln abführen nach Sankt Jakob?"

Lenhard rührte sich.

„Du kannst gehen, wohin du willst, Mönch. Nimm dein Liebchen ruhig mit. Wir wollten sehen, daß ihr lebt – jetzt ist mir gleich, was ihr anstellt."

„Wir wollten dich auch nicht um Erlaubnis bitten!" fauchte Ursel.

Severin stand auf, umkreiste mit großen Schritten die Runde.

„Laßt uns friedlich sein. Wenn es deine Tochter fröhlicher stimmt, Schmied, will ich ihr verraten, wie sehr dich ihr Verschwinden betrübt hat. Und ich leugne nicht, daß es mir mit Gilbrecht genauso ergangen ist. Still, Bruder", sagte er zu Gilbrecht, der den Mund öffnete, „ich weiß, daß du dich für sie entschieden hast, und so soll es sein. Der Herr kennt die Herzen. Aber dennoch mußt du zuerst nach Sankt Jakob. Du mußt, damit ich sicher sein darf, daß du der Sündenstrafe ledig bist für alles, was geschehen ist. Du kannst dich von mir lossagen, ich kann hier umkehren, dann will ich den letzten Richterspruch annehmen, wie er mich trifft. Aber dein Verderben kann ich nicht ertragen. Und auch dir, Lenhard Grosser, sollte um deine Tochter zu tun sein, die den Mönch zum Manne begehrt. Was immer sie zur Wallfahrt bewogen hat, jetzt hat sie allen Anlaß, den Weg zu vollenden. Also führe hier keine Reden, die du später bereust."

„Ich habe sie nie aufgefordert, mit mir zu kommen, und werde es jetzt erst recht nicht tun", erklärte Lenhard finster.

„Sie kann es ja gar nicht bis Sankt Jakob schaffen", sagte Gilbrecht heftig. „Man sieht ihr die Schwangerschaft schon an. Wie wird es erst in einem Vierteljahr sein? Sie muß nach Hause, und ich werde sie bringen."

„Du wirst gar nichts." Das war wieder Lenhard. „Ursel! Was ist nun? Warum wolltest du weg? Aus Trotz oder Schwäche?"

Er blickte sie drängend an, und sie begriff, daß er die Pilgerschaft, die er um der Mutter Seelenheil begonnen hatte, abbrechen würde, wenn sie es verlangte. Dasselbe würde Gilbrecht tun. Severin würde ihm folgen und Hede alleine zurückbleiben. Es wäre eine fünffache Niederlage.

„Für die Mutter und Gilbrecht will ich den Weg fortsetzen", flüsterte sie.

Gilbrecht jubelte nicht, aber der ältere Mönch.

„Dank Gott, das ist ein Einsehen. Ich verspreche, wenn wir erst vor dem heiligen Jakob unseren Ablaß erlangt haben, sehe ich ruhig zu, wie ihr die Hände ineinanderlegt. Nun aber auf, es ist schon hoher Tag!"

So liefen sie zur Straße, Ursel und Gilbrecht schweigend nebeneinander, Hede mit undurchdringlichem Gesicht. Lenhard hielt Severin zurück:

„Und jetzt wirst dann du zum Kuppler, oder wie verstehe ich dich?"

„Ich bin nur um die rechten Schritte bemüht."

„Nach so vielen falschen. Severin, was war zwischen dir und deinem Ordensbruder? Wie kann ich ihm guten Gewissens meine Tochter geben?"

„Schweig, Mann. Wenn ich mich zu fügen vermag, muß es an dir nicht scheitern. Was immer gewesen ist, geht zu meinen Lasten. Gilbrecht ist unschuldig."

„Vielleicht ebenso sehr wie sie", knurrte Lenhard.

Im tiefsten Inneren war Ursel nicht unglücklich über die Wendung der Ereignisse. Wie hätten sie denn in Köln ankommen sollen: Ursel in ihrer schmutzigen Tracht, Gilbrecht in irgendeinen Kittel gehüllt? Und Costin dagegen im besten flandrischen Tuch, der seinen Bruder vielleicht kaum erkennen würde. Die Herrschaften von Aducht hätten schöne, ehrsame Kinder und Ursel ein Bankert von einem anderen. Da würde sie der Vogel Zephir von seinem Platz auf dem Altan herab verspotten. Nein, wenn Gilbrecht durchaus nach Köln wollte, mußte der Vater sie zuvor mit allem ausrüsten, was ihr als Braut gebührte, so daß sie noch in Frankfurt heiraten und mit Anstand vor dem Haus Aducht erscheinen konnte.

Am neunundzwanzigsten Tag des Brachmonds, an Peter und Paul, erreichten sie die Kirche des Sankt Leonhard in Noblat. Die Stadt war voller Besucher, denn aus dem ganzen Limousin drängten die Menschen heran.

„Jetzt, wo wir ans Grab deines eigenen Namenspatrons gelangen, könntest du den Mißmut abwerfen", empfahl Severin dem Pilgerbruder. „Sieh nur die Kirche!"

An den Außenmauern der Basilika waren unzählige Ketten und Eisen aufgehängt worden. Ursel erinnerte sich staunend an die Leonhardskirche daheim in Frankfurt. Dort bewahrte man eine Armreliquie des Heiligen auf, und es wurde auch viel gebetet, doch solche Seltsamkeiten gab es nicht zu sehen. Sie wußte aber, daß Sankt Leonhard der Helfer der Gefangenen war und schon den Kreuzrittern im Heiligen Land die Fesseln gelöst hatte.

„Das sind wohl alle die Ketten, die er gesprengt hat“, meinte sie.

„Muß ein guter Schmied gewesen sein, unser Sankt Lenhard“, bemerkte Hede freundschaftlich, als sie in die Kirche hineingingen. „Bist du deshalb auch einer geworden?“

Lenhard ließ sich nicht erheitern. Er hatte Ursel wiedergefunden, nicht aber seine gute Laune. Gleichgültig schritt er an den Handschellen, Fußangeln, Halsspangen vorbei, die dankbare Pilger zum Gedenken an ihre wunderbare Befreiung hierher gebracht hatten. Als die andern am Grabschrein beteten, bewegte er kaum die Lippen. Severin stieß ihn in die Rippen.

„Weshalb bist du fortwährend so verdrießlich? Ohne deine Tochter wären wir nie an diesen Ort gekommen. Sankt Leonhard ist immerhin ein bedeutsamer Heiliger. Er war auch Benediktiner.“

„Sankt Lenhard war Einsiedler, fränkischer Adel“, tönte es bissig zurück.

„Beides“, sagte Severin.

Nur Gilbrecht sprach kein einziges Wort. Vor den andern suchte er den Ausgang und atmete gequält in der frischen Luft. Er fühlte wieder die furchtbaren Bande um sein Herz.

Sie entschlossen sich, einen weiteren Tag in Noblat zu bleiben.

„Nach all dem Aufruhr mag es unserer Aussöhnung dienen“, sagte Severin, friedfertig bis ins Mark. Vielleicht hatte er im Hinterkopf, daß das Kloster von Noblat eine Benediktinerabtei war und er daher gute Aufnahme finden würde. So war es auch: Gilbrecht und Severin durften ins reich ausgestattete Gästehaus der Abtei, doch die weltlichen Pilger wies man ins überfüllte Hospiz.

Am nächsten Morgen erhielten sie nach der Laudes ein dünnes Mus zu essen. Samstag war Fasttag, und Fleisch durften sie von so vielfach mildtätigen Brüdern ohnehin nicht erwarten. Nach den beiden Mönchen schauten sie vergeblich aus, also machten sie sich schließlich zu dritt in die Stadt auf. In Noblat gab es überall bunten Schmelzglasschmuck zu kaufen, der Ursel und Hede sehr gefiel. Sie versicherten zwar, daß sie nicht daran dachten, dafür Geld auszugeben, doch Lenhard schalt sie trotzdem wegen ihrer unnützen Prunksucht.

„So ein törichtes Handwerk kann sich freilich nur dort lohnen, wo die Leute auf Reisen Zeit und Gut verschwenden! Von wegen Wallfahrt, hier geht es nur ums Feiertagsvergnügen."

„Mit deinen Pranken", neckte Hede, „bringst du so etwas Zierliches sowieso nicht zustande."

„Was ich zustandebringe, Weib, kannst du in deinen schlaflosen Nächten bedenken."

Es entging Ursel nicht, daß Lenhards Frechheiten ihm nicht mehr als ein lächelndes Kopfschütteln eintrugen. Plötzlich erschrak sie, und ihr Vater fragte:

„Was ist?"

„Da vorn – Hans Nickel, der Mistkerl." Sie biß sich auf die Zunge.

„Ruhe, Tochter. Ohne den könnten wir noch immer nach euch losem Gesindel suchen!" Lenhard winkte dem Pilgerbruder zu. Hans Nickel erkannte ihn:

„Habt ihr schon gehört?" rief er von weitem.

„Was?"

Hans Nickel kam herbei und konnte einen listigen Seitenblick auf Ursel nicht unterlassen.

„Im Perigord soll eine Seuche hausen; in der Grafschaft südöstlich vom Limousin. Wolltet ihr da nicht durch?"

„Doch..." Lenhard wirkte unentschlossen.

„Eben. Aber jetzt liegen die Leute mit gedunsenen Bäuchen und scheißen sich zu Tode. Allenthalben Bußumzüge, selbst die Reichen barfuß mit der Kerze in der Hand; da fragt man sich, ob das gesund für Pilger ist."

„Kaum", entgegnete Lenhard sorgenvoll. „Nur kenne ich mich hierzulande nicht gut aus. Ich wollte eigentlich von Clermont nach Conques. Jetzt habe ich gedacht, wenn ich erst wieder auf der großen Straße bin, finde ich mich zurecht. Durch Limoges, hast du gesagt, führt doch der Pilgerweg?"

„Ja." Er öffnete seine Tasche und zog ein aufgerolltes Pergament hervor: „Ich habe eine Karte. Schau, dies ist das Perigord mit der Via Limosina. Aber der Weg ist nicht mehr so beliebt wie früher. Seit man die Magdalenen-Reliquie in Vezelay für falsch erklärt hat, bleiben die Gläubigen aus. Das ist für uns nicht schlecht, dann finden wir leichter Einkehr. Aber was nutzt es, wenn es einem schließlich in die Eingeweide fährt. – Conques, sagst du. Geh doch nach Conques, das bietet sich jetzt an. Du mußt von hier ab streng nach Süden halten, dann gelangst du nach Brive", er drückte seinen Finger drauf, „und von dort nach Rocamadour und Conques. Rocamadour ist auch ein rühriger Wallfahrtsort."

Da war er wieder mit seinen guten Erklärungen. Ursel hätte ihm ins Gesicht schlagen mögen. Er würde sie wieder verraten, an üblere Verfolger. Der Vater jedoch freute sich.

„Du meinst diese dick eingezeichnete Straße? Auf der kommt man wohl gut vorwärts?"

„Ja. Ich schätze, ich werde mich auf denselben Weg machen, was Besseres fällt mir nicht ein."

Lenhard wandte sich an Hede:

„Schau dir die Karte an, damit noch jemand Bescheid weiß." Aber obgleich Hede mit zerfurchter Stirn hinstarrte, war sie wohl vor allem mit Buchstabieren beschäftigt und sah nicht aus, als ob sie viel begriffen hätte.

Der Vater verabschiedete Hans Nickel wortreich; jener schritt geschmeichelt von dannen.

„Aus Andernach", bemerkte Hede, „ist mal einer zur Jakobsfahrt aufgebrochen und nach acht Monaten wiedergekommen, ohne Compostela je erreicht zu haben. Er hat einfach den Weg nicht gefunden. Nicht einmal bis nach Spanien ist er gelangt."

„Ohne mich an deiner Seite würde es dir nicht anders ergehen", stichelte Lenhard. Sie ergriff vertrauensvoll seine Hand.

„Du magst recht haben, Schwertfeger."

Als sie im Kloster eintrafen, war es Mittag.

„Das Chorgebet zur Sext wird bald vorbei sein", sprach Ursel hoffnungsvoll. „Vielleicht kommen die beiden doch einmal heraus."

Sie setzten sich im Spitalshof nieder. Ursel holte das Flickzeug und machte sich an ihrem Mantel zu schaffen. Plötzlich hörten sie Schritte. Lenhard sah hoch und platzte heraus:

„Alle Zwölfboten! Da haben sie einen erwischt."

Die Mönche standen vor ihnen. Gilbrechts Tonsur war neu geschoren und sein Haar so kurz, wie Ursel es noch nicht an ihm gesehen hatte. Er schaute sie bedrückt an.

„Ich konnte gar nichts machen", flüsterte er.

Lenhard und Hede lachten.

„Mönchlein", sagte der Schmied, „recht hatten sie. Du sahst verwahrlost aus wie ein krätziger Kapuziner."

Severin, der selbst nur mühsam ein Lächeln unterdrückte, kam seinem Bruder zu Hilfe:

„Nun laßt von ihm ab. Wart ihr schon weg bei der Hitze?"

„Glaubst du, wir warten hier den ganzen Tag auf euch? Wir sind in der Stadt gewesen, aber außer unsinnigem Weiberkram haben sie nichts zu bieten."

Hede wagte einen Vorschlag.

„Wir könnten uns für den Nachmittag ein angenehmes Fleckchen vor der Stadt suchen. Unten am Fluß geht bestimmt ein frischerer Wind."

Ursel wäre am liebsten im schattigen Hof geblieben, und auch Gilbrecht wirkte wenig begeistert, aber die Älteren duldeten keine Trägheit.

„Wer weiß, was euch sonst wieder einfällt!" verkündete Lenhard und trieb seine Herde durch die Pforten des Hospizes. Der Fluß lag ein Stück weit entfernt.

„Hatte den Straßenstaub schon vermißt", murrte Ursel.

Mit ihnen war eine größere Anzahl von Leuten unterwegs. Geradezu ein Raunen hing in der Luft, das immer stärker anschwoll, je näher sie dem Wasser kamen. Und plötzlich sahen sie die Flußniederung: Da saßen und lagen sie zu Dutzenden herum und genossen die Sonne nebst reichlich mitgebrachter Verpflegung. Sie badeten in Hemden und Leibchen und hielten ihre splitternackten Kinder fest. Sogar die verschämtesten Städterinnen, die sich nicht in leichter Wäsche preisgeben mochten, trugen kurze Röcke. Die Pilger in ihren schweren Gewändern starrten fassungslos auf die Freude und den Leichtsinn des feiernden Volkes.

„Oh!" Ursel lief hinunter zum Uferrand. „Jetzt seht euch das an! Ich will auch!"

Lenhard, der seine Tochter einst in Frankfurt selber schwimmen gelehrt hatte, kam angestapft.

„Das fehlte noch! Damit du uns versäufst und endgültig unsichtbar bleibst. Nichts da." Er sah in das sprudelnd klare Wasser: „In dieser Brühe baden, pah." Schnaufend entledigte er sich seines Mantels. „Was ist denn das für eine Erfrischung?"

„Willst du das wirklich wissen?" Severin trat hinter ihn. „Dann versuch es doch!" Und mit gewaltiger Hand warf er den Schmied hinunter in die Flut.

Lenhard kam wie ein Stier prustend empor.

„Bist du völlig verrückt geworden?“ schrie er den Mönch an. Seine Tochter aber quietschte nach dem ersten Entsetzen vor Vergnügen.

„Warte, warte“; sie warf die Kleider bis auf das Unterzeug ab und rannte zu Lenhard in den Fluß.

Die Leute ringsum belachten herzhaft das Benehmen der seltsamen Pilger, doch leider war die Vorstellung nun zu Ende. Die Mönche konnten sich kein Bad vor aller Augen erlauben. Sie streckten nur ihre nackten Füße in den Strom. Hede wiederum wollte sich weder entblößen, noch ihre Kleider durchnässen. Sie sah sorgenvoll zu Lenhard hin:

„Es wird dauern, bis er wieder einen trockenen Faden am Leib hat.“

Lenhard aber wälzte sich ausgelassen, jagte Ursel nach und bespritzte Severin nach Kräften. Japsend kamen sie schließlich zurück:

„Das hat gut getan, jawohl, das hat es!“

Lenhard zog sich so weit wie möglich aus, um seine Sachen zu trocknen. Ursel jedoch legte schnell den Mantel um. Ihre Schwangerschaft war inzwischen allzu ersichtlich, und sie konnte schon Severins Blicke kaum ertragen. Der räusperte sich jetzt.

„Ja, wenn man auch etwas zu verspeisen hätte!“

Eine Bürgerin von Noblat bemerkte die hungrigen Augen der Fremden. Sie kam herbei und sprach die Pilger mit Worten und Gesten an. Severin staunte:

„Fragt sie etwa, ob wir bei ihr essen möchten?“ Ungläubig zeigte er auf sich und die andern.

Eine lächelnde Gebärde bedeutete, sie sollten mitgehen. Da sprangen sie dankbar auf und folgten der Einladung. Auch der französische Ehemann hieß sie willkommen, nur die Kinder äugten mißtrauisch. Alle waren in feines Leinen gekleidet und gepflegt wie wohlhabende Leute. Der Mann wandte sich an seine Gäste:

„Wo kommt ihr her?“

Da sprach ja einer Deutsch! Sie strahlten und antworteten eifrig:

„Aus Frankfurt – aus Andernach – aus Köln!“

„Ich bin in Handel mit Köln. Oft da.“

Das waren einmal nette Leute! Sie war sehr jung, konnte gar nicht die Mutter aller Kinder sein; er deutlich älter, aber angetan von dem mildtätigen Weib, das er in zweiter Ehe genommen hatte. Er nötigte die Pilger, tüchtig zuzugreifen, und sie labten sich an Krebstörtchen, saftig gefülltem Brot und süßen Honigkuchen. Es war ein Fest. Lenhard fragte den Kaufmann nochmals nach der weiteren Wegstrecke, aber der bestätigte Hans Nickels Auskünfte; auch was die Seuche im Perigord betraf.

Severin hatte mehr gegessen als alle andern, aber dabei dreingeschaut wie ein gutmütiger Zeidelbär, und so hatte man ihm gern die besten Bissen überlassen. Jetzt lehnte er sich gesättigt zurück. Neben ihm saß Gilbrecht mit verschlossenem Gesicht. Severin berührte ihn an der Schulter und hielt ihm, als er sich umwandte, das Brevier hin. Es war die Seite geöffnet, auf die Lenhard sein Bild von Ursel und Gilbrecht gezeichnet hatte. Gilbrecht hob die Augenbrauen. Severin lächelte verhalten.

„Ich bekomme auch meine Strafe. Das muß ich mir nun bei jedem Gebet betrachten.“

Gilbrecht sagte nichts. Er schloß das Buch, strich darüber und legte es Severin in die ausgestreckte Hand zurück.

Lenhard sah die Mönche Blicke tauschen; sah sie lautlos miteinander reden, so wie sie es in langen Klosterjahren gelernt hatten. Er sah bei Gilbrecht Tränen der Zärtlichkeit und dazu Severins Ergebenheit. Er sah endlich seine Tochter, die verträumt in sich hineinlauschte.

Abends im Kloster verschwanden die Mönche mit den einheimischen Brüdern, während die andern drei in den Pilgerschlafsaal gingen. Ursel ließ sich nieder und kämmte ihr Haar, bis es weich und lose herabfiel. Dann flocht sie sich die Zöpfe und band ihr Tuch fest um den Kopf. Sie fühlte sich seit langer Zeit wieder leidlich sauber gerichtet.

Der Tag war schön gewesen, und nur der Vater hatte sich nicht ganz erfreuen können. Er ließ sie einen Ingrimm spüren, den sie nicht verdiente. Sie hatte ihn im Grunde nie erzürnen wollen, doch wie er sich jetzt aufführte, war er kaum erträglich. Immer, wenn sie gerade dachte, er sei versöhnt, schnauzte er wieder jemanden an. Nur mit Hede verfuhr er sanfter. Die Franzosen hatten gewiß geglaubt, er wäre mit ihr verheiratet. Jetzt schimpfte er aufs Neue:

„Warum ist es so dunkel in diesem Loch? Es ist doch noch nicht spät!"

Hede wischte sich den Schweiß ab.

„Wir kriegen ein Gewitter", sagte sie matt.

Vorm Gewitter, dem Feuer vom Himmel, fürchteten sie sich. Ursel lief zum Fenster: Draußen lag alles verlassen und düster. Die Menschen waren in ihre Häuser geeilt; hofften, daß der Gotteszorn sie nochmals verschonen würde. Die Pilger horchten auf den Wind, der sich brausend erhob und hereinfegte, so daß das Stroh in Wolken emporstob. Ein Mönch steckte den Kopf durch die Tür und sprach beschwichtigend. Dann betete er laut:

„Aericarum discedat – laß das Verderben von Sturm und Unwetter von uns weichen."

„Durch unsern Herrn Jesus Christus", und wie sie so antworteten, zuckte draußen zum ersten Mal das lüsterne Licht über den Himmel, gierig nach Nahrung für seinen Brand. Und gleich darauf donnerte es laut und nah. Ursel erbebte im flackernden Saal. Kein Mensch war sicher unter dieser Bedrohung, oft brannten in einer Nacht ganze Städte ab. Seit sie denken konnte, zitterte sie vor der verheerenden Kraft des Blitzschlags, die alles zerstören konnte. Sie huschte zu ihrem Vater hinüber, der den Arm um sie legte und sie an sich drückte.

„Nur die Ruhe, Tochter. Wenn hier ein Haus abbrennt, ist es unseres nicht."

Sie nickte und lächelte trotz ihrer Angst. Erleichtert hörte sie, wie plötzlich der Regen losbrach und in den Gassen prasselte. Der Donner krachte, als ob er in seinem Maul Berge und Baumstämme zermalmte, dabei war er in Wahrheit machtlos; das sagte sich Ursel stets, wenn sie erschauerte.

Zuletzt ließ das Unwetter nach, aber sie konnte sich nicht vom Vater trennen. Er war stärker als jeder andere, den sie kannte. Sie hatte ihn schmerzlich entbehrt. Zu Hause wäre das nicht so gewesen, da konnte man ohne ihn auskommen. Aber hier im Elend, in zerlumpten Kleidern und angewiesen auf die Almosen Wildfremder, hier brauchte sie ihn. Lenhard hielt sie fest, und auf einmal schüttelte er sie:

„Lauf nie wieder weg! Du weißt ja nichts, du bist so ahnungslos! Lauf nie wieder weg." Sie versprach es ihm stockend. Er schloß heiser: „Denn bei mir bist du sicher." Dann schob er sie fort, als ob der Abstand zu ihrem Schutz nötig sei.

Rocamadour

Es brach der Juli an, der Heumond, und die Hitze blähte sich über den Pilgern wie ein Zelt. Sie gingen zwei Tage lang südwärts. Ursel floß der Schweiß schneller vom Gesicht, als sie ihn abwischen konnte. Lenhard nahm ihr schließlich den Mantel ab, um es ihr leichter zu machen. Doch als er sie ansah, sprach er besorgt:

„Bald wirst du keinem mehr als Jungfer durchgehen, Tochter."

Das wußte sie selbst am besten. Gilbrecht sagte beruhigend:

„Wir haben ja längst die Geschichte vom verstorbenen Ehemann. Dabei bleiben wir."

„Willst du auch dabei bleiben, wenn ihr nach Köln kommt?" fragte Severin spitz. „Oder sagst du dann, es sei dein Kind, das du aufziehen mußt?"

„Es wird sich finden", fiel ihm Lenhard ungeduldig ins Wort, obwohl auch Ursel Gilbrechts Antwort wichtig gewesen wäre. „Laß das Kind erst einmal auf der Welt sein. Zur Not gibt es immer noch mich."

Severin lachte auf.

„Da belehrst du mich die ganze Zeit, daß die zwei uns verlassen werden, und gleich darauf hältst du die alten unverbesserlichen Reden. Es trifft uns beide gleichermaßen, vergiß das nicht. Ich habe nichts gegen dieses Kind. Aber ich weiß, wie wenig ungebetener Nachwuchs zählt. Bin selbst welcher gewesen."

„Hört, hört!"

„Nicht so, wie ihr zu denken beliebt. Meine Mutter war gut verheiratet. Sie hatte vor mir schon einen andern Sohn gehabt, aber nicht lang behalten dürfen. Und als ich zwei Jahre alt war, starb auch mein Vater. Die Mutter nahm bald einen neuen Mann, einen Kaufmann im Heringshandel, der leider mit fremder Leute Kindern nichts anfangen konnte. Dabei war das Vermögen, das er sich durch die Heirat ergattern wollte, zum größten Teil mein. Der Mutter stand aus dem Erbe meines Vaters nur ihre Mitgift zu, der ganze Rest fiel an mich.“ Sie schauten ihn an, wie er sich über die verschossene Kutte strich. „Der Neue hat schnell seine eigenen Blagen zuwege gebracht; sechs an der Zahl. Schließlich schien ihm das Haus zu voll. Ich habe wohl viel Platz gebraucht. Mit vierzehn war ich so groß wie der Alte und ihm dauernd im Weg. Nicht mal beim Abtritt auf dem Balken konnte er mich neben sich dulden. Und im Kontor taugte ich natürlich ebensowenig.“

„Hast du dich denn für deinen Stiefvater sehr abgemüht?“

„Nein. Er war mir verhaßt. Zwar wußte ich nicht recht, wieviel Geld auf mich wartete, aber daß er mir alles nehmen würde, soviel wußte ich. Noch ehe ich alt genug war, um Ansprüche zu stellen, hat er meiner Mutter eingeflüstert, ich hätte kein Geschick zum Kaufmann. Für den Heringshandel muß man geboren sein.“ Er stockte, und sie spürten, wie er an sein Zuhause zurückdachte, an die ungeliebten Geschwister, die Mißgunst des Stiefvaters und an seine Mutter, die sich gegrämt hatte über den ewigen Streit zwischen dem Hausherrn und seinem Ziehsohn. „Da fiel ihnen ein, ich solle Mönch werden. Als meine Mutter mir den Gedanken vortrug, habe ich mich nicht gesträubt wie Gilbrecht. Ich wollte daheim einfach nicht mehr der Dumme sein. Also bin ich nach Laach gegangen. Zu jener Zeit war es noch nicht so zersetzt wie in späteren Jahren, und sie haben mich aufgezogen nach bestem Vermögen.“

„Was ist aus deinem Vermögen geworden?“

„Der Herr Heringshändler hat sich besser an Sankt Benedikts Regel gehalten als Gilbrechts Eltern. Mir wurde kein Goldklumpen an die Ferse gehängt. Laach hat bei meiner Aufnahme eine Gabe erhalten, so muß ich jedenfalls annehmen. Niemand hat mir je etwas darüber gesagt, und ich habe mir nicht die Mühe gemacht zu fragen. Seit ich Mönch bin, war ich nur noch im Namen des Klosters mit Geld befaßt. Kein Besitz, keine Beschwernis. Selbst der Haß liegt hinter mir. Das Kloster hat mich lieben gelehrt, auch wo Mutter und Vater fehlten und erst recht Weib und Kind." Lenhard blickte ihn an:

„Ist der da nicht ein bißchen das Kind gewesen für dich?"

Severin mußte lächeln.

„Ein bißchen schon. Das sagt er ja selbst."

„Nun, so trau ihm zu, daß er es ebenso gut macht wie du damals, wenn der Herr ihm Kinder beschert."

„Das versuche ich ja", murmelte der Mönch.

Da sie die große Pilgerstraße des Perigords gemieden hatten, liefen sie jetzt auf recht erbärmlichen Pfaden und überlegten, ob sie sich nicht rettungslos verirrt hatten. Sie seufzten vor Erleichterung, als sie in einem Städtchen Hans Nickel im Pilgerspital trafen.

„Sieh da, habt ihr euch bis hierher durchgeschlagen?" grüßte er grinsend.

Lenhard nickte.

„Ja, aber nur der Sonne nach. Keiner sagt einem ein vernünftiges Wort, und die Marksteine sind nicht zu entziffern."

„Wir sind etwas im Abseits", gab Hans Nickel zu. „Mach dir nichts draus, bis Rocamadour könnt ihr euch mir anschließen, und von dort führt wieder eine breite Straße weiter."

„Ach", sagte Lenhard zweifelnd, „was verlangst du dafür? Wir sind arm."

„Das weiß ich. Hör zu, ich will mir die Rothaarige für einen Tag ausleihen." Auf die empörten Blicke von Lenhard und Gilbrecht lachte er lauthals. „Was ihr euch immer vorstellt! Ich brauche sie nur als Gehilfin, wenn ich mir morgen auf dem Marktplatz ein bißchen Geld verdiene. Ihr könnt unbesorgt sein, es geht alles mit rechten Dingen zu. Von mir aus kann die Alte auch mitkommen."

„So, was dürfen wir denn erwarten?" Hede verzog den Mund. „Schlägst du Rad, oder brichst du den Leuten die Zähne aus?"

„Genau, und bei dir fange ich an." Er war wieder bester Laune. „Unsinn. Ich kann ein paar Kartenkunststücke. Wart ab."

Ursel hielt nichts von der Abmachung, aber Lenhard fragte sie nicht um ihre Meinung. Ihm war die Gegend unheimlich und Hans Nickel als Führer willkommen.

„Wenn Hede mitgeht, gibt sie schon auf dich acht", befand er. So mußte Ursel am nächsten Morgen mit den beiden los.

Auf dem Markt wurde der Halberstädter betriebsam. In einer Mauerecke breitete er seinen Mantel aus und holte zwei gescheckte, weite Ärmel aus der Tasche, die er an die Schulterteile seines Wamses nestelte. Nachdem er noch ein buntes Käppchen aufgesetzt hatte, schien er völlig verändert und ließ sich im Schneidersitz nieder.

„Weg mit Hut und Kopftuch", wies er Ursel an. „Du sollst mir schließlich den Lockvogel machen."

Das verdroß sie gewaltig.

„Kann ich nicht."

„Aber ja, was sagt sonst dein geschätztes Väterlein, wenn ich heute abend mit dir nicht zufrieden bin? Du reckst den Hals und zwitscherst drauflos, was es hier zu gewinnen gibt."

„Ich kann kein Französisch."

„Himmel nochmal, es heißt Mesdames, Messieurs, Desmoiselles. Du", wandte er sich an Hede, „bleibst in der Nähe wegen der Büttel. Wenn ich dich zum Spiel auffordere, kommst du. Aber sag kein Wort, sonst fällt es auf, daß wir zusammen gehören. Verschwinde."

Sie fingen an. Ursel zwitscherte wie eine Krähe, bis Hans Nickel zischte, er werde ihr mitten auf dem Marktplatz den Hintern versohlen, wenn sie sich nicht freundlicher stellte. Hede, die aufgeregt umherstrich, lächelte flehend. Ursel hob ihre Stimme an, wiegte die Hüften und streckte die Hände aus. Da erst wurden die Leute aufmerksam und traten näher. Das brachte Hans Nickel in Fahrt.

„Mesdames, Messieurs, et hic et nunc optima chance pour gagner d'argent. Petit jeu ex Egyptia, facilis, gracilis", er schleuderte drei Karten vor sich hin, zwei schwarze Könige nebst einem roten, die er dann umdrehte und ein paarmal hin und her schob. „Attention: Ubi est le roi rouge? Ubi?" Er wies auf eine der Karten, sah darunter, und da war der rote König, wo ihn jeder erwartet hatte. Sein Antlitz verklärte sich: „Ah, ibi, ici le roi rouge. Mesdames, Messieurs: Petit jeu?" Feierlich brachte er ein Silberstück zum Vorschein: „Gagner, facilis, gracilis?" Das war das ganze Spiel. Die Leute stießen sich kichernd in die Seite, aber keiner wagte, den Anfang zu machen. Hans Nickel bot beschwörend seinen Silberling dar. Unvermittelt deutete er auf Hede: „Madame, un jeu gratis!"

Hede wußte nicht, was sie von diesem kindischen Treiben halten sollte, aber sie trat wie verabredet heran. Zum Gaudium der Zuschauer höchst mißtrauisch beobachtete sie, wie Hans Nickel geschwind die Blätter vertauschte: „Ubi est le roi rouge?"

Hede sah ihn verächtlich an: Hielt er sie für blind oder blöd? Sie zeigte auf die mittlere Karte, und wirklich, als Hans Nickel nachschaute, lag da der rote König. Bevor sie einen Laut äußern konnte, drückte er ihr mit einem Redeschwall das Geld in die Faust. Hede rannte fort, wild entschlossen, ihren Gewinn keinesfalls wieder rauszurücken. Die Zuschauer tuschelten angestachelt. Wenn es so simpel war? Ursel trat vor zwei junge Männer, klapperte mit den Augenlidern:

„Messieurs?"

Da gab der eine sich einen Ruck. Er setzte allerdings nur ein Kupferstück. Hans Nickel legte den gleichen Einsatz daneben. Ein letzter Blick auf den roten König, und es ging los. Der Gaukler fragte, aufmerksam wie ein Falke:

„Ubi, Monsieur?"

Der andere lachte herablassend, streckte seinen Zeigefinger vor:

„Voilà."

Die Menge wartete gebannt. Hans Nickels Nasenflügel bebten. Ursel staunte nicht schlecht, wie er hier sein Geld verjubelte. Denn der Franzose hatte natürlich richtig geraten, es war auch nicht schwer gewesen. Ursel selbst hatte den Handgriffen mit Leichtigkeit folgen können. Da zuckte Hans Nickel bedauernd die Schultern und nahm die bezeichnete Karte auf: Ein schwarzer König. Der rote fand sich rechts außen.

„Oh, pardonnez-moi, un alter?"

Der Geprellte fluchte. Ursel sah ihn in Ärger, Scham und Verlangen erglühen. Schon zückte der Mann die nächste Münze, schon hatte er wieder verloren. Er konnte es weder begreifen, noch hinnehmen. Was war das für ein Schwindel? Andere drängten nach vorn, die die Schliche des Taschenspielers durchschaut zu haben glaubten. Die ersten Silbermünzen blitzten auf. Und jeder, auch der Gewiefteste, verlor. Nur eine Jungfer, die noch keine fünfzehn Jahre zählte, riet einmal richtig, weil Hans Nickel es so wollte.

Ursel begriff nicht, wie er es machte, aber er hatte da ein Spiel ersonnen, in dem er immer Sieger blieb. Plötzlich ertönte ein Schrei:

„Büttel, Büttel!" Sofort sprang Hans Nickel auf, riß seinen Mantel an sich und entwischte mit Ursel an der Hand vor aller Augen. Der jähe Abgang verblüffte die Leute nicht weniger als das Spiel zuvor. Erst bei der Ankunft des Wachmanns brach ein schrilles Gezeter aus.

Am Abend bewies Hans Nickel seine Freigebigkeit, als er sie alle in die Schenke zum Essen einlud.

„Einen einträglichen Tag muß man feiern.“ Jetzt trug er wieder seine Pilgertracht und fürchtete deshalb nicht, erkannt zu werden. Ursel war ein bißchen mit ihm versöhnt, denn er sagte, sie habe ihre Sache gut gemacht. Während man sich große Stücke Fleisch einverleibte, erzählte sie von Hans Nickels Vorführung.

„Fast wie Zauberei. Keiner hat richtig geraten, nicht einmal zufällig.“

„Betrug eben“, sprach Severin schmunzelnd und wischte sich das Fett von den Lippen.

„Ich muß doch sehr bitten“, entgegnete Hans Nickel würdig. „Ich habe gesagt, es ist eine Kunst. Sie zahlen dafür, daß sie staunen dürfen.“

„Aber wie hast du es gemacht?“ bohrte Ursel. „Drei Karten nur, und du hast am Schluß immer den roten König gezeigt.“

„Wozu lege ich mir wohl die weiten Ärmel an? Genug jetzt, jede Zunft hat ihre Geheimnisse.“

„Du bist ein Spitzbub“, versetzte Lenhard. „Gib zu, damals in Worms hast du auch alle angeschmiert!“

„Ach was, bei solchen Einfaltspinseln ist das gar nicht nötig. Ich kann jeden aufs Kreuz legen, denn ich kenne mich mit meinen Karten besser aus als ihr Mönche in euerm Gebetbuch. Da muß schon ein sehr guter Spieler kommen, ehe ich nicht ehrlich gewinne. Den Karten wohnt eine göttliche Ordnung inne wie der Astrologie oder Alchimie. Sie verlangen genausoviel Übung und Studium, doch wer sie beherrscht, dem fallen sie glücklich.“

„Wir verleihen dir den Doktorhut für deine Wissenschaft“, spottete Lenhard. „Nicht, daß du glaubst, meine Tochter ist dir jetzt auf jedem Marktplatz behilflich.“

„Keine Sorge, ich betreibe dies Geschäft nicht alle Tage. Es gibt zu viel Grobheit unter Bürgern und Bütteln.“

„Dein Geschäft ist von Übel", urteilte Severin. „Allerdings nimmt man für solch eine Mahlzeit manches in Kauf."

Gilbrecht nickte.

„Seht nur Ursel, wie gut es ihr tut. Sie war viel zu blaß." Er lachte sie mit einem Strahlen an, das sein ernstes Gesicht jung machte.

Hans Nickel grinste:

„Du hast sie schon ein wenig in andere Umstände gebracht, hm?" Er deutete ein Bäuchlein an. „Aber es ist wahr: So hübsche Mönche sollte es gar nicht geben." Und er strich dem vor Überraschung sprachlosen Gilbrecht über die Wange. Da packte Severin den Sachsen mit einem Sprung über den Tisch am Hemdlatz und schrie:

„Willst du Prügel?"

Hede war es, die Severin an der Kutte zurückzog. Lenhard rührte keine Hand. „Selbst unverbesserlich", bemerkte er kauend.

Hans Nickel führte sie über die abenteuerlichsten Wege und war dabei so schnell, daß seine Gefolgsleute kaum Schritt halten konnten. Der dünne Mann lachte, wenn Lenhard ihn zwischendurch um Rast bitten mußte:

„Wann wollt ihr in Santiago sein – zu Weihnachten? Mir macht es nichts aus, ich finde immer einen Schlupfwinkel für den Winter, aber ihr mit Kind und Kegel und ohne ein Wort Spanisch?"

Lenhard gestand sich im stillen ein, daß sie viel zu langsam vorangekommen waren. Hans Nickel wanderte bis in den späten Abend hinein, und es kümmerte ihn nicht, ob er drinnen oder draußen nächtigte. „Solang das Wetter schön ist", sagte er achselzuckend, und wieder wußte der Schmied nichts zu erwidern. Also überhörte er die Klagen, die hinter seinem Rücken laut wurden. Zu allem Überfluß erzählte der Sachse unausgesetzt Schauermärchen. Zahllose Leichen wollte er auf seinen Reisen verscharrt haben, die Opfer von Räubern und Strauchdieben.

„Hier in der Gegend lag mal einer mit klaffender Kehle, der stank schon, und die Raben fraßen an ihm, bis ich ihn mit Reisig zugedeckt habe. Es ist ja ein Werk der Barmherzigkeit."

„Es wäre auch ein Werk der Barmherzigkeit, wenn du eine Weile schweigen wolltest", erwiderte Gilbrecht ärgerlich.

„Werter Bruder, fürchtet Ihr Euch etwa? Vor einer Pilgerfahrt muß man sein Testament machen, das weiß jeder."

Lenhard wandte sich an Ursel:

„Habe ich dir gesagt, wer mein Testament aufbewahrt?"

„Nein. Der Altgeselle oder der Kaufmann?"

„Keiner von denen. Der Kanonikus Bertold hat es. Im Notfall steht er dir zur Seite."

Ursel staunte. Da schien der Kanonikus, der von Lenhard stets nur mit Stirnrunzeln bedacht worden war, ganz neues Ansehen zu genießen. Aber ihr konnte es recht sein; außerdem hatte sie nicht die Absicht, ohne den Vater nach Frankfurt zurückzukehren.

Hans Nickel fand die verborgensten Stege, aber man schätzte ihn darum doch nicht höher. In Gossenlatein rief er die Bettler an, denen er offenbar wohlbekannt war. Die andern wichen mit Abscheu den scheußlichen Kerlen aus, die Mützen aus Katzenfell und Lumpen an den Füßen trugen. Dann höhnte er:

„Ja, die deutschen Biederleute, die das Elend für so elend halten. Keinen Heller mehr im Sack, aber ehe sie um einen Rat fragen, tappen sie den nächsten Wegelagerern ins Netz."

Am neunten Juli erreichten sie die Stadt Souillac und übernachteten bei den dortigen Benediktinern. Gilbrecht und Severin, wie üblich von ihren Ordensbrüdern bevorzugt untergebracht, erschienen abends unverhofft im Hof.

„Wo ist der Schalk?“ fragte Severin den Schmied.

„Spielen, trinken, was weiß ich. Wir waren zu müde.“

„Um so besser. Paß auf: Man hat uns gesagt, der Weg nach Rocamadour sei von hier aus nicht schwer zu finden. Es gibt eine vielbefahrene Straße. Das heißt, wir brauchen unseren Begleiter nicht mehr. Er kann morgen allein aufbrechen, und wir ruhen einen Tag aus, das tut auch deiner Tochter gut.“

Lenhard befühlte mürrisch seinen nackten Fuß.

„Du warst mir bisher keine große Hilfe, Mönch, wenn ich mich an der Wegkreuzung entscheiden mußte. Dieser Hans Nickel hat uns ein ganzes Stück weitergebracht.“

„Hans Nickel, zum Kuckuck, wie sich das anhört! Nicht mal seinen Namen kennst du!“

„Na und! Ich will ihn ja nicht heiraten! Aber er soll sein Versprechen halten und uns nach Rocamadour bringen. Warum, zum Teufel, darauf verzichten?“

„Vater“, bat Ursel, „er ist ein widerwärtiger Geselle. Ich trau' ihm nicht für einen Pfifferling. Laß es uns lieber ohne ihn versuchen.“

„Der Wein, den er gestern ausgeschenkt hat, war euch nicht zuwider! Jetzt macht euch nicht alle ins Hemd. Hede, sag diesen zaghaften Mönchen Bescheid.“ Sie lächelte etwas ängstlich.

„Ich kann ihn auch nicht leiden. Aber du mußt bestimmen. Ich weiß, wir bürden dir die ganze Verantwortung für unser Reisen auf, das ist eigentlich nicht recht.“

„Wir folgen ihm bis Rocamadour“, sagte Lenhard kurz und verlor dann mit einem Blick auf Ursel und Gilbrecht die Beherrschung: „Das alles haben wir nur euren Torheiten in Clermont zu verdanken!“

Severin schritt rasch mit dem Konfrater davon.

Hans Nickel kam abends als Letzter ins Hospiz zurück und brach am andern Morgen schon vor der Laudes wieder auf, was Severin zusätzlich mißfiel. Die andern stolperten den

Weg entlang, der Sachse aber sprang leichtfüßig davon. Geld hatte er auch wieder. Er war wohl ein Liebling des Sankt Antonius, der die Diebe und Bettler beschirmte. Wie sie geahnt hatten, verließ er bald die Hauptstraße, die über Payrac nach Rocamadour geführt hätte. Er nahm Feldwege und Bauernpfade, selbst vor Waldstücken scheute er sich nicht. Das grüne Gewölbe erhob sich über ihnen, scheinbar harmlos im Sonnenlicht, doch so schwer und riesenhaft, daß sie die Drohung darin noch immer spürten. Farnarme faßten nach Pilgerbeinen, und in Baumstümpfen grinsten die Wichte.

„Ich höre den Häher schreien, den Spötter", flüsterte Hede. „Der bringt kein Glück."

Während Hans Nickel vor sich hin fabelte, liefen die übrigen schweigend. Ursels Rock blieb in den Himbeerranken hängen, und der Wind schlug Gilbrecht Zweige ins Gesicht, doch sie preßten die Lippen zusammen.

„Morgen kommen wir in Rocamadour an, dann seid ihr mich los", verkündete Hans Nickel.

„Und heute nacht?" fragte Severin finster.

„Bleiben wir auf einer wunderschönen Lichtung. Ich habe ja gesagt, nehmt Vorrat mit; wir genießen den lauen Abend."

Ursel war überzeugt, daß sie mitten im Wald kein Auge schließen würde, aber als zur Kompletzeit endlich besagte Lichtung erreicht war, konnte sie sich vor Müdigkeit kaum noch auf den Beinen halten. Die Weiber fielen erschöpft nieder.

„Immerhin, da fließt ein Bach", stellte Lenhard fest. „Gebt mir die Flaschen, ich hole frisches Wasser."

Hans Nickel breitete selbstzufrieden die Arme aus.

„Ist es nicht nett hier? Blumen und Gras, sogar die Lerche singt noch." Sie sang oder lachte, zu sehen war sie nicht. Dämmerung senkte sich vom Himmel. Ursel kaute auf ihrer Brotkante.

„Schaut euch den an", sagte sie.

Lenhard fuhr herum und entdeckte einen Hasen hinter sich.

„Ach, nur der Lampe“, sprach er unwillkürlich erleichtert.

Es war wie an jedem anderen Abend, den sie mit Hans Nickel im Freien verbracht hatten: Er schwatzte noch unruhig vor sich hin, als die Gefährten längst zum Schlafen in ihre Mäntel gewickelt lagen. Schließlich brachte die Finsternis auch ihn zum Verstummen.

Als Ursel erwachte, war es noch immer Nacht, doch Mondschein erhellte die Lichtung. Ein Schrei hatte sie aufgestört, klagend und mißlautend. Ihr Herz klopfte schmerzhaft vor Schreck. Sie hörte das Rufen erneut und weckte Lenhard:

„Vater, Vater, was ist das?“

Lenhard lauschte verschlafen. Im selben Augenblick erklang der Schrei zum dritten Mal, aus nächster Nähe.

„Eine Eule“, meinte er verwirrt, „ein Käuzchen“; er erbebte, „oder was -“ und sprang auf die Füße: „Leute! Wacht auf! Reiter!“

Da kamen sie schon mit donnerndem Hufschlag. Hans Nickel fuhr in die Höhe und flüchtete im Nu in den Wald hinein. Hede starrte entsetzt, Gilbrecht riß Severin empor. Zwei Reiter jagten ein Rudel schwarzer Hunde heran. Die Pilger rannten in alle Richtungen davon, aber die Weiber kamen nicht weit. In Todesangst spürte Ursel, wie etwas sie hinterrücks ansprang und niederwarf, spürte Läufe auf dem Rücken und Zähne im Nacken. Sie schrie wie eine Wahnsinnige. Ein kurzer Befehl seines Herrn, und der Hund zog sich zurück, ohne ihr die geringste Bewegung zu gestatten. Die Reiter saßen ab und kamen zu Ursel hinüber. Mit der Stiefelspitze drehte man sie auf den Rücken. Sie sah nichts als die Umrisse zweier großer Männer. Einer beugte sich nieder, warf ihren Rock hoch und riß mit einem Griff die Leibwäsche entzwei. Sie zitterte wie ein Tier vor dem Schlachter, ihre Beine entglitten ihm fast.

„Bitte nicht", flüsterte sie, „bitte, bitte!"

„Der Gulden!" Das war ihr Vater, dessen gequälter Ruf das Hecheln und Stampfen übertönte. „Gib ihnen den Gulden!"

In einem Aufflackern von Hoffnung zerfetzte sie ihren Ärmelsaum mit den Zähnen:

„Nehmt das, bitte, nehmt den Gulden!"

Die Männer lachten über das Weib, das nackt ihnen ausgeliefert noch für die Lust bezahlen wollte. Sie nahmen das Goldstück weg. Dann faßte ihr der erste zwischen die Beine. Er faßte in Blut. Ursel fühlte es auch. Es war wie ein Hammerschlag vor ihre Stirn. Der Mann fluchte und wischte sich angeekelt die Finger ab. Er sah ihren runden Bauch. Auf einmal stürzte Gilbrecht herbei, gleich dahinter Severin:

„Laßt sie!" keuchte Gilbrecht. „Im Namen des Herrn! In nomine Domini!" Dann kamen schon wieder Hunde. Doch das Ordensgewand war ein Schutz. Jedermann wußte, daß Geistliche sich an ihre Bischöfe und Äbte wandten, und solche Herren verfügten über Beziehungen, die räuberischen Rittern und Jägern gefährlich werden konnten. Zur Vergewaltigung hätte der Mut gereicht, nicht zum Mord. Immerhin hatten sie einen rheinischen Gulden erbeutet. Sie schwangen sich auf ihre Pferde, pfiffen der Meute und preschten davon.

Gilbrecht und Severin fielen neben der schluchzenden Ursel nieder. Als sie vernahmen, weshalb der Mann von ihr abgelassen hatte, wußten sie keinen Trost. Die Männer schleppten die Gefährtin aus dem Wald heraus und mußten Gott noch danken, daß sie ohne Hans Nickel überhaupt ins freie Land zurückfanden. Als es tagte, kam ein Bauer auf dem Ochsenkarren vorbei. Lateinisch und deutsch flehten sie ihn um Hilfe an und fragten nach Rocamadour. Er ließ sie in sein Gefährt einsteigen und holperte die Straße entlang. Ursel drückte sich stöhnend die Hände auf den Bauch.

Rocamadour war nicht mehr fern. Sie fuhren in eine Felsenschlucht, und ausgerechnet dort, wo die Treppen von gelbem Gestein am steilsten aufstiegen, hatte sich ein Bergdorf angesiedelt. Wie mit Fäden am Himmel befestigt hing es über der Talsohle.

„Rocamadour", beschied ihnen der Bauer.

Sie hatten kaum noch die Kraft, gebührend zu staunen. Jetzt waren sie wieder unter Menschen; gelangten in einen rührigen Wallfahrtsort mit den vertrauten Pilgern und Kaufläden. Der Bauer brachte sie zum Hospiz. Als der Pförtner die fünf erblickte, gespenstisch zerkratzt und zerbissen, rief er sogleich seine Brüder herbei. Ursel wurde in die Krankenstube geführt, sie durfte sich ausziehen und zu Bett legen. Eine Magd brachte warmes Wasser, und Hede, die mitgekommen war, half ihr beim Waschen. Sacht strich sie über den Leib, der sich immer noch prall und fest anfühlte.

„Hast du Wehenschmerz?"

Ursel schüttelte den Kopf.

„Aber das Blut", flüsterte sie.

„Hm." Hede nahm, was vom zerrissenen Unterzeug übriggeblieben war, und schaute sich die Flecken an. „Soviel Blut ist es nicht." Sie tastete wieder um Ursels Nabel. „Darf ich etwas fester drücken?" Ursel nickte. Hede griff zu. Und plötzlich zuckten beide zusammen: „Hast du das nicht bemerkt?" rief Hede. „Es bewegt sich! Es hat sich bewegt!" So war es. Ursel wiederholte wie im Fieber:

„Es bewegt sich. Ja. Ich merke es." Und unter Tränen: „Zum ersten Mal!"

„Dein Kind lebt und wird leben", sagte Hede.

Conques

Die Männer, die angstvoll im Hof gewartet hatten, konnten Hedes Botschaft kaum glauben.

„Guter Gott", sagte Severin.

Hede selbst war in den Arm gebissen worden, Lenhard in die Schulter, doch die schweren Mäntel hatten das Schlimmste abgehalten. Beide waren an Gesicht, Hals und Händen zerkratzt. Die Mönche sahen besser aus, denn Severin hatte als einziger seinen Wanderstab rechtzeitig ergreifen und sich damit zur Wehr setzen können. So waren er und Gilbrecht glimpflich davongekommen und schließlich Ursel zur Hilfe geeilt.

Das Hospiz zu Rocamadour unterstand einem Benediktinerkloster. Einer der Brüder trat heran. Überm schwarzen Habit trug er die graue Arbeitsschürze, ein Abbild von reinlichem Fleiß. Gilbrecht und Severin stellten sich ihm vor. Er wußte nicht, was er denken sollte. Seit wann zogen seine Ordensgenossen in der Welt umher, wie es die Bettelmönche taten? Dominikaner und Franziskaner durchstreiften das Land und fraßen den Stadtarmen die Almosen weg. Aber Sankt Benedikts Söhnen war dergleichen verboten.

Er hatte nicht die Erlaubnis, seine Neugier durch Fragen zu stillen. Darum verbeugte er sich vor ihnen, nachdrücklich schweigend, so daß Severin Neid empfand, denn er war schon ans ständige Reden gewöhnt. Der Mönch mit der Schürze geleitete die vier in einen Bettensaal und nahm ihnen die Kleider ab. Anschließend brachte er Krüge gesüßter Milch und helle Wecken. Weil sie wußten, daß der karge Benedikt solche Üppigkeit nur selten vergönnte, aßen sie dankbar. Der französische Bruder lächelte. Aufmerksam versorgte er ihre Wunden. Dann neigte er seine Wange zu den gefalteten Händen: Schlaft.

Lenhard hoffte, daß man für Ursel sorgen würde, wie es früher ihre Mutter getan hätte. Er dachte an Deutschland, das regenreiche Land, und wie er an manchen rauhen Abenden von der Werkstatt zurückgekehrt war und beide Kinder schon im Bett gelegen hatten, zugedeckt bis übers Kinn. Bei dem Anblick war ihm selbst warm geworden. Hier aber, unter Frankreichs heißer Sonne, fror es ihn.

Als in der Frühe des nächsten Morgens die Glocke zur Laudes ertönte, wollte Severin aufstehen, doch die Gastgeber winkten ihm ab. Er gehorchte der Weisung und blieb wie die anderen liegen. Zwei Mönche versorgten die Siechen; eine Magd sah nach Hede. Hinten im Saal keuchte jemand rasselnd in den letzten Zügen. Die französischen Brüder ließen einen ihrer Priester kommen, und versehen mit den Sterbesakramenten schloß der Todkranke die Augen. Noch vor dem Mittagsläuten wurde er ins Leintuch geschlagen hinausgetragen.

Sie waren gehalten, nach dem Essen nochmals zu schlafen, aber Lenhard fand keine Ruhe.

„Wie mag es Ursel gehen?“ fragte er Severin.

Severin flüsterte durchdringend, daß vielleicht Hede einen Erkundungsgang machen könnte. Aber von Hede war nicht einmal die Nasenspitze zu sehen. Alles mochte ihr genommen sein, nur nicht der tiefe, erholsame Schlaf. Während Gilbrecht nachdenklich zur Decke starrte, setzten Lenhard und Severin ihre Zwiesprache in zunehmend lauterem Ton fort. Gerade als der Schmied entschlossen die Beine aus dem Bett schwang, kam einer der Brüder herein. Fast wäre ihm ein Wörtlein entschlüpft, doch er beherrschte sich. Sein Zeigefinger wies den Schützling zurecht, der sich schuldbewußt duckte. Der Mönch prüfte erst Pulsschlag und Schulterverband und kehrte dann, als es nichts zu beanstanden gab, die Handflächen aufwärts zum Zeichen seiner Machtlosigkeit. Lenhard erhielt die gereinigten Kleider zurück.

„Frag ihn, ob ich meine Tochter sprechen darf", bat er Gilbrecht. Man hatte keine Einwände.

Ursel lag in einer weiß getünchten Kammer. Sie sah den Vater nicht an, als er eintrat.

„Wie geht es dir?" fragte er schüchtern, doch sie wandte sich von ihm ab.

Rocamadour war nur ein kleines Nest, aber so seltsam an die Felswand hingeklebt, daß dies allein Wallfahrer von nah und fern herbeilockte. Die Einwohner versäumten nicht, mit ihren Gästen gute Geschäfte zu machen. Sie verkauften alle Arten von Pilgerabzeichen und Amulette; besonders Gebetsschnüre aus Bernstein oder Koralle, die man den Kleinsten über die Wiege hängte: Das sollte das Zahnen erleichtern und böse Mächte abwehren. In Rocamadour verehrte man neben Amator, dem Namenspatron, noch ein berühmtes Marienbild in einem Kirchlein hoch über dem Tal. Wer dorthin wollte, mußte steile Treppen hinaufsteigen, aber niemand scheute die Anstrengung, manche rutschten sogar auf Knien über die Stufen.

Das taten die deutschen Pilger nicht, sie hatten ohnedies genug zu erdulden. Oben angelangt, fanden sie zunächst die Grabnische des Einsiedlers Amator. Reiche Frauen zogen Perlenringe von den gespreizten Fingern und warfen sie als Opfergabe hin. Die Deutschen hatten nicht einmal das Geld, um für Ursels Kind eine Koralle zu kaufen. Sie hofften also auf den Schutz der Muttergottes. In der dunklen Kapelle stand das Volk Kopf an Kopf. Severin bahnte einen Weg vor zum Altar und trat dabei achtlos auf bestickte Säume und Pelzschleppen. Unmut wurde laut, doch die Pilger hörten nicht hin, sondern hoben ihre Hände und beteten nach Kräften.

„Vielleicht war es die Gnade der Maria von Rocamadour, daß dein Enkel leben darf", sagte Severin zu Lenhard, als sie wieder den Rückweg antraten.

Der Schmied hob die Schultern. Ursel war nicht bei ihnen. Sie hatte sich geweigert aufzustehen und ihren Sinn nicht einmal der heiligen Jungfrau zuliebe geändert.

Ursel blieb fast eine ganze Woche unsichtbar. Die Mönche konnten es in der Obhut ihrer züchtigen Mitbrüder nicht wagen, die Gefährtin am Krankenbett zu besuchen, und den Vater wies sie ab, wechselte nur mit Hede ein paar Worte. Dank guter Kost und Pflege nahm sie zu und erschien eines Abends unvermutet im Hof.

„Du verstehst, daß wir bald fort müssen?“ fragte Lenhard. Als sie nickte, beschloß er, am nächsten Morgen aufzubrechen.

So geschah es. Sie wollten über Figeac nach Conques, und Lenhard versicherte, daß er sich mit dem Ablauf der Strecke ausgiebig bekannt gemacht habe. Alle waren die Heiterkeit und Rücksicht selbst, bis auf Ursel, der diese Bemühungen galten. Hede erzählte von den Mitteln ihrer Eltern, die bei bedrängten Kundinnen die tollsten Wirkungen gezeigt hätten, und nachher seien doch lauter vergnügte Schreihälse zur Welt gekommen. Ein Kind sei eben nicht so leicht zu vertreiben. Lenhard meinte, daß am Ende zum Glück keiner von ihnen mehr zu erleiden gehabt habe als ein paar Hundebisse. Severin riet, das Erlebnis einfach zu vergessen.

Da blieb Ursel stehen, griff nach Gilbrecht und schüttelte seinen Arm:

„Bist du taub? Hörst du nicht, wie sie mir zusetzen? Bring sie zum Schweigen, sonst sterbe ich!“ Sie erschraken, und Gilbrecht faßte sie ungeachtet fremder Blicke um die Hüften:

„Ursel, was ist denn?“

„Das fragst ausgerechnet du? Hast du nicht erfahren, wie es ist, wenn man den sicheren Tod überlebt? Ich soll vergessen! Hast du wohl Schmerz und Angst vergessen, oder hast du nicht immer noch Alpträume? Jetzt ist es meine

Angst und Verlassenheit und obendrein die des Kindes, das nicht weniger leidet als ich und dessen Pein ich in mir spüren muß!"

„Dein Kind ist sicher geborgen", wandte Hede begütigend ein, „es kennt noch keine Angst und Not."

„Was weißt du denn?" schrie Ursel zurück. „Du hast es Bankert und Bastard genannt; der Mönch hat gesagt, daß es ungebeten kommt, und so denkt ihr im stillen alle und wärt froh gewesen, wenn es in Blut und Schmach davongegangen wäre und ich mit ihm!"

Lenhard öffnete den Mund.

„Ursel", sprach er heiser, „bei Gott, ich gebe mein Leben für dich oder dein Kind."

„Du hast mir dies alles angetan! Ich habe dich beschworen, daß er böse ist, aber du bist ihm trotzdem gefolgt. Du hast uns ihm ausgeliefert, er hat das Verhängnis über uns gebracht. Mein Tod war es beinah, nicht deiner!"

„Das konnte ja niemand ahnen!"

„Ich habe es geahnt!" Und sie sank auf der Straße zusammen, flüsterte: „Ich habe es vom ersten Tag an gewußt, vom ersten Abend, als du gesagt hast, daß du gehen wirst, daß du das Haus verläßt, und auch da war dir mein Flehen einerlei."
Er fiel neben ihr nieder:

„Tochter, sei ruhig – wahrlich, mir liegt an keinem Menschen auf Erden wie an dir! Du bist mitgekommen, als ich dich losgeben wollte; du bist weitergegangen, als ich an Umkehr dachte, nun laß es uns in Gottesnamen vollenden. Was in meiner Macht steht, werde ich tun für dich und dein Kind, das wie mein eigenes ist."

Sie weinte laut, er schloß sie in die Arme, und sie kroch in ihn hinein.

Severin sagte schließlich, Ursel solle nicht alle Pfunde, die man ihr mühsam angemästet hatte, wieder herunterheulen. Lenhard stand auf und strich verlegen über seinen Mantel.

„Nimm du sie“, bat er Gilbrecht, ohne ihn anzuschauen. Gilbrecht reichte Ursel die Hand und half ihr hoch. Er stützte sie beim Gehen, und damit es nicht gar so seltsam aussah, gesellte Severin sich an Ursels andere Seite und trug den Wanderstab für sie. Hede ging stumm neben Lenhard.

„Bist du mir auch böse?“ fragte er plötzlich.

Sie zuckte zusammen.

„Weshalb?“

„Weil ich diesem Hans Nickel vertraut habe. Ursel hat ja recht, ich bin schuld an allem. Ich habe gewußt, was auf den Landstraßen Arges passiert, aber doch nicht gedacht, daß es uns treffen kann. Daß ich so einem auf den Leim gehe, der uns den nächsten Mordbuben ans Messer liefert!“

„Meinst du, das hat er?“

„Er allein ist unversehrt davongekommen! Warum sind die Hunde nicht hinter ihm hergewesen? Sie müssen ihn gekannt haben. Er hat gewußt, was uns blühte, nur hat er nicht sehen mögen, wie sie uns zerfleischen. Da ist er abgehauen; das war so ausgemacht, sonst wäre es ihm niemals gelungen.“

„Er kann rennen.“

„Schneller als diese Köter? Das glaubst du ja selber nicht.“

„Es war wohl seltsam, wie gern er im Freien geschlafen hat. Ich habe immer gedacht, daß das gefährlich ist. Aber ein paarmal ist er auch unser Freund gewesen.“ Severin hinter ihnen lachte auf.

„So einer ist niemandes Freund! Wer weiß, was er dem Pack geschuldet hat, mit dem er so emsig zugange war. Der verrät seine eigene Großmutter, um sich zu retten, und solche wie uns schon für einen Fischkopf.“

„Was gab es bei uns denn zu holen!“

„Es gab Weiber“, erwiderte Lenhard, „und sogar einen Gulden.“ Er räusperte sich. „Der ist nun auch verloren.“ Hede hob die Achseln.

„Ach was. Du hast im rechten Augenblick an diesen Gulden gedacht, das war vielleicht ihre Rettung. Wenn sie es auch nicht immer wahrhaben will, weiß sie doch sehr gut, was sie dir verdankt. Es ist ihr übel ergangen, aber deine Schuld war es nicht. Du sorgst für sie nach Kräften und noch dazu für uns andere drei."

„Sie ist die einzige, die mir geblieben ist."

„Ja, deshalb siehst du ihr soviel nach. Aber jetzt sei getrost, wir haben es überstanden, und auch deine Tochter wird dir bald wieder gewogen sein."

Lenhard blickte auf.

„Manchmal möchte ich meinen, du machst deine Späße mit mir." Sie lächelte zärtlich.

„Wie sonst soll man es mit dir aushalten? Komm, sei wieder der Bärbeißer, den mag ich lieber."

Er knurrte, und sie strich ihm vor den Augen der gestrengen Tochter über den Arm.

Ursel fühlte, was da im Schwange war. In Figeac lag sie wach in der Herberge und sprach mit der Mutter über Hede und deren Absichten auf den Schmied. Die Mutter redete vorsichtig:

„Wenn du dich doch verheiraten wirst? Wie kann man ihm verdenken, daß er nicht einsam bleiben mag? Er ist nicht dein Mann, also mußt du auch nicht an meiner Stelle eifern."

„Du hast selbst gesagt, daß sie ihn unglücklich macht!"

„Ach Ursel, ich wäre zufrieden, wenn ich dich glücklich sehen dürfte! Danke dem Herrn, daß er von dir noch einmal abgewendet hat, was du niemals verwunden hättest. Der Kanonikus hat nicht geahnt, wofür du seinen Gulden brauchen würdest. Ein Gulden nur für das Leben meiner Tochter. Ursel, du hast dein Kindlein. Sei fröhlich um seinetwillen. Der neben dir soll dir helfen."

Sie meinte Gilbrecht. Er hielt im Schlaf ihre Hand fest. Gilbrechts eigene Hand war schmal, gebräunt inzwischen, doch die Adern traten immer noch blau hervor. Welch lange Finger, und die Nägel trugen große weiße Monde! Es waren Herrenhände, für die Ursel keinen Vergleich fand. Selbst der Kanonikus, der auch aus ritterlichem Geschlecht stammte, hatte Daumen wie Petschaften. Gilbrecht sollte ihr Mann werden. Sie wollte ihm dankbar sein und seine Liebe als unverdientes Geschenk nehmen.

Zwei Tage später, an einem Samstag, erreichten die Pilger Conques, das hoch in einer waldigen Schlucht lag. Schweißgetränkt nach steilem Aufstieg kamen sie am Heiligtum der Märtyrerin Fides an. Fides war vor tausend Jahren für ihren Glauben gestorben, ein zwölfjähriges Jungfräulein, dem die Flammen des Scheiterhaufens auswichen. Erst ein gnadenloser Schwerthieb des Henkers brachte ihr den Tod.

Die Mönche von Conques hatten die Gebeine der Heiligen vor fünfhundert Jahren einer fremden Abtei entwendet. Der Diebstahl ging zum Guten aus, denn in Conques mit einem prächtigen Reliquiar versehen, wirkte Fides ungezählte Wunder. Sie machte ihr Kloster reich und berühmt; bedeutende Gelehrte verfaßten Bücher über sie. Die Pilger hofften also auf wirksame Fürsprache. Lenhard war allerdings so stark mit den Notwendigkeiten des Reisens befaßt, daß er die gebührende Andacht vermissen ließ. Er erklärte:

„Bevor wir beten, kümmern wir uns um die Unterkunft. Seht euch die ganzen Leute an, wo wollen sie die alle unterbringen? Wir suchen zuerst das Kloster."

Das Dorf war klein, die Kirche Sainte-Foy jedoch groß, und so hatten sie das Kluniazenserpriorat dahinter bald gefunden. Ursel bemerkte:

„Die meisten gehen in die andere Richtung."

„Ja, zur Kirche. Nachher."

An der Klosterpforte lauerte ein kriegerischer Türhüter, der gleich aufsprang, als sie vorbeiwollten:

„Non, non!"

„Was hat unser guter Bruder?“ fragte Severin.

Der Türhüter bemerkte, daß auch zwei Mönche auf Einlaß warteten. Das machte die Sache nicht einfacher. Mit finsterem Blick verließ er seine Nische.

„Deo gratias. Dominus tecum“, begrüßte Gilbrecht ihn freundlich.

„Et vobiscum“, er beugte ungeduldig den Kopf. Dann ließ er die Mönche ein. Die andern trieb er mit ausgebreiteten Armen vor sich her. Sie wußten nicht, was sie von dieser Behandlung denken sollten, und Lenhard erwog schon den Gegenangriff:

„Was redet der da? Ecclesia, ecclesiam, alle Zwölfboten, ich kann kein Latein!“

„Vielleicht lassen sie keinen rein, der nicht erst in der Kirche war“, vermutete Hede ratlos. „Tun wir ihm den Gefallen.“

Es blieb ihnen gar nichts weiter übrig, wenn sie nicht wie Hühner über die Gasse gescheucht werden wollten. Sie mischten sich unter die Menschenmenge, die auf das Hauptportal zuschob, zwei hohe Türen von drohender Schwärze in der Kirchenwand. Es ging nur langsam voran, und die Abendsonne schien ihnen in den Nacken. Ursel nahm den Hut ab und legte ihren Kopf zurück. Da sah sie das jüngste Gericht über sich.

Der Anblick ließ sie erstarren. Christus thronte im Strahlenkranz, die Rechte erhoben, die Linke gesenkt. Hier, im Westen der Welt, an der Schwelle zur Dunkelheit, standen Himmel und Hölle offen, Engel und Teufel waren versammelt. Die verlorenen Seelen mußten ein gräßliches Maul hinab; die Seligen empfing Christus mit seinem Segen. Es waren aber so viele, die von Entsetzen gepackt sich dem Abgrund bestimmt sahen, daß die Gläubigen unten erschauerten. Nackt würden alle den Gräbern entsteigen und selbst die Pilger in Pein. Sie flehten zu Gottes Heiligen: „Rettet unsere armen Seelen!“

Die steinernen Figuren des Tympanons blieben unbewegt. Sie erhoben sich über der gemeißelten Warnung: „O peccatores transmutetis nisi mores iudicium durum vobis scitote futurum." Das verstand Ursel nicht, entzifferte es nur mit bebenden Lippen.

„Warum ist Gilbrecht nicht da?"

„Hier bin ich doch", ertönte seine vertraute Stimme. „Was hast du? Ist dir nicht gut?"

Sie deutete stumm hinauf. Er betrachtete das reich bevölkerte Bogenfeld.

„Ein fleißiger Bildhauer, zweifellos. Sie haben uns eigens vom Kloster noch einmal herübergeschickt, damit wir uns umsehen."

„Gilbrecht, was heißt das auf deutsch?"

„O peccatores – o Sünder, wandelt ihr eure Sitten nicht, ist euch ein hartes Gericht zukünftig bestimmt."

„Hast du keine Angst?"

„Nein." Er lächelte. „Nicht in diesem Augenblick. Wir wollten euch sagen, daß ihr in der Kirche schlafen müßt. Die weltlichen Pilger bleiben alle dort. Es gibt sonst keine Herberge."

„In der Kirche?" Und wieder klang sie so bang, daß es ihn ans Herz rührte. Er legte ihr den Arm um die Schultern.

„Komm. Noch ist nicht Nacht. Wir suchen einen schöneren Ort." Sie fanden ihn abseits von Dorf und Kirche hinter Schlehen und Brombeerhecken, die Frucht ansetzten. „Hörst du die Heimchen?" fragte Gilbrecht.

Sie nickte und sprach nicht. Als er sie festhielt, spürte er, daß er unterdessen zum Stärkeren von beiden geworden war. Er fühlte sich nicht frei, doch war freier als sie, und was er an Kraft gewann, das büßte sie ein. „Es reicht ja, wenn wenigstens einer von uns keine Angst hat", sagte er.

Sie versteckte ihr Gesicht an seiner Brust.

Moissac

Ehe die Nacht hereinbrach, mußten sie zurück nach Conques. Am Kirchenportal lehnte Severin:

„Wo wart ihr?" fragte er ärgerlich, „irgendwann wird man euch noch aussperren!" Trotzdem hatte er auf Gilbrecht gewartet, damit die Mönche ohne Argwohn zu wecken gemeinsam ins Kloster zurückkehren konnten.

Ursel trat vorsichtig in die Kirche. Drinnen war es dunkel, nur auf den Fenstern lag noch ein matter Schein. Aber überall wisperte es, daß die steinernen Wände widerhallten, und manchmal stieg ein geisterhaftes Lachen zur Weite der Wölbung hinauf. Das waren die Stimmen der Pilger. Sie hatten sich auf dem Steinboden ausgebreitet mit nichts als ihren Mänteln und Taschen zur Bequemlichkeit. Ursel setzte einen Fuß vor den andern:

„Vater?" rief sie halblaut und tastete sich voran. Schon sah sie den goldenen Schimmer des Heiligenstandbilds in der Mitte der Vierung, da endlich kam eine Antwort:

„Ursel! Hier!"

Hede und Lenhard hockten im Seitenschiff.

„In der düstersten Ecke!"

„Riechst du den Fäulnisgestank, wo die Kranken sich um Fides drängen?" gab Lenhard heftig zurück.

Ursel schwieg. Warum lag sie nicht draußen bei Gilbrecht in der Sommernacht? Warum ging er zurück ins Kloster und sie in diese Gruft? Sie wandte sich ab und sah noch, wie Hede an Lenhard geschmiegt einschlief.

Am nächsten Morgen waren die Pilger längst wach, als der Sakristan erschien, um einige Kerzen anzuzünden. Bald folgten die Mönche zur Laudes und hielten anschließend Meßfeier. Severin und Gilbrecht nahmen als Gäste ehrenvolle Plätze ein.

Es war der achte Sonntag nach Pfingsten, aber Gilbrecht hörte nicht die Mahnungen des Römerbriefs, die in der Schriftlesung vorgetragen wurden. Er kannte seine Schuld ohnedies nur zu gut. Er, der als Mönch den Ehestand anstrebte, tötete nicht sein Fleisch um des Geistes willen. Ganz zu schweigen von den Jahren in Laach, als er sich weit Schlimmeres hätte vorwerfen können. Doch in Severins Nähe waren alle Gewissenszweifel beschwichtigt worden. Im Gefühl ihrer Erwähltheit hatten sie gerne geglaubt, daß sie unterm Dach des klösterlichen Friedens einander Freund so gut wie Bruder sein durften.

Bis zum Ausbruch der Schrecken unter demselben Dach; bis zu Gilbrechts Sprung und dem Tag, als Severin den knapp Erretteten wiedersah. Da war der ältere Mönch niedergestürzt am Krankenbett und hatte in seiner Not kaum Worte gefunden:

„War es wegen uns? Wegen uns?"

Und Gilbrecht, der keine Zuflucht wußte als bei diesem einen Menschen, beteuerte:

„Du bist der einzige, der mich am Leben hält."

In Wahrheit hatte Severin ihn im Kloster gehalten. Das Verlangen, das auf Costins Nachricht erwacht war, hätte sich stillen lassen. Viele verließen den Orden aus geringerem Anlaß. Aber Gilbrecht war an einen andern stärker gebunden als an seinen Gott. Als die beiden Sehnsüchte in ihm zu ringen begannen, kam das Leiden über ihn. Blind für den Kampf in sich selbst, hatte er bloß die Angst gespürt, zerrissen zu werden, und wäre beinah dem Abgrund anheimgefallen. Ein Ausweg fand sich in der gemeinsamen Flucht aus dem Kloster, die sie auf Geheiß ihres Abtes als Pilgerschaft bezeichneten. Severin hatte die Fahrt sehr ernst genommen und Abkehr von allen Sünden gelobt. Doch für Gilbrecht sprach diese Wandlung nur von Untreue und Verrat, und so war sein Kummer immer größer geworden. Erst, als er Ursel begegnete, änderte sich das. Er faßte Hoffnung, daß er vielleicht von Severin scheiden könne, ohne daran zu sterben. Vielleicht verwand mit Gottes Hilfe auch Severin die Trennung. Gott war großmütig. Statt Vergeltung zu üben, hatte er Ursel gesandt. Gilbrecht wußte, daß er nur an ihrer Hand aufrecht gehen konnte. Er wollte sich sein Recht auf sie redlich verdienen. Und die beiden alten Männer waren dem Ende näher als er.

Am Montag brachen sie auf und nahmen von Conques an eine der großen Pilgerstraßen zu den Pyrenäen, nämlich die Via Podensis. Es hatte ihnen gefallen bei der heiligen Fides, denn das Essen war gut gewesen, wenn auch das Lager hart. Sie waren auf dem Weg nach Südwesten, und die Hügel verebbten allmählich. Die Straße führte wieder über Dörfer, und ringsum breiteten sich Kornfelder aus, kahl oder garbengeschmückt. In Deutschland reiften nun Pfirsiche und Zwetschen.

Zu Hause dachte man, wenn der August erst nahte, an den Herbst mit Rebschnitt und Kelterei, an die letzten Feiern beim neuen Wein und dem berauschend süßen Most der Obstbäume. Keine Fastenzeit hemmte und kein Frost. Dann aber kam der Winter doch in Kälte und Dunkelheit, und die Menschen mieden Gassen und Plätze, bis selbst die Brunnen verwaist lagen. Die Männer hackten vor dem Morgengrauen Holz, die Weiber schafften sich ab damit. Heil und Segen dem Bären, dem Igel, die diese Jahreszeit verschliefen. Der Winter war reich an Entbehrungen. Davon wußten die Hiesigen nichts. Hier schien die Sonne hell und doch nicht so heiß, daß sie das Land verwüstete. Über manche Gegenden der Welt hielt der Herr seine schützende Hand.

„Möchtet ihr lieber hier geboren sein?“ fragte Gilbrecht.

„Von hier aus ist es nicht so weit bis Sankt Jakob“, schnaufte der Schmied.

Ursel lächelte.

„Gilbrecht jedenfalls sehnt sich jeden Tag zurück nach Köln, nicht wahr?“

Severin antwortete für den Konfrater:

„Das ist nur das Köln seiner Träume. Fünfzehn Jahre hat er in der Einsamkeit der Eifelwälder zugebracht. Dahinter verblaßt die Erinnerung.“

„Der arme Kerl“, mit Lenhard ging die Entrüstung durch, „da kann jedem Angst werden in solcher Abgeschiedenheit!“

„Im Kloster herrschen nicht Verzweiflung und Widerwillen. Der Wald ist einsam, wir sind es nicht. Wir leben füreinander, und unter uns darf wachsen, was sonst in der Welt zertreten wird. Wir hören, was ihr nicht hört, und fühlen, was ihr nicht fühlt. Wir sind das Gefäß unseres Gottes.“

Gilbrecht schaute Severin an.

„Und wenn Laach der Traum war? Ich glaube es gar. Ich sehe die Städte, denen wir jetzt begegnen, und Köln scheint mir zum Greifen nah. Aber Laach war eine seltsame Heimat. Die Berge und der See, der nie zufriert, das glitzernde Gestein auf den Wegen. Es war wohl niemals Menschen zugedacht.“

„Welche Wesen du auch im Sinn haben magst; du warst gut aufgehoben dort, mein Gilbrecht.“ Der Jüngere erschrak bei der Anrede.

Am Mittwoch, dem 25. Tag im Juli, begingen sie das Fest Sankt Jakobs des Älteren. Sie suchten eine Kapelle und drängten sich mit den Bauern im Gottedienst. Das Landvolk behandelte die Wallfahrer respektvoll.

Am Donnerstag erreichten sie Cahors. Das war eine Stadt mit vielen Schenken und Badergeschäften, die den Gästen fragwürdige Wohltaten verhießen. Hede warf Lenhard einen Blick zu und eilte schnell voraus zum Hospiz. Sie war mit Ursel einig, daß man an diesem Ort nicht lange bleiben sollte. Also ging es am nächsten Morgen weiter. Zum Frühstück gab es bloß Gerstenbrei, da fiel auch den Männern der Abschied leicht.

„Auf", befahl Lenhard, „über den Fluß und fort."

Die Pilger zogen vor die Mauern und gelangten zum Fluß Lot mit seinen Booten, Mühlen und einer großen Brücke, die von Karren und Reittieren völlig verkeilt war. Am Brückentor verlangten zwei Wächter Maut, aber als sie die abgerissenen Deutschen sahen, winkten sie ab. Pilger hatten ohnehin freien Durchlaß.

Auf der Brücke boten Fischer ihren Morgenfang an: Aale, Barsche, Zander und Äschen. Da am Freitag und Samstag viel Fisch verzehrt wurde, hatten sich alle Hausfrauen aufgemacht, um ihre Wahl zu treffen. Ein lautes Feilschen war im Gang, das nur vom erbitterten Gebrüll der Bauern und Fuhrleute übertönt wurde, die auf dem Weg in die Stadt nicht vorwärtskamen. Den Pilgern machte das Gedränge Spaß, wenn auch Severin wieder von all den herrlichen Pasteten anfing, die er entbehren mußte. Sie hörten ihm schmunzelnd zu, als Lenhard auf einmal erstarrte:

„Da vorn! Ist das nicht Hans Nickel?"

Sie folgten seinem ausgestreckten Zeigefinger, und wirklich ging dort jemand mit etlichen Pilgerabzeichen am Hut. Lenhard rannte los, die andern hasteten hinterher:

„Was willst du tun?" keuchte Hede.

Er antwortete nicht, sondern stieß mit dem Pilgerstab um sich, doch als sie endlich auf fünf Schritt herangerückt waren, rief Gilbrecht:

„Halt! Das ist nicht Hans Nickel, der da ist blond!"

Lenhard erkannte seinen Irrtum.

„Verwünscht", schalt er wütend.

„Nun", besänftigte Severin, „du hättest ihn sowieso nicht auf offener Brücke erschlagen können."

„Ich sage dir, den laß ich ins Gras beißen, ganz gleich, wo ich ihn treffe, und wenn es erst vorm heiligen Jakob selbst ist!"

Severin betete kopfschüttelnd für das sündhafte Völkchen, mit dem er auf Fahrt war.

Als sie auf der Straße angelangt waren, atmeten sie auf. Severin erläuterte, was er unter maßvoller, doch vielfältiger Kost verstand, und Ursel übte sich kichernd mit Gilbrecht im Gleichschritt. Nur Lenhard ballte noch die Fäuste vor Groll, bis Hede ihn ansprach:

„Willst du nicht lieber dankbar sein, daß dir die Sünde des Totschlags erspart geblieben ist?“

„Wenn du es Mord nennst, bringt mich das auch nicht ab. Er hat den Tod verdient für das, was er uns antun wollte. Und ehe er weiter ungeschoren herumläuft, werde ich mich seiner annehmen.“

„Lenhard“, ihre Stimme verriet, daß sie mit ihm fühlte, obwohl sie anders dachte: „Wir sind Christenmenschen und überdies einfache Leute. Urteil und Fehde stehen uns nicht zu.“

„Ich bin Schwertfegermeister und vermag mehr als manch ein Junker, der bei mir kauft. Das wird er zu spüren kriegen.“

„Du bist ein Starrkopf, der blindlings ins Unglück rennt!“ rief Hede. „Weißt du nicht, daß sie dich dafür aufknüpfen?“

„Und weißt du nicht, daß man der Rache das Maul stopfen muß, wenn man nicht selber ihr Fraß werden will? Du mußt es wissen, du bist doch von Rachsucht ganz zerrüttet!“

„Ich?“

„Ja, der Geselle damals, der dir das Kind gemacht hat, brennst du nicht im Innern immer noch vor Haß auf ihn?“

„Wenn ich ihn hasse, habe ich Grund dazu. Hans Nickel! Wir können nicht einmal sicher sein, ob er uns wirklich ausgeliefert hat!“

„Nein? Weil es nur meine Tochter war, die beinah draufgegangen ist? Die zählt natürlich nicht so viel wie dein Sohn.“

„Davon ist gar keine Rede! Ach“, Hede stampfte mit dem Fuß auf, „du bist jetzt zornig, und ich soll für einen Streit herhalten. Dazu ist dir jedes Mittel recht, deshalb fängst du von dem Gesellen an, den ich zum ersten Mal in meinem Leben fast vergessen hatte. Mach weiter, dann steht mein Sohn wieder vor mir, wie er groß und schön gewachsen war und voller Hoffnung trotz aller Widrigkeit! Und wie sie ihn mir gebracht haben zuletzt, mit zerhauenem Schädel. Mein Gott, dein Kind lebt! Meines ist tot!“

„Was kann der Geselle dafür?“

„Ist das so schwer zu verstehen? Ich habe nicht mit ihm geschlafen, weil es mir eine Ehre war. Ich habe gedacht, ihm liegt an mir; ich dachte, er nimmt mich zur Ehe. Ich liebte ihn. Ich wollte, daß mein Sohn im Haus eines biederen Handwerkers zur Welt kommt. Dann hätte er schmieden gelernt und wäre unter seinesgleichen aufgewachsen, nicht vor den Mauern der Stadt. Er wäre nicht schlechter gewesen als alle andern. Sie hätten ihn nicht erschlagen.“

„Du hast gedacht, daß er dich heiratet?“

„Ja.“

„Hat er das gesagt? Hat er Arbeit gehabt, um euch zwei zu ernähren?“

„Nun, er schaffte bei einem Meister in Andernach, war eben auf Wanderschaft in die Stadt gekommen.“

„So dürfen in Andernach die Gesellen heiraten?“

„Gewöhnlich nicht, doch wenn sich ein Kind ankündigt, macht das einen Unterschied.“

„Gewiß. Dann bleibst du ein ewiger Geselle und rackerst dich für Weib und Kinder ab. Bestimmt war Ehrgeiz ihm fremd, sonst hättest du ja nicht hoffen können, daß er dich nimmt, die Tochter eines dürftigen Kräutersammlers. Oder wie stand es um deine Mitgift?“

„Ich hatte keinen Pfennig. Aber strebsam war ich und gescheit, genau wie er. Ich dachte, gemeinsam kommen wir voran, auch wenn zu Anfang kein Geld da ist.“

„Wie denn, ohne Heirat und Erbe? Nun ja, du hast gedacht, er wird sich abfinden mit dem Gesellentum. Und damit du deiner Sache sicher sein konntest, hast du ihm einen Zauber ins Bier gemischt. Hast ein Sprüchlein aufgesagt, und so mußte er dich freilich lieben."

„Das hat er auch schon vorher! Bei allem Ehrgeiz war er nämlich hinter meinen hellen Haaren her, und ich war mal hübsch, glaub mir!"

„Will's glauben, muß wohl. Aber paß nur auf, sonst zerfrißt dir der Haß das Gesicht, und die Wallfahrt gibt dir den Rest. Wieviel von der Schuld des Gesellen geht auf deine eigene Rechnung? Ich möchte wissen, ob du ihm das Kind nicht angehängt hast in der Meinung, wenn ich erst schwanger bin, verläßt er mich sicher nicht. Nur schlug es leider fehl."

Die Tränen liefen ihr über die Wangen:

„Warum bewirfst du mich mit Dreck? Willst du zeigen, daß du noch schlimmer bist als er?" Sie war so außer sich, daß die Mönche sie rechts und links anpackten: „Na, na! Die ganze Geschichte ist längst vergangen, was läßt du dich von Lenhards losen Reden ärgern?"

„Warum bist du so zu mir? Ich dachte, du wärst mein Freund", flüsterte Hede.

Lenhard setzte zu einer Antwort an, da kam ihm Ursel zuvor:

„Unser Altgeselle hatte auch ein Kind auf den Weg gebracht und sollte nicht heiraten dürfen. Aber der Vater nahm ihn als Teilhaber ins Geschäft, und so ließ die Zunft die Ehe zu."

„Siehst du", meinte Severin, „es gibt noch Anstand unter den Schwertfegern."

Hede schneuzte sich.

„Ich sage ja nicht, daß einer wie der andere ist." Sie sah Lenhard an. „Er hieß Lux Klein. Hast du den je gekannt?"

„Bin ihm nie begegnet", entgegnete er kurz. Alle merkten, daß er den Streit satt hatte. Severin zog den Schlußstrich: „Deutschland ist groß, und Schwertfeger gibt's ohnehin zu viele." Lenhard warf ihm einen grimmigen Blick zu. „Ich meine, seit man Büchsen macht", ergänzte rasch der Mönch.

In dieser Nacht fanden sie nur eine alte Scheune als Behausung. Hede, die zuletzt immer in Lenhards Nähe gelegen hatte, ging jetzt beiseite. Die Männer schliefen bald ein, doch Hede blieb ganz gegen ihre Gewohnheit wach. Ursel hörte schließlich unterdrücktes Schluchzen. Von der Mutter erinnert, was Hede in Rocamadour für Ursel getan hatte, erhob sie sich.

„Hede? Heulst du?"

Ein Wimmern:

„Laß mich in Ruhe."

„Ich tue dir ja nichts. Denkst du an deinen Sohn?"

„Ich denke an deinen Vater. Er weiß doch, ich will ihm nur gut; wie kann er so zu mir sein?"

„Ach, das ist nur sein Mundwerk. Er meint es nicht böse."

„Er weiß nicht, was es heißt, allein unter Menschen zu stehen; weiß nicht, wie schlecht man dann ist! Rechtlos und namenlos; keiner, den dein Tod bekümmern muß. Ich bin so oft mißhandelt worden, und jetzt will sogar er sich an mir schadlos halten."

„Ich sage dir, er weiß genau, was es heißt, allein zu sein. Er ist auch allein nach Frankfurt gekommen, ohne einen Pfennig, mit nichts als der Schwertfegerkunst. Meine Mutter hat erzählt", fuhr sie fort, weil Hede plötzlich aufhörte zu weinen, „als mein Vater sich bei dem ihren zum Gesellen andingte, da hatte er keinen Zunftbrief dabei und nicht einmal den Ausweis über seinen Namen. Er wollte alles verloren haben. Nun, wir wissen jetzt Bescheid über die Räubereien auf Landstraßen."

„Glaubst du wirklich, daß man ihn bestohlen hat?"

Ursel zuckte die Achseln:

„Mag sein. Meine Mutter meinte, daß er nicht im Einvernehmen aus der Heimat geschieden ist. Er hätte schweren Streit mit seinem Meister im Münsterland gehabt, und ist deshalb als freier Geselle ein zweites Mal auf Wanderschaft gegangen. So kam er auch an den Main, in die Werkstatt meines Großvaters. Und es erwies sich, daß der fremde Geselle tüchtig im Handwerk war, obwohl er keinen Brief vom Lehrmeister besaß. Wer weiß, was darin gestanden hatte!"

„Ein übles Zeugnis würde dein Vater eigenhändig zerfetzt haben."

„Allerdings. Nun, er kannte die Sitten und Zunftbräuche, darum haben sie ihn dann als einen der Ihren aufgenommen."

„Weißt du, weshalb er sich mit seinem Meister überworfen hat?"

„Nein. Die Frankfurter wollten es gern herausfinden. Mein Großvater zog im Reich Erkundigungen ein. Aber nie kam Klage über den Lenhard Grosser, nicht einmal aus dem Münsterland."

„Dein Großvater muß ihn bald geschätzt haben. Immerhin hat er dem hergereisten Habenichts die Tochter gegeben."

„Nun", Ursel lächelte, „meine Mutter hat den Habenichts schätzen gelernt. Und auf einmal war ich unterwegs. Als die zwei um die Erlaubnis zur Heirat baten, blieb dem Großvater gar nichts anderes übrig."

„Dein Vater hat sogar die Werkstatt bekommen. Waren keine Söhne im Haus?"

„Nein. Noch zwei jüngere Töchter, die sich anderweitig versprochen haben. Die Werkstatt war die Mitgift meiner Mutter, die Schwestern hatten ihr eigenes Hochzeitsgut. Nun", Ursel seufzte, „ich kannte die Muhmen kaum. Sind jung gestorben."

„Und so ist dein Vater Meister geworden."

„Ja, durch das Gut meiner Mutter. Aber er hat dem Großvater Seelenruhe verschafft, denn kein Schwiegersohn würde mehr aus der Frankfurter Werkstatt gemacht haben als er. Des Vaters Schwerter werden weit und breit gerühmt; sein Damaszenerstahl und seine Blaumalerei."

„Daß auch Lenhard Grosser arm gewesen ist", sprach Hede vor sich hin. „Aber es geht wohl niemand auf Pilgerschaft, der sich sein Lebtag hinter dem Stadtwall verborgen hat. Diese Unrast befällt dich nur, wenn du einmal arm warst oder ausgestoßen oder sonst ums Dasein gebangt hast."

Ursel war nie arm oder ausgestoßen gewesen und hätte solch ein Schicksal auch nicht ertragen. Fröstelnd rückte sie wieder zu Gilbrecht hinüber, vergewisserte sich der Zuneigung ihrer Mutter und fiel in Schlaf.

Hede merkte es. In der finsteren Scheune schlüpfte sie lautlos neben Lenhard. Sein Leib war trotz allen Fastens noch massig, seine breite Brust hob und senkte sich. Sie legte ihre Hände auf ihn, um an ihm teilzuhaben. Hede fühlte, daß ihr in Lenhard Grosser der Mann begegnet war, den sie ein Leben lang gesucht hatte. Er war fest und treu und schützte sie, als müßte er die Untat des Zunftgenossen gutmachen. Lenhard, der sein Eheweib ehrlich gehalten hatte und der seine Tochter niemals schlug, obwohl sie von Eigensinn strotzte. Wenn man neben ihm an der eigenen Schwelle saß als seine Hausfrau! Hede war nie ehrbare Bürgerin gewesen. Sie stellte sich vor, wie viele Leute beim Kirchgang das Schwertfegerpaar grüßen mußten. Sie dankte der verrückten Bürgermeisterin, von der sie die Buchstaben gelernt hatte. So würde sie für Lenhard keine Schande sein. Zwar konnte sie nur langsam lesen, doch in Hof und Garten war sie umso kundiger. Unter ihren Händen gediehen Blumen und Kräuter, Menschen und Vieh. Ihre Speisen schmeckten angenehm. Wie sie den Sohn aufgezogen hatte, so wollte sie Lenhards Volk gesund halten. Ihr Sohn war stark gewesen, wohlgestaltet und klug. Krankheit hatte er nicht gekannt. Um seinetwillen hätte Hede fast dem Vater vergeben – bis der Schlag des Pöbels traf. Aber wenn Hede recht hinschaute, fand sie ihren Haß bleichen. Es fehlte nur ein Wort von Lenhard, und sie hätte alles verzeihen können.

Am Sonntag gelangten sie nach Moissac mit seiner großen Benediktinerabtei. Der Gottessohn thronte über der Pforte inmitten alter Männer und vier Fabelwesen. Die Mönche sagten, dies seien gemeißelte Worte der Offenbarung.

Nach außen gaben die geistlichen Herren sich selbstsicher, doch später fand Hede den jüngeren, wie er ein Bildnis in der Seitenwand anstarrte: An den schlaffen Brüsten eines Weibes tranken Schlangen und wanden sich um die brechenden Glieder. Dem steinernen Teufel daneben gefiel die verkörperte Qual, er grinste geil. Gilbrecht flüsterte angeekelt:

„Was soll das!"

„So wird Lüsternheit bestraft", erklärte Hede mit Nachdruck.

Gilbrecht nickte. Er wußte es. Und die Höllenpein währte ewig: Er dachte sich einen Sandberg hoch wie das Weltall und davon fortgetragen alle tausend Jahre ein Körnchen, so mußte doch zu irgendeiner Zeit der Berg abnehmen. Die Höllenpein nahm aber niemals ab. Und hätten die armen Seelen hoffen dürfen, daß ihre Marter nicht länger andauern würde als jener Berg von Sand, so wäre lauter Jubel aus der Tiefe erschallt. Den Brüdern von Moissac mochte die Klosterzucht leicht werden angesichts solcher Bilder aus dem teuflischen Betrieb. Nur Gilbrecht von Aducht zog keinen Rat daraus. Er mußte weiter glauben, daß er Vergebung gefunden hatte. Er mußte dem neuen Weg vertrauen. Eines Tages wollte er alles beichten.

Hede betrachtete ihn, verbarg ihr sieghaftes Lächeln. Stolz übermannte sie, daß sie sich ihrer Liebe nicht zu schämen brauchte.

St.-Jean-Pied-de-Port

Am Montag verließen sie die Abtei von Moissac. Bei ihrem Aufbruch strahlte der Himmel noch blau, aber mittags kam Regen auf. Die Straße wurde zur Schlammflut, und wer eben konnte, kehrte in der nächsten Herberge ein. Sofort verlangten die Wirte doppelte Preise. Die Pilger beruhigten sich damit, daß das Wetter bald wieder umschlagen würde, und liefen weiter, doch ihre Hoffnung trog. Abends goß es immer noch in Strömen. Alle Gasthöfe am Weg waren überfüllt, und so wollte man die ärmlichen Wanderer nirgends einlassen. Sie wurden schon an der Tür vom Hausknecht grob abgewiesen. Lenhard merkte, daß Ursel mit den Tränen kämpfte.

„Wir finden einen Stall!"

Der einzige Stall weit und breit war mit Latten verrammelt. Severin schüttelte den Kopf:

„Da sind wir in all den großen Städten gewesen, aber der Regen erwischt uns prompt auf dem Land!" Wütend verjagte er einen Frosch, der wahnwitzigerweise die Straße überquerte. „Jetzt nehme ich das in die Hände."

Doch auch beim nächsten Gehöft wachte am Eingang ein Kerl, der sich von Severin leider nicht beeindrucken ließ. Der Mönch stapfte mit angewinkelten Armen heran und wollte seinen Gegner durch einen knappen Wink verscheuchen. Das mißlang. Severin bekam vielmehr solch einen Stoß versetzt, daß er fast auf der Kehrseite gelandet wäre. Er geriet in Wut.

„Gehst du weg, du Schurke, siehst du nicht, daß Hilfe nottut?" Anklagend wies er auf Ursels Bauch: „So wie unsere liebe Frau in Bethlehem von der Schwelle gestoßen wurde, so wollt auch ihr euch versündigen!"

„Hoho", brummte Lenhard.

Dem Burschen jedoch ging bei Ursels Anblick auf, welchen Vergleich der Mönch gezogen haben mochte. Ihm wurde sichtlich unbehaglich. Er schürzte die Lippen und machte eine halbwegs höfliche Geste, leider in die falsche Richtung. Widerwillig folgten sie ihm. Er deutete die Straße hinauf und anschließend nach links.

„Offenbar sollen wir ein Stück geradeaus und dann abbiegen", verstand Lenhard. „Etwas abseits sind die Unterkünfte sicher billiger." Verstimmt dankten sie für den Hinweis. Es regnete stärker. Das Wasser lief ihnen von der Hutkrempe in den Kragen. Lenhard hielt Ausschau und sah endlich einen Pflock aus der Erde ragen:

„Da vorn biegt der Pfad ab!" Sie beschleunigten ihren Schritt.

„Ob ein Dorf kommt?" Sie rannten fast.

„Nicht so schnell", keuchte Hede, aber Lenhard riß sie voran: „Denk an die warme Stube!" – „Ein Dorf, seht ihr die Dächer?" – „Da vorn, ja!" – „Fall nicht, Ursel, fall nicht!"

Heftig atmend erreichten sie die Grenzsteine:

„Wir sind da!" Gilbrecht schob die Kapuze ein Stück zurück: „Nur sind wir die einzigen."

Sie schauten sich ungläubig um. Zerbrochene Zäune lagen im Gras; das Stroh auf den Dächern war verrottet und ließ durch große Lücken die Balken sehen. Scheunen und Verschläge standen leer; kein Mensch, kein Vieh und sogar das Türmchen der Kapelle geborsten.

„Alles verlassen", erkannte Lenhard zuletzt. „Den Gasthof können wir abschreiben."

„Wahrscheinlich hat der Mensch gemeint, daß wir in einem dieser Häuser unterkriechen sollen", sagte Severin. „Besser als nichts."

Das Dorf war ihnen unheimlich, doch sie hatten keine Wahl. Sie gingen in die nächstbeste Hütte und ließen sich in Schmutz und Staub nieder. Ihr Oberzeug wog schwer vor Nässe, und die Kleidung darunter war klamm.

„Wir können die Mäntel zum Trocknen aufhängen. Aber dann wird uns heute nacht kalt", meinte Hede besorgt.

„Also zusammenrücken", befahl der Schmied.

Am nächsten Morgen erwachten sie, weil Hede draußen rief: „Kommt und seht euch das an!“

Sie wankten ins Freie. Der Himmel war noch grau, das Gras feucht, aber es regnete nicht mehr. Hede tanzte herum: „Ja, seht ihr nicht die roten und gelben Pflaumen? Bückt euch, bückt euch!“

Wirklich stand der Garten voller Obstbäume, und der Nachtsturm hatte die schönsten Früchte herabgeworfen. Sie sammelten den Segen auf und aßen gierig, weil sie solange nichts Süßes bekommen hatten. Bis Severin sich stöhnend aufrichtete:

„Und das auf nüchternen Magen. Wir werden mächtig Durchfall kriegen.“

„Soll gesund sein.“

Hede rieb sich den Bauch.

„Wohl kaum. Aber was hilft es, unser Brot hat schon gestern abend nicht gereicht.“

„Vielleicht sind Felder in der Umgebung, wo wir ein bißchen reifes Korn finden“, überlegte Ursel.

„Natürlich“, rief Lenhard, „guter Gedanke, laßt uns gleich nachschauen!“

Sie liefen zurück auf den Weg. Das Dorf erschien im Morgenlicht tot, doch harmlos. Hinter der Kapelle am entfernten Ende sahen sie die Felder liegen. Vergessenes Getreide säte sich selber aus, verkam im Lauf der Jahre zu wilder Schönheit mit Blumen und Unkraut zwischen immer spärlicheren Roggenstengeln.

„Hier wächst ja noch reichlich“, rief Hede, „bloß pflückt nicht vom Feldsaum, ihr wißt, die Kornseuche!“

Also tauchten sie tief ein in das Gewirr der grünen und gelben Halme. Ursel rupfte mit beiden Händen Ähren ab und biß die Körner auf. Ihr Hunger war immer so groß. Sie ging in die Knie und teilte das hohe Gras auf der Suche nach Roggen: Da starrte plötzlich ein Paar Augen hervor. Schreiend sprang sie auf:

„Vater!"

Lenhard fuhr herum und sah die Gestalt, die sich Ursel gegenüber erhob. Ein Weib im zerfetzten Gewand mit nackten Armen und Beinen. Auf sonnenverbrannter Haut hoben sich gezackte, fahlweiße Male ab. Selbst das dunkle Haar war von bleichen Strähnen durchzogen. Dem Schmied versagte die Stimme:

„Ursel", brachte er heraus, „rasch", und mit einem Satz riß er die versteinerte Tochter an sich.

Das Weib öffnete den Mund. Während sie sprach, standen andere auf, die sich versteckt gehalten hatten; ein Mann zur Linken, ein Greis zur Rechten und dahinter noch zwei andere. Alle trugen die Zeichen der Krankheit.

„Aussatz", flüsterte Hede, „wir sind in ein Dorf von Aussätzigen geraten. Gott sei uns gnädig."

Die erschreckenden Wesen kamen näher. Einer redete begütigend, wies gar auf den Reichtum an Nahrung ringsum. Aber die Deutschen flüchteten wie vor wilden Tieren davon. Sie wurden nicht verfolgt. Sie glaubten es erst auf der Landstraße. Voll Abscheu warfen sie fort, was sie zuvor an Korn gesammelt hatten. Selbst den Mönchen fiel kein Schutzgebet ein.

Der Aussatz war eine Krankheit, die langsam tötete, doch zuvor ihr Opfer gräßlich entstellte: Das Antlitz vergröberte sich zur Unkenntlichkeit, und am ganzen Körper wuchsen Knoten und Wülste. Der Spürsinn ertaubte, bis endlich die äußeren Glieder starben und abfielen. Zuerst aber, bevor dies Werk der Verheerung einsetzte, erschienen die weißen Flecken; schmerzlose, sprechende Flecken. Wer die an sich entdeckte, wünschte sich den Tod. Vorzeiten hatten Aussätzige nach einer letzten Messe um ihr Seelenheil die Stadt verlassen müssen. Man hatte ihnen eine Kutte gegeben und die Klapper, mit der sie fortan jede menschliche Gesellschaft von sich treiben sollten. Bettelnd zogen sie durchs Land, und wer ihnen einen Brocken Speise hinwarf, der hielt sie am Leben. Über diese Unbarmherzigkeit war man hinweggekommen. Man baute Leprosenhäuser vor den Stadtwällen, und dort lebten die Kranken, von den Bürgern mit dem Nötigen versorgt. Sie besaßen eigene Brunnen und Gärten, sogar Vieh. In Frankfurt sprach man vom Gutleutehof, denn Gute Leute hießen die, die man nicht gern aussätzig schimpfte, und die gewiß ob ihres Leids vom Herrn bevorzugt waren.

„Ob sie die Dörfler vertrieben haben?“ fragte Hede beklommen. „Oder sind sie bloß für eine Nacht dort unter Dach gekrochen wie wir?“

„Unsinn“, antwortete Lenhard barsch, „nichts von alledem. Die gehören in ein Sondersiechenhaus und wollten sich früh die Beine vertreten. Bis zur Straße wagen sie sich nicht, sonst setzt es Steinwürfe. Tochter“, er verlor die Beherrschung, „hör endlich auf zu weinen!“ Ursel zitterte.

„Sie haben vielleicht schon im selben Haus geschlafen wie wir.“

„Nein“, auch Severin wiegelte ab, „da lag der Dreck knöchelhoch, da hat seit langem niemand mehr den Fuß hineingesetzt. Sie sehen schlimm aus, aber sie leben nicht im Schmutz, es geht sogar meist recht reinlich bei ihnen zu.“

Das war Ursel kein Trost.

„Die Ansteckung“, flüsterte sie.

„Es ist nicht sehr ansteckend“, entgegnete Gilbrecht eilends, „und wir sind auch nicht mit ihnen in Berührung gekommen.“ Ursel war, als spüre sie noch den Atem der Aussätzigen auf dem Gesicht. Ihre Kehle verengte sich, so daß sie für einen Augenblick keine Luft mehr bekam. Gilbrecht hörte ihr Stöhnen. Er sprach sie entsetzt an: „Ursel!“ An seiner Hand erholte sie sich mühsam.

Ursel wußte nicht, warum immer sie am ärgsten von allem Unheil getroffen wurde. Sie konnte sich kaum noch aufrechthalten, wie sollte sie an diesem Tag wieder viele

Meilen weit laufen? Sie war so erschöpft und unglücklich, so obdachlos und arm. Doch die Gefährten brachten sie mit vereinten Kräften voran, denn es mußte ja sein, es gab keine andere Rettung, wenn sie sich nicht neben der Straße begraben lassen wollten.

Als sie abends in einem leidlich behaglichen Heuschober Schutz fanden, rückte Ursel von den andern weg. Sie brauchte Stille und Raum für sich selbst. Verstohlen zog sie den Mantel aus und öffnete ihr Kleid über dem Nabel. Sie konnte die Bewegungen ihres Kindes täglich deutlicher fühlen. Wenn sie die Hand auf den Bauch legte, tat es ihr manchmal den Gefallen, von innen dagegen zu drücken. Sie lächelte und murmelte ein paar Koseworte. Dann streifte sie die Stiefel ab. Ihre Füße waren geschwollen wie bereits des öfteren, aber mittlerweile reichte die Schwellung bis ans Schienbein. Das versetzte ihr einen neuen Stich, und sie rief leise:

„Hede!“

„Was gibt's?“

„Sieh dir das an.“

Hede kam und runzelte die Stirn.

„Wasser“, sagte sie. „Wassersucht ist nicht selten bei Schwangeren.“

„Dann ist es nicht bedenklich?“

Die Männer horchten auf und traten heran. Betroffen sahen sie auf Ursels Füße hinunter.

„Was ist das nun wieder?“ knurrte Lenhard.

Hede warf ihm einen warnenden Blick zu.

„Es gibt sich über Nacht. Dein Weib hatte bestimmt ein ähnliches Leiden, wenn sie Mutter wurde. Die Anlage vererbt sich.“

Lenhard erinnerte sich nicht, aber er nickte:

„Und können wir sonst nichts tun?“

„Ich kenne freilich Kräuter, die den Harn treiben. Manchmal wirken schon Brennesseln oder Löwenzahn.

Doch bei einer Schwangeren heißt es doppelt vorsichtig sein. Die Hebamme würde nur zu Ruhe raten."

Das wußten sie wohl. Sie legten sich rings um Ursel hin, um ihr so beizustehen, aber Ursel wäre lieber allein gewesen. Sie hätte weinen und schluchzen mögen. Siebenmal hatte die Mutter diese neun Monate durchgemacht, und sechsmal waren ihr die Kinder schließlich gestorben. Beim sechsten Mal hatte es der Mutter eigenes Herz gebrochen.

Ursels Kind würde leben. Sie sandte ihm beschwörende Gedanken und stellte sich vor, wie sie es eines Tages in den Armen halten würde. Bis plötzlich wieder die Gutleute aufstanden, vor ihren Augen aus der Erde stiegen wie die Toten am jüngsten Tag.

Am nächsten Morgen fanden die Pilger übereinstimmend, daß Ursels Füße viel besser aussahen. Sie litt auch nicht unter Blässe wie andere Weiber in ihrem Zustand. Aber Hede erklärte, das mache nur die frische Luft. Um ihr Blut zu kräftigen, müsse Ursel von nun an regelmäßig Fleisch essen. Das bestritt Lenhard nicht, nur fehlte ihm das nötige Geld.

Am ersten August gelangten sie abends nach Lectoure am Fluß Gers. Gilbrecht sprach mit den Schwestern im Hospiz und bekam auf inständiges Bitten einige Münzen. Davon durfte Ursel sich in der Stadt ein Rippchen kaufen, denn die Nonnen kochten nichts als Gerstenbrei. Aber sie versorgten ihre Pilgerin mit Waschwasser und frischer Leibwäsche. Ursels Beine waren wieder dick, sie hatte es nicht anders erwartet.

Am folgenden Tag sangen die Gefährten auf ihrer Wanderschaft das Jakobslied mit der Strophe, die von der Grafschaft Armagnac sprach:

„So ziehn wir durch der armen Jecken Land,
man gibt uns nichts denn Apfeltrank,
die Berge müssen wir steigen –
gäb man uns Äpfel und Birn genug,
wir äßens für die Feigen."

Da sie übereinstimmend Äpfel und Birnen allen ausländischen Feigen vorzogen, fühlten sie sich diesmal nicht benachteiligt. Nur Hede konnte nicht mitreden. Sie hatte noch keine Feigen gegessen. Dann wurde Lenhard wieder ernst.

„Die Berge müssen wir steigen", sagte er. „Das stimmt. Bald müssen wir über das Gebirge nach Spanien." Er schüttelte den Kopf: „Offen gestanden, ich weiß nicht, wie wir das mit Ursel schaffen sollen. Der Paß über Ronzevalle ist steil, da sind schon ganz andere gescheitert."

„Du glaubst wohl, ich hab' nicht mehr lang."

„Ruhe. Ich glaube wie Hede, daß du dich schonen und nicht über Berggipfel klettern solltest."

„Man wird mich kaum darüber tragen."

„Nein. Und eben aus dem Grund müssen wir wohl oder übel umkehren. Nur du und ich", fügte er schnell hinzu. „Ich will nicht erleben, daß du mir an dieser Wallfahrt stirbst."

Die erste, die Worte fand, war Ursel.

„Umkehren! Jetzt, wo wir soweit gekommen sind? Um keinen Preis!"

„Dein Vater hat recht", erklärte Gilbrecht nachdrücklich. „Laßt uns in Gottesnamen kehrt machen!"

Lenhard nickte:

„Wir sind sowieso viel zu langsam gewesen. Jetzt ist August. Wir brauchen sicher noch acht Wochen bis Sankt Jakob. Und dann wird es Winter, bevor wir die Heimfahrt antreten können. Überlegt euch das! Winter und Ursel hat ein Kind dabei! Unmöglich." Doch Ursel wehrte sich.

„Ich will schon für mein Kind sorgen, aber ich gebe jetzt nicht auf. Wo denkst du hin? Ob wir nach Süden oder Norden laufen, der Weg wird davon nicht weniger anstrengend. Da halte ich lieber durch. So krank bin ich nicht."

„Wir können meinetwegen hier bleiben, bis du entbunden hast. Dich werden sie kostenlos ins Hospiz nehmen, und ich kann schauen, wie ich ein bißchen Geld dazuverdiene. Im Herbst ist immer allerhand zu tun. Nächstes Frühjahr brechen wir dann Richtung Deutschland auf."

„Was? Du willst in Tagelohn gehen; als armer Schlucker, der nicht mal die Sprache versteht? Hast du vergessen, wer du bist?"

Er schwieg. Ursel ließ sich nicht bewegen. Außerdem bekundete Severin, Gilbrecht dürfe gar nicht an Umkehr denken. Was Ursel anginge, so könne man die Befürchtungen ihres Vaters nachfühlen, doch um Gilbrecht stehe es anders. Er brauche den vollkommenen Ablaß; da täten selbst die vereinten Sankt Fides, Leonhard und Theobald nichts zur Sache. Severin redete, soviel Gilbrecht auch widersprach, und Hede warf ab und an einen ängstlichen Satz ein, bis Ursel sich die Ohren zuhielt.

„Wollt ihr mich verrückt machen? Schluß jetzt, ich kehre nicht um."

Das war die Entscheidung. Lenhard strich sich wie abwesend über die Bartstoppeln. Severin hüstelte erleichtert. Da Gilbrecht nicht ohne die Schmiedstochter gehen wollte, war es immer noch besser, wenn er mit ihr ging. Hede trat zu Lenhard.

„Wir werden alle das Unsere tun. Wir sind in Gottes Hand."

Gilbrecht rang um Fassung.

„Wären wir erst zusammen in Köln", sagte er sehnsüchtig. „Da sollte es dir an nichts mangeln."

In Köln. Ursel kannte keinen Ort, der so hieß. Traurig faßte sie Gilbrechts Arm.

An diesem Tag sprach Lenhard nicht mehr viel mit der Tochter, doch abends im Spital, als die andern eingeschlafen waren, rückte er unerwartet zu ihr.

„Was habe ich heute gehört?“ flüsterte er. „Er will mit dir nach Köln?“

„Ja. Wußtest du das nicht? Der Patriziersohn möchte sein Erbe antreten.“

„Du läßt mich also allein.“

„Ha“, sie wurde lebendig. „Du warst es, der von daheim weg und mich sitzen lassen wollte!“

„Du hattest einen Verlobten und standest kurz vor der Heirat.“

„Ach, den Michel“, murmelte sie wegwerfend.

„Ursel, ich begreife nicht, daß du nicht auf mich hörst und die Pilgerschaft abbrichst. Ich habe Angst um dein Leben, muß ich das erst sagen? Mit dem Mönch bist du auch schon auf dem Rückweg gewesen! Ist denn Köln so viel besser als Frankfurt?“

„Um keinen Deut. Aber was habe ich in Frankfurt noch zu suchen? Die da drüben kommt bestimmt mit uns. Sie hat es auf dich abgesehen, und ich glaube stark, daß sie dich kriegen wird. Dann bist du nicht mehr allein.“

„Hast du nicht gerade gesagt, daß du sowieso mit ihm nach Köln gehst und alles ausgemacht ist?“

„Nein“, sprach sie abweisend und verstummte. Sie mußte froh sein über jenen Mann, der sich um sie bewarb. Lenhard war ihr Vater; er konnte nichts verheißen, was Gilbrechts Angebot übertroffen hätte. Ihr Heim, wie sie es geliebt hatte, konnte nicht neu erstehen. Es würde überhaupt nicht mehr ihr Heim sein, so sehr sie das auch wünschte. Warum also sollte sie umkehren.

Lenhards kleiner Finger stieß an Ursels Faustknöchel. Er dachte an die Frankfurter Schmiedstochter, die er vor Jahren zur Ehe genommen hatte. Auch sie war schwanger gewesen, aber gesund und kräftig. Er mußte durchhalten.

Er hatte Ursel mitgenommen, weil sie ihm anvertraut war und er sich nicht vorstellen konnte, sie zu verlieren. Er spreizte den kleinen Finger ab, strich einmal über die rauhe Hand.

Sie wanderten nach Südwesten, dem Gebirge entgegen. Allmählich kamen sie ins Baskenland, ins Königreich Navarra, und die Rede der Leute klang schärfer und ungestümer. Seit Beginn der Wallfahrt warnte man die Jakobsbrüder vor dieser Gegend. Die Basken, hieß es, versteckten sich an giftigen Flüssen und warteten, bis ein Reisender sein Pferd tränkte. Geschah das, stürzten sie aus dem Gebüsch hervor und zogen dem sterbenden Tier die Haut ab. War aber ein Fremder mißtrauisch und verschmähte das schlechte Wasser, so half ihm das auch nicht. Rücklings erschlug man Reiter und Roß und machte blutige Beute.

Die Pilger entdeckten zwar keine toten Pferde, aber sie mußten sich gegen Entgelt von einem Fährmann über den Fluß setzen lassen. Der Kerl sah schwarz und häßlich aus, sein schmales Boot schwankte bedenklich, doch zu ihrem Erstaunen kamen sie trotzdem heil am andern Ufer an. Am Sonntag vor Mariä Himmelfahrt erreichten sie Ostabat, wo drei der vier großen Jakobswege zusammentrafen. Hier begegneten ihnen viele Pilger, und manchmal flogen gar Fetzen von Deutsch durch die Luft oder von Alpenländisch, der Sprache der Schweizer. Die Schweizer waren ein Bergvolk wie die Basken und genauso wüst, aber sie gehörten zum Reich, auch wenn sie dann und wann einen Herzog oder König empfindlich aufs Haupt schlugen.

St. Jean-Pied-de-Port, die Stadt am Fuß der Pyrenäen, lag jetzt nur noch eine Tagesreise entfernt. Auch diese Strecke würden sie bewältigen. Als sie unerbittlich am nächsten Morgen die Fahrt wieder aufnahmen, streifte Hede die Felder entlang und suchte in den Ähren.

„Was treibst du da?“ fragte Severin. „Paß auf, sonst legst du dich mit dem Bauern an.“

„Ich will seinem Roggen nichts. Am Feldsaum wächst das falsche Korn, daraus kann ich ein gutes Pulver bereiten. Ehe sie an dem Kind stirbt, soll sie lieber niederkommen, und das Pulver hilft ihr dabei. Vielleicht überlebt dann wenigstens eines von beiden.“

„Glaubst du wirklich, sie könnte sterben? – Gnade ihr Gott.“

„Sie gnadet sich ja selber nicht.“

Da rief Lenhard vorne plötzlich aus:

„Leute! Wir haben Frankreich hinter uns!“

In der Ferne erhoben sich die Mauern von St.-Jean.

Roncesvalles

St.-Jean lag am Fuß des Passes, der über die Pyrenäen nach Roncesvalles führte. Aber die Basken berechneten den Durchreisenden beträchtliche Gebühren, wobei sie Pilgern gegenüber keine Ausnahme machten. So kamen die fünf Deutschen gar nicht in die Stadt hinein. Ein dicker Torwächter hielt sie mit der Hellebarde auf. Er kauderwelschte vor sich hin, zählte ab, wie viele sie waren, und schrieb ihnen endlich auf ein Täfelchen zwei große X. Er wollte zwanzig Franken oder Dukaten oder vielleicht auch nur Schillinge; es war gleich, sie hatten von nichts zwanzig Stück. Und was sie hatten, wollten sie nicht hergeben, sie brauchten es selbst so dringend.

Lenhard pochte auf seine Rechte als Wallfahrer. Gilbrecht stand ihm mit lateinischen Worten bei. Der Wächter hörte nicht einmal zu. Severins empörte Blicke halfen ebensowenig wie Hedes leises Bitten. Während andere sich vom Pferd beugten und mit einem Schwung Münzen die Forderung beglichen, traten die Deutschen zurück.

„Was nun?“ fragte Lenhard entmutigt. „Elendes Pack, das die alten Sitten nicht achtet.“

„Da drüben biegen auch welche ab. Wir müssen ja nicht unbedingt durch die Stadt“, meinte Severin. „Wir werden den Zugang zum Paß schon finden, auch wenn es uns ein paar Umwege kostet.“

Da schrie Ursel auf:

„Ein paar Umwege! Was sonst noch? Von einem dreckigen Zöllner laßt ihr euch abschrecken, aber mich wollt ihr auf ein paar Umwege jagen!“ Sie riß sich von Gilbrecht los und schritt zurück zum Stadttor. Die andern rannten hinter ihr her.

„Ursel!“ rief Lenhard, „bist du närrisch?“

Aber sie stand bereits vor dem Wächter, der seine Hellebarde senkte.

„Laß mich durch“, sagte sie bebend, „ich bin schwanger und müde“, sie warf ihren Mantel zurück, „und wagst du es, mich zu hindern, dann will ich wahrlich vom heiligen Jakob erbitten, daß du in die unterste Hölle kommst und daß dir dort die feisten Lefzen vom Gesicht gerissen werden!“ Sie stampfte den Fuß auf, drohte mit geballten Fäusten, und der Vater sprang hin, um sie zu schützen, weil er die böse Miene des Bewaffneten sah. Da geschah ein Wunder.

„Das Fräulein kann aber fluchen“, sagte eine belustigte Stimme hinter ihnen, und als sie sich umwandten, war es ein deutscher Kaufmann, der von Knechten und Wagen begleitet in die Stadt wollte. „Was braucht ihr denn?“

„Zwanzig“, Lenhard malte sich die X-Zeichen in die Hand, „aber wovon, wissen wir nicht, die reden ja in keiner christlichen Sprache.“

„Zwanzig welsche Pfennig wohl, das ist teuer genug.“ Er winkte Ursel: „Komm her, damit kannst du bezahlen.“

Sie trat an seinen Steigbügel und hob die Hände. Doch als er ihr das Geld gegeben hatte, sprach sie:

„Ich danke Euch, nur duzen müßt Ihr mich deshalb nicht.“ Mit stolz gerecktem Kopf ging sie davon.

Die Gefährten zuckten zusammen, während ihr Wohltäter lachte:

„Solange sie dem heiligen Jakob nichts Falsches über mich sagt, bin ich zufrieden. Gute Fahrt, Herrschaften.“ Und er wandte sich seinen eigenen Geschäften zu.

Hinter Ursel eilten sie durchs Tor und konnten kaum fassen, daß ihnen hier, jenseits von Frankreich, ein Deutscher begegnet war, der lächelnd schenkte und saubere Kleider trug.

Sie blieben nur eine Nacht in St.-Jean. Am nächsten Morgen verließen sie die Stadt durch die Spanische Pforte, überquerten auf einer Brücke den Fluß Nive und wanderten dem Gebirge zu. Sie waren nicht die einzigen Pilger auf der Paßstraße, aber die langsamsten. Ursel konnte nicht schneller. Sie konnte auch nicht mitsingen, als Hede die Strophe des Jakobslieds anstimmte:

„Es liegen fünf Berg im welschen Land,
die sind uns Pilgern wohlbekannt:
Der erst heißt Ronzevalle,
und welcher Bruder darüber geht,
sein Backen werden ihm schmale."

Auch Hede klang kurzatmig, und Lenhard bellte:

„Von wegen Ronzevalle! Das ist in weiter Ferne!"

Vorerst erhob sich das Gebirge unüberschaubar vor ihnen. Sie waren noch keine Stunde gestiegen, da hätten sie schon weinend aufgeben mögen. Sie schnauften und hechelten. Nur Gilbrecht ging still und stetig bergan. Lenhard krächzte hinter ihm:

„Ich denke, du hattest dir mal die Beine gebrochen? Da fragt man sich, warum du trotzdem so laufen kannst!"

„Er ist jung, und du bist alt", knurrte Severin.

Gilbrecht besah sich seine Gefährten und sagte schließlich:

„Bei Ronzevalle ist der Held Roland erschlagen worden."

Lenhard lachte hustend:

„Das sind ja beachtliche Neuigkeiten! Wann? Gestern?"

„Vor siebenhundert Jahren", entgegnete Gilbrecht gekränkt.

„Roland war Paladin beim großen Kaiser Karl", erklärte Severin. „Das sollte sogar ein Schmied wissen."

„Hast du noch nie von Rolands wunderbarem Schwert Durendart gehört?" fügte Gilbrecht tadelnd hinzu.

„Ein Schwert, das sich seinen Herrn erschlagen läßt, taugt nicht viel."

„Es war eine vernichtende Übermacht! Die Mauren mitsamt den Basken gegen eine kleine Nachhut der Kaiserlichen, die unter Rolands Führung in Spanien geblieben war."

„Es sieht den Hiesigen ähnlich, daß sie sich sogar mit den Heiden verbünden."

„Es geschah aus Rache. Der Kaiser hatte zuvor die baskische Stadt Pamplona zerstört. Rolands Heer fiel bis zum letzten Mann. Auch er selbst, der mit dem Durendart doch über ungeheure Kräfte gebot, kam nicht davon. Das sichere Ende vor Augen, wollte er sein Schwert auf einem Felsbrocken zerschmettern, damit nicht der Feind die Hand darauf lege. Die Klinge überstand aber den ersten Hieb, ebenso den zweiten. Erst beim dritten Mal spaltete sie den Stein bis zum Grund, blieb darin stecken. Und Roland, der dem Kaiser das spanische Land nicht hatte halten können, sank zum Sterben nieder."

Da seufzten die Pilger. Was galt das Leben ohne den Tod? Erst der Tod gab den Glanz und die Größe. Kein lebender Mensch war so gut oder böse wie jene, die nicht mehr auf Erden wandelten. Nur was fern war, unsichtbar, seit siebenhundert Jahren tot, entzündete das Herz. Sie konnten nicht umkehren, nicht aus Angst um ihr Leben.

Am Nachmittag gelangten sie zur Rekluse hinter dem Karlstal, wo sie übernachten wollten. Ursels Füße waren wieder so dick, daß sie nur mit Mühe die Stiefel herabbrachte. Die Gefährten wagten kaum hinzusehen; holten ihr Haferbrei und kühles Wasser. Ursel klagte nicht einmal. Sie war erleichtert, weil sie den ersten Teil des Aufstiegs hinter sich hatte, und fühlte sich schon viel besser, als sie gesättigt auf ihrem Lager ausruhen durfte. Vor Sonnenuntergang schlief sie ein, mit dem entrückten Ausdruck eines Kindes im Gesicht.

Gilbrecht betrachtete sie. Er lehnte an der Wand gegenüber mit dem Brevier in der Hand. Ursel mußte ihr Leben gut festhalten, wenn sie es nicht verlieren wollte. Wie Gilbrecht damals, folgte auch Ursel einem Pfad, den sie aus freien Stücken nie erwählt hätte. Sie schwand unaufhaltsam dahin, während nur ihr Bauch wuchs, als gehörte er nicht zu ihr. Und sie konnte sich nicht mehr verständlich machen. Ihren Gefährten nicht und sich selbst vielleicht am wenigsten. Genauso war es Gilbrecht ergangen in jener letzten Zeit im Kloster. Seitdem wußte er, wie der Tod sein Werk am Menschen verrichtete. Was altvertraut gewesen war, machte er schwer oder schmerzlich; löste in aller Heimlichkeit die Bande sogar zu den Nächsten und Liebsten. Zuletzt tat er noch einen einzigen Schnitt und trennte den Leib von der Seele. Dann war seine Arbeit vollbracht. Gilbrecht spürte, wie sich um Ursel allmählich die Fremdheit ausbreitete. Er wollte ihr beistehen, fürchtete um sie und hätte ihr von seinem Blut gegeben, wenn es genützt hätte. Aber sie fragte ihn nicht um Hilfe. Er sah ihren Vater, der wie ein kleines Gebirge neben ihr aufgetürmt lag. Wenn sie so an ihm hing, sollte sie hängenbleiben, bis sie das Schlimmste überstanden hatte. War sie erst gerettet, begann eine neue Freiheit. Er hatte es erlebt.

Er betete aus seinem Brevier. Das Gotteslob, das er so lange nicht über die Lippen gebracht hatte, drängte sich ihm wieder auf. Es gab sonst keine Hoffnung in der Welt.

Am nächsten Morgen standen die Pilger draußen und schlossen im Wind ihre Mäntel. Es war ein hoher Feiertag, Mariä Himmelfahrt. Die Muttergottes war von Engeln in den Himmel getragen worden, doch die Wanderer am Pyrenäenpaß durften nichts dergleichen erwarten.

„Auf geht's“, bestimmte Lenhard. „Zum Nachmittag wollen wir die Höhe hinter uns haben.“

Der Himmel war grau, der Pfad feucht und rutschig. Die Bergspitze lag im Nebel. Hede schauderte:

„Ob es hier Bären, Wölfe, Löwen gibt?“

„Löwen entstammen wohl wärmeren Landstrichen“, grunzte Lenhard.

„Nein, Löwen werden wir nicht antreffen“, stimmte Gilbrecht verschmitzt zu. „Sie sind auch schwer aufzuspüren, denn sie verwischen die Spur ihrer Tatzen mit dem Schwanz."

„Ich möchte ein Löwe sein", sagte Lenhard.

Bald blieb ihnen zu solchen Gesprächen die Luft weg. Der Anstieg war noch steiler als am Vortag, das Wetter schlechter. Ursel fühlte am Hals unterm Kieferknochen ihr Blut pochen, immer schneller, härter, bis sie sonst nichts mehr hörte. Dann fürchtete sie plötzlich, das Dröhnen in ihrem Kopf könnte in Wahrheit ein Sturm sein, der sie den ganzen schlimm eroberten Berg wieder hinabwerfen wollte. Sie streckte die Hände aus, um sich zu halten; um nicht auch nur einen Schritt zurückzufallen. Sie krallte sich mit letzter Kraft fest, war kaum noch bei sich, als eine Stimme schrie:

„Ursel, willst du mir den Arm brechen?"

Da endlich fand sie das Wort:

„Vater!"

Er schüttelte sie:

„Komm zu dir, was ist?"

Aber Hede bedeutete Gilbrecht, daß lieber er Ursel nehmen und stützen solle.

„Laß sie einen Augenblick rasten, dann geht es wieder."

Ursel fuhr sich über die Stirn.

„Es ist so neblig", flüsterte sie.

„Ja, der Nebel fließt zu uns herunter. Wir haben keine Zeit zu verlieren."

Die ersten Reisenden Richtung Frankreich kamen ihnen entgegen, manche darunter Pilger mit einer Muschel am Hut. War der Tag schon so weit fortgeschritten; war es Mittag, und sie wußten es nicht? Jetzt ging Ursel zwischen Lenhard und Gilbrecht. Das gab ihr ein wenig Sicherheit. Der Nebel wurde immer dichter. Alle starrten auf den Weg hinunter. Sie durften sich auf keinen Fall verirren.

„Sind wir nicht bald oben?" keuchte Severin. „Sind wir überhaupt richtig?"

„Wir müssen richtig sein, wir gehen ja unverwandt westlich“, antwortete Lenhard gepreßt.

„Bist du sicher?“

Niemand konnte sicher sein in diesem Gebirge, wo die Sonne nicht schien.

„Ich weiß nicht“, sagte Hede bang, „seit einer halben Stunde sind wir keiner Seele mehr begegnet.“

Da ging Lenhard in die Knie und musterte das Erdreich. Er sah keine Rad- oder Hufspur, keinen einzigen Fußabdruck, nur Sand, Steine, Wurzeln. Es war kalt, aber ihm brach der Schweiß aus.

„Das kann nicht sein – wir haben doch immer aufgepaßt!“

„Wir sind falsch!“ Der ältere Mönch ereiferte sich. „Wir müssen zurück auf den rechten Weg, sonst ist alles aus!“

„Dann führe uns!“ rief Lenhard erzürnt. „Wo geht es lang? Da oder da oder da? Bitte den Herrgott um eine Eingebung!“

Die andern hörten entsetzt, wie die beiden sich anbrüllten. Gilbrecht und Hede flehten um Besonnenheit. Ursel griff sich an den Kopf, aber auf einmal zuckte sie zusammen:

„Seid still, bitte, still! Ist das nicht eine Glocke?“

Sie konnte ihrem verstörten Sinn, der sie mit Bildern und Klängen betrog, selbst kaum glauben, doch Gilbrecht fuhr herum:

„Sie hat recht! Da schlägt eine Glocke! Es ist weit weg, aber das finden wir, wir müssen nur unsern Ohren nach. Schnell, bevor sie zu läuten aufhören!“

So rannten sie los. Jetzt vernahmen alle den dünnen Ton im Wehen des Windes. Kleng, kleng, kleng, schallte ein erzerner Klöppel. Im raschen Lauf folgten sie seinem Ruf und gelangten wieder talwärts. Die Glocke wurde lauter, der Nebel lichtete sich.

„Da sind Menschen!“

„Und dort ein Haus!“

Als sie erkannten, daß die Gefahr überstanden war, brachen sie in Jubel aus. Dies war das Salvatorkloster von Ibañeta jenseits der Paßhöhe, und sie hatten es erreicht. Wenn der Berggipfel oben in Wolken lag, ließen die Mönche ihre Glocke läuten, um die Wanderer ins Ziel zu leiten.

„Salve Regina“, sagte Severin mit einem Stoßseufzer. „Die heilige Jungfrau hat uns gerettet, wie konnten wir je daran zweifeln. Meister Schmied, verzeih meine unklugen Reden.“ Sie trampelten über die Schwelle. „Eine heiße Suppe wird uns guttun!“

Zwei Brüder, die drinnen zugange waren, grüßten lächelnd. Mitten im Hof hing ein Kessel vom Dreifuß und dampfte über dem Feuer. Jeder, der seinen Napf herstreckte, bekam reichlich eingeschenkt.

„Oh, wie das riecht“, Lenhard lachte, „her damit!“

Gilbrecht wollte Ursel den Vortritt lassen. Aber sie konnte auf einmal nicht weiter.

„Geh nur schon“, sagte sie und schleppte sich zur Seite. Ihr war schlecht geworden, der starke Suppendunst stieß sie ab. Ihre Beine zitterten vor Anstrengung. Sie fand Halt auf einem Mauervorsprung. Die Glocke schlug hier so hart und ohne Unterlaß, kleng, kleng, kleng, wie ein Eisenhammer gegen Ursels Schädel. So war es schon einmal gewesen bei der Beerdigung ihrer Mutter, eine Marter, eine schreckliche Strafe; gnadenlos und unentrinnbar, beißender, brausender Schmerz. Gilbrecht sah ihr Antlitz spiegelnd naß, die Augen riesig und blind. Er rief:

„Ursel!“

Da stürzte ihr ein Blutstrom aus der Nase, ergoß sich über Lippen und Kinn in den Schoß hinunter. Gilbrecht wußte vor Schreck nicht, was tun. Er sprang zu ihr hin, aber da kam auch Lenhard:

„Ursel“, sagte er fassungslos. „Sieht uns denn niemand? Hilft keiner?“

Einer der ansässigen Mönche rannte ins Haus, um mit einem Konfrater zurückzukehren. Jetzt hatte Hede schon Ursels Kopf vornüber gebeugt und ihr ein feuchtes Tuch in den Nacken gelegt. Die Blutung stand still, und Ursel, deren Blick sich langsam klärte, schaute verängstigt um sich.

Die Brüder packten die Kranke auf eine Trage und schafften sie ins Haus. Lenhard und Gilbrecht, die mitkommen wollten, wies man ab.

Vor dem Kloster von Ibañeta stand ein hohes Kreuz, das ehedem Kaiser Karl als Mahnmal aufgerichtet haben sollte. Hier sprachen alle Pilger ein Gebet und banden anschließend aus Zweigen ihr eigenes kleines Kreuz zurecht, das sie in die Erde steckten. Gilbrecht und Severin falteten die Hände, doch Lenhard war noch zu erschüttert. Er rief ein paar Reisende an, die er Deutsch reden hörte:

„Woher, wohin?"

„Zurück ins Reich." Sie erzählten willig, daß sie in Sankt Jakob gewesen seien und prahlten mit ihrem Ablaß. Als Lenhard das Mißgeschick seiner Tochter erwähnte, trösteten sie ihn: „Die Jungfer wird sicher nach Ronzevalle in das berühmte Hospiz gebracht und erst einmal gesund gepflegt. Ist sie schon länger so schwach?"

Er wagte nicht, von ihrer Schwangerschaft zu reden:

„Der Weg war arg."

„Wie seid ihr gekommen?"

„Durchs Karlstal."

Man lachte ihn aus:

„Ha, das war noch gar nichts. Du mußt mal die fragen, die über den Lepoeder gezogen sind. Da sterben sie wie die Fliegen."

Lenhard sagte nichts mehr. Er sah die Mönche und Hede ein mageres Kreuzlein in den Boden drücken. Während er noch zögerte, kam ein Bruder vom Kloster herüber und rief seinen Namen. Gilbrecht horchte auf und trat dazu, um zu übersetzen. Ursel war offenbar von kurzem Schlaf erwacht und mußte jetzt in Begleitung ihrer Gefährten hinunter nach Roncesvalles. Ibañeta konnte den Pilgern nur ersten Beistand bieten, doch in Roncesvalles, so hieß es, war man für alle Wechselfälle gerüstet.

Die Pilger nickten und kehrten zurück in den Hof. Man brachte Ursel heraus. Sie war bleich, aber lächelte tapfer:

„Es geht wieder besser." Sie meinte es ehrlich. Obwohl ihr Kopf noch schmerzte, war der grausame Alpdruck geschwunden.

Man versprach ihnen, daß es bis Roncesvalles nicht mehr weit sei, und weil der Weg abwärts führte, faßte sogar Ursel Zuversicht. Eher als gedacht, erhob sich die Kirche von Roncesvalles hinter den Bäumen und gleich daneben das Hospiz im großen, steinernen Gebäude. Hier sorgte ein Rat von Augustinerherren vereint mit Laienbrüdern und Gesinde für die Vielzahl von Pilgern, die jede Nacht um Einlaß baten. Man flickte Schuhe und Kleidung, schor verlaustes Haar, salbte Flohstiche und fütterte die Abgemagerten heraus.

Ursel gehörte in den Krankensaal. Der Mönch, der sie in Empfang nahm, sah gleich, wie schlecht es ihr ging. Er führte sie zum Infirmar, der die Schwangere mit ernstem Blick musterte. Man rief eine Magd; Ursel wurde gewaschen und schließlich in ein Bett gelegt. Dort schlief schon eine andere Pilgerin.

Welche Wohltat! Ein weiches, angewärmtes Bett, und das Gebirge überwunden! Als wäre es ihre Mutter, schmiegte Ursel sich an das fremde Weib, das davon nicht erwachte. Der Schlaf entfaltete sein schützendes Gewand.

Santo Domingo de la Calzada

Am nächsten Morgen, dem Tag des heiligen Rochus, kam ein Konversenbruder auf Lenhard zu. Der Schmied fürchtete schon böse Nachrichten. Aber dank Gilbrechts Vermittlung stellte sich heraus, daß man Ursel nur einen weiteren Tag im Bett behalten wollte. Der Vater sollte sein Einverständnis geben. Er zögerte nicht. Jede Stunde Ruhe würde Ursel guttun. Und es war nicht geringzuschätzen, wenn die Augustinerherren, die so vielen Gästen ein Lager boten, jemanden länger als nötig behielten. Er sprach das laut aus, worauf Severin entgegnete:

„Es ist eben nötig." Hede sah ihn strafend an. Severin pickte verlegen zwei Krumen von seiner Kutte und lenkte ab: „Immerhin ist Sankt Rochus nach Rom gepilgert und hat sich selbst von der Pest nicht aufhalten lassen. Da werden auch wir noch ans Ziel kommen."

Sie dachten an den Pilgerheiligen Rochus. Freilich hatte er sich von der Krankheit nicht aufhalten lassen, war allerdings auch angesteckt worden und schließlich gestorben am Schwarzen Tod. Jetzt stand er in Holz geschnitzt an den Wegen und zeigte die Pestbeule auf seinem entblößten Oberschenkel. Er war ein gottgefälliger Mann, bloß nicht der Heilige, an den man sich um Hilfe für eine Schwangere wandte.

„Sankt Margret steh ihr bei", sagte Hede, denn Margret schenkte gute Entbindungen.

„Hoffnung ist immer", fügte Gilbrecht hinzu. „Meine Ahnfrau hatte die Pest, sollte für tot begraben werden und hat sich doch wieder erhoben. Man muß nur glauben."

„Dann glaubt und betet, Mönche", erwiderte Lenhard schroff, „es ist euer Ding." Mit schweren Schritten stapfte er davon. Hede wollte ihm nach, aber Severin warnte:

„Er geht zu ihr", und da blieb sie stehen. Plötzlich stieß sie hervor:

„Es hat mich alles an die Bürgermeisterin erinnert – der Blick, der wirre Kopf, so hat es bei ihr auch angefangen, wenn sie in ihre Zustände gefallen ist."

„Willst du uns sagen, daß sie wahnsinnig wird?" fragte Severin erstaunt.

„Eins weiß ich: Wenn sie nicht schwanger wäre, würde sie Gauchheil von mir bekommen. Aber so kann ich gar nichts machen."

„Du kannst schweigen", bat Gilbrecht.

Am anderen Morgen verließen die fünf Roncesvalles. Ursel ging es besser. Sie berichtete, daß man ihr Fleisch gebracht habe und heißen Rotwein mit Eigelb und Honig verquirlt. Ihr Kleid war gereinigt worden, so daß die Spuren des Blutsturzes kaum noch auffielen. Alle Pilger hatten Brot und Käse auf Vorrat erhalten, dazu auch etwas Geld. Sie schritten aus.

„Du bekommst einen Sohn", vermutete Hede. „Nur Söhne machen solche Last in der Schwangerschaft und fressen sich auf Kosten ihrer Mütter voll."

„Wenn er doch erst da wäre."

„Es ist auch gegen eine Tochter nichts einzuwenden", erklärte Lenhard. „Aber Ursel muß gesund bleiben. – Es war wohl nur die Anstrengung oben am Berg."

„Hätten wir einen Esel, dann könnte sie reiten", meinte Hede.

Der Schmied antwortete zerknirscht:

„Das hab' ich auch schon hundertmal gedacht. Warum hab' ich sie in Frankfurt nicht auf so ein Vieh gesetzt? Jetzt ist es zu spät."

Da blieb Severin stehen.

„Es ist nie zu spät. Wir werden uns einen Esel beschaffen."

„Und wie, bitteschön?"

„Stehlen."

Sofort erhitzten sich die Gemüter.

„Stehlen?“ rief Hede. „Und hängen dafür? Hab’ mich mein Lebtag ehrlich durchgeschlagen und soll nun auf der Pilgerschaft zur Diebin werden?“

„Na, deine Liebestränke und Mittelchen waren auch nur besserer Diebstahl.“

Hede verstummte beleidigt, aber Lenhard wehrte sich gleichfalls:

„Das stellt ihr euch zu einfach vor. Man wird uns keinen Esel nachwerfen.“

„Ach“, Gilbrecht trat mit glänzenden Augen neben seinen Konfrater, „hat nicht der Herr selbst ein Füllen am Stadttor losbinden lassen, als er es brauchte? Wir tun in der Not nur wie er.“

„Du hältst dich für einen Meisterdieb, was? Willst du als ehrloser Mönch auf dem Rabenstein enden?“

„Still“, unterbrach Severin. „Wir reden vom Leben, nicht vom Sterben. Wir lassen uns nicht erwischen.“

„Da hör sich einer diese Brüder an! Einen feinen Glauben habt ihr euch zurechtgelegt, der euch alles erlaubt.“

Die Mönche tauschten einen schnellen Blick. Dann sprach der Ältere gemessen:

„Was ist, Schwertfeger, willst du dein Kind retten oder nicht? Ich für mein Teil finde, einen Esel zu stehlen, ist keine Sünde wider den Geist. Lieber will ich mich einer solchen Tat schuldig machen, als ein schwangeres Weib auf der Landstraße verrecken lassen.“

Lenhard sah Ursel, aus deren Gesicht neue Hoffnung leuchtete.

„Vater“, sagte sie bittend, „meinst du nicht?“

Er konnte sich nicht weigern. Hede war blaß geworden, doch Ursel lachte, und Gilbrecht strahlte Severin an, so daß dieser sich abwandte.

Sie waren sich einig: Wenn man einen Esel stehlen wollte, versuchte man es am besten in einer größeren Stadt, wo das Kommen und Gehen Fremder im allgemeinen Betrieb nicht auffiel. Vorerst führte ihr Weg zwar nur durch Dörfer, aber sie fanden doch überall ein Hospiz. Auch waren die Basken ihrem schlechten Ruf zum Trotz bemüht, die Straße instand zu halten. Es war ein ruhiges, karges Land. Manchmal liefen die Pilger in riesige Schafherden. Vielleicht war der Hirt in der Ferne zu hören, wenn er nach seinen Hunden pfiff, doch sehen ließ er sich nicht, und es war ihm auch gleich, ob die Schafe sich auf oder neben dem Pfad tummelten. Die Pilger fanden einzelne Tiere weit versprengt, wie sie nach Gräslein schnupperten und dabei ihre Wolle in stachlige Sträucher rieben. Die dunklen Bauersleute trugen schwarze Kleider und Kopftücher, die Weiber Röcke bis kaum unters Knie. Zu den Deutschen redeten sie freundlich in ihrer ungestümen Sprache und gaben großzügig Brot und Milch, aber untereinander zankten sie viel. So jedenfalls glaubten die Pilger, obwohl sie vom baskischen Poltern und Rufen kein Wort verstanden.

Am Sonntag erreichten sie die Gemarkung von Pamplona, der Hauptstadt Navarras. Hier waren nun viele Dörfler aus der Umgebung unterwegs und obendrein die gewohnten Händler und Handwerker.

„Allmählich können wir Ausschau halten“, zischte Gilbrecht.

Lenhard stöhnte, aber Severin blickte emsig um sich, und es dauerte auch nicht lang, bis er rief:

„Wir nehmen den da drüben!“

Ein Esel weidete gelangweilt in der Nähe eines Gutshofs. Gilbrecht redete auf den Schmied ein:

„Wie abgemacht: Wir zwei lenken die Leute im Haus ab, und du holst den Esel und schleichst dich auf die Straße zurück. Wir treffen uns dann irgendwo vorn wieder.“

„Das unseligste Stück vom Ganzen bleibt natürlich mir überlassen“, knurrte Lenhard. Er faßte Ursel ins Auge, die gemeinsam mit Hede vorauslaufen sollte. „Ihr könnt am

Stadttor warten. Wenn wir in drei Stunden nicht gekommen sind, haben sie uns geschnappt. Bringt dann in Gottesnamen die Wallfahrt ohne uns zu Ende."

Hede drückte bittend Lenhards Hand.

„Ich will dich nicht vom Galgen abschneiden müssen."

„Fort mit euch", befahl Severin.

Als die Weiber verschwunden waren, runzelte Lenhard ein letztes Mal die Stirn. Getreu dem Grundsatz, daß der Aufrechte am wenigsten verdächtig ist, schritt er geradewegs auf den Esel zu. Die Mönche gingen zum Haus hinüber. Es war niemand in Sicht außer zwei kleinen Kindern, die mit einem Karnickel spielten. Severin klatschte in die Hände:

„Heda, gute Leute!"

Darauf zeigte sich eine Magd in der Tür und hinter ihr noch ein anderes Weib, vielleicht die Hausfrau. Die Mönche setzten fromme Gesichter auf, und Gilbrecht sprach gewinnend:

„Indulgentiam, absolutionem et remissionem peccatorum tribuat vobis omnipotens et misericors Dominus!"

Die Weiber blieben erstaunt auf der Schwelle stehen, doch die Mönche traten heran. Das Karnickel wurde unruhig, als es Severins begehrlichen Blick auf sich fühlte, und schoß davon. Die Kinder sprangen los, um ihren Gespielen zu fangen; die Magd begann, mit schriller Stimme Fragen zu stellen, und Gilbrecht betete in einem fort. Severin bat auf deutsch um eine milde Gabe, jetzt mischte sich auch die Hausfrau ein, und als eben das diebesfreundlichste Durcheinander im Gang war, erscholl hinter dem Haus ein Gebrüll, unverkennbar von Lenhard. Alle zuckten zusammen, die Weiber rannten, um nach dem Rechten zu sehen, und die Mönche ergriffen die Flucht. Severin zeterte, war aber nicht wenig erleichtert, als er den Schmied auf der Straße ausmachte, wenn auch ohne Esel.

„Was ist geschehen?"

Lenhard verweigerte jede Auskunft und hinkte fluchend davon. Er rückte erst mit der Sprache heraus, als die Männer Ursel und Hede einholten, die sich im Schneckengang auf Pamplona zubewegten. Er berichtete, daß der Esel am rechten Hinterbein angebunden gewesen war. Lenhard hatte sich ihm ohne Mühe nähern können, doch als er das Seil lösen wollte, wurde der Esel plötzlich mißtrauisch. Er schlug mit dem bewußten Bein kurz aus und traf ausgerechnet in jenes Teil, das Lenhard für sein bestes hielt.

Es tröstete ihn wenig, als die andern mit vor Lachen erstickter Stimme ihr Beileid äußerten. Grimmig stiefelte er auf den Stadtwall zu. Wenn die Pilger Erfolg gehabt hätten, wären sie Pamplona ferngeblieben. So aber nahmen sie Unterkunft im Michaelisspital neben dem Münster.

„Morgen ist Montag, da besäuft sich alles, da wird sich schon ein unbewachter Esel finden“, sagte Severin.

„Ich besaufe mich, und du kannst suchen gehen“, erwiderte Lenhard, der sich die Leibesmitte rieb.

Aber am nächsten Morgen waren sie wieder gemeinsam auf den Beinen. In Pamplona ging es geschäftiger zu als im übrigen Baskenland; die Bürger trugen gute Kleidung und eilten mit wichtigen Gesichtern durch die Gassen. Es wurde viel Französisch gesprochen, so als hätten die Pilger das Pyrenäengebirge nie überstiegen. Trotzdem war Pamplona nach ihrem Herzen, denn auf allen Plätzen scharrten Esel und Maultiere, die man zum Warten vor den Häusern angebunden hatte.

„Wohlan“, Severin straffte die Schultern, „jetzt gilt's.“

Weil Lenhard keine Anstalten machte, die Führung zu übernehmen, setzte der ältere Mönch sich an die Spitze. Er suchte zunächst das Tor, durch das sie später die Stadt verlassen mußten. Anschließend kaufte er einer Hökerin drei Äpfel ab, von denen er erstaunlicherweise keinen selbst verspeiste. Gilbrecht folgte dem Konfrater auf dem Fuß und durchschaute die Absicht:

„Als Köder?“ Severin nickte.

Dann begab es sich fast wie zur biblischen Zeit: Ein bejahrter Esel stand dösend vor einer Schenke; Severin ging zu ihm, ließ ihn einen Apfel fressen und löste den Zügel aus einem eisernen Haken in der Hausmauer. Er faßte dem Tier ins Halfter, streichelte das Halsfell. Sanft sprach er:

„Na, du Feiner, komm mit uns“, und zog des Esels Haupt zu sich hin. Der Esel bewegte bedächtig die Ohren. Sie hielten den Atem an. Dann hob der Graue die Hufe und folgte, als sei Severin sein angestammter Herr.

Mit einem Schritt war Gilbrecht bei dem Ordensbruder. Gemeinsam führten sie den Esel zur Stadt hinaus, drei bängliche Pilger hinter sich. Niemand verstellte ihnen den Weg. Als sie weit genug von Pamplona entfernt waren, tanzten sie vor Freude und lobten Severin nachdrücklich:

„Sehr gut, ja, die Ruhe hat es gemacht!“

Der Esel, mit dem letzten Apfel im Maul, betrachtete den Aufruhr schweigend. Er trug einen aus Brettern roh gezimmerten Sattel, auf dem jeder sitzen konnte, wie es ihm beliebte. Darunter hatte der unglückliche Vorbesitzer eine Decke gebreitet, und seitlich schlenkerten an Lederriemen die Steigbügel. Ursel hätschelte ihren neuen Diener:

„So ein schöner, netter, hübscher Esel!“

„Wir dürfen uns hier nicht aufhalten“, fiel Lenhard ein. „Nun steig auf und laß sehen, wie es geht.“ Sie halfen Ursel hoch. „Los!“

Der Esel, der zuvor wacker gelaufen war, zeigte sich von der Reiterin wenig angetan. Er wich und wankte nicht.

„Vorwärts!“ rief Ursel, doch das war nicht das Richtige.

„Starrkopf“, schalt Lenhard, „hab dich nicht“; all das ließ den Esel kalt. Er wandte sein Augenmerk auf eine bald mannshohe Distel am Wegrand. Severin sah es, sprang hin und schnitt den Stengel ab:

„Magst du? Man kann nicht immer Äpfel haben.“

Der Esel tat einen Schritt nach vorne, aber da trug Severin die Distel schon weiter und lockte:

„Hm, das würde schmecken, mach schon, alter Zottel!" Die List gelang. Das Tier ging mit zierlichem Tritt davon, und Ursel kraulte ihm glücklich die Mähne:

„Lieber Zottel, wie du mich trägst!"

Die Pilger waren überaus erleichtert, als sie feststellten, daß alles gut zu Ende gegangen war.

„Wie ihr Mönche stehlen könnt", sagte Hede kopfschüttelnd.

„Ja, der Stand ist doch zu etwas nütze", hänselte Lenhard. „Aber", und die Dankbarkeit überwältigte ihn, „man muß sagen, das war Maßarbeit, nicht wahr?" Er drehte sich nach seiner Tochter um. Ursel hing im Sattel, streichelnd, heulend.

Am nächsten Tag erreichten sie die Ortschaft Obanos, wo die letzte der vier großen Pilgerstraßen in den berühmten Weg einmündete, der auf Spanisch Camino de Santiago hieß. Von jetzt an wanderten alle Jakobsbrüder und Schwestern vereint dem Ziel entgegen.

Sie verbrachten die Nacht in einem Dorf namens Ponte Regina unter der Obhut des Johanniterordens. Die königliche Brücke, auf die man hier so stolz war, spannte sich mit sechs Bögen über den Fluß Arga. Sie mußte vor Hunderten von Jahren erbaut worden sein. Ebenso die Kirchen in diesem Landstrich, die untersetzt am Boden kauerten: Alabasterne Fensterscheiben ließen nur wenig Licht herein, ein kühler Raum lag im milchigen Schimmer, respekteinflößend und rätselhaft. Oft sahen sie das Abbild des heiligen Jakob. Meist trug er die Pilgertracht mit Hut und Wanderstab, aber manchmal saß er furchtgebietend zu Pferd und schwang sein Schwert gegen die Mauren.

Ende August überquerten sie den Ebro, der Navarra von Kastilien abgrenzte. Schon vor der Brücke lauerten Zöllner, die sich hier allerdings nicht an Pilgern vergriffen. Geldwechsler wollten navarresische Kronen in spanische Dukaten umtauschen, doch nach den Kupfermünzen der ärmlichen Deutschen fragte niemand. Sie gelangten nun in die kastilische Provinz Rioja. Seit Ursel auf dem Esel ritt, ging es ihr besser. Der Graue ließ sich ohne Murren am Seil führen, trug auch Hedes Tasche und verstand sogar die neue Anrede Zottel. Anfangs hatten die Pilger noch befürchtet, das Tier könnte aus plötzlichem Heimweh heraus kehrtmachen. Mittlerweile kannten sie ihren Zottel. So eine Heldentat war nicht von ihm zu erwarten. Es kam ihm hauptsächlich aufs Fressen an, wenn es auch zu seiner Enttäuschung seit Pamplona keine Äpfel mehr gegeben hatte. Also hielt er sich an Disteln und Ginster schadlos und legte zuweilen eine Rast ein, wo Lenhard keine vorgesehen hatte.

Jeden Abend verlangte Zottel seinen Standplatz und nochmals ausgiebig Futter, am liebsten Gras oder feines Heu. Blieb das Gewünschte aus, ertönte bald ein gellendes Iah. Falls Lenhard dann nicht Abhilfe schaffte, gab es Unannehmlichkeiten im Hospiz, wo man auf solch lärmende Gäste keinen Wert legte. Dennoch waren die Pilger froh über den vierbeinigen Gesellen. Besonders Ursel liebte und streichelte ihn mit einer Hingabe, die er bislang nicht gekannt hatte. Das nahm ihn für sie ein. Außerdem mochte er den älteren Mönch. Wenn die Pilger sich mittags niederließen, kam Zottel, rieb seine Schnauze an Severins Glatze und ließ sich durch kein Schimpfen stören. Lenhard meinte:

„Wir müssen aufpassen. Nicht, daß uns einer den Zottel wieder abspenstig macht."

„Nein!" rief Ursel und faßte in die struppige Mähne. „Er geht mit niemandem andern!"

„Soso", sagte Severin.

Am ersten Tag im Herbstmond trafen sie beim heiligen Dominikus von der Landstraße ein, Santo Domingo de la Calzada. Er trug seinen Beinamen zu Recht, denn er hatte schon vor langer Zeit die Straße, die durch diese entlegene Gegend zog, ausbessern und sichern lassen. Wo er sich mit einer Einsiedelei zufrieden gegeben hatte, baute man ihm zu Ehren später Kirche und Stadt. Auch ein Wunder ließ nicht auf sich warten. Wie die deutschen Pilger wußten, hatte Sankt Jakob hier einmal einen Rheinländer vor dem Tode bewahrt. Ein junger Wallfahrer war es gewesen, der der lüsternen Wirtstochter nicht hatte nachgeben wollen. Das böse Geschöpf verleumdete ihn daraufhin als Dieb. Vor den Augen seiner Eltern wurde er gehängt. Den Eltern blieb nichts anderes übrig, als die Fahrt nach Santiago entsetzt und traurig zu beenden. Auf dem Heimweg gelangten sie erneut nach Santo Domingo und sahen ihren Sohn in der Schlinge. Aber auf einmal rief er, den sie längst tot geglaubt hatten:

„Hört nur, ich bin noch am Leben! Der heilige Jakob hat mich all die Zeit in die Höhe gehalten, so daß ich vom Strick unversehrt geblieben bin. Sagt dem Richter, er soll mich herunterholen!"

Die Eltern rannten zum Richter und erzählten, was geschehen war. Der große Herr, der beim Essen saß, lachte:

„Eher fliegen meine gebratenen Hühnchen zum Fenster hinaus, als daß euer Sohn lebendig vom Galgen kommt!" Da erhoben sich die Vögel von der Platte und flatterten davon, und beinahe genauso schnell eilte der Richter dem Unschuldigen zu Hilfe.

Seitdem gab es in der Kirche von Santo Domingo einen großen Käfig, der von einem Hahn mit seiner Henne bewohnt wurde. Diesen beiden war der Beifall aller Pilger sicher. Auch die Deutschen konnten sich über das Kikeriki des eitlen Gockels kaum beruhigen. Ursel nahm ein Stück Brot heraus. Es hieß nämlich, daß alle, von denen die zwei sich füttern ließen, wieder heil nach Hause gelangen würden. Als sie eben einen kleinen Brocken abgebrochen hatte, fiel Lenhard ihr in den Arm:

„Ich möchte nicht, daß du das tust. Iß dein Brot selbst."

„Wir kriegen heute abend frisches", sagte Ursel verwundert.

Nun pflichtete Gilbrecht dem Vater bei:

„Lieber nicht. Die Zeichendeuterei ist unserm Herrn ein Greuel." Das hörte Ursel nicht zum ersten Mal. Ein gutes Zeichen wäre ihr aber viel wert gewesen.

„Meint ihr, daß der heilige Jakob euch hochgehalten hätte, wenn ihr gefangen worden wärt?" fragte sie trostbedürftig.

„Nie und nimmer – wir haben mit eigenen Händen tapfer gestohlen", erwiderte zu ihrem Leidwesen der Schmied.

Burgos

Lenhard wünschte sich den Beistand des heiligen Jakob für Ursel, dennoch fragte er bei Hede an, ob es keine Arznei gebe, die der Schwangeren helfen könne. Hede wiegte den Kopf:

„Viele Hebammen meinen, daß alle Arznei nur schadet. Aber manchmal nehmen die Wehen kein Ende, oder ein gelehrter Doktor ist in der Nähe, dann werden wohl Mittel benützt. Ich habe selber welche bereitet aus Frauenmantel, Ehrenpreis und Mohn. Und aus dem Mutterkorn."

Da bat der Schmied die Gefährtin, sie möge sich nach den nötigen Kräutern umsehen. Und Hede begann zu sammeln wie zuvor, als sie den falschen Roggen gepflückt hatte. Sie tat gerne, was in ihrer Macht stand. Sie wünschte nur, Ursel möge dereinst ins kölnische Land aufbrechen und einsehen, daß Lenhard ein neues Weib brauchte.

Ursel blieben die Sorgen ihres Vaters nicht verborgen. Während der Nächte, in denen sie keinen Schlaf fand, kam auch die Mutter, die inzwischen wohl vergessen hatte, wie schlimm ihre Kindsnöte gewesen waren:

„Wenn es dir zum ersten Mal an der Brust ruht, das wird deine süßeste Stunde im Leben. Kein Mann kann sich dessen rühmen."

Ursel fürchtete die Niederkunft. Die Ungewißheit des Wann und Wo quälte sie und der Gedanke an den Heimweg nicht minder. Die andern scherzten: Auch die Jungfrau Maria sei mit einem Kindlein nach Ägypten gezogen, und jetzt, nach fast anderthalbtausend Jahren, reise es sich doch leichter. Diese Reden halfen Ursel nicht. Ihr Kind war schon so groß, daß sie Knie oder Füßchen in der Hand zu spüren meinte, wenn sie sich über den Leib strich. Sie war stolz, daß alles, was in ihr heranwuchs, Blut von ihrem Blut war und Bein von ihrem Bein. Zugleich aber fühlte sie eine Schwäche, die mit jedem Tag zunahm. Sie brauchte ihre ganze Kraft, um sich aufrechtzuhalten, und dazu die Kraft all jener, die zu ihr gehörten. Sie brauchte Zottels Rücken, Gilbrechts Freundschaft und die Festigkeit ihres Vaters. An diesen dreien hing ihre Hoffnung: Wieder in Deutschland, eines ehrbaren Mannes Tochter, eines vornehmen Mannes Weib. Das mußte ihr Ziel sein, nichts durfte sie davon abbringen, und wenn sie ihre ganze Sehnsucht daransetzte, wurde es vielleicht wahr.

Vor vier Tagen hatten sie Santo Domingo verlassen, und seitdem regnete es ohne Unterlaß. Solches Wetter hatten sie in Spanien nicht erwartet. Die Mäntel trieften wieder und wogen zentnerschwer. Zottel hustete im Grabeston. Seine Blicke verrieten, daß er die ganze Pilgerei für ausgemachten Unsinn hielt. Der Weg führte durch häßliche Dörfer, in denen der Unflat die Gassen herabschwamm. Severin regte sich auf:

„Gibt es hier keine Latrinen? Jeder scheißt und pißt vor die Haustür, alles ein einziger Saustall!"

„Das stimmt." Sogar Gilbrecht war säuerlich. „Wie anders auch, wenn man sein Vieh in der Wohnstube hält." Wirklich teilten die Bauern ihre Hütten mit Hühnern, Geißen und eben Schweinen, an deren Eigenheiten niemand Anstoß nahm. Lenhard hob begütigend die Hand:

„Wenn wir uns sputen, erreichen wir heute abend noch Burgos. Dort gibt es sicher ein gutes Hospiz."

Es war unmöglich, sich mit Zottel im Gefolge zu sputen, denn der Esel änderte seine geruhsame Gangart unter keinen Umständen. Wenn man ihn zu sehr antrieb, blieb er einfach stehen. Sie wanderten also ergeben neben ihm her und verwünschten Wind und Regen, soweit sich das gute Christen erlauben durften. Trotzdem gelangten sie vor Einbruch der Nacht nach Burgos. Als sie die Mauern der Stadt erblickten, die man „das Haupt Kastiliens" nannte, seufzten sie auf.

„Gerettet", meinte Lenhard. „Hier bleiben wir, bis unsere Kleider trocken sind."

„Das wird Tage dauern", schnupfte Severin. „Wir müssen das Spital erst einmal finden. Los, los, damit sie uns nicht das Tor vor der Nase zusperren!"

Sie hasteten an den streng blickenden Wächtern vorbei, die gerade so aussahen, als wollten sie die Pilger aufhalten.

„Kommt mir bloß nicht mit Zoll", schalt Lenhard, „sonst will ich euch euern eigenen Apostel an den Hals jagen. So, und wohin jetzt?" Das war die Frage. Sie irrten durch die Gassen, und es dunkelte. Hede sprach ängstlich:

„Du lieber Himmel, wenn wir nicht bald unterkommen, läßt man uns nirgends mehr ein."

Lenhard wurde immer schnell böse, wenn man ihn drängte, wo er selbst nicht weiterwußte.

„Weib", brüllte er die Gefährtin an, „frag doch im Rathaus nach, ob dich der Bürgermeister in sein Bett nimmt!"

Hede schrak zurück, Severin gab heftig Antwort. Schon flammte Streit auf, als auf einmal jemand rief:

„Gute Leute! Seid ihr aus dem Reich?"

Ein Deutscher! Sie ließen voneinander ab:

„Ja, gewiß! Von Rhein und Main auf dem Weg nach Sankt Jakob! Könnt Ihr uns wohl den Weg zum Pilgerhospiz weisen?" Ihr Landsmann stand in einem erleuchteten Hauseingang.

„Hospiz? Das liegt vor dem Stadttor. Habt ihr die Kapelle nicht gesehen? Genau gegenüber."

„Ach so", brummte Severin. „Ich sagte ja noch, laßt uns mal diese Kapelle..."

„Nichts hast du gesagt", schnitt ihm der Schmied das Wort ab. „Nun ja, danke für die Auskunft, wir drehen um." Doch da wurde er belehrt:

„Dafür ist es zu spät, mein Freund. Die Tore sind längst verschlossen, niemand kommt mehr raus oder rein."

Hede weinte fast:

„Wo sollen wir dann übernachten?"

„Oh", ihr Gegenüber breitete die Arme aus, „deswegen braucht Ihr Euch nicht sorgen, liebe Frau. Durch Gottes Fügung seid Ihr bei mir goldrichtig. Ich bin der deutsche Wirt von Burgos und heiße Barnabas." Das klang lieblich in den Ohren. Lenhard verkündete allerdings gleich, daß sie arm und außerstande seien, auch nur einen Pfennig zu bezahlen. Barnabas winkte ab:

„Wer redet jetzt vom Geld? Ich kann keinen deutschen Pilger im Regen stehen sehen. Kommt ins Haus und seid meine Gäste."

„Uns genügt das kleinste Eckchen", flüsterte Hede.

Der Wirt lachte:

„Überlaßt das ganz mir. Heute abend soll es Euch gut gehen." Er befahl einen Knecht herbei: „Heinz! Führ den Esel in den Stall!"

Lenhard zögerte immer noch und wollte Zottel nicht aus den Augen lassen.

„Ist der Stall bewacht?"

„Ja ja, gewiß. Schnell ins Warme."

In der Wirtsstube roch es verführerisch. Barnabas rief seine Hausfrau:

„Walburga, bring Brot und Rauchwurst und was zu trinken. Später gibt es ein Zicklein."

Sie stopften die guten Sachen in sich hinein und dankten dem Allmächtigen, daß ihnen wieder einmal Barmherzigkeit zuteil wurde. Bald versammelten sich auch andere Gäste am Tisch; einer davon ein schwäbischer Kaufmann, der mit seinem Weib unterwegs nach Lissabon war:

„Mein Herr hat mir die Leitung unseres portugiesischen Handels anvertraut."

Wirt und Wirtin brachten Platten mit Fleisch heran, die Gäste zückten ihre Messer. Es schmeckte herrlich. Immer neue Krüge Wein leerten sie bis auf den letzten Tropfen. Lenhard warnte den älteren Mönch:

„Mäßige dich!“

Severin lachte und entgegnete leise:

„In den Krug paßt nicht viel rein, fühl nur den gewölbten Boden. Der übliche kleine Schankbetrug. Na, uns kann's gleich sein, wir bezahlen nicht.“

Der Wirt stammte von der Mosel, wie er sagte, und war vor zwanzig Jahren nach Burgos gelangt.

„Bist du schon in Sankt Jakob gewesen?“ fragten sie ihn.

„In Compostela?“ Er kehrte die Handflächen aufwärts. „Eines Tages, eines Tages wird mir der Herr die Zeit dazu gönnen.“ Plötzlich trat eine Jungfer mit der Laute in der Hand herein, und Barnabas erklärte stolz: „Meine Jüngste.“

Alle freuten sich. Nach der schönen Mahlzeit fehlte nur ein wenig Musik zur vollkommenen Seligkeit. Die Wirtstochter lächelte. Sie nahm auf einem hohen Hocker Platz, schlug die Saiten an. Und als dann Schweigen einkehrte, sang sie „Drei Laub auf einer Linden“ und „Ach Lieb mit Leid“.

Die Gäste hörten gebannt zu. Wann hatten sie zuletzt ein deutsches Lied vernommen? Voll Wehmut dachten sie an zu Hause, und das Weib des Kaufmanns wischte sich die Augen aus. Ursels Lippen bewegten sich stumm. So hatte sie selber gesungen, damals:

„Ich sah einstmals
den lichten Morgensterne,
bei meinem Buhlen
da wär ich allzeit gerne.
Es kann und mag
ja leider nicht gesein.“

Ursel hauchte:

„Das ist mein Lied, Gilbrecht. Es kann und mag ja – mag ja leider nicht sein.“ Nun weinte auch sie.

„Was hast du?“ Er nahm die Hand, mit der sie ihr Gesicht verbergen wollte. „Es wird gut, bestimmt.“ Sie schluchzte in seinen Ärmel, bis er sie an sich drückte: „Laßt uns schlafen gehen.“

Lenhard nickte.

„Lieber gleich, bevor es noch Unruhe gibt." Er stieß Hede an, die von den Heldentaten ihres Sohnes prahlte. Das machte der Wein. Der Wirt wies ihnen eine Kammer mit zwei Betten zu. Lenhard gähnte: „Ihr Weiber nehmt das kleinere."

Hede wandte sich gehorsam um, doch da öffnete Ursel den Mund:

„Nein. Ich möchte bei Gilbrecht liegen."

Die drei Älteren setzten tadelnde Mienen auf, aber Gilbrecht trat zu seiner Freundin:

„Das wirst du." Sie bekamen ihren Willen und verschwanden im Halbdunkel. Die andern zogen sich mit gesenkten Köpfen aus. Anders als im öffentlichen Spital legte man im Gasthaus nachts die Kleider ab. Hede sprang schnell unter die Decke und drückte sich an die äußerste Bettkante.

„Soll Severin in der Mitte liegen?" fragte Lenhard.

Severin blies die Backen auf: Zum ersten Mal in seinem Leben er neben einem nackten Weib im Bett, und dies dann ausgerechnet Hede? Aber er sagte nichts.

Hede dagegen wisperte:

„Nein."

Am andern Morgen wollten sie in aller Frühe aufbrechen, doch der Wirt nötigte sie nachgerade zu bleiben.

„Ihr wollt unser Burgos nicht schon verlassen? Ich bitte euch! Morgen ist das Fest von der heiligen Jungfrau Geburt. Warum die ungebührliche Eile?"

Die Pilger ließen sich umstimmen; besonders als Barnabas lange Blicke auf Ursels Bauch warf und einen Rasttag zur Erholung dringend empfahl. Sie dankten ihm von Herzen und löffelten warmes Hafermus als Frühstück in sich hinein. Severin sah nach dem Esel, der zufrieden malmend im Stall stand. Alles hatte seine Ordnung.

Bei einem Rundgang durch die Stadt entdeckten sie den Dom, der mit Türmen und Zinnen über die Dächer der Bürgerhäuser hinausragte. Sie gelangten bis an die Mauern der bischöflichen Insel. Der Dom, ein Palast aus weißem Stein, war von zahllosen Anbauten umgeben und thronte herrscherlich auf seinem Hügel. Die Pilger gafften. So etwas hatten sie noch nicht gesehen; schöne Kirchen wohl und kostbare Reliquien, nie aber solch hemmungslose Pracht.

„Und immerfort wird gebaut", rügte Severin. „Seht, dort stücken sie einen Flügel von babylonischen Ausmaßen an. Oh, welche Sucht nach Ruhm!"

Nachdem sie genug gestaunt hatten, schlichen sie zurück. Barnabas lachte, als er sie sah.

„Dieselben Pfaffen wie überall. Laßt euch nicht täuschen."

Sie verbrachten einen weiteren fröhlichen Abend in großer Runde. Der Wirt berichtete über die spanischen Zeitläufe:

„Wißt ihr überhaupt von dem Sieg, den unser Herr Fernando errungen hat? Vor einem Monat ist Malaga gefallen."

„Malaga?"

„Malaga war der wichtigste Hafen des maurischen Reiches. Nun darf man hoffen, daß sich bald ganz Granada ergibt. So wird die Königin unsere Steuern wohl nicht wieder erhöhen. Jetzt zahlt Malaga für alles, Gott sei Dank. Die Mohren kommen in die Sklaverei."

„Und der Maurenkönig hilft seinen Leuten nicht?"

„Boabdil? Der ist ein Feigling und ein Dummkopf obendrein. Hat seinen Vater entmachtet, aber selbst nur Mißgeschick und Verluste erfahren. Nein, Boabdil fürchten wir nicht."

„Euch im Norden geht der Krieg nicht viel an, was?"

„Wir müssen das nötige Silber beibringen, schlimm genug. Aber es kommt keiner, der unsere Häuser einäschert und die Weiber schändet, stimmt's, Walburga?"

Über diesen Geschichten verging die Zeit wie im Nu. Als der Wirt ihnen nahelegte, auch für den kommenden Feiertag bei ihm zu bleiben, waren sie schnell überredet. Sie würden an ihn denken beim Apostel, würden ihn aus mindestens tausend Jahren Fegefeuer herausbitten, das versprachen sie sich gegenseitig.

Auch dieser Tag verstrich. Nach dem Marienfest im Dom und reichlichem Essen lagen sie abends in ihren Betten.

„Zu schade, daß dies nicht Sankt Jakob war", klagte Ursel. „Hier wollte ich ewig bleiben."

Aber da entgegnete Lenhard von der anderen Seite der Kammer:

„Ruhe, Tochter. Freu dich lieber auf Frankfurt, da hast du wieder deinen eigenen Vorrat."

Sie lächelte und ruhte in Gilbrechts Arm.

Als sie im Morgengrauen die Stufen zur Schankstube hinabkletterten, war ihnen allen jämmerlich zumute. Jetzt ging es zurück auf die Straße, und so bald würden sie nicht wieder bei Kerzenschein und Lautenklängen tafeln. Severin sagte heiser:

„Ich hole Zottel aus dem Stall" und trollte sich hinaus.

Die andern traten hinüber zur Küche, riefen nach dem Wirt:

„Wir möchten euch für eure Wohltaten danken und Abschied nehmen."

Barnabas kam zum Vorschein.

„Danken? Es war mir eine Ehre. Ihr wollt also reisen?"

„Ja, es ist Zeit."

„Gut, gut", entgegnete Barnabas, „so laßt uns die Rechnung aufmachen." Er zückte ein Stück Kreide und kritzelte in runden arabischen Ziffern auf den Holztresen: „Ihr wart zu fünft über drei Nächte hier, dann der Esel im Stall, Früh- und Abendmahlzeiten, Wein, meiner Tochter Gesang", er schrieb emsig, „das Privet benutzt..." Lenhard glotzte auf die weißen Zahlen, die bereits über zwei Spalten reichten: „Was machst du da?"

„Augenblick", der Wirt summierte, „gleich sage ich euch... ja, das macht insgesamt acht Schilling, zwei Pfennig. Spanische Währung, versteht sich."

„Acht Schilling?" Ihnen stockte der Atem.

„Ja." Barnabas zeigte Befremden, „Scheint euch das zu viel? Wart ihr nicht zufrieden?"

„Zufrieden, natürlich – aber du hattest uns doch eingeladen!"

„Eingeladen?"

Lenhard stützte sich mit beiden Händen auf die Rechnung:

„Jawohl. Du hast gesagt: Seid meine Gäste; nicht wahr?" Seine Gefährten nickten.

„Freilich habe ich das gesagt. Ihr wart ja meine Gäste. Aber wißt ihr nicht, daß ein Gast im Wirtshaus zu zahlen hat?" Barnabas' Miene bewölkte sich.

„Du hast gesagt, du wolltest nicht vom Geld reden!"

„Ja nun, nicht gleich am Abend eurer Ankunft, da bin ich großzügig, aber", er ballte die Fäuste, „soll das heißen, ihr wollt nicht zahlen?"

„Wollen?" Lenhard geriet außer sich: „Wir können nicht, wir haben kaum einen Pfennig!"

„Keinen Pfennig? Ja, ist es denn die Möglichkeit!" schrie der Wirt. „Mein Brot essen, meinen Wein trinken, in meinen Betten schlafen, und sie wollen nicht zahlen! Heimtücker, Zechpreller! Euch Gesindel werd' ich's zeigen, der spanische Stock soll euch wohl bekommen, der Pranger, die Haft; Walburga, hol die Büttel, die Stadtknechte!"

Walburga fegte herbei, und die Pilger erschraken. Wahrhaftig, sie konnten nicht zahlen und hatten doch acht Schillinge zu begleichen. Niemand würde zu ihren Gunsten bezeugen, mit welch zweideutigen Worten der Wirt sie in sein Haus gelockt hatte. Er würde von jedem Richter recht bekommen.

Gilbrecht schob den schwitzenden Lenhard beiseite. Mühsam seine Würde wahrend, brachte er hervor:

„Du hättest uns ansehen müssen, daß wir nicht soviel Geld besitzen, wie du verlangst. Du hättest uns nicht aufnehmen dürfen."

Da kniff der Wirt die Augen zusammen:

„Ach so, der geistliche Herr ist arm. Aber da fällt mir ein, wie wir unsern Zwist gütlich regeln können: Ihr habt immerhin einen Esel. Der wird mir als Entgelt genügen."

„Genügen?" Jetzt empörte sich Ursel: „Der Esel ist ein Vielfaches wert! Nie und nimmer!"

„Den Esel – oder den Büttel", kam die barsche Antwort. „Heinz, jag den Mönch aus dem Stall, sofort!"

Lenhard verlor die Beherrschung. Mit einem Sprung packte er Barnabas am Westenaufschlag:

„Du Mistkerl hattest es von Anfang an auf unsern Esel abgesehen!"

Walburga wollte zur Tür hinaus, um Hilfe zu holen, doch Gilbrecht bekam sie zu fassen:

„Was nun?" rief er und hielt das zappelnde Weib fest.

Da kreischte plötzlich eine helle Stimme: „Im Stall verdrischt der alte Mönch den Heinz!" Das war des Wirts schöne Tochter, und sie entsetzte sich noch lauter, als sie ihre Eltern in der Gewalt der Fremden fand: „Robo! Asesinato!"

Die Pilger hörten Severin draußen brüllen:

„Nichts wie weg!" und Zottels schrilles Iah, als er über den Hof gezerrt wurde. Zweifellos würden gleich Wachleute kommen; die ganze Nachbarschaft mußte den Aufruhr bemerkt haben. Ihnen blieb nur die Flucht.

Sie rannten um ihr Leben. Später sollte es heißen, daß Severin den widerstrebenden Zottel durch die Gassen von Burgos getragen habe. Sie entkamen und erregten trotz aller Hast nicht einmal viel Aufsehen. Sie erwarteten, daß Barnabas selbst sie verfolgen oder zumindest seine Häscher schicken würde. Doch sie gelangten unbehelligt zum Tor hinaus und erreichten die rettende Straße.

Vielleicht war der Wirt für seine Schlechtigkeit bekannt. Der heilige Jakob jedenfalls hatte mit den Pilgern gehalten.

Sahagún

Lenhard konnte kaum fassen, daß man ihn so zu übertölpeln versucht hatte. Er schimpfte, was er wußte, bis Severin ihn bremste:

„Genug davon. Du hast vor dem Schaden den Braten gehabt. Also bitte. Im übrigen war es nicht unsere Schuld."

„Wie kommt es dann, daß wir jede spanische Stadt im Laufschritt verlassen?" fragte Gilbrecht.

„So geht es mit fahrenden Leuten", höhnte der Schmied. „Sie schleichen herein, sie flüchten hinaus; und die Bürger sind wieder um ein paar Hühner und Esel ärmer."

„Das sind böse Reden, Lenhard." Hede schauderte. „Ich habe Ehre und will sie auch zurück nach Hause bringen."

Er mußte lächeln.

„Nimmst du noch immer alles ernst, was ich sage? Beruhige dich erst einmal, du bist ganz von Kräften." Sie sah zu ihm hinüber, strauchelte im selben Augenblick und fiel der Länge nach hin. Laut vernehmlich schlug ihr Kopf auf einen flachen Stein. „Donner und Kreuz", entfuhr es dem Schmied, „gib doch acht!" Aber er war als erster bei ihr, um ihr aufzuhelfen. „Nun blutest du. Tut es weh?"

Sie war wie benommen und faßte nach ihrer verletzten Stirn.

„Ich bin gestolpert."

„Allerdings", Lenhard schüttelte sie. „Was machst du für Sachen?"

„Laß sie los, Mann", sprach Severin unwillig, „sonst gibst du ihr den Rest."

„Ich habe ein Stück Verband übrig." Gilbrecht zog einen leidlich sauberen Streifen aus der Tasche. „Noch aus Frankreich."

Hede drückte sich das Leinen auf die Wunde. Lenhard sah, wie sie bebte.

„So kannst du nicht weiterlaufen. Ursel muß dich reiten lassen."

Ursel, die erst kurz zuvor auf Zottel gestiegen war, zuckte zusammen:

„Und ich?"

„Du gehst eine Weile zu Fuß."

„Was?" Ursel erhitzte sich. „Hast du vergessen, wie dick meine Füße sind?"

„Zum Kuckuck!" Lenhard verlor die Geduld „Siehst du nicht? Sie schwankt!"

„Aber ich kann nicht laufen!" Ursel klammerte sich in die Eselsmähne. „Meine Beine sind schwer wie Blei. Da könnt ihr mir doch nicht den Zottel wegnehmen!"

„Unfug. Du leihst ihr das Vieh für den einen Tag und jetzt runter, oder ich hole dich!" Ursel rührte sich nicht. Severin machte eine abfällige Gebärde. Gilbrecht endlich erbarmte sich ihrer und flüsterte so lang beschwörende Bitten, bis sie schluchzend nachgab.

Lenhard schenkte der Tochter keine Beachtung, sondern hob Hede in den Sattel. Sie hielt seine Hand fest:

„Wie gut du zu mir bist."

„Red nicht", entgegnete er und starrte zu Boden.

Es war ein schlechter Tag. Hede hatte kaum auf dem Esel gesessen, als sie in einer Anwandlung von Ohnmacht schon wieder halb herunterrutschte. Severin stieß Gebete hervor, die wie Flüche klangen, und Lenhard erklärte:

„Das kommt von dem Sturz. Uns bleibt auch nichts erspart."

Ursel streifte die Gefährtin mit Seitenblicken und überließ es den Männern, Hede beizustehen. Alle waren heilfroh, als sie das Pilgerspital der Benediktiner von Hornillos erreichten. Am nächsten Morgen zeigte sich, daß sie nicht weiterreisen konnten. Hede klagte über starkes Kopfweh, doch Ursel war nicht willens, erneut auf Zottel zu verzichten.

Angesichts ihrer schmalen Wangen und geschwollenen Handgelenke wagte niemand zu widersprechen.

„Schon wieder verlieren wir einen Tag. Das verdanken wir nur diesem Lumpen von Wirt", erzürnte sich der Schmied. Hede sprach ihm trotz ihrer Schmerzen Trost zu. Ursel saß abgewandt in einer Fensternische. Die Mönche waren mit ihren Brüdern beim Stundengebet. Man hatte sie bei den besseren Gästen untergebracht, und sie litten nicht sehr unter der erzwungenen Rast.

Tags darauf ging es wieder fort. Die Gegend war einsam; nichts als kahlgeschnittene Felder und dazwischen der holprige Pfad. Hier, wo kein Baum wuchs, der Schatten gab, stand die Sonne am Himmel und trieb ihnen den Schweiß aus. Zuweilen kamen sie an ein Kapellchen aus unbehauenem Stein. Dann tranken sie im Schutz der kühlen Mauern ein paar Schluck, aber auch diese Erfrischung hielt nicht vor.

Ursel ritt auf dem Esel, schwieg beharrlich und sah niemandem in die Augen. Severin redete mit Gilbrecht über den September, der bereits zu einem Drittel verstrichen war. Während dieser Jahreszeit brachte man in Deutschland Wein und Obst ein; da hatte es für die Mönche in Laach stets viel zu tun gegeben. Sie erinnerten sich gemeinsam, wurden lebhaft und gingen ein Stück vor den anderen her. Lenhard führte Zottel am Seil, doch er blickte nicht hinter sich. Hede, die neben ihm lief, sagte schließlich:

„Du hast es wohl mit deiner Tochter verscherzt wegen mir?"

Er trat einen Stein vor sich her:

„Sie war schon immer ungebärdig."

„Du hast viel Geduld mit ihr."

„Ich, Geduld? Von wegen! Mein Weib hat sich früher vor sie geworfen, wenn ich der frechen Gans die Rute gezeigt habe. Die Ursel kannte mich genau und war schnippisch und aufsässig, wenn sie mich ärgern wollte; aber eine feste Tracht Prügel, da waren Gott und ihre Mutter vor."

„Was gab es für Ärger?“

„Ach, Kinderkram. Sie hat ihren kleinen Bruder verbleut oder bei der Arbeit geschlampt. Dann hat sie auch mal eine gefangen.“

„Aber heute siehst du ihr alles nach.“

„Was bleibt mir denn anderes übrig? Schau sie dir an: besteht beinah nur noch aus Hut und Bauch. Ich habe Angst, bei allen Heiligen, Angst, daß sie mir an dieser Schwangerschaft stirbt. Sie ist unsere Älteste; als einzige noch am Leben bei so vielen Kindern auf dem Friedhof. Ja, sie war ungebärdig, aber natürlich war sie auch brav und gut. Sie zerrüttet sich auf dieser Pilgerschaft. Bei Gott, ich habe nicht geahnt, wie es kommen sollte. Wenn sie mir stirbt – ich weiß nicht, was ich dann tue. Verstehst du, wenn ich wüßte, daß es Gilbrechts Kind ist, an dem sie zugrunde geht, ich würde ihn umbringen. Nein, er kann nichts dazu. Aber ich habe niemanden außer ihr, nichts als ein ausgestorbenes Haus, eine steinerne Totenlade für mich selbst!“

„Keinen sonst in Frankfurt, keinen Schwager oder Gevatter?“

„Meine ganze Sippschaft sitzt im Münsterland, von denen habe ich seit Jahren nichts gehört. Kurz nachdem ich damals Geselle geworden bin, sind meine Eltern gestorben, und den Geschwistern war ich herzlich gleich. Alles Bauern.“

„Weshalb bist du von Münster fort?“

„Wegen eines Scheißkerls von Meister. Sicher, ich habe viel von ihm gelernt, er war ein tüchtiger Mann. Zur Gesellenfahrt hat er mich nach Augsburg geschickt, dort sitzen die besten Schwertfeger des Reichs. Als ich zurückkam, war ich recht stolz auf meine feinen Künste. Es ließ sich auch gut an. Der Meister nahm mich wieder auf, und ich sparte bereits für den Brief. Da kam mir sein Sohn in die Quere. Der war noch feucht hinter den Ohren, aber ein ewiger Großsprecher, wir konnten uns nicht ausstehen. Irgendwann an einem blauen Montag gerieten wir aneinander.

Frag mich nicht, warum, ein dummer Streit. Ich sagte: Du Arschloch, Schweinskopf, Hurenbock –"

„War er einer?"

„Nicht mehr als ich."

„Du warst lang bei keiner mehr."

„Sie tun es nicht umsonst. – Wir also gezankt, er hat mir eine gelangt, ich ihm, und da haut's ihn plötzlich um und patsch, hat er den Kiefer gebrochen."

„Von deiner Faust?"

„Naja, anzunehmen. Es sah gleich schlimm aus, so ein schiefes Maul, und natürlich gab es ein großes Gezeter. Die Meisterin war außer sich. Der Bader wollte es richten, aber das schlug fehl. Bald sah man, daß der werte Sohn verstümmelt bleiben würde. Er konnte nicht mehr richtig schlucken und sprechen. Da ging es dann gegen mein Haupt. Die Tochter des Meisters hat mich schließlich gewarnt: Der Alte wollte mir vom Zunftgericht den Gesellen absprechen lassen. So bin ich aus Münster verschwunden."

„Warum hast du deinen Lehrbrief nicht mitgenommen?" Er sah sie scharf an, und sie fügte rasch hinzu: „Die Ursel hat erzählt, daß du ohne Zeugnis nach Frankfurt gekommen bist."

„Ja, der ganze Plunder lag beim Meister im Kasten, ich kam nicht dran."

„Ach so. Und obwohl du mit keiner Zeile um Glauben werben konntest, hast du es in Frankfurt zu etwas gebracht?"

„Nun, meine Werkstatt ist die beste weit und breit. So habe ich sie nicht von meinem Schwiegervater übernommen, wenn auch das Erbe hilfreich war."

„Das will ich meinen."

„Ich hätte nichts mit seiner Tochter angefangen, wenn sie nicht so ein reizendes Maidlein gewesen wäre! Ich glaube, sie hat die Hochzeit nicht bereut. Wir haben gutes Geld verdient in all den Jahren; eine reiche Mitgift für die Ursel, und desto wählerischer ist sie geworden. Doch was nutzt das alles, was habe ich von meinem Gold, wenn ich einsam bleibe?"

Hede ließ ihn ausreden. Dann holte sie Luft:

„Aber mußt du denn einsam bleiben – ich meine, sogar wenn – ich habe auch mein einziges Kind verloren und war bestimmt noch viel verlassener als du. Meine Seele war wie zergangen vor Not. Und dann habe ich doch gemerkt, daß da Menschen sind. Mußt du wirklich einsam bleiben, gibt es denn niemanden, den du – schätzt?"

Sie griff nach dem Arm, der ihr so oft Beistand geboten hatte. Er drückte ihre Hand:

„Das weißt du doch."

Ursel hinter ihnen hörte jedes Wort. Sie hörte auch Severin, der sich plötzlich vorn umwandte und heiter rief:

„Ihr werdet ja immer langsamer! Hat euch der Weg die Füße verbrannt?"

Das Herz, dachte sie.

Nie zuvor war Lenhard so geliebt worden, das wußte Hede. Jene Tochter aus vermögendem Haus hatte gewiß nicht so viel Liebe übrig gehabt wie sie, die von den eigenen Eltern verstoßen worden war. Hede selbst hatte nie etwas Ähnliches empfunden. Der Schmiedgeselle von damals zählte nicht mehr. Lux Klein war ein stattlicher Mann gewesen, heftig und ruhelos, gierig nach Weibern. Sie hatte sich ihrer Macht über ihn geschmeichelt. In Wahrheit war der Kampf nie erloschen, bis Hede endlich als Verliererin zurückblieb. Sie glaubte nicht, daß Lenhard Grosser ihr je nachfühlen würde. Was sollte er an ihr zu lieben finden? Doch vielleicht konnte er sie neben sich dulden, weil er sie nötig hatte. Sie wußte, daß sie ihm wohltun würde. Seine Tochter – nun, Hede wollte die besagte Medizin herrichten und das Beste hoffen. Zu Hause hätte sie kein Weib behandelt, das so krank erschien wie Ursel. Die Gefahr eines tödlichen Ausgangs wäre zu groß gewesen, und dann hätte man womöglich bei der Ratgeberin Vergeltung gesucht.

Am nächsten Abend erreichten sie Frómista. Sie nahmen Unterkunft im Jakobsspital, obwohl es auch hier ein Benediktinerkloster gab. Ursel ging es so elend, daß sie sich schließlich selbst fragte, ob sie etwa darauf aus war, dem Vater ein schlechtes Gewissen zu machen? Sie riß sich zusammen, allein es half nichts. Der Schmerz saß noch mehr im Kopf als im Magen. Starr ausgestreckt versuchte sie, gegen die Wogen von Übelkeit anzubeten, die sie durchfluteten. Auch das mißlang. Selbst das Mitleid der Mutter tat ihr weh. Und während alle andern schliefen, lag Ursel wach. Die Besinnung verließ sie nicht, erlahmte nur und kroch auf Knien durch die lange Nacht. Sobald es tagte, erhob sie sich taumelnd. Der Vater erwachte, als sie neben ihm durch das Stroh raschelte:

„Ursel! Ja, bleib doch liegen, wenn du dich nicht auf den Beinen halten kannst!"

Dann standen die Gefährten um sie herum. Ursel brachte den Gerstenbrei, den man ihr geholt hatte, kaum hinunter. Hede ließ sich die Beschwerden schildern.

„Wann erwartest du deine Stunde?"

„Erst in gut sechs Wochen", sagte sie verzagt. Solch eine Schwangerschaft war furchtbar lang. Am liebsten hätte sie ihr Kind auf der Stelle geboren und endlich alles hinter sich gehabt. Leider war daran nicht zu denken.

„Da ist es wohl nur allgemeine Schwäche und dein erschöpftes Blut. Du brauchst mehr Fleisch in der Speise, das ist es."

„Wir werden Fleisch beschaffen", versprach Gilbrecht. „Ich gehe sofort darum bitten."

Aber zu ihrem Unglück war es ein Freitag, und die frommen Leute im Spital gaben an diesem Tag nicht einmal den Hunden Fleisch zu fressen. Severin beschloß ergrimmt:

„So müssen wir eben beim Almosenmeister unseres hiesigen Klosters nachfragen oder am besten gleich dort in der Küche. Das wäre ja gelacht, wenn nirgends was Gehaltvolles versteckt läge."

Die Mönche brachen auf und kehrten bald triumphierend zurück:

„Diesen Refectarius läßt man sich gefallen! Was er uns geschenkt hat, damit kannst du dich kugelrund futtern."

Beider Taschen beulten sich aus vor lauter Essen. Lenhard und Hede klatschten in die Hände:

„Fein gemacht! Jetzt greif zu, Ursel!"

Sie konnte nicht. Zwar ging es ihr im Tageslicht ein wenig besser als in der Nacht, doch beim Anblick der fetten Würste und zerdrückten Fleischkuchen schwindelte ihr. Hede hatte Verständnis.

„Hier ist auch Gebäck. Versuch das als erstes." Mit Mühe brachte Ursel ein Stück Striezel hinunter.

„Bitte nehmt; ich kann es auf keinen Fall allein aufessen, und sonst verdirbt es noch!" Die Gefährten ließen sich bewegen, aber selbst Severin griff nur zögernd zu.

„Gut", sprach Lenhard schließlich. „Den Rest packen wir ein. Wir werden Ursel unterwegs noch etwas einflößen."

Auf der Landstraße sagte der Schmied zu dem älteren Mönch:

„Wir können Gott danken, daß ihr zufällig an einen so großzügigen Bruder gelangt seid."

Severin hob die Brauen.

„Wenn Gilbrecht lächelt, würden neun von zehn seiner Brüder ihm alles geben. Aber bitte verrat ihm das nicht."

Lenhard faßte sich an den Kopf.

Am Abend erreichten sie Carrión, eine ansehnliche Stadt mit vielen Kirchen und steinernen Gebäuden. Sie strebten eilig ins Spital. Ursel hatte den Tag über trotz inständigen Bittens fast nichts gegessen, und die guten Sachen waren in Gilbrechts Tasche sicher nicht besser geworden.

„Jetzt nimm aber", verlangte er. „Von nichts kommt nichts." Sie nickte. Nachdem die andern sich Kohlsuppe vom Koch geholt hatten, standen sie gemeinsam in einer

Ecke auf dem Hof. Ursel hielt ein Stück Pastete in der Hand, bei dessen Anblick es ihr den Hals zuschnürte. Sie mußte essen, das wußte sie ja selbst. Also biß sie etwas ab. Man wollte sie ermutigen:

„Nur tapfer geschlemmt! Du hast es nötig. Behagt's dem Fräulein?" Das waren wohlmeinende Reden, die Ursel aber kaum ertragen konnte. Sie kaute und würgte gegen ihren inneren Widerstand an. Plötzlich kam Brechreiz dazu. Ursel keuchte:

„Ich kann nicht mehr, mein Gott, mir ist so schlecht!"

„Schlecht?" riefen sie erschrocken, „wieso denn?"

Da erbrach sie schon. Mit einer halben Drehung suchte sie Schutz vor fremden Blicken, übergab sich heftig und verzweifelt. Lenhard sah ihre zuckenden Schultern und streckte die Arme aus:

„Liebchen!"

Zu seinem Entsetzen brach sie bei der Berührung zusammen. Sie stürzte nach hinten, krampfte zweimal mit allen Gliedern und blieb dann bewegungslos liegen. Hede fürchtete bereits das Schlimmste, aber als sich niederbeugte, vernahm sie ein schwaches Atmen.

„Sankt Valentin steh uns bei", flüsterte sie. „Das war ein Anfall."

Lenhard trug die Tochter ins Haus. Sie erwachte, als sie im Schlafsaal niedergelegt wurde, und wimmerte ängstlich. Als Hede ihr mit einem Lappen Mund und Hals säubern wollte, wehrte sie sich wie ein gefangenes Tier. Lenhard war nicht mehr fähig, sie zu beruhigen; er zitterte selbst. Gilbrecht ging neben Ursel auf die Knie und sprach ihr zu; seine Augen glänzten feucht, doch seine Stimme hatte er in der Gewalt. Von ihm ließ sie sich helfen und schlief zuletzt bei ihm ein.

Erst am Abend zum Sonntag erwachte sie wieder. Ihr Gedächtnis war getrübt, und sie grübelte lang, bis sie sich an die Ankunft in Carrión erinnern konnte. Alles Weitere war gnädig ausgelöscht. In diesem Hospiz gab es keine Krankenstube, aber Ursel lag gerne im Pilgerschlafsaal, wo man ihr mit Decken und Kissen ein Lager hergerichtet hatte. Sie hatte schon zu viele Krankenstuben gesehen und das Schweigen eines klösterlichen Fürsorgers fürchten gelernt. Sie wollte bei den Gefährten bleiben. Immerhin war ihr Appetit zurückgekehrt, und sie verzehrte einen weißen Brei, der eigens für sie zubereitet worden war.

„Was ist es?“ fragte Hede.

„Blamensier, wie daheim. Milch, Mandeln, Honig und gemahlenes Hühnerfleisch.“

„Wie fühlst du dich?“

Sie lächelte schwach:

„Wie durchgewalkt. Jede Bewegung tut weh. Aber das Kind regt sich.“

Das war ihr Trost. Die andern aber sahen nur eine Schwangerschaft, die Krankheiten gebar, an die man nicht zu denken wagte.

Am Sonntag meinte Ursel, sie sei stark genug weiterzupilgern. Ihr Kleid war gereinigt worden. Es paßte immer noch, aber den Gürtel trug sie nicht mehr um den Bauch, sondern unter den Brüsten. Zum Glück gab es den weiten Mantel, den sie selbst in der Mittagshitze nicht ablegte.

Die Pilger erreichten Sahagún am späten Montag und verbrachten, um Ursel zu schonen, auch den Dienstag dort. Am Mittwoch, zur Tag- und Nachtgleiche des Herbstes, zogen sie erneut los. Die Bauern der Gegend führten bereits ihre Lasttiere beladen mit Gütern herbei, denn heute mußten sie der Geistlichkeit den Zehnten bringen. Manche schauten fröhlich drein, weil sie das Schuldige erübrigt hatten, aber viele waren merklich verdrossen über die Höhe der Abgaben.

Die Deutschen gelangten an eine Brücke über das Flüßchen Cea. Gilbrecht hob die Hand:

„Seht ihr die Erlen dort am Uferrand? Es gibt eine Sage über unsern Kaiser Karl, daß diese Bäume seinen Kriegern zum Andenken gewachsen sind."

„War der Kaiser in dieser Gegend?"

„Aber ja", erklärte Gilbrecht eifrig, „er hat ein Heer nach Sahagún geführt, um die Stadt von maurischer Herrschaft zu befreien. Am Abend vor der Schlacht steckten seine Leute ihre Lanzen ins Feld. Und am Morgen darauf zeigte sich, daß die Schäfte Wurzeln und Blätter geschlagen hatten."

Ursel horchte auf:

„Was hatte das zu bedeuten?"

„Die blühenden Lanzen waren ein Vorzeichen des Todes. So wie sie ihre Lanzen nicht mehr von der Stelle brachten, kamen auch die Männer selbst nicht wieder nach Hause. Sie fielen alle im Kampf; aus ihren Lanzen aber sprossen Erlenstämme auf."

Ursel nickte. Umständlich ließ sie sich von Zottel herab, löste vom Sattel ihren Wanderstab und stieß ihn heftig in die Erde.

„Was soll das?" fragte Gilbrecht entgeistert.

„Will sehen, ob er sich begrünt."

León

Die Landschaft hinter Sahagún war öd und flach wie eine Scheibe. Keine Felder und Dörfer; kein Brunnen, kein Hof. Die Straße war mit alten Pflastersteinen belegt. Zottel setzte sorgsam einen Huf vor den andern, um nicht auszugleiten. Ursel dämmerte im Sonnenlicht. Gilbrecht ging neben ihr her und stieß sie an, wenn sie zu schläfrig wurde. Vor ein paar Wochen hatte er sich eintönige Strecken mit der Überlegung verkürzt, ob Ursel wohl in Köln mit ihm ins Tanzhaus wollte. Die Vorstellung fand er recht peinlich; andererseits mußte ein Mann, der wieder bürgerliche Kleidung trug, sich so etwas zutrauen. Aber seit jenem Tag in Carrión dachte er nicht mehr an Köln. Er dachte daran, wie Ursel in ihrem Anfall niedergestürzt war. Da hatte der Tod selbst eine Probe gegeben. Wie einst Gilbrecht durch die Öffnung in der Klostermauer war auch Ursel zu Boden geschleudert worden. Gilbrecht spürte, daß die Angst in ihm wieder erwachte. Sie drückte ihn in der Kehle und stach in seiner Brust. Wenn sie noch einmal zur alten Kraft gelangte, überlebte er das nicht. Dann starb er gemeinsam mit Ursel und verdiente gar nichts anderes, weil er sie nicht zu retten vermocht hatte. Er hätte das Geschick, das ihm aufs Neue nehmen wollte, was ihm teuer war, verfluchen mögen. Allein die quälende Gewißheit, daß er Ursel nicht genügend liebte, verwehrte ihm das Recht zu solcher Klage. Gilbrecht gab, was er zu geben hatte an Aufmerksamkeit und Freundschaft. Sein Herz indessen ließ sich nicht zwingen. Es war Ursel gewogen, doch wahrte unbeirrbar die Erinnerung an andere, größere Lieben; an ein Elternhaus und jenen Mann, der Gilbrecht immer noch näher stand als sonst irgendein Mensch. Solange er daran nichts ändern konnte, war es nicht erstaunlich, wenn Ursel ihm entglitt. Er spürte nur, daß ihr Verhängnis auch das seine war.

Am Samstag nach Matthäus gelangten sie in die Stadt León. Das alte Königreich León war längst den kastilischen Fürsten anheimgefallen, aber seine Hauptstadt stand immer noch wehrhaft und stark. Als Gilbrecht zum Sonntag in den Dom trat, erstrahlte unvermutet um ihn her der Abglanz des himmlischen Jerusalems. Durch Tausende bunter Gläser, durch Figuren und Flechten, die südliche Tag- und die nördliche Nachtrose drang Licht in die Kirche, köstliches, edelsteinernes Licht. Da fiel er auf die Knie:

„Gott, steh uns bei!" Wo so viel Schönheit war, mußte auch Gnade sein; und wo Gilbrecht mit aller Kraft kämpfte, blieb immer Hoffnung auf einen Sieg. Als die Pilger nachher zurück ins Spital gingen, sagte er:

„Ursel muß zu einem Arzt. Hier in dieser Stadt noch."

„Ein Arzt kostet Geld."

„Auch bei Ärzten gibt es christliches Empfinden. Ich werde jemanden für sie auftreiben."

Lenhard lächelte nur müde, doch Gilbrecht war entschlossen, sich nicht wieder entmutigen zu lassen. Im Pilgerhospiz sprach er einen Bediensteten an, der sogleich einen Dritten herbeibat. Dieser fragte auf deutsch:

„Du kommst vom Reich, Bruder?"

„Ja", nickte Gilbrecht verdutzt. „Du etwa auch?"

„So ist es."

„Und gehörst hier zum Spital?"

Bescheiden erklärte der andere:

„Als ich dereinst die Pilgerfahrt zum Grab des heiligen Jakob gemacht habe, hat mich auf dem Heimweg sein Ruf ereilt: Ich sollte zu León ins Kloster eintreten und künftigen deutschen Pilgern behilflich sein."

Gilbrecht verschlug es fast die Sprache.

„Weisung vom Apostel persönlich, oh. Darf ich nach deinem Namen fragen?"

„Ich bin Laienbruder Anton."

„Lieber Bruder, ich bitte dich, schau dir meine Gefährtin an!"

„Gefährtin?"

Gilbrecht hörte nicht zu, sondern lief voraus:

„Da drüben sitzt sie, siehst du? – Stellt euch vor, wen ich mitbringe: Das ist Bruder Anton aus Deutschland."

Anton grüßte abwartend:

„Meinst du die dort? Sie kriegt ja ein Kind!"

„Ja", gab Gilbrecht zu, „aber wenn es das nur wäre! Sie ist obendrein sehr krank. Weißt du keinen Arzt für sie?"

„Einen Arzt? Steht es so schlimm?"

„Schlimm genug", knurrte Lenhard.

„Bist du der Ehemann?"

„Der Vater."

„Aha." Anton sammelte sich. „Hm. Unser Infirmar im Spital kann Brüche richten und Wunden versorgen, aber mit Weibern weiß er bestimmt nicht Bescheid. Einen Arzt. Ich nehme an, ihr habt Geld dabei?" Er schätzte sie ab. „Ohne Geld kein Arzt, nicht wahr, und ich sage euch gleich, einen Arzt können wir auch nicht bezahlen."

„Sorge dich nicht um unser Geld", erwiderte Gilbrecht. „An wen müßten wir uns wenden?"

Anton knetete seine Unterlippe:

„Es gibt einen getauften Mohren am Bernesga-Fluß; von dem wird viel gesprochen, seit er den Glauben angenommen hat. Er soll erschwinglich sein und gut."

„Du würdest uns den Weg zeigen?"

„Kann ich machen. Übrigens", Anton schnalzte, „mir fällt ein, ihr habt wirklich Glück. Hans Mägerlein ist in der Stadt, kennt ihr den?"

„Nein."

„Auch ein deutscher Jakobspilger; ein erfahrener Kerl, der nicht zum ersten Mal bei uns übernachtet. Ich dachte, ihr wärt ihm unterwegs vielleicht mal begegnet. Er ist schon auf der Rückreise, da opfert er euch sicher einen halben Tag. Er soll euch begleiten und beim Arzt einen guten Preis aushandeln. Mit seinem Geschwätz kriegt er jeden klein. Gut, ich frage ihn, wenn er zurückkommt."

„Ist er jetzt nicht da?"

„Nein; irgendwo in dunklen Geschäften zugange. Schweigen wir davon. Im Grunde ist er nicht verkehrt." Anton wandelte davon.

Hede lächelte bekümmert:

„Gut und schön, nur bleibt es dabei, daß wir kaum noch einen roten Heller haben. Hast du das vergessen, Gilbrecht?"

„Nein. Wenn wir uns heute an Gassen und Plätzen aufstellen, können wir das Nötige zusammenbitten."

Ursel schrak empor:

„Willst du mich zum Betteln schicken? Lieber sterbe ich!"

Severin fuhr ihr über den Mund:

„Du weißt nicht, wovon du redest. Meinetwegen, dann bleib hier, und wir versuchen es ohne dich. Obwohl gerade du nur dein blasses Gesicht zeigen müßtest, und die Leute würden dir die Hände füllen. Vor deinem Vater dagegen nimmt jeder Reißaus." Lenhard erschien allerdings etwas wild. Die Haare waren ihm gewachsen, und obwohl er öfters seine Wangen schor, machte es sich doch bemerkbar, daß ihm ein Spiegel fehlte. Die Bartstoppeln sprossen, wo er es nicht vermutete. Da sahen die Mönche besser aus, die in den Häusern ihres Ordens die Badestuben benutzen durften. Severin sprach weiter: „Oder wir verscherbeln den Zottel, der bringt auch was ein."

„Untersteh dich!"

„Nur ruhig. Ehe wir von hier weggehen, nehmen wir uns einen andern Esel mit."

Ursel war für diesen Einfall nicht zu haben, und Hede erbleichte bei dem Gedanken, daß sich die ganze Aufregung von Pamplona wiederholen sollte. Jetzt ergriff Lenhard das Wort:

„Hat es euch eigentlich allen das Hirn verhagelt? Wißt ihr nicht, wer dieser Hans Mägerlein sein muß? Mägerlein, daß ich nicht lache!“

Sie starrten ihn an, bis Hede verzagt fragte:

„Hans Nickel?“

„Sehr richtig. Ich wette hundert zu eins, daß er es ist. Ich werde ihn schon aufspüren. Er treibt sich irgendwo in der Stadt mit seinen Karten herum. Ich lege mich auf die Lauer und schnappe ihn, wenn er sich abends in die Schenke aufmacht. Und dann haben wir Geld.“

Severin wandte ein:

„Nehmen wir an, du hast recht. Aber ob du wirklich mit ihm fertig wirst? Herrschaften seines Schlages sind flink mit dem Messer.“

„Habe die Güte und komm mit mir, Mönch. Zu zweit wird es wohl gelingen.“

„Zu dritt“, sagte Gilbrecht.

So brachen die Männer auf. Die beiden Weiber saßen bedrückt im sonnigen Spitalshof.

„Am Tage des Herrn solche Absichten“, klagte Hede. Severin hatte zwar versprochen, schlimmere Untaten zu verhindern, doch in Wahrheit war er eifrig mit auf Jagd gegangen.

„Gott verzeih uns“, erwiderte Ursel. Dann sperrte sie die Augen auf: Durch das Eingangstor zur Herberge schritt ein vergnügter Hans Nickel.

Hede und Ursel erstarrten. Sie erwarteten halb, daß drei Pilger herbeifegen würden, um den Feind zur Strecke zu bringen. Nichts dergleichen geschah. Hans Nickel kam näher; erkannte sie, bevor sie sich verbergen konnten, und gluckste:

„Ihr zwei! Ja, lebt ihr noch? Und das Mannsvolk hoffentlich auch?“

Ursel hatte nicht geglaubt, daß ihr bei seinem Anblick kaltes Grauen in die Glieder fahren würde. Beinah klapperten ihr die Zähne. Da fühlte sie Hedes Hand auf dem Knie. Die Ältere sprach ohne Zeichen von Erregung:

„Sieh an, unser Freund. Bereits auf dem Heimweg, wie man hört."

„Ihr seid gut unterrichtet. Doch zum Wochenende bleibt man gern in einer schönen Stadt wie León und bietet den Leuten ein wenig Zerstreuung."

„Wieder Kunststückchen gezeigt?"

„Gewiß."

„Geld eingeheimst?"

„Gewiß."

Hede beugte sich vor. Mit einem lieblichen Stimmchen, das an ihr ganz fremd war, säuselte sie:

„Ich kann es mir vorstellen. Ich weiß ja, wie geschickt du bist. Ach, laß mich auch einmal sehen."

„Das Geld?"

„Ja, bitte."

„Vor allem Kupfer, aber immerhin", Hans Nickel knüpfte tatsächlich seinen Beutel vom Gürtel und befühlte ihn zufrieden.

„Hier, faß mal an."

Das tat sie. Mit einem raschen Griff entwand sie ihm das Ledersäckel, ließ es in den Falten ihrer Pilgertracht verschwinden. Hans Nickel fuhr hoch:

„He, was soll das? Gib her!"

„Was?"

„Mein Geld!"

„Das ist jetzt unser."

„Bist du von Sinnen?"

„Soviel schuldest du uns. Du hast uns an Mörder und Bestien ausgeliefert!"

„Bist du von Sinnen?" Ohne weitere Antworten abzuwarten, stürzte er sich auf Hede. Da schrie Ursel los, schrie wie besengt und angestochen. Bruder Anton, der die Aufsicht hatte, kam gerannt:

„Was geht hier vor?"

„Er will mich berauben!" ächzte Hede.

Anton packte Hans Nickel beim Kragen:

„Sachte, Mann."

„Dieses Weib hat mir den Beutel gestohlen!" zürnte Hans Nickel.

„Wirklich? Ausgerechnet dir?"

„Sie hat ihn einfach an sich gerissen."

„Ah ja." Anton grinste hinterhältig. „Zu dumm."

Hede verteidigte sich:

„Du darfst ihm nicht glauben. Es ist unser Geld, du weißt ja, wir brauchen es für den Arzt."

„Soso. Vielleicht bist du so nett und zeigst es mal her?"

Hede gehorchte widerwillig. Anton wog die Münzen in der Hand. Hans Nickel heulte:

„Das alles hab' ich mir mühsam verdient! Solch übles Pack; schau sie doch an, von einem Mönch geschwängert, und man weiß nicht, was sie sonst noch miteinander treiben!"

Anton brachte ihn zum Schweigen:

„Mir genügt, daß ich weiß, was du treibst. Die Sonntagsruhe ist heilig, und du entweihst sie mit deinen gottlosen Spielchen. Dies Geld gehört in den Opferstock." Die Frauen starrten ihn erschrocken an, da bedachte er sich. Er suchte zwei Silberstücke hervor und reichte sie Ursel. „Für den Arzt. Das Kind soll nicht die Schuld der Mutter ausbaden." Er sah Hans Nickels Wut. „Ich bleibe in der Nähe. Und wehe, du störst noch einmal den Frieden dieses Hauses." Damit ging er.

Hede schob sich vor Ursel, die reglos die Silberstücke betrachtete.

„Im übrigen", riet sie dem Sachsen, „mach dich besser aus dem Staub. Unsere Männer suchen nach dir. Wenn sie dich erwischen, bezahlst du für deinen Verrat. Sie bringen dich um; an einer einsamen Stelle, wo dir kein Anton zur Hilfe eilt. Und niemand wird je wieder nach dir fragen."

Hans Nickel fletschte die Zähne:

„Warum seid ihr nicht in diesem Wald zerstückelt worden?“

„Das hätte dir so passen können, was? Wieviel haben wir dir eingebracht?“

„Ihr?“ Jetzt tobte er. „Wer würde euch denn wollen? Für euch rückt nicht einmal der Teufel ein Stück Kohle raus! Verkommenes Gesindel!“

„Ein Gesindel, das dir den Garaus macht, wenn du nicht sofort verschwindest.“

„Man wird euch ergreifen.“

„Dann bist du schon tot. Ein landfremder Schwindler im Pilgergewand, den man beim Galgen verscharrt.“

Sein spitzes Antlitz verzog sich zu einer Fratze:

„Schwindler, so. Von meinem Geld hast du dich aushalten lassen. Sei's drum. Ich bin noch immer davongekommen. Die neben dir kommt aber nicht davon, das sehe ich. Sie stirbt, allen Ärzten und allem Silber der Welt zum Trotz.“ Er wandte sich um. Hede hielt die Luft an, bis er unsichtbar war. Schließlich seufzte sie auf:

„Welch ein Glück.“

Der Schmied und die Mönche kehrten Stunden später schlecht aufgelegt zurück.

„Wir haben die ganze Stadt durchgekämmt, aber der Kerl muß sich rechtzeitig verkrochen haben“, grunzte Lenhard, und Severin hetzte:

„Dein Hans Nickel war reine Einbildung.“

„Nein“, erwiderte Hede. „Er war hier bei uns.“

„Hans Nickel? Was? Und wo ist er jetzt?“

„Auf und davon.“ Hede erzählte die Begebenheit. Die Männer machten lange Gesichter.

„Ist das zu fassen?“ grollte Lenhard. „Sie vergreifen sich an unserm Wild und erbeuten am Ende nicht mehr als zwei abgewetzte Dukaten. Das nenne ich Reichtum!“

„Ich wußte, daß du schimpfst, aber ich bin froh, daß du dir nicht die Finger an ihm schmutzig gemacht hast."

„Fall mir noch einmal so in den Rücken, Weib!"

Gilbrecht sagte beruhigend:

„Hauptsache, das Geld reicht für den Arzt. Rache um der Rache willen wäre Sünde."

Der Schmied schalt, doch die andern nickten. So saßen sie abends leidlich zufrieden im Hof und löffelten ihre Suppe, als Bruder Anton zu ihnen trat.

„Jetzt sagt mal", begann er, „wo ist nun dieser Mägerlein? Etwa abgereist?" Sie blickten ihn unschuldig an und zuckten die Achseln. Anton ärgerte sich: „Sowas! Er sollte euch doch morgen zum Arzt bringen."

Gilbrecht sprach sanft, daß dies ja gar nicht nötig sei, wenn man ihnen den Weg einigermaßen erkläre.

„Wir haben uns heute mit der Stadt ein wenig vertraut gemacht."

„So. Aber die Weiber laßt ihr hier sitzen, und gleich gibt es Streit. Immer diese Pilgerhändel. Da muß es heftig zugegangen sein, wenn einer zum Schluß das Weite sucht. Warum habt ihr nicht freundlich gebeten? Der Mägerlein ist gar nicht so; wenn er gewonnen hat, springt öfters was raus."

„Er ist ein böser Schalk", erklärte Lenhard finster.

„Ganz ohne Schalk übersteht niemand den Weg nach Sankt Jakob. Bloß dieses Hauen und Lügen kann ich nicht leiden, und ich sage euch, nicht in meinem Hospiz." Als er sich umdrehte, flüsterte Severin:

„Was würden die in Spanien nur ohne Laienbruder Anton tun?"

„In Laach vor unsern Bauern klangst du auch nicht viel anders", spottete Gilbrecht.

„Wir haben es weit gebracht", befand der ältere Mönch.

Ponferrada

Am folgenden Morgen beschrieb Anton ihnen den Weg zum Arzt.

„Diego heißt der Mann seit seiner Taufe. Wenn ihr fehlgeht, fragt in einem Laden nach."

Sie schritten aus. Den Esel hatten sie im Hospiz gelassen.

„Hoffentlich kommt Hans Nickel nicht zurück und bestiehlt uns", brummte Lenhard.

„Hans Nickel weiß überhaupt nicht, daß wir einen Esel haben", stellte Hede fest. „Jetzt schlag dir endlich diesen Menschen aus dem Kopf. Ich sage dir, er war unschuldig!"

„Nimm ihn zur Ehe, wenn er dir so gefällt."

Ursel lauschte dem Geplänkel und dachte sich ihr Teil. Sie wußte, daß der Vater Hedes Mut im stillen bewunderte, obwohl diese bescheiden erklärt hatte, solche Geistesgegenwart verdanke sie nur ihren Jahren mit der verrückten Bürgermeisterin. Gilbrecht ging voraus, um einen Pfad durch die überfüllten Gassen zu bahnen. Severin folgte ihm mit den Augen und schämte sich dafür. Er zwang sich, an die Trennung zu denken, die ihm bevorstand. Er glaubte nicht, daß Gilbrecht Ursel liebte, denn in all dessen Beflissenheit und Hingabe spürte er keine Freude. Doch das änderte nichts. Seit Gilbrechts Erkrankung hatte die dunkle Wolke gedroht, und mit Ursel war das Unheil niedergegangen. Obwohl Severin wie ein Hund gelitten hatte, kam der Schlag nicht ganz unerwartet. Er hatte nie vergessen, wie viele Jahre Gilbrecht jünger war. Die Schmiedstochter schien ihm immer noch besser als ein klösterlicher Nebenbuhler. So beschloß er endlich, für sie zu beten, und war auch überzeugt, daß alles gut ausgehen werde. Insgeheim sah er Gilbrecht mit einer Kinderschar im Aduchthaus am Neumarkt sitzen. Ursel war fruchtbar, und wenngleich nicht von nennenswerter Abkunft, so doch gut erzogen und klug genug. Sie konnte Gilbrecht unter den Kölner Geschlechtern beistehen. Was Severins eigene Zukunft anging, war er nicht sicher, ob er auf Dauer nach Laach zurückkehren wollte. Er bezweifelte, daß man sich dort sonderlich nach ihm sehnte. Severin konnte seinen Abt um Versetzung in ein anderes Kloster bitten. Da gab es die Benediktiner von Sankt Martin zu Köln. Warum nicht zurück in die Heimat nach so vielen Jahren in der Eifel? Die Mutter war natürlich längst tot, und an den Halbgeschwistern lag ihm nicht. Doch wenn auch Gilbrecht in der Stadt war, würde man sich wohl zuweilen begegnen. Ein alter Mönch genoß ein paar Vergünstigungen in den Ordenspflichten. Lenhards laute Stimme unterbrach diese Gedanken:

„Hier sind wir!"

Nachdem sie beim Torwächter um Einlaß gebeten hatten, gelangten sie in einen Innenhof. In der schattigsten Ecke warteten die Kranken und starrten auf einen Schreiber, der sein Pult vor der Tür zum Behandlungsraum aufgebaut hatte. Er winkte die Neuankömmlinge heran. Ursel trat zögernd vor und wies auf ihren Bauch. Er verstand und schickte sie zu den andern Patienten.

Obwohl an einer Wand ein großes Kreuz prangte, war den Pilgern unbehaglich. Die dunklen Menschen, neben denen sie sich niederließen, blickten abweisend. Eine Mutter zupfte der schlafenden Tochter das Kopftuch vors Gesicht. Severin knurrte:

„Nur friedlich, ihr Heiden, wir tun euch nichts. Lauter frisch Bekehrte, denen noch flau wird in christlicher Gesellschaft. Gut, daß man von der Taufe des Arztes weiß. Sonst dürfte er Ursel gar nicht behandeln, bei Strafe der Exkommunikation."

„Wie kann er exkommuniziert werden, wenn er gar nicht getauft ist?" fragte Hede nach.

„Heilige Einfalt; doch nicht der Arzt! Ursel ist es, die sich vorsehen muß."

Dabei hätte Ursel selbst am liebsten auf den Rat des fremden Doktors verzichtet.

„Zweimal ist ein Arzt zu uns gekommen", raunte sie der Mutter zu. „Zuerst beim Gregor, dann bei dir. Ihr seid beide gestorben."

„Bei uns war es zu spät", klang die leise Antwort, „und was wußten diese Burschen schon? Sarazenische Ärzte sollen die besten sein. Wenn du dir nur helfen läßt."

Ursel konnte nicht an solche Hilfe glauben. Ja, wenn sie begütert gewesen wäre wie jene verschleierte Frau, die in großer Begleitung kam und unverzüglich vom Arzt empfangen wurde. Wen aber kümmerte die abgerissene Pilgerin; wer würde sehen wollen, wie schwer alles war und wie schmerzlich? Plötzlich erscholl der Ruf:

„Peregrini!" Sie erbebte. Gilbrecht stand auf und reichte ihr die Hand.

„Wir sind dran!" Er wollte sie begleiten, um die Dinge auf Latein auseinanderzusetzen.

Ursel erhielt ein Harnglas. Diese Untersuchung zumindest war ihr vertraut, und sie kam rasch wieder hinter dem Wandschirm hervor. Als ihr jedoch der Arzt gegenübertrat, erschrak sie aufs Neue. Ein kleiner Mann mit schwarzem Kraushaar und runden, aufgeworfenen Lippen. Gilbrecht, der einen Kopf größer war, sprach gemessen:

„Dominus tecum, Doctor."

„Et tecum." Das brachte den maurischen Arzt nicht aus der Fassung. Er nahm Ursel das Harnglas ab und hielt es schnüffelnd vors Fenster. Dann drückte er die Schwangere auf einen Schemel, um ihre Beschwerden zu hören. Obwohl der Mönch sich seinen Vortrag zurechtgelegt hatte, brach ihm unterm Reden der Schweiß aus. Schließlich war die Zwiesprache soweit gediehen, daß Gilbrecht der verschüchterten Ursel erklärte:

„Du sollst dich hier auf das Bett legen. Er möchte dich untersuchen. Ich gehe solange hinaus."

„Ich will nicht mit ihm allein bleiben!“

„Ich bin ja in der Nähe. Er holt eine Magd dazu. Bitte.“

„Gilbrecht!“

Aber er schlug den Türvorhang zurück:

„Bis gleich!“ und eilte fort.

Ursel wäre ihm nach, doch die Magd hielt sie auf und drängte sie, sich niederzulegen. Diego schob ihren Mantel auseinander und befühlte den großen Leib, wie es schon Hede getan hatte. Er äußerte sich nicht mehr; Ursel hätte seine Worte ohnehin nicht verstanden. Gilbrecht stand inzwischen wieder bei den Gefährten.

„Ich habe keine gute Botschaft“, bekannte er.

„Was denn?“

„Ihre Beschwerden kommen alle von der Schwangerschaft; die dicken Beine, die Übelkeit und sogar der Anfall. Ich habe von ihrem Blutsturz in Ronzevalle erzählt, und da hat er behauptet, das sei gleichsam ein natürlicher Aderlaß gewesen, sonst hätte sie vielleicht damals schon gekrampft.“

„Und also?“

„Noch solch ein Anfall ist der Tod für sie und ihr Kind. Sie muß von jetzt an unbeschränkte Ruhe halten. Er sagt, sie solle hier im Spital um ein Bett bitten. Das sei die einzige schwache Hoffnung. Und ich glaube, er wußte Bescheid.“

„Da ist sie“, preßte Lenhard heraus.

Ursel kam angewatschelt.

„Gott sei Dank hab' ich das hinter mir. So ein grauslicher Kerl! Gab es denn keinen andern Arzt in dieser Gegend?“

Lenhard erhob sich vor ihr:

„Nun paß einmal auf, Tochter. Man hat uns gesagt, daß du nicht weiter wandern darfst.“

„Was – weshalb?“

„Wegen der Schwangerschaft, die dich krank macht. Wir wollen nicht, daß du noch einmal so krampfst. Es ist beschlossene Sache: Du wohnst im hiesigen Hospiz, bis du geboren hast. Deinen Ablaß werden wir dir von Sankt Jakob schon mitbringen."

„Ich soll allein ...?"

Gilbrecht entgegnete schnell:

„Nein. Ich bleibe bei dir. Wir warten gemeinsam, bis die andern zurück sind."

„Glaubt ihr wirklich, daß ich so kurz vor dem Ziel aufgebe? Was habt ihr euch von diesem Menschen weismachen lassen? Bisher ging es, da wird es auch fürderhin gehen!"

„Ins Grab geht es!" schrie Lenhard, der die Beherrschung verlor. „Du bringst dich um!"

„Und selbst wenn!" Ursel brach in Tränen aus. „Es ist mein Leben, meines! Ich bleibe nicht! Du bist doch auch nicht in Frankfurt geblieben, als ich dich darum gebeten habe! Ich bleibe nicht."

Die Leute im Hof betrachteten das Schauspiel und entrüsteten sich. Eben noch hatte jeder dumpf seine Krankheit bebrütet, jetzt aber schimpften sie durcheinander und verlachten den Zwist der schmutzigen Christen. Da erschien Diego auf dem Vorplatz. Erschrocken verstummte die Menge. Nur Severin sagte zu Gilbrecht:

„Geh bezahlen."

Der junge Mönch trat vor und legte dem Schreiber die Silbermünzen hin. Er vergaß, das Wechselgeld an sich zu nehmen, als er Diegos Blick auf sich fühlte.

„Qui fit?" fragte der Arzt.

Gilbrechts Kopf sank herab, er faltete die Hände.

„Non vult. Non vult. Pax Domini vobiscum."

Der Maure nickte. So schieden sie.

Sie blieben noch einen Tag in León. Dann, als Ursel nicht umzustimmen war, zogen sie weiter. Severin versuchte, seinen Ordensbruder aufzuheitern:

„Weißt du, ich kann ihr nachfühlen. Wir haben so viele Berge und Täler bewältigt; sind aus so viel Gefahr glücklich errettet worden. Das wäre ein Hohn auf Gottes Geschick, wenn sie jetzt klein beigeben wollte."

„Verhöhne du nicht deine bessere Einsicht", erwiderte Gilbrecht bitter.

Auch Hede bestärkte Ursel:

„Man mag nicht so weit pilgern und schließlich scheitern. Wir müssen eben langsam tun. Du hast ja den Zottel. Und ich habe dir ein Pulver gemacht. Hier bitte." Sie reichte ihr einen Strohhalm, der an beiden Enden mit Wachs verschlossen war. „Steck ihn in deinen Saum. Im schlimmsten Fall kannst du dies mit einem Schluck Wasser einnehmen."

„Wofür soll es nütze sein?"

„Es zieht die Niederkunft herbei. Wir hoffen ja, daß du es nicht brauchst. Nur wenn dein Kind über die Zeit auf sich warten läßt, oder wenn du nicht stark genug zum Gebären bist. So etwas kommt vor, selbst bei Weibern, die besser genährt sind als du. Dann verleiht dir das Pulver die nötigen Kräfte."

Ursel sah hinaus in die dürre Weite. An der Straße standen Lavendelbüsche, Kräuterduft würzte die trockene Luft. Noch immer wärmte die Sonne. Sie schob den Strohhalm in den Saum am Brustausschnitt ihres Kleides.

Sie kamen in die Stadt Astorga und verbrachten dort den Michaelistag. Dann hatten sie den Berg Irago mit dem Rabanal-Paß vor sich. Ein steiler Aufstieg, doch Zottel zeigte sich wacker, und so hielten auch die andern durch. Es gab immer wieder ein paar Bauernhütten am Wegrand, ansonsten aber war der Berg kahl wie ein Greisenhaupt, bedeckt mit Grind von minderem Gebüsch. Nur daumenlange Herbstzeitlose lugten tapfer aus der Erde.

Im letzten Dorf vor der Iragohöhe bedeutete man ihnen, daß jeder Pilger einen Stein mit sich nehmen und oben am Gipfelkreuz niederlegen müsse, um so die alte Grenzmarkierung zwischen den Provinzen zu erhalten. Sie gehorchten und fanden rund um die Stange, an der das kleine Kreuz befestigt war, einen Geröllhaufen aufgeschichtet.

„Ein häßlicher Berg ist das", sagte Ursel finster. So wandten sie sich hangabwärts und wanderten ins Bierzo hinein.

In Molinaseca nahmen sie Unterschlupf für die Nacht. Der Koch des Spitals teilte Kohlsuppe aus, die den Pilgern inzwischen sattsam bekannt war. Sie gingen zur Vesper, aber Ursel schlief halb während des Psalmodierens. Lenhard packte ihren Arm aus Angst, sie könnte hinfallen. Nach der Andacht legte sich alles hin. Ursel schloß sogleich die Augen, und Gilbrecht hörte ihren Atem tiefer werden. Er wollte selbst nur schlafen. Vor vielen Jahren einmal hatte Severin ihn gelehrt, wie man am eigenen Herzschlag Ruhe fand, indem man immer betete: „Herr – Gott, Herr – Gott." Gilbrecht war noch ein schüchterner Knabe gewesen, und die Freundlichkeit des erfahrenen Bruders hatte ihm in der Seele wohlgetan. Inzwischen lag Severin neben ihm und wachte um Mitternacht nicht mehr auf, was doch mönchischer Gewohnheit entsprochen hätte. So machte die Veränderung auch vor dem Innersten nicht Halt.

Während es allmählich still wurde, fand der Schmied in keinem Gedanken und keinem Gebet Erleichterung. Zuletzt stand er auf und verschwand nach draußen. Als Hede das bemerkte, folgte sie ihm. Sie entdeckte ihn im Wandelgang, wo er auf den Treppenstufen zum Hof kauerte. Wortlos setzte sie sich neben ihn. Im Mondlicht glich er einem wunderlich verrenkten Riesen. Er hob den Kopf:

„Hede?"

„Du kannst nicht schlafen."

„Nein. Du weißt, weshalb. Meinst du, sie stirbt?"

Sie sah ihn, sein wirres Haar, die schweren Hände.

„Du denkst zu viel ans Sterben. Ich meine, daß sie sehr stark ist. Gegen ihren Willen kommt niemand von uns an, nicht einmal du."

„Ich hätte in León bei ihr bleiben müssen, dann wäre sie zufrieden gewesen."

„Und warum du? Warum hat Gilbrechts Angebot nichts gegolten?"

„Wie kann einer ihr helfen, der selber noch in tausend Fesseln hängt?"

„Das weiß ich nicht, aber sie muß es wissen, denn sie hat ihn sich erwählt. Dich hat sie nicht erwählt, du bist ihr Vater. Du wirst sie fortlassen müssen, wie auch immer. Und du siehst ja, mit deinem Segen oder ohne ihn geht sie, wohin sie will."

„Es scheint so", gab er zu und erkannte dann: „Du frierst ja."

Die Nacht war kalt.

„Ich friere, aber du auch; du frierst vor lauter Einsamkeit und Unglück. Bist du blind? Hier sitze ich neben dir, ich, nicht sie, die drinnen bei ihrem Mönch liegt. Ich bin an deiner Seite, und wenn du nur willst, werde ich dort bleiben!"

Sie sah, daß er lächelte. Er streckte den Arm aus und zog sie an sich, bis sich sein Mantel über beiden schloß:

„Sprichst du im Ernst?"

„Ich liebe dich so sehr, daß ich dran sterben könnte – nein, ich will nichts vom Tod sagen – ich will leben mit dir – das wollte ich."

„Auch in Frankfurt, zu Hause im deutschen Land?"

„So gerne, daß ich nicht daran zu denken wage. Oh, Lenhard, du ahnst nicht, wie arm ich war, sonst würdest du mich nicht mehr mögen."

„Nein", er hielt das schluchzende Weib fest, „gerade darum."

„Sag, ob du ein bißchen – ein klein wenig mich leiden kannst!"

„Hede", er stockte, „wahrhaftig, ich würde dich zur Frau nehmen, glaub mir. Aber wie soll ich das meiner Tochter beibringen, die jetzt schon dem Zusammenbruch so nahe ist?"

Hede schmiegte sich an ihn:

„Vielleicht weiß sie es längst? Sprich mit ihr, Lenhard, mein Gott, sprich mit ihr, und der Rest wird sich finden."

So brach der Oktober an, der Weinmond, und am zweiten Tag dieses Monats gelangten sie nach Ponferrada, wo sich eine berühmte eisenbeschlagene Brücke über den Fluß Sil spannte. Unverbrüchlich wie diese Brücke wollte Hede zu Lenhard stehen. Sie wartete darauf, daß er seiner Tochter Bescheid sagte. Aber weil sie seine Furcht spürte, drängte sie ihn nicht. Ein ganzer langer Heimweg lag noch vor ihnen, ein ganzes Leben. Wenn sie verstohlen seine Hand nahm, drückte er die ihre. Das war nach so viel Kummer wunderbar genug.

Cebreiro

Am Morgen des heiligen Franz von Assisi verließen die Pilger Ponferrada und zogen über die Brücke davon. Seit Ursel sich geweigert hatte, in León zu bleiben, war sie von seltsamer Rastlosigkeit und hielt es nirgends lange aus. Sie wollte nach Sankt Jakob; wollte am Ziel und geborgen sein, ehe das Kind zur Welt kam. Sie spürte jetzt zuweilen, wie ihr Leib sich anspannte, als müßte er seine Kräfte erproben. Dann dachte sie an das Mittel, das sie im Kleidersaum mit sich führte, und nur dank Zottels gleichmäßigem Hufeklappern ertrug sie überhaupt ihre Unruhe.

Am nächsten Tag erreichten die Pilger die Gemarkung von Villafranca.

„Es soll irgendwo vor Sankt Jakob eine Stadt geben, in der diejenigen, die nicht mehr weiterkönnen, bereits den vollständigen Ablaß erhalten. Vielleicht ist es diese“, sagte Gilbrecht hoffnungsvoll.

„Ich kann weiter“, erklärte Ursel sofort.

Man ließ sich mit ihr in keinen Streit ein. Gilbrecht behielt aber recht. Vor den Toren Villafrancas lag eine Kirche, an der reger Betrieb herrschte, und dort begegneten sie deutschen Wallfahrern, die seine Worte bestätigten:

„Ja, diese Kirche ist dem heiligen Jakob geweiht. Wenn einer zu schwach ist, um den Weg zu Ende zu bringen, wird ihm der Ablaß schon hier gewährt.“

„Wir haben nämlich eine Schwangere bei uns, die kurz vor der Entbindung steht“, erwähnte Hede trotz der scharfen Blicke der Schmiedstochter.

„Hm“, die Fremden musterten Ursel, „das ist gewiß zu bedenken. Wir sind auf dem Rückweg“, sie berührten stolz ihre Muscheln am Mantel, „und wissen, was noch vor euch liegt. Das letzte Stück hat es noch einmal in sich. Seht ihr das Gebirge im Westen? Wer sich zu viel zutraut, wird am

Allefabe unter den Wölfen begraben." Alle schauten Ursel an, doch die wandte sich ab.

„Auf dem Kirchhof da ist auch manch einer verscharrt."

„Mag sein, aber lieber im Spital sterben mit christlichem Beistand als im finsteren Wald. Nun", sie lüfteten die Hüte, „es ist eine schwere Entscheidung. Wir wollten Compostela nicht versäumt haben; den Dom unseres Apostels und sein Abbild, das wir selbst umarmen durften. Gott sei mit euch und gehabt euch wohl."

Ursel fiel die Entscheidung leicht. Sie gab dem Esel einen Klaps, und er trug sie zum Hospiz der Stadt Villafranca.

Severin schlug abends vor, die Vesper in der Jakobskirche draußen vorm Tor zu feiern. Wenn er an Ursel dachte, verriet er es nicht. Ursels Gesicht ließ keinen Zweifel an ihrer Gesinnung aufkommen. Solange man ihr aber keine Predigten hielt, war sie recht freundlich und wanderte auf eigenen Füßen die Anhöhe zum Gotteshaus hinauf. Eine ganze Schar von Pilgern versammelte sich zum Stundengebet und lauschte andächtig, als man dem Apostel Spaniens einen Hymnus sang:

„Dum pater familias
rex universorum
donaret provincias
ius apostolorum
Jacobus Hispanias
lux illustrat morum."

Viele Strophen dankten dem Heiligen, der jeden erlöste, der zu ihm fand. Ein Helfer in der Not war er durch die Wunder in seinem Namen – oh, gesegneter Jakob, nimm unsere Feinde von uns, gib uns Hoffnung auf Vergebung, und wir loben schuldigst einen solch vorzüglichen Vater. Sie lobten. Bis der Priester die Hände hob und in der Gebärde des Segnens beschwörend rief:

„Herru Sanctiagu
grot Sanctiagu

e ultreya e suseya
Deus aia nos!"

Da fielen sie auf die Knie und der Priester mit ihnen; vereint vor Gott in demütigem Bitten. Weinend lagen auf dem Boden, die einen Kranken im Hospiz gelassen hatten:

„Behüte uns, Gott, erschließe uns das Paradies!"

Nah war der Tod, immer nah der Schrecken des Todes, und die Sündenschuld groß.

Als sie wieder in den Weinbergen standen, von denen die Kirche umgeben war, legte Lenhard seiner Tochter die Hand auf den Arm:

„Es ist wohl noch ein Weilchen Zeit bis Toresschluß. Geht nur voraus, ich möchte ihr etwas unter vier Augen sagen."

Die Mönche glaubten, daß er ein letztes Mal versuchen wollte, Ursel zu überreden. Hede wußte es besser. Severin warnte:

„Verzögert euch nicht unnütz, es dämmert schon." Dann wanderten die drei davon. Ursel blickte den Vater mit halbem Lächeln an.

„Bist du unter die Heimlichtuer gegangen?"

„Ruhe, Tochter." Er schritt vor ihr hin und her. „Ich habe dir etwas mitzuteilen."

„Du willst Hede heiraten."

Er war überrascht.

„Hast du uns gehört?"

„Gehört und gesehen viele Wochen lang und dazu euer Zwinkern seit jüngstem, das war deutlich genug."

„So. Und deine geschätzte Meinung?"

„Weshalb fragst du mich? Du stehst im Wort. Magst du sie wenigstens?"

„Doch."

„Nicht wahr, du tust das alles nur, weil ich zu Gilbrecht möchte."

„Ach was. Von mir aus kannst du ihn haben. Der Mann ist ein Träumer, und ich weiß nicht, ob er dich nur will, um seiner Kutte zu entrinnen, aber ich werde mein Maul halten."

Ursel mußte erneut lächeln.

„Genauso hast du auch über den Michel geredet. 'Ich weiß nicht, ob er dich nur wegen der Werkstatt will, aber ich sage nichts'."

Sie hatten sich auf ein Mäuerchen gesetzt. Lenhard stöhnte:

„Solche Dinge sollten die Mütter mit den Töchtern verhandeln. Gott im Himmel, warum ist deine Mutter gestorben?" Und als Ursel nur wegschaute: „Ist es denn unbillig, ein neues Weib zu nehmen, wo man ansonsten einsam bleibt?" Da sah sie auf:

„Gilbrecht und ich können auch nach Frankfurt kommen. Bei uns wird ihn jedenfalls niemand einen entsprungenen Mönch schimpfen. Er kann von Frankfurt aus Anspruch auf sein Erbe erheben, und zur Not haben wir dich noch im Rücken, oder?"

„Ursel." Er nahm ihre Hand und strich darüber. „Du täuschst dich. Wenn du ihn nimmst, bringt er dich nach Köln. Es muß auch so sein, das Weib muß dem Mann nachfolgen. Was könnte ich dagegen tun? Von Michel habe ich verlangt, er möge bei uns einziehen, nur um dich nicht zu verlieren. Als er aber eingewilligt hat, ist mir allmählich aufgegangen, daß ich ihn über kurz oder lang an meinem eigenen Tisch erschlagen würde. Da kam mir dann die Pilgerfahrt in den Sinn. Es gab Gründe genug, und ich begriff wohl, daß ich Läuterung und Ablaß brauchte. Mit meinem Abschied wäre allen geholfen gewesen. Statt dessen stirbt der Kerl, läßt ein Kind zurück, und ich muß dich mit mir nehmen. Ist das zu fassen? War das die Vorsehung? Ich glaube es beinah. Deshalb schweige ich, auch wenn mir aberwitzig dünkt, daß ausgerechnet einer wie Gilbrecht dich schließlich davonträgt und gleich bis nach Köln. Er soll dich heiraten und nicht meinen, dies sei für uns eine besondere Gunst. Du erhältst neben der Mitgift noch, was dir von deiner Mutter zusteht, und dereinst ohnehin meinen ganzen Besitz, denn Hede wird kein Kind mehr haben. Dann mag das Mönchlein mir eine zeigen, die mehr einbringt!"

Sie lehnte sich an ihn, und er wich nicht aus.

„Wir hätten es bei dir gut", flüsterte sie, „das weiß ich. Aber ich brauche doch einen Mann."

Als die beiden später ins Hospiz kamen, wirkten Vater und Tochter gefaßt und einträchtig. Da atmete Hede auf. Gilbrecht indes erkannte enttäuscht, daß Ursel nicht zu der ersehnten Einsicht gelangt war. Er bekreuzigte sich und sagte nichts mehr.

Der Aufstieg ins Gebirge, das nach Galicien hinüberführte, wurde am nächsten Tag nicht so schlimm wie befürchtet. Ein breiter Weg führte den Berg Cebreiro hinauf, den die Deutschen Allefabe nannten, weil das letzte Dorf vor dem Gipfel La Faba hieß. Außerdem war das Wetter gut.

„Erinnert ihr euch an Ronzevalle und den Nebel dort?" fragte Ursel. „Als hätten die Gespenster der Karlsritter uns irrlichtern wollen. Das war arg."

„Die Karlsritter sind alle heilig gesprochen; ich hoffe nicht, daß die gespenstern", erwiderte Severin.

Nachdem sie sich am Nachmittag in La Faba gestärkt hatten, nahmen sie den Gipfel in Angriff. „Den schaffen wir leicht", entschied Lenhard und sah sich um. Hede wechselte die Farbe unter seinem Blick. Sie hatte sich nicht gescheut, mit ihm Hand in Hand zu laufen, und natürlich war da auch den Mönchen eine Vermutung gekommen. Hede hätte ja die ganze Welt in ihr Glück einweihen mögen. Aber sie selber erblaßte noch, wenn sie nur daran dachte.

Die Pilger wußten, daß an der Paßhöhe ein Hospiz auf sie wartete; außerdem eine berühmte Kapelle. Hier hatten sich beim Meßopfer einmal Wein und Brot sichtbar in Blut und

Fleisch verwandelt, und ein böser Priester war davon bekehrt worden. Die Wanderer beteten pflichtschuldigst bei der Ankunft, denn sie wollten es gewiß nicht an Ehrerbietung fehlen lassen. Allerdings war der Weg nach Santiago so reich an Wundern, daß auch der eifrigste Fromme davon ein wenig erschöpft wurde.

Der Wind wehte feindlich über den Cebreiro. Die fünf eilten hinüber ins kluniazensische Spital und waren froh, als das Tor hinter ihnen zufiel.

„Die Nacht wird kalt", sprach Severin. „Greift zu beim Essen, wir haben es nötig."

Es gab Bohnen mit Schaffleisch. Im Refectorium, das die Brüder für ihre Gäste bewirtschafteten, hing ein Kessel mit Wein überm Feuer, und man schenkte großzügig aus. Die Gefährten saßen in einer Ecke und tranken einander zu, nachdem sie sich gesättigt hatten.

„Wo wir es jetzt warm und sogar etwas Gutes im Becher haben, sollten wir da nicht anstoßen?" fragte Severin unvermittelt. „Ich meine, auf euch beide, Hede und Lenhard. Wie es heißt, habt ihr euch ein Versprechen gegeben."

Hedes Wangen röteten sich. Sie hatte das Kopftuch zurückgestreift, und im unsteten Schein der Flammen schien sie mit ihrem blonden Haar fast wieder jung. Da öffnete Lenhard den Mund:

„Ehe es endgültig wird, muß ich ihr noch etwas sagen." Und als sie aufmerkte: „Ich bin der Mann, der dich damals in Andernach verlassen hat. Ich bin Lukas Klein."

Sie zuckten alle zusammen, doch schließlich entgegnete Hede:

„Lenhard, ist das einer deiner Scherze, oder worauf zielst du ab? Du mußt mich nicht nehmen, wenn du nicht willst. Aber ich weiß, daß du nicht Lukas Klein sein kannst."

„Wieso?"

„Deine Tochter ist ja älter als mein Sohn."

„Wieviel?"

„Nur einen Monat. Aber Lux Klein war noch im März bei mir, und so kann er im Januar wohl nicht in Frankfurt ein Kind gezeugt haben."

„Das ist eine schöne Rechnung", entgegnete der Schmied, „und sie stimmt auch. Ursel ist nicht meine leibliche Tochter."

Ursel spürte den Schrecken in sich aufwallen:

„Vater, was sagst du da!"

„Still." Er faßte ihren Arm. „Du mußt mich anhören und du ebenso, Hede. Ja, ich stamme aus Münster, wenn ich das auch meist verhohlen habe, seit ich im Streit von dort fortgegangen bin. In Andernach habe ich dann Arbeit gefunden und war ganz zufrieden, bis du mir von dem Kind erzählt hast, Hede. Es mag die letzte Niedertracht gewesen sein, doch da konnte ich einfach nicht bleiben. Die neuerliche Wanderschaft hat mich zu einem Frankfurter Schwertfeger verschlagen, und dessen eine Tochter war unverheiratet schwanger. Ich habe mir bald zusammengereimt, weshalb sie dauernd weinte, und eines Tages zu ihr gesagt, daß sie davon nicht hübscher wird. Ihr Vater sah uns immer öfter beisammen. Kurzentschlossen sprach er, wenn ich sie zum Weib nehme und ihr Kind für meines ausgebe, hinterläßt er mir Titel und Werkstatt. So geschah es, und so bin ich dein Vater geworden, Ursel."

Ursel saß stocksteif. Hede brachte hervor:

„Sie war hübsch?"

„Das warst du auch. Aber noch ärmer als ich."

„Du hast ein fremdes Kind deinem eigenen Sohn vorgezogen."

Lenhard ließ Ursel nicht los.

„Ich weiß, du haßt mich, und nach dem, was ich getan habe, ist es keine Sünde. Ich habe deinen Haß gefürchtet und deine Künste, und immer wenn uns ein Kind gestorben ist, dachte ich, das war wieder Hede aus Andernach, die mich verfolgt. Mein Weib hat es nicht verwunden. Sechs

Kinder hat sie mir geboren, und keins ist am Leben geblieben. Sie glaubte, es sei ihr Fluch; nicht der meine. Ich konnte sie nicht retten, ich trage an allem die Schuld. So bin ich auf Pilgerfahrt gegangen und dir begegnet, und du wolltest mich nicht erkennen." Hede wich zurück:

„Wie sollte ich wissen, daß Lux Klein sich Lenhard Grosser nennt? Grosser! Lenhard!"

„Als ich nach Frankfurt kam, ist mir als erstes die Leonhardskirche begegnet. Ich habe mir einen neuen Namen gegeben, und er war wie ein Schutzschild für mich. Seit einem Vierteljahrhundert ruft man mich nun so. Aber es gibt keinen Lenhard. Es gibt nur den Mann, den du verwünscht und verachtet hast. Willst du mich jetzt noch?"

„Ich habe dich geliebt", flüsterte sie. „Ich weiß nicht, wie ich dich zweimal so lieben konnte. Und du, fühlst du nichts? Du hast mich nie nach seinem Namen gefragt. Nach dem Namen deines eigenen Sohnes!"

„Die Toten sind tot. Sie helfen uns nicht mehr und stehen auch nicht mehr auf."

Da packte Severin den Schmied:

„Aus dir spricht der Teufel! Schau deine Tochter an, sie wird ohnmächtig!"

„Liebchen!" Er zog sie zu sich. „Keine Angst! Was ich fühle, Hede? Ich habe längst eingesehen, daß du besser bist, als ich es je gewesen bin. Ich hätte dich in mein Haus holen wollen und dein Ehemann sein, wie du es dir ausgemalt hast. Aber eine Liebe, die von so viel Schmerz vergällt ist, kann nicht mehr schmecken. Sie allein", er hielt die schluchzende Ursel fest, „braucht mir nichts vorzuwerfen. Sie hat an meiner Hand laufen gelernt und alles Gute von mir bekommen. Sie ist herangewachsen, aber verlassen hat sie mich nicht. Wir sind uns ähnlich, niemand hat uns je einander streitig gemacht, und wenn es an mir liegt, wird das auch nie geschehen."

Ursel befreite sich von ihm und flüsterte:

„Wer ist mein Vater?"

„Der Kanonikus ist es, hat deine Mutter gesagt." Als sie sich nicht rührte, fuhr er rasch fort: „Deine Mutter hat ihm Schweigen abverlangt, doch da sie nun nicht mehr ist, würde er seine Vaterschaft jederzeit anerkennen, auch amtlich zu Buch geben, wie er mir versichert hat. Ich habe das stets abgelehnt. Jetzt mußt du deine Wahl treffen."

Sie stand auf.

„Ich gehöre zu dir, das weißt du." Und wie gejagt lief sie davon.

Auch Hede erhob sich:

„Sie gehört zu dir, und ihre Mutter gehörte zu dir, und ich und mein Sohn sind nur geboren worden, um an dir zu leiden." Ihre Stimme zitterte. „Wenn du sie lieber hast, sieh zu, daß du sie behältst. Vielleicht bleibt sie am Leben und bei dir. Auch diese Liebe wird im Fluch enden."

„Hede – du hättest mir doch niemals verzeihen können."

„Lenhard Grosser hat meiner Verzeihung nicht bedurft. Nach einem andern habe ich nicht mehr gefragt. Wenn ich dich nun aber dennoch wiedersehen mußte, Lux Klein, spucke ich vor dir aus." Sie taumelte rückwärts; dann, mit einer plötzlichen Wendung, stürzte sie zur Tür hinaus.

Einen Augenblick lang verharrten die drei Männer, bis Gilbrecht flüsterte:

„Guter Gott, wo ist sie hin? Dort geht es doch nicht zum Schlafsaal!"

„Sie ist ins Freie gerannt", erwiderte Severin. „Es war zu viel für sie."

„Und wenn sie sich etwas antut?" fragte Gilbrecht betroffen. „Wir müssen sie suchen!"

Severin bewegte die schmerzenden Glieder:

„Ich fürchte auch. Aber nun beruhige dich. So schnell holt sich keiner den Tod; sie schon gar nicht, sie ist allerhand gewohnt." Dann zogen die zwei Mönche ab, während der Schmied sitzenblieb und vergeblich versuchte, sich am

Glühwein zu berauschen. Gilbrecht trieb einen Knecht auf, der sie mit seiner Laterne begleitete; doch da es inzwischen dunkel und neblig geworden war, konnten sie Hede nicht finden. Schließlich waren sie so durchfroren, daß sie kehrtmachten.

„Ein sonderbares Wunder heute abend", meinte Severin. „Wir waren Zeuge, wie sich Fleisch und Blut in Brot und Wein zurückverwandelt haben. Vater und Tochter, die nicht mehr miteinander verwandt sind."

Ursel lag unterdessen auf ihrem Schlafplatz ausgestreckt. Sie wollte noch nicht wahrhaben, was sie erfahren hatte. Sie wollte nicht an den Vater denken, wenn sie ihn nicht mehr so nennen durfte; es gab überhaupt keinen lebenden Menschen, der sie trösten konnte. Es gab nur noch die Mutter, nach der sie suchte und rief. Aber es kam keine Antwort, kein Laut, nur ihr hastendes Herz.

Lavamentula

Am nächsten Morgen suchten sie lange nach der vermißten Gefährtin, umsonst. Als es Mittag wurde, erschienen den Hospizbrüdern weitere Bemühungen sinnlos. Der Cebreiro war groß und nahm jeden auf, der kam. So machten sich die vier ohne Hede auf den Weg. Einsilbig schritten sie dahin, bis Severin den Schmied fragte:

„Und wie willst du jetzt genannt werden?“

„Ist mir gleich.“

„Gut, ich bleibe bei Lenhard. Der andere Namen gefällt dir wohl nicht.“ Lenhard erwiderte nichts. Severin nahm seinen Faden wieder auf. „Sicher sind wir heute trüb gestimmt. Aber wir sollten noch nicht das Schlimmste glauben. Hede findet von hier aus auch auf eigene Faust nach Sankt Jakob. Ich schätze, daß wir ihr am Ziel wieder begegnen. Und wer weiß, dann ist sie dir vielleicht schon dankbar für deine Ehrlichkeit, die doch ihren Wert in sich trägt. Ich möchte fast meinen, daß ihr beide noch ins reine kommt und wir alle gemeinsam nach Hause wandern.“ Da blieb Lenhard stehen.

„Mönch, von dir kann man lernen, wie man schwarz weiß redet. Laß mich in Ruhe damit. Ursel, steig von deinem Esel, komm ein Stück mit mir. Ich will dich hören, ehe es weitergeht.“ Er half ihr von Zottel herab und führte sie über den Wegrand hinaus bis dort, wo der Berg den Blick in die Ferne freigab. Ursel setzte sich auf einen Felsbrocken und schaute ins Land. Endlich sagte sie:

„Aber wie soll ich dich nennen? Lenhard kann ich nicht sagen und Lukas noch weniger.“

„Du mußt es selbst wissen“, entgegnete er heiser.

„Du bist doch immer mein Vater gewesen, soll das nicht mehr gelten? Jetzt begreife ich, warum er mir Naschzeug gekauft hat!“

„Der Kanonikus? Ja. Mir war es nie recht. Man konnte die Ähnlichkeit sehen, wenn man darum wußte. Aber deine Mutter hat es zugelassen, und du hattest ihn gern."

Er war zu ihr stets unerklärlich gütig gewesen, durfte sie ihn da nicht gern haben? Die Mutter jedoch, die so selbstverständlich bei ihrem Ehemann gesessen hatte, wie war ihr mit dem Kanonikus zumute gewesen? Ursel hatte die beiden mehr als einmal im freundlichen Gespräch gesehen. Was mochte im Herzen des Schmieds vorgegangen sein?

„Hast du die Mutter nur wegen ihres Erbes gewollt?" flüsterte sie.

„Gott bewahre! Ursel, du mußt mir glauben, daß sie mir lieb und wert war. Wenn sie den wohlgeborenen Herrn für sich einnehmen konnte, dann erst recht mich, einen dahergelaufenen Gesellen!"

„Als du kamst, war sie schon unglücklich."

„Anders hätte ich mich nie an sie herangewagt. Ich hatte ja nichts, nicht einmal einen biederen Namen."

„Mach dich nicht geringer, als du bist. Ich kann mir denken, wie du mit ihr gesprochen hast."

„Wir haben gemerkt, daß wir gut zusammenpaßten. Ich war auch viel jünger als dieser Bertold. Ihr Vater konnte sehen, wie ich die Klingen schmiedete. Da gab er sich zufrieden. Als sie mir sagte, wir dürften heiraten, war ich stumm vor Staunen. Und dann erschien sie mir von Tag zu Tag mehr wie ein Engel. Verstehst du, ich war auf der Flucht; war nicht erst seit Andernach verfemt und ausgestoßen. Die blonde Hede mit den Katzenaugen, ja, sie war schön, aber schlechter Leute Kind, und es hieß überall, die kann hexen. Sollte so eine mein Weib werden? Ich hatte nachts Angst, daß sie mich einholt, sich rächt. Und da kommt deine Mutter mit dem ganzen Ansehen ihres Hauses und wird die meine. Auf einmal war ich nicht mehr arm. Sie hat mir ein neues Leben geschenkt. Ich wollte nur, daß sie das nie bereut. Wir waren ein besseres Paar als so manche, die nebeneinander aufgewachsen sind."

„Hast du Hede damals in Worms nicht erkannt?“
„Nicht sofort, aber als sie sich vorgestellt hat.“
„Weshalb hast du sie bloß mitkommen lassen?“
„Nach all den Jahren war meine Angst der Scham gewichen. Ich hatte längst eingesehen, daß ich allein schuld war, wenn meine Kinder nicht groß wurden. Zuletzt ist die Mutter gestorben. Da habe ich wohl gedacht, daß ich am liebsten tot wäre wie sie. Aber es ist merkwürdig, wie sehr man am Dasein hängt, solange man nicht ganz verlassen ist.“ Er lächelte. „Wir hatten eine friedliche Pilgerfahrt zusammen, bis Hede kam, nicht wahr?“
„An diesem Tag hast du gemeint, daß du dein Sühnewerk beginnen mußt.“
„Ja. Es war solch eine ungeheuerliche Begegnung. Sie hat es mir leicht gemacht, als sie mich nicht erkannt hat. Allerdings auch schwer mit ihren Geschichten.“
„Nun ist es dir nicht gelungen.“ Ursel erhob sich und ging zu Lenhard, der einen Schritt entfernt stand. „Warum? Warum hast du es ihr verraten?“
„Ich habe schon einmal eine Ehe auf Lügen gebaut.“ Er wandte sich zu ihr. „Aber du weißt jetzt alles. Hast du eine Antwort?“
Ursel trat neben ihn und sah zu ihm auf. Als sie den Mund öffnete, wurde sie von Tränen überwältigt. Sie brachte kein Wort heraus.
Er ertrug ihr Schluchzen nur einen Augenblick, dann legte er vorsichtig den Arm um sie. Er hatte sie nach besten Kräften aufgezogen, und von ihrer Zärtlichkeit war sein krankes Gewissen geheilt worden. Wieviel er noch für sie empfinden würde, hatte er zu Anfang nicht geahnt. Trotz seiner widerstreitenden Gefühle hätte er ewig ihr Vater bleiben wollen. Nur wie konnte er das, da sie einen Mann suchte, der an Michels Stelle trat? Für ein paar Tage war er dem Glauben erlegen, daß das Verbotene erlaubt und recht sein würde, wenn er den Mut zu einem Bekenntnis fände.

Die Wahrheit lautete anders: Michel hatte Ursel nicht viel bedeutet und nicht lange gelebt, aber sie bekam ein Kind von ihm. Somit war ihm sein Platz unumstößlich sicher. Was sollte Lenhard dagegen ins Feld führen, nachdem er den Anspruch auf die Tochter aufgegeben hatte? Er liebte sie wie sonst kein anderer, doch in sein Haus würde sie nicht zurückkehren.

„Ich will froh sein, wenn du mich wieder Vater nennst."

Sie drückte ihr Gesicht an seine Schulter und weinte wie beim Tod der Mutter.

Die Mönche warteten an der Straße, und als Lenhard und Ursel ausblieben, ließ Gilbrecht sich auf den Erdboden sinken.

„Ob sie gemeinsam einen Steilhang runtergesprungen sind?" mutmaßte er müde.

Severin runzelte die Stirn.

„Nicht jeder ist wie du, merk dir das endlich! Es gibt hier keinen Steilhang, und selbst wenn, unser Schwertfeger würde ihn meiden, denn hinter all seiner Tapferkeit hält sich ein Feigling versteckt." Gilbrecht zog die Knie an und legte den Kopf darauf. Severin strich ihm über den Nacken. „Sei nicht so niedergeschlagen. Die beiden müssen sich einmal aussprechen, aber das ändert ja nichts. Ich frage mich, wieso er gestern völlig ungebeten mit solch einem Geständnis aufgewartet hat. Hede hätte es bestimmt gut gemacht als Schmiedsfrau. Seine Tochter war auch nicht erfreut."

Gilbrecht fuhr hoch:

„Seine Tochter? Sie ist es nicht mehr! Siehst du nicht, daß er das alles wegen ihr getan hat? Er will sie für sich haben! Er würde sie zum Weib nehmen, wenn er könnte!"

„Wie denn das! Sie mag nicht von ihm sein, aber in so etwas würde sie doch nie einwilligen!"

„Nein", entgegnete Gibrecht erstickt. „Eher würde sie sterben." Severin kauerte neben ihm.

„Das haben wir ohnedies schon gefürchtet." Sein Mitleid riß ihn hin: „Aber denk daran, der Weg zurück steht dir immer offen. Was du erlebt hast, im Beten kannst du es verwinden!"

Da stieß Gilbrecht hervor:

„Ohne sie gibt es für mich kein Zurück; dann sehe ich das deutsche Land nicht wieder, und was war, wird nie mehr sein!"

Der Schlag traf. Severin stockte der Atem, er ließ von seinem Bruder ab.

Als Ursel und Lenhard erschienen, hockten die Mönche schweigend nebeneinander, und schweigend setzten alle den Weg fort. Am Abend erreichten sie Triacastela. Die Stadt lag an einem Steinbruch. Man forderte die Pilger auf, ein paar Steine zur Kalkmühle von Castañeda mitzunehmen. Es sei ein Dienst am Apostel, denn der Dom in Compostela werde mit diesem Kalk ausgebessert. Lenhard besah sich die schweren Brocken. Seine Gefährten einschließlich Zottel schnitten schiefe Gesichter. Lenhard lehnte das Ansinnen ab.

Wenn sie auch keine Steine schleppten, wogen ihre Lasten doch schwer genug. Obendrein wurde das Wetter schlecht. Während sie dem Weg durch Galicien folgten, regnete es oft stundenlang. Ursel fror und litt am meisten. Um sie zu schonen, brachten die Pilger in größeren Spitälern jetzt meist zwei Nächte zu. Severin sagte:

„Wenn Sankt Jakob so lange auf uns gewartet hat, kommt es ihm auf eine Woche auch nicht mehr an. Es wird ihn uns keiner stehlen."

Nun hatte zwar schon mancher versucht, ein Stück des verehrten Gebeins zu entwenden, doch bislang war es keinem gelungen. Des Apostels gesamter Leichnam war in Compostela bestattet. Schande den vielen anderen Kirchen, die gleichfalls eine Reliquie des Heiligen zu besitzen vorgaben. „Das ist nicht der wahre Jakob“ hieß ein deutsches Scheltwort.

Wenn die vier Pilger sich Zeit ließen, geschah es auch in der stillen Hoffnung, Hede wieder zu begegnen. Sie schauten sich in den Hospizhöfen um. Gilbrecht fragte des öfteren nach, erhielt aber nie befriedigend Auskunft. Von einer einzelnen Pilgerin wußte man nirgends. Severin behauptete schließlich, Hede müsse sich einer anderen Gruppe angeschlossen haben.

Während der Rasttage wollte Ursel auf ihrem Lager ausruhen. Sie war jedoch machtlos gegen das Grübeln in ihrem Kopf. Sie hätte sich gewiß um Hede gegrämt, wäre ihr eigener Schmerz nicht noch viel größer gewesen. Der Vater betrug sich jetzt so gut und aufmerksam wie nie zuvor. Nur war er nicht mehr ihr Vater. Und den Kanonikus, den hageren alten Herrn, konnte sie nicht dazu machen. Sie hatte ihre beiden Eltern nicht gekannt. Auf einmal sah sie nicht allein, wie sie getäuscht worden war, sondern auch, wo sie sich selbst getäuscht hatte. Wieviel galt ihr der junge Mann wirklich, der ihretwegen das Mönchsgewand abstreifen wollte? Sie war ihm dankbar, daß er ihrem Kind ein Heim angeboten hatte, und hätte wohl gern seinen vornehmen Namen getragen. In Wahrheit allerdings war er ihr fremd geblieben, und was sich hinter seiner Sanftmut verbarg, wußte sie nicht. Es gab einen andern, der ihr wichtiger war. Aber sie konnte nicht bei ihm bleiben; nicht als Tochter und erst recht nicht jetzt, da sie kaum noch wagte, seine Hand zu nehmen.

Sie hatte nur das Kind. Sie weinte bei dem Gedanken. Ohne dies Menschlein hätte sie sich nicht verlobt, wäre nicht auf Pilgerfahrt gegangen, hätte nie etwas erfahren. Seinetwillen hatte sie alles verlassen und verloren, und nun wollte sie wenigstens den Lohn der Mühsal empfangen, wollte endlich ihr Kind in den Armen halten und wieder etwas zu lieben haben. Doch tief in ihrem Herzen glaubte sie nicht an diese Verheißung. Sie glaubte ja auch nicht, daß sie aufhören konnte, den Falschen zu lieben. Die Kluft, die sich geöffnet hatte, würde sich nicht wieder schließen. Sie konnte den Weg zu Ende gehen, aber nie mehr zurück. So fragte sie eines Abends den Schmied:

„Vater – wirst du für das Kind sorgen, wenn ich es nicht vermag? Wie du für mich gesorgt hast?"

Er nickte nur, doch sie vertraute ihm.

Übers Hasenfeld, den Campus Leporarius, gelangten sie nach Mellid und von dort, vorbei an Castañeda, in langsamer Wanderung durch waldiges Land nach Arzúa. Sie trafen am zwanzigsten Oktober ein. Einen Tag später, am Fest der heiligen Ursula, wurde Ursel sechsundzwanzig Jahre alt. Zwei weitere Tage brauchten die Pilger bis Lavamentula.

Das Dorf Lavamentula lag an einem Fluß, in dem sich trotz der Abendkühle mehrere nackte Männer tummelten.

„Was soll das?" fragte Severin entgeistert und schob sich aus alter Gewohnheit vor den jüngeren Mönch. „Ist denen zu warm geworden unterwegs?"

Sie wurden bald belehrt. Zwei Pilgerbrüder rannten an ihnen vorbei, hörten ihr deutsches Reden und brachen in ermunternde Zurufe aus:

„Auf, Gesellen, ziert euch nicht!"

Lenhard hob die Hand:

„Lauft ihr zum Fluß?"

„Ja, sicher. Weißt du nicht, wo du bist? Du bist kaum noch eine Tagesreise von Sankt Jakob entfernt. Also mach, daß du den ganzen Dreck loswirst. Willst du schmutzig vor unserm Apostel erscheinen?"

„Der Name Lavamentula bedeutet: Wasch dein Gemächt", fügte der andere hinzu. „Wer wird um Reinigung der Seele bitten mögen, bevor nicht wenigstens der Leib gereinigt ist?" Fröhlich sprangen sie davon.

Die Mönche und Lenhard rührten sich nicht vom Fleck.

„Morgen vielleicht“, sagte Severin zögernd, und Lenhard nahm Richtung aufs Hospiz.

Alle Welt freute sich, daß das Ziel so nahe war, und nur ihnen blieb der Jubel in der Kehle stecken. Es wurde eine schlaflose Nacht. Die meisten Pilger konnten vor Aufregung kein Auge schließen und führten laute Gespräche. Am nächsten Morgen nahm die Mehrzahl der Gäste nach dem Frühgebet eilig Abschied. Sie hatten nur noch Sankt Jakob im Sinn. Ursel und ihre Gefährten dagegen schritten zum Fluß.

„Es muß anscheinend sein“, sagte Lenhard. „Jedenfalls, was uns Männer betrifft. Weiber sind eigentlich von Haus aus sauber.“

Ursel hatte in der Tat nicht vor, mit ihrem dicken Bauch ins herbstkalte Wasser zu springen. In Deutschland brach demnächst der Winter an, und auch hier in Spanien gilbten die Blätter. Auf dem Allefabe würde bald Schnee fallen. Sie fröstelte bei dem Gedanken. Als sie bemerkte, wie die Männer sich auszogen, ging sie. Sie wollte keinen von ihnen entblößt sehen.

Da sie sonst niemanden hatte, besuchte sie Zottel, der im Stall des Spitals bei Pferden und Maultieren stand. Seine Schnauze steckte tief in der Futterraufe; er wußte sich sein Teil zu sichern. Als er Ursel erblickte, rieb er aber das Maul an ihr und heftete ein paar Halme an ihre Brust. Sie liebkoste sein weiches Kinn und die langen Ohren. Er hielt kurz still, dann wünschte er wieder zu fressen. Ursel mochte ihn nicht fortlassen:

„Zottel, du Dummer, komm her, ja magst du mich denn gar nicht“, bat sie immer drängender und lauter. Plötzlich stand ein Stallknecht hinter ihr, schimpfte und wies sie grob hinaus. Ursel stierte den knochigen Menschen an: „Das ist mein Esel“, sagte sie, doch er verstand natürlich nicht. Er mußte nur seine Pflicht tun und böses Gelichter von den

Ställen fernhalten. Diesen Esel, den das Weibsbild meinte, hatte gestern ein Mönch eingestellt. Also sollte Ursel verschwinden. Sie sah arm aus, bleich, und war obendrein schwanger. Solchem Pack war nicht zu trauen; das stahl einem ein Pferd unterm Hintern weg. Der Knecht kannte sich aus. Als Ursel nicht gehorchte, zerrte er sie mit hartem Griff davon.

Ursel schrie auf vor Empörung und wehrte sich, aber es half ihr nicht. Der Stallknecht geriet in Wut, weil sie ihm soviel Ungemach bereitete. Draußen angelangt, gab er ihr noch einen Streich ins Gesicht, um sie zum Schweigen zu bringen. Als sie hinstürzte, stapfte er verächtlich davon. Sie blieb über ihrem Bauch verkrümmt liegen und kam nur mit knapper Not wieder auf die Beine. Winselnd schleppte sie sich in den Schlafsaal des Spitals.

Sie floh in einen Winkel und begriff nicht, was ihr zugestoßen war. War sie wirklich geschlagen und getreten worden? Ihr Schädel dröhnte, ihr Magen wollte sich umkehren. War es soweit? Drohte ein neuer Krampf, wie von allen angekündigt? Stand der Tod selbst vor ihr auf? Sie wußte nicht, wann sie ihr Kind erwarten durfte; hatte nie ganz verstanden, wie die Hebammen Tage und Wochen abzählten. Sie wußte nur, daß sie nicht länger warten konnte. Sie hatte Mangel und Beschwernis auf sich genommen und getragen bis zum heutigen Tag. Doch im Staub vor den Füßen eines Knechtes wollte sie nicht enden. Sie wollte ihr Kind bekommen, das Joch abstreifen, frei sein und leicht wie zuvor.

Es hieß, sie würden heute Sankt Jakob erreichen. Wenn die Rettung so nahe war, sollte der Apostel ihr beistehen. Ursel nahm die Arznei, die ihr von Hede zubereitet worden war.

Die Männer kamen von ihrem Bad zurück, das ihnen offenbar gut getan hatte, denn sie lachten und redeten unbeschwert.

„War das kalt!" rief Lenhard.

„Kein Wunder, wir haben den vierundzwanzigsten Oktober", erwiderte Severin. „Merkt euch das Datum."

„Wie geht es dir?" fragte Gilbrecht forschend.

„Einer von den Stallburschen ist übel mit mir umgesprungen." Sie erzählte kurz den Vorfall; vom weiteren schwieg sie.

„Ich schlage ihm die Zähne ein", verkündete der Schmied unbekümmert, doch Severin sprach wie in alten Zeiten:

„Du tust nichts dergleichen. Ich hole den Zottel, und wir ziehen ab."

Auf der Straße fragte Gilbrecht wiederum:

„Wie geht es dir?"

„Gut genug", antwortete sie. Ihr war, als läge ein unsichtbares Eisenband um ihre Stirn. Sie wußte nicht, wann Hedes Mittel beginnen würde zu wirken. Sie spürte ein Ziehen im Unterleib, wie sie es bereits kannte; es kam nun aber öfter, und fast hatte sie den Eindruck, als werde es stärker.

Sie waren noch keine zwei Stunden gegangen, da führte der Weg eine Anhöhe hinauf. Severin räusperte sich:

„Es gibt einen Berg vor Sankt Jakob, von dem aus man zum ersten Mal den Dom sehen kann. Der Freudenberg, wie sie ihn nennen."

„Du meinst, das ist er schon?" Lenhard klang ehrfürchtig.

Severin streckte den Zeigefinger aus. Vor ihnen liefen zwei Wallfahrer die Straße hoch, ja rannten beinah, wie um einen Wettkampf auszufechten. Wer zuerst den Gipfel des Freudenbergs erreichte und die Türme von Compostela erblickte, hatte nämlich Anrecht auf den Titel eines Pilgerkönigs. Um diesen Preis zu erringen, gab sich auch der Schwächste nochmals einen Ruck.

Nur Zottel blieb unbeeindruckt. Er hob seine Hufe sorgfältig und beeilte sich nicht. Die Männer mußten ihre Ungeduld zügeln. Schritt für Schritt nahte die Ankunft, bis es nicht mehr zu leugnen war: Da lag der Dom in der Ferne, zwar noch winzig klein, doch zu ihrem Empfang gerüstet. Die beiden Pilger, die vor ihnen auf dem Gipfel angelangt waren, wälzten sich begeistert jauchzend im Gras. Die vier aber standen wie Säulen zu Stein erstarrt.

Santiago de Compostela

Lenhard lenkte seine Schar mit frischem Schwung den Berg hinab. Und während die Männer laut überlegten, wann sie ihre Jakobsmuscheln zum Zeichen der vollbrachten Wallfahrt erhalten würden, erkannte Ursel, daß sie Wehen hatte. Sie wollte es niemanden merken lassen und machte sich steif, sobald es über sie kam, aber der Schmerz nahm zu. Gilbrecht sagte plötzlich:

„Ursel, mit dir stimmt etwas nicht."

„Es ist nur das Kind", brachte sie hervor. „Ich glaube, es möchte ans Licht."

„Was?" Nun erschraken alle. „Ausgerechnet? Bist du sicher?"

„Ich spüre es schon seit heute morgen. Am Anfang ließ es sich ertragen." War die Wehe erst vorüber, ging es gleich besser, und sie konnte vernünftig reden. Doch kaum daß Ursel aufatmete, begann es erneut, und sie hielt sich verzweifelt an ihrem Sattel fest. Lenhard trat vor sie.

„Ich weiß, jetzt hast du es schwer, aber das geht allen Weibern so. Wir bringen dich, so schnell wir können, nach Sankt Jakob. Dort gibt es Hebammen und Ärzte. Wir schaffen es bestimmt; die Kinder kommen selten überstürzt. Nur –", er zögerte, „das Mittel, das sie dir gemacht hat. Ist es bei der Hand, wenn du es vielleicht brauchst?"

„Ich hab' es längst genommen", gestand sie leise. Eine Wehe klang ab, und sie sah etwas wie Furcht auf den Gesichtern. Der Schmied ermannte sich.

„Also los", befahl er rauh. „Dann ist es höchste Zeit."

Sie traten das letzte Wegstück an, das kurz war und sich dennoch endlos zu dehnen schien. Lenhard und Gilbrecht gingen rechts und links von Ursel. Severin führte Zottel, denn der Mönch allein war fähig, etwas Bewegung in den Esel zu bringen. Zottels Zugeständnis bestand darin, daß er nicht stehenblieb, obwohl man ihn ohne Rücksicht antrieb. So zogen sie nach Sankt Jakob, drei Männer und ein Weib, das unter seinen Wehen zu keuchen anfing.

Sie überquerten einen letzten Fluß und sahen endlich die Stadtwälle. Ursel vermochte sich aus eigener Kraft nicht mehr auf Zottels Rücken zu halten, aber laufen konnte sie auch nicht. Lenhard und Gilbrecht stützten sie. Die Wehen kamen unentwegt, Ursel stöhnte und zitterte.

„Da ist das Tor!" rief Severin.

Da war die Porta do Camiño, die man auch Pforte der Franken nannte, und sie stand weit offen. Hier gab es keinen Wächter, der sich den Pilgern in den Weg gestellt, allerdings auch niemanden, der das Weib in Kindsnöten weiter beachtet hätte. Kein Knecht sprang herbei, um für Ursel eine Gasse zu bahnen; niemand brachte Hilfe. Der Schmied und die Mönche blieben sich selbst überlassen, nicht anders als auf den Hunderten Meilen zuvor. Die Via Francigena hinter dem Tor war verstopft von Pilgern, Händlern und Bettlern. Kaum ein Einzelner konnte sich durchdrängeln, geschweige denn die vier mit ihrem Esel. Severin griff schließlich nach dem Pilgerstab und schlug in heller Wut um sich:

„Seht ihr nicht, daß sie ein Kind kriegt? Weg, fort, ab mit euch!"

Einige wichen kreischend aus, aber andere reckten sich drohend empor: Was wollte der zerlumpte Mönch? Sie hätten ihm ein paar Hiebe verabreicht, wäre nicht Ursel gewesen, die auf einmal erbrach. Sie spie den Angreifern vor die Füße; ganz in der Gewalt jener Macht, durch die ihr Kind zur Welt kommen sollte. Nach der ersten Empörung begriffen die Leute, was im Gang war; riefen und gestikulierten. Die Aufregung pflanzte sich fort, und mit einem Mal teilte sich die Menge vor den deutschen Pilgern.

Ursel erbrach wieder und wieder. Bislang war sie noch ansprechbar gewesen und hatte zuweilen ein Wort geäußert.

Jetzt aber schienen ihre Sinne getrübt, und bloß ihr Körper tobte in einem gewaltigen Kampf.

„Gott steh uns bei", stieß Lenhard hervor. Sie sahen nicht den Dom, der über den Bürgerhäusern aufragte; nicht die Pechsteinschneider, die ihre schwarzen Schmuckstücke feilboten. An Garküchen und Wechslern vorbei hetzten sie dem Hospiz zu.

„Halt durch, Ursel, es ist nicht mehr weit!"

Sie gelangten auf einen großen Platz. Gaukler, Wahrsager, Laien und Priester schoben sich zwischen Marktbuden hindurch. Severin hob den Kopf, sah einen Brunnen zur Linken und dahinter ein mächtiges Portal, das von Pfeilern und Bildnissen umgeben war.

„Gütiger Himmel", entfuhr es ihm. „Wir sind da!"

Auch Lenhard und Gilbrecht dämmerte die Einsicht: Sie hatten das Ziel erreicht. Dies war tatsächlich die Kirche des heiligen Jakob inmitten seiner eigenen Stadt. Aber Gilbrecht umklammerte nur umso fester Ursels Arm, und der Schmied herrschte Severin an:

„Hör mit dem Beten auf! Wo ist jetzt dieses verfluchte Hospiz?"

Sie standen an der Nordseite des Doms, und das Hospiz der Armen Pilger des Heiligen Jakobus war nur noch wenige Schritte entfernt. Irgendwer zerrte Severin am Ärmel hin. Die Brüder im Spital hatten schon allerlei gesehen und ließen sich nicht so leicht aus der Ruhe bringen. Als man ihnen nun aber die Kreißende in den Hof trug, brach fieberhafte Geschäftigkeit aus. Man rannte nach der Hebamme, wies die Männer mit Ursel in eine Kammer und schickte um Wasser und Tücher. Ursel wand sich nur noch im unaufhörlichen Schmerz. Lenhard faßte nach ihr, doch sie schlug seine Hand weg, ohne zu wissen, was sie tat. Zwei Mägde kamen angelaufen; in ihrem Gefolge die Hebamme, die gleich zu verstehen gab, daß die Männer hinausgehen sollten. Lenhard schrie:

„Sie hat das Gift einer alten Hexe genommen; sie stirbt, wenn ihr nichts tut!" Severin riß ihn fort:

„Versündige dich nicht noch mehr! Einmal muß Schluß sein!" Dann schlug die Tür zu, und die Mönche standen neben Lenhard in einem kahlen Flur. „Wir haben alles versucht", sagte Severin erschüttert. „Gott befohlen."

Niemand antwortete ihm. Sie lauschten auf die Geräusche, die aus der Kammer drangen; knappe Weisungen und anfeuernde Rufe, und besannen sich dabei ein wenig. Sie spitzten die Ohren, ob Ursels Stimme vernehmlich sei, doch die spanischen Weiber waren so eifrig bei der Arbeit, daß sie alles übertönten.

Plötzlich hörten sie Lachen, erleichtertes Seufzen und das unverkennbare Jammern eines Neugeborenen.

„He", rief Severin aus, „ist das nicht...?"

„Das Kind! Es lebt!"

Aber während sie noch frohlockten, erklang ein Laut des Schreckens. Sie erbleichten und standen wie gelähmt, bis Lenhard die Tür aufriß. Verängstigt lehnten sich die Helferinnen an die Wand. Die Männer sahen, wie ein Krampf von Ursel abließ und ihr Leib sich wieder streckte.

Die Hebamme hielt ein winziges Kindlein in Leinen geschlagen. Sie beugte sich vorsichtig nieder, legte das Bündel auf die Brust der Mutter und kreuzte ihr auch die Arme darüber. Lenhard kniete neben Ursel hin. Kein Hauch, keine Regung, nur ihre Arme glitten langsam herab. Lenhard nahm das Kind, preßte es an sich und sank zu Boden.

Als Gilbrecht verstanden hatte, daß Ursel die Augen nicht mehr öffnen würde, trat er an ihr Bett. Die Hebamme brachte mit wenigen Griffen die Gewänder der Toten in eine würdige Ordnung. Sie strich die feuchten Haarsträhnen zur Seite und band ihr das Kopftuch um Scheitel und Kinn. Gilbrecht berührte Ursels Hand. Ihr Gesicht war weiß bis in die Lippen, aber endlich gelöst, geadelt durch die Nase, die schmalen Wangen. War sie zuvor so zart gewesen, verletzlich wie aus

Schnee geschnitzt? War dies der Mund, der heute morgen noch gesprochen hatte, und was verbargen die geheimnisvoll gewölbten Lider? Hell schimmerte die Stirn, hinter der keine Seele mehr wohnte. An der Schwelle zur Rettung, am Ziel der Reise hatte Ursel einen neuen Pfad eingeschlagen.

Severin sah das Leid seiner Gefährten. Er wandte sich Lenhard zu:

„Steh auf. Dein Enkelkind kriegt ja Angst, wenn du so weinst. Was ist es überhaupt?"

Lenhard wußte es selbst nicht. Die Hebamme, die erriet, wovon die Rede war, kam eilends und schlug das Tuch zurück: Ein Knabe, fein und rosig, der schon wieder schlief.

„Meister Schmied", bat Severin bei diesem Anblick, „du mußt dich beherrschen; um seinetwillen."

Lenhard wischte sich die Tränen ab.

„Es ist grausam, daß es zur Welt kommt und nicht Vater noch Mutter hat."

„Es hat dich und die mächtige Fürsprache eines Apostels." Er sah sich nach Gilbrecht um; sagte weich: „Laß ab von ihr, Bruder. Schau lieber, was sie uns hinterlassen hat."

Unwillkürlich hielt Lenhard das Kind dem jüngeren Mönch hin. Gilbrecht jedoch zog die Kapuze über und floh hinaus.

An diesem Abend hatten die Brüder im Hospiz von Compostela viel zu tun. Sie mußten sich um die Verstorbene kümmern, eine Amme ausfindig machen und die Hinterbliebenen trösten. Die Amme ließ auf sich warten. Lenhard saß schon in neuer Verzweiflung mit dem greinenden Knäblein da, als ein junges Weib erschien und das Kind stillte. Severin versuchte zu übersetzen, was die einheimischen Brüder in stolperndem Latein erklärten:

„Die Amme hier ist eine arme Witwe, aber sie hat auch ein eigenes Kind, und deshalb will sie unseres mit in ihre Hütte nehmen."

Lenhard begehrte auf:

„Ich lasse es nicht aus den Augen!“

So gaben am Ende die Hospizbrüder nach und sagten der Amme, sie möge ihr Kind holen und bei den Pilgern bleiben. Die Amme stimmte zu. Sie war jung, ihr Töchterchen noch kein Vierteljahr alt, und ob sie sich zu Recht eine Witwe nannte, hätte Severin nicht beschwören mögen. Jedenfalls nahm sie die Gastfreundschaft der Brüder gerne an und schlief und aß fortan unter demselben Dach wie das Pilgervolk.

Ursels Sohn wurde einen Tag nach seiner Geburt getauft. Es kam nur der Name Jakob in Frage, doch der Priester machte sogar ein „Santiago“ daraus, als er den Täufling mit Wasser begoß. Das Jaköblein gedieh gut, und die Amme freute sich über solch einen gesunden Hunger.

Als das erste Leid verwunden war, machten sich Lenhard und Severin auf, um die vorgeschriebene Nachtwache im Dom zu halten. Sie huldigten dem Apostel und beichteten. Danach erhielten sie eine Urkunde über ihren Ablaß und sangen mit anderen Deutschen die letzte Strophe des Pilgerlieds:

„Bei Sankt Jakob vergibt man Pein und Schuld,
der lieb Gott sei uns allen hold
in seinem höchsten Throne!
Und wer Sankt Jakob dienen tut,
der lieb Gott soll's ihm lohnen.“

Das Weihrauchfaß im Dom sonderte dicke Schwaden ab, um die Dünste zu vertreiben, die Kranke und Pilger mit sich brachten. Die Figur des heiligen Jakob sah mild lächelnd in seine Kirche hinunter. Es führte ein Treppchen auf den Altar, so daß die Pilger ihre Sehnsucht stillen und den verehrten Schutzpatron mit eigenen Armen umfassen konnten. Als dies alles geschehen war, schöpfte Lenhard neue Hoffnung:

„Er wird sich ja unseres Kleinen annehmen, nicht wahr?“

„Gewiß", bestätigte Severin. Sie traten durchs Hauptportal nach draußen. Dort thronte ein gemeißelter Sankt Jakob über der Wurzel Jesse. Durch diese Pforte der Glorie waren schon so viele Pilger geschritten und hatten den mittleren Stützpfeiler glücksheischend berührt, daß der Stein inzwischen fünf Kuhlen aufwies von den fünf Fingern der Hand. Auch Lenhard blieb stehen und legte seine Rechte an die Stelle.

„Und Gilbrecht? Hat er den Ablaß?" fragte er.

Severin hob die Schultern.

„Die Brüder, die ihn jetzt bewahren, werden sich um ihn sorgen."

„Geh besser noch einmal hin und vergewissere dich, daß alles in der rechten Weise erledigt worden ist."

„Was soll ich tun? Er will mich ja nicht sehen." Sie wanderten auf ihr Spital zu. Severin blickte hinüber zum Kloster San Martín Pinario, in dem Gilbrecht nach tagelangem Gebet Zuflucht gefunden hatte. „Bevor wir von hier fortziehen, besuche ich ihn noch einmal. Es kann nicht sein, daß er mir den Abschied verweigert. Aber er wird nicht mit uns zurückkommen. Ich bitte den Herrn nur, daß er ihm wieder einen Freund gewähren möge."

Lenhard, dem nichts Gescheites mehr einfiel, grunzte und gab dem Mönch einen Rippenstoß.

Sie verbrachten den Winter zusammen mit ein paar anderen säumigen Pilgern in Santiago de Compostela. Der Kleine hätte die Reise durch Sturm und Kälte nicht überstanden, und Zottel wäre ohnehin nicht aus dem Stall hervorgekommen. Im Hospiz aber war es recht behaglich. Sie freundeten sich mit der Amme und ihrem Kind an und halfen bei der täglichen Arbeit. Oft liefen sie zum Friedhof, der nach spanischer Sitte vor den Toren der Stadt lag, und schauten nach Ursels Grab. Das Jaköblein war immer dabei, denn es sollte seiner Mutter gezeigt werden. Außerdem ließ es sich gern spazieren tragen. Meist war es friedlich, manchmal aber auch nicht. Eines Tages Anfang März, als die Sonne bereits zu wärmen begann und Lenhard dachte, er könne die Wickelbahnen ein wenig lösen, nahm das Kind dies übel und fing an zu schreien. Lenhard und Severin überboten sich in dem Bemühen, alles wieder gut zu machen. Es dauerte eine Weile, bis dank des Lutschbeutels Ruhe einkehrte. Die Männer setzten sich erschöpft auf einen Mauerstein. Der Mönch sagte:

„Und du willst ihm demnächst den Brei mit dem Löffel einstreichen, wenn er sich so benimmt?“

„Notgedrungen. Er ist alt genug, da kann er sich langsam an solches Essen gewöhnen.“

„Bisher hat er nichts davon wissen wollen.“

„Zum Kuckuck, wir haben sonst nichts zu bieten.“

„Die Amme muß mit.“

„Was, nach Deutschland?“

„Ganz recht.“

„Sie wird nicht im Traum daran denken. Warum auch?“

„Versprich ihr die Heirat.“

„Bist du toll geworden? Sie ist über dreißig Jahre jünger als ich!“

„Und das mißfällt dir neuerdings?“

„Ich kann mich nicht mal richtig mit ihr unterhalten!“

„Ach so. Ja, da habe ich dich rüstiger eingeschätzt.“

Wenn nicht das Kind in seinem Arm gewesen wäre, hätte Lenhard den Mönch an der Gurgel geschnappt. So zischte er nur:

„Davon rede ich nicht! Warum zum Teufel sollte sie mich nehmen?“

„Oh, mein Freund, zu Hause in Frankfurt bist du ein vermögender Mann mit gutem Namen. Ich werde für dich bürgen. Ihr könnt hier heiraten oder nach unserer Heimkehr mit allem Aufwand. Sieh zu, daß du sie kriegst. Dein Enkel kommt noch nicht ohne sie aus. Sie ist wie eine Mutter zu ihm.“

Lenhard befühlte seine Muschel am Mantel.

„Das stimmt. Aber es ist nicht so einfach. Es wäre ein Unrecht an Ursel. Und sogar an der andern, von der wir nicht wissen, was aus ihr geworden ist."

Severin richtete den Blick zum Himmel:

„Sankt Jakob hat sie jedenfalls heil bis hierher gebracht. Ich bin sicher, daß ich sie einmal im Dom gesehen habe."

„Wen, Hede? Wann?"

„Es muß Anfang November gewesen sein."

„Und da sagst du nichts? Hast du sie gesprochen?"

„Nein. Und du hattest gerade den Kleinen über der Schulter hängen, deshalb warst du abgelenkt. Höhere Fügung. Hede hat uns nicht bemerkt, so wird es wohl am besten gewesen sein."

„Gott sei Dank, sie lebt", murmelte Lenhard. „Dann soll das Kerlchen hier auch leben dürfen. Es stimmt, ich hätte Hede nichts mehr zu sagen, selbst wenn ich ihr noch einmal begegnen würde. Sie hat den Sohn und ihre Hoffnungen begraben müssen. Falls es denn wirklich meine Schuld war, so weiß ich nicht, wer das vergeben könnte."

„Es ist schon abgegolten. Dein Herzblut gegen ihr Herzblut. Ich meine, daß deine Tochter nur gestorben ist, um diese Rechnung zu begleichen. Unser Apostel hätte sie doch vor dem Tode bewahrt, wenn das ihr Wunsch gewesen wäre. Sie hat allen gedient, und nun ist es gut."

„Das glaube ich nicht."

Severin erregte sich.

„Nein? Glaubst du vielleicht, sie sei gestorben, weil sie nicht wußte, was mit ihrem liebeskranken Vater tun? Schweig, Alter, ich kenne dich. Ich kenne mich bald sogar selbst. Ich hätte hadern mögen mit meinem Gott, aber mir ist aufgegangen, daß all mein Unglück aus mir selbst erwachsen ist. Gilbrecht, mit dem niemand so verbunden war wie ich! Ich habe ihn zwei- und dreimal verloren; an die Verlockungen der Welt, an seine Krankheit und zuletzt an deine Tochter. Seine Prüfungen sind auch die meinen gewesen, und wenn ich nur standhaft geblieben wäre, dann hätte uns nichts entzweien können. Doch da war mein Kleinglauben, und als ich ihn so leiden sah, fiel alles zusammen, was ich uns zum Schutz errichtet hatte. Auf einmal sah für mich verderblich aus, was wir in den Jahren zuvor kein einziges Mal gebeichtet hatten! Daran ist er zerbrochen; an der Sünde, die ich ihm aufgebürdet habe. Und trotzdem stehe ich hier. Mir ist verziehen, was ich dem Bruder zugefügt habe. Ich muß nur mein Leben mit Anstand zu Ende zu bringen. Das will ich."

„Der Weg wird noch einmal lang", sagte der Schmied.